エクスペリエンス 原作
黒史郎 著

NG《エヌジー》

PHP

序章

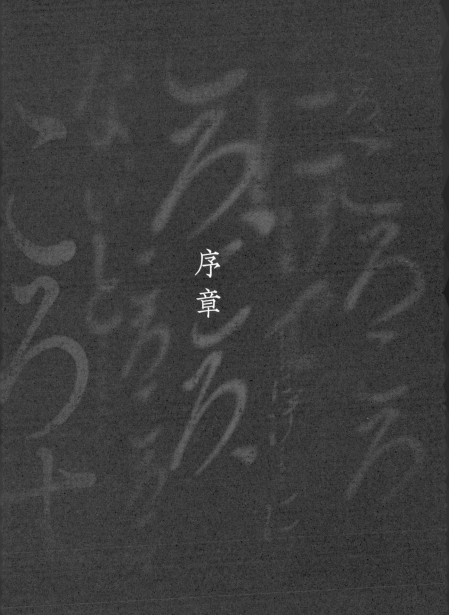

一九九九年――初夏の夜。

高架下の暗い道路の真ん中に女子高生が一人、ぺたりと座り込んでいる。

白いコンクリートの路面に散らばっているのは、平たい硝子《ガラス》玉。

少女はそれを震える指でぱちんと弾《はじ》く。

〈おはじき遊び〉をしているのだ。

ぱちん……ぱちん……

夜の高架下に響く、おはじきを弾《はじ》く音。

そして、途切れ途切れの呼吸《いき》の音。

少女は「あ」と声を漏らした。

絶望の表情を強い光が打ち照らす。

道路の奥には一対の光。車のヘッドライトだ。

咆哮《ほうこう》をあげて迫ってきた軽トラックに弾《はじ》きとばされた少女は、火花のように血潮をほとばしらせながら宙をきりきり舞いした。

※

歓声と怒号。アルコールと煙草《たばこ》の臭い。熱気に沫《しぶ》く汗と血。打ちっぱなしのコンクリートと金網フェンスに囲われたリング。

ここはアンダーグラウンドマッチの会場。文字通り、雑居ビルの地下にある非合法なバトルアリーナで、不定期にこうしたイベントが開かれている。

次のカードは今夜一番注目のビッグマッチ。フェンスの外では興奮を抑えきれない暴力と血に飢えた観客どもが猛獣のように金網にしがみつき、「壊せっ、壊せっ」とファイターたちを煽《あお》り立てる。リングの中では前の試合で返り血を浴びて赤水漬《あかみづく》になった自称・元レスラーが、着ているタンクトップを引きちぎって自慢の筋肉を誇示《アピール》しながら対戦相手に唾の飛沫《しぶき》と汚い言葉を吐き散らしている。

そんなジャングルのような喧噪《けんそう》の中。鬼島空良《きじまあきら》はおもむろにシャツを脱ぎ、黒のスキニージーンズのみになる。細身だが、極限まで鍛え絞られた肉体はドーベルマンのようだ。寝起きのようにぼんやりした表情と緩慢な動きでリングに上がると対戦相手に一瞥《いちべつ》もくれず、ファイティングポーズの代わりに握り締めた自分の右拳をじっと見つめた。闘志を微塵《みじん》も感じさせないこの姿勢は今に始まったことではない。これが彼のスタイルだ。いちいち観客にアピールしたり対戦相手を挑発したりもしない。緊張もしないし汗もかかない。

カァンッ
ゴングが鳴ると同時に空良《あきら》はすべるように移動する。観客たちには元レスラーの男の頭が一瞬ブレたように見える。元レスラーは膝から崩れ、リングに沈む。

しばしの沈黙のあと、試合終了のゴング。注目の闘いは開始二秒で終わった。

降り注ぐ歓声と野次《やじ》の中、拳についた血を振り払って空良《あきら》はリングを下りる。

「さすが、名に鬼を冠するだけあるね。容赦がない」

通路を歩いていると、場に似つかわしくない細面《ほそおもて》の優男《やさおとこ》が拍手をしながら近づいてくる。

「容赦なんて必要ないだろ」

「そりゃそうだけどさ、見たかい？　今キミが殴った相手を。ピクリとも動かない。あれでも一応、プロでいいとこまでいってたんだよ？　クスリでブタ箱に入れられるまではね」

「いつも思うが、よくそんなヤツばかり見つけてくるな」

「ウチの稼業は昔から〝クズ拾い〟が得意だからね」

天生目聖司《あまのめせいじ》。弱冠《じゃっかん》十八歳でこの地下闘技場のコミッショナーを務める彼は、神座区《しんざく》を勢力範囲《シマ》とする暴力団〈天生目組《あまのめぐみ》〉の組長の息子である。高校生なので組員ではないが、組内では若頭と同等の発言力を持つと囁《ささや》かれる。彼の発案であるこのアンダーグラウンドな〈喧嘩《けんか》試合〉は、暴対法により「食えない職業」になりつつある暴力団を支える、重要なシノギとなっていた。彼らの世界はたくさん上納《アゲ》た者が正義なのだ。

つまりここはヤクザの仕切る賭場のひとつであり、腕に覚えはあるが表舞台には出られない、そんな脛《すね》に疵《きず》持つアウトローたちが全国から集まって多額の金が動く、日本でもっとも危険で熱い場所だった。

「おっと、温《ぬる》くなる前にどうぞ」

天生目《あまのめ》が放ってきた缶ジュースをキャッチした空良《あきら》は渋い顔をする。

「『ナタデココオーレ』？　お前、ほんと変わったジュース好きだよな」

「好きなもんか。キミの反応を楽しんでいるだけだ。こんなの一滴だって飲みたくない」

「お前、最低なこと言ってるぞ」

軽口を叩《たた》き合う二人の関係は、小学生の頃からの腐れ縁。今も同じ高校に通っている。この一見、人畜無害そうな爽やかな好青年と、〝触るな危険〟のオーラを放つ目つきの悪い男の組み合わせは、周囲からよく不思議がられた。

「これが鬼島空良《きじまあきら》の最後の試合か」天生目《あまのめ》は沸き上がる観客たちの声を聞きながら続ける。「なあ、やっぱり考え直さないか？　ファイトマネーもキミの望むままにあげるよ？」

「悪いな。ある程度、金が貯《た》まったら辞めるって決めてたんだ。バイトを紹介してもらったのは助かったが、見世物になるのは好きじゃない」

だよね、と天生目《あまのめ》はすぐに引いた。

「無敗のキングとして君臨し続けていてほしかったけど、好きな時に辞めていいって約束だったもんな。ま、気が向いたら、またいつでも戻ってきてくれよ」

「期待はするなよな。そろそろ迎えの時間だから行くよ」そう言って折り畳み椅子に掛けたシャツとパーカーを掴《つか》むと、空良《あきら》は熱気冷めやらぬ試合場を後にした。


雑居ビルの地下から地上の裏路地に出ると、パーカーのフードを目深にかぶる。「目つきが悪い」という理由でよく街中で絡まれるからだ。アングラマッチで一発ＫＯした相手が仲間と待ち伏《ぶ》せ、リベンジマッチを仕掛けてくることもある。そんな金の出ないリング外のファイトに無駄な時間を費やしたくなかった。

蒸すような暑さは地下と同じで、汗と酒の臭いが反吐《へど》と生ごみの臭いに変わっただけだ。少しでもまともな空気を吸いたくて足早に裏路地を抜けて駅前の表通りに出ると、「やめてください」と若い女性の声が聞こえてきた。

「話だけでも聞いてくださいよー。悪い話じゃないっすから」

「そっちこそわたしの話聞いてます？　良い話も悪い話も興味ないです」

少女が男ともめている。夜の町ではよく見る場面だ。絡んでいるのはジャージを着た、赤いモヒカン頭の巨漢。飲み屋の呼び込みやスカウトならもう少しまともな見た目のヤツにやらせるだろう。あれはどう見てもチンピラだ。かたや少女のほうは胸元に大きなリボンタイ、レースとフリルのついたスカート、黒を基調としたゴシックファッション。斜めにかぶったフェルト帽の下には大きな瞳がある。こんな目立つ格好で夜の町を歩けば脂ぎった虫の一匹や二匹まとわりつく。自業自得だなと視線をはずし、その横を通り過ぎようとした。その時。

「あっ、太郎くん⁉」空良《あきら》はいきなり腕を掴《つか》まれた。「んもうっ、遅いから変なのに絡まれちゃったじゃない」

「は？　おい、ちょっ――」

少女は腕を絡めてくると笑顔で目配《めくば》せしてきた。

そういうことか、と理解する。自分をダシにして、この場を逃れるつもりだ。面倒ごとに巻き込まれるのはごめんだが、少女はぐいぐいと腕を引き寄せて「もう映画始まっちゃうよ。太郎くん、あんなに見たがってたじゃない、『憑依《ひょうい》少女エクソシス子』」と急《せ》かしだす。

そんな映画は聞いたこともない。さて。「誰だよあんた」と突き放そうか、無言で振り払って立ち去ろうか。考えていると、チンピラの座布団のような顔が視界を塞いだ。

「ニイちゃんさ、今大事な話の途中なの。映画なら一人で行ってきな」

中央にギュッと集まった顔のパーツが総動員で威嚇の表情を作る。黙って立ち去りたいが、絡まる少女の腕がそれをさせない。空良《あきら》はため息をつく。

「どうした。ブルッちまって声も出ねぇか?」暑苦しい顔がフードの中を覗《のぞ》き込んでくる。饅《まん》頭《じゅう》でも食ったのか、甘ったるい息が顔にかかってイラッとした。

「なんとか言えよ。しっかり目を見てよ」乱暴にフードを剥《は》がされる。空良《あきら》は「あーあ」と声を漏らし、仕方がなく相手の目を見た。チンピラが顔を引きつらせる。

「……んだてめぇ、その目は」

「見ろっつったから見てやってんだよ」

「舐《な》めてんな、てめぇ、舐《な》めてんだな」

「んな汚《きたね》ぇツラ舐《な》めるか。吠《ほ》えんな、ブルドッグが」

チンピラは顔を真っ赤にして殴りかかってきた。地下試合で格闘家崩れを何人も沈めてきた空《あき》良《ら》に、この拳はあまりに鈍すぎた。軽くかわしつつ半歩前に出て、抉《えぐ》るように相手のみぞおちに拳を打ち込む。呻《うめ》いて前屈《まえかが》みになったところで足払い。バランスを崩したチンピラは重機が横転するように地面を転がると腹を押さえて苦悶《くもん》する。しばらく起き上がれないだろう。

「すっごーい!」少女は空良《あきら》の手を取ってぶんぶんと振る。「パンチ見えなかった! なに、キミ格闘家? 気功の使い手? 今のハンドパワー?」

「もう行ってもいいか」

「待って。名前教えてよ」

「んなもん聞いてどうする。別に礼とかいらねぇし」

「恩人の名前くらい知っておきたいの」握られた手にグッと力が籠《こ》められる。言わなければ帰してもらえなそうだ。

「そっちが巻き込んどいて恩人もクソもねぇだろ――鬼島《きじま》だ」

「きじまくん？　えっと、もしかして、鬼に島？」

悠長に自己紹介なんてしている場合じゃない。トラブルに気づいたのか、見回りの警官がこちらに向かってくるのが見える。

「ヤバッ」なぜか焦りを見せたのは少女のほうだ。「助けてくれてありがと。それじゃ」

少女は駅と反対方面へ小鹿が跳ねるように走っていった。


カランカランとドアベルが鳴った。

「あ。空良《あきら》くん、いらっしゃい」カウンターの中から那津美《なつみ》が笑顔を向ける。

アルコールっ気のないアットホームな空気。だれも座らずに暇そうな丸椅子《スツール》たち。今日も〈BAR黒兎《くろうさぎ》〉は閑古鳥が鳴いていた。

「悪い、遅くなった」

「いつもごめんね。座ってて。冷たいものでも出すから」

奥のボックス席で「こっちこっち」と小さい手がひらひらと振られる。

待ちわびていた様子の愛海《あみ》は「今日は来ないかと思ったー」と非難しつつ嬉《うれ》しそうだ。この場に小学生は不釣り合いだが、空良《あきら》はもう見慣れていた。愛海《あみ》は今日もお気に入りのピンクのヘッドホンを首に掛けている。

「お兄ちゃん、一緒に考えてぇ」と甘えた声を出す。テーブルには筆記用具に原稿用紙、何冊も積まれた文庫本がある。

「夏休みの宿題か？」

「うん、読書感想文。どの本で書くか悩んでるんだ」

愛海《あみ》の向かいに座ると手前の一冊を手に取る。黒い背表紙と表紙のグロテスクなデザインから察するにホラー小説だ。裏表紙のあらすじを読んでみると小学生が読むには少々刺激が強い内容だ。他の本も見てみるが、すべて同ジャンルのようだ。

「もっとこう健全な本とかじゃなくていいのか？」

「先生は面白いと思った本ならなんでもいいって。でも、おかあさんはイヤみたい」

「空良《あきら》くん、もっと言ってあげて」麦茶のグラスをテーブルに置きながら那津美《なつみ》は困った顔を見せた。「愛海《あみ》ったらこんな本ばかり選ぶの。図書館でもっと楽しい本を見つけてきたらって言ってるのに」

「ホラーは楽しいよ。ここにいっぱいあるし」

空良《あきら》は店の隅にある書架に目をやる。確かに黒い表紙や物騒なタイトルの本ばかりだ。

那津美《なつみ》はBARの経営とホラー作家の二足《にそく》の草鞋《わらじ》を履いている。といっても本業は作家で店のほうは趣味程度だ。客がいない日は店内で執筆するので、敬愛する作家の本や執筆資料の一部などを店に置いているのだ。

「みんなが読むような課題図書は退屈な本ばっかり。ここにある本のほうが百倍面白いよ」

「ね？　こんな調子で、まったくこっちの意見を聞いてくれないのよ」

「血は争えないな」

愛海《あみ》は那津美《なつみ》の腕時計を見て「あっ」と声をあげ、リモコンを店の壁に備え付けられたテレビに向ける。

「生放送、今日だった。ももちゃんの出番終わっちゃったかな……」

慌ててつけたのは歌番組だ。画面右上に「ＬＩＶＥ」と出ている。

『さてお次は――今人気急上昇中のオカルトアイドル、来瀬《くるせ》ももさんです！』

愛海《あみ》は飛び跳ねて喜ぶ。「今からだ！　よかった」と首に掛けたヘッドホンを撫《な》でる。お目当てのアイドルの歌が始まると一緒に歌いだし、振付を真似《まね》たりする。そんな姿を空良《あきら》はぼんやりと見ていた。家にテレビがないので、どんな歌が流行《はや》っているかなんて知らないし興味もない。

歌が終わって話題が次のアーティストへ移ると、愛海《あみ》はテレビの電源を切ってため息をつく。

「あーあ。ももちゃんのライブ行きたかったな」

「ライブ？　この近くであるのか？」

愛海《あみ》は黒猫デザインのポシェットから二つに折り畳んだ紙を出して空良《あきら》に渡す。

『やまと祭のご案内』――八真都《やまと》神宮という公園で行われる大例祭のパンフレットだ。催されるイベントが写真付きで紹介されている。

「『夜の大降霊ミニライブ』――なんだこれ？」

「来月に出るセカンドアルバムの発売記念イベント。ももちゃん初の野外ライブなの」

胡散臭《うさんくさ》いイベント名だと思ったが口には出さなかった。

「降霊ってなんだよ。歌は歌うんだよな」

「ももちゃんはオカルトアイドルだから、幽霊とか怖い噂《うわさ》にとっても詳しいの。心霊スポットにもたくさん行ってるし、たまに霊も視《み》えちゃうんだって。だから、生きている人だけじゃなくて、死んでいる人にも歌を届けたいんだって」

そういう設定なんだろう。芸能界で生きていくにはこういうキャラ付けが重要なのだ。それにしても降霊ライブとは少々不謹慎な気もするが――。

「八真都《やまと》神宮ならすぐそこじゃねぇか。行けばいいだろ」

「それが中止になっちゃったのよ」と那津美《なつみ》。「ほら、事件があったばかりでしょ」

少し前に、公園内の池で死体が見つかったと騒ぎになっていた。事件か事故かはわかっていないらしいが、さすがに降霊ライブは不味《まず》いと運営側が判断したのだろう。

「また機会があんだろ」とチラシを返そうとすると愛海《あみ》は「裏も見て」と言う。〈寿司《すし》&てんぷら市〉〈こども盆栽展〉などの催し物が紹介されている。その中に〈書道コンクール〉の入選作品展示案内があり、入選者の一覧に〈小学生の部・努力賞　鬼島愛海《きじまあみ》〉とある。夏休み期間中、神宮内の施設で展示されているらしい。

「へぇ、やるじゃねぇか、愛海《あみ》」

「えへへ。ぜったいに見に来てよ、お兄ちゃん」

それまでチラシは持っていてほしいと言う。空良《あきら》が忘れると思っているのだ。

「愛海《あみ》、遅くなる前にそろそろ行きなさい。空良《あきら》くん、今夜もお願いね」

「ああ」空良《あきら》は頷《うなず》く。

「そうそう。大事なもの、忘れちゃだめよ」

那津美《なつみ》はカウンターの奥から花束を取り出し、愛海《あみ》に渡した。

駅前はそろそろ人足も落ち着いていた。帰宅ラッシュの時間帯もとっくに過ぎ、夏休みといっても平日。スーツ姿の酔っ払いがゾンビのような足つきで繁華街周辺をふらついているが、数えるほどしかいない。

愛海《あみ》はいつも空良《あきら》の袖をしっかり掴《つか》んで歩くが、今夜は両手で大切そうに花束を抱えている。

「あ、そうだ」と立ち止まると愛海《あみ》はポシェットから真っ黒な葉書を取り出す。

「この〈なぞなぞ〉、解けたよ」

「そんなもん、まだ持ってたのかよ」

この〈葉書〉は昨日、空良《あきら》のアパートのドアの前に落ちていたものだ。アパートの住所と空良《あきら》の部屋番号が書かれているので、落とし物ではなく意図的に置かれたものであるのはわかるが、差出人の名前も住所もなく、

つきにかえった　かぐやひめはいいました
「**あたけそたぼけうよたけ**」
どんないみ？

そんな〈なぞなぞ〉だけが白く印字されていた。

「くだらんイタズラだ。わざわざ付き合うなよ」

「でも、気になったんだもん。愛海《あみ》、わかったから教えてあげる！」

愛海《あみ》は葉書を空良《あきら》の手に持たせると、得意げに解説を始める。

「まず、〈かぐやひめ〉って竹から生まれた美人な女の人でしょ。『竹取物語』ってお話に出てく

るんだって、おかあさんが教えてくれたの。タイトルを聞いてすぐにピンときたんだ」

「俺にはさっぱりだ」

「ヒントは〈たけとり〉。カッコの中の言葉から〈た〉と〈け〉を取って読んでみて」

渡された葉書の〈なぞなぞ〉をじっと見つめ、

「――『あそぼうよ』か」

「ふふ。きっとお兄ちゃんのお友だちからのお誘いだね」

「こんな真似《まね》するヤツ、俺の周りにはいねぇよ」

「天生目《あまのめ》さんは？　あの人、面白いよね」

何かを思いだしたのか、愛海《あみ》はくすくすと笑いだす。「この前、すっごく美味《おい》しいアイスクリーム、持ってきてくれたことあったでしょ」

アパートで愛海《あみ》と夕食の準備をしている時、天生目《あまのめ》が「差し入れだ」と言って、小さな紙袋を持ってきたことがあった。紙袋の中身はアイスクリーム。しかも、コンビニで売っているようなものではなく、デパートで贈答用に売られているような高級アイスクリームだ。愛海《あみ》への印象を良くし、那津美《なつみ》に対する自分の好感度アップを狙ってのことだろうが――天生目《あまのめ》はさらに、「これはキミへのプレゼントだ」と言って、いつもの「変なジュース」を空良《あきら》に渡してきた。愛海《あみ》が思いだして笑っているのは、その時のことだろう。

「お兄ちゃん、ちょっと困った顔してたよね」

「困ったっつーより、呆《あき》れてたんだよ。まあ、あいつは確かに変なヤツだが……こんな回りくどいことはしない」

「そっか……じゃあだれからなんだろ？」

「さあな」

本当に心当たりがない。葉書を拾った時、どこからか観察されているような粘着質な視線と厭《いや》な気配を感じて周囲を見回したが、怪しい人物は見つけられなかった。嫌がらせにしては手が込んでいるし、目的もわからない。なんにしても、ロクな相手ではないだろう。


駅から離れて人熱《ひといき》れが途切れると高架下の路《みち》に出る。現在は補強工事中で照明も少なく薄暗い。だから人通りもほとんどない。道の片側はガードフェンス、もう片側は灰色のシャッターの連なり。コンクリートの列柱が奥の暗闇へと等間隔に続く。

空良《あきら》のアパートまでの近道だが、ここを通る時は決まって愛海《あみ》は不安そうな顔で身を寄せてくる。

「お兄ちゃん、いつ愛海《あみ》のおうちで一緒に住めるの？」

同じことを那津美《なつみ》にもよく聞かれる。鬼島那津美《きじまなつみ》は空良《あきら》の母親の妹。空良《あきら》にとって叔母にあたる。二年前に母親が死んだ時、空良《あきら》を引き取った彼女は書類上では母親になった。だが、空良《あきら》は一緒には住まず、アパートで独り暮らしを続けている。

数年前に夫と死別し、小学生の娘と二人暮らし。一緒に住んでくれたら心強いと那津美《なつみ》は言ってくれるが、空良《あきら》は一人で生きていく力をつけたくて、その申し出を「いつか」「そのうち」という言葉で引き延ばしていた。

こんな愛想の欠片《かけら》もない不良高校生を息子として受け入れてくれた那津美《なつみ》には感謝している

し、本当の兄のように慕ってくれる愛海《あみ》のことも自分なりに大切には思っている。だから家族として、兄として、できることはしたいと考えている。那津美《なつみ》が黒兎《くろうさぎ》で働いている夜の間、愛海《あみ》を預かることを申し出たのも、それが理由だ。

「ここを通るのが嫌なら、遠回りになるが、明日からそっちで行くか？」

「ううん、それはいい。だって、この道は――」

愛海《あみ》は花束を抱きしめる。


高架下の照明が不規則に点滅している箇所がある。その下の路肩に花瓶が転がっていて、ピンク色の萎《しお》れた花があちこちに散っていた。今朝通った時は、こんなことにはなっていなかった。酔っ払いの仕業だろうか。

愛海《あみ》は花束を空良《あきら》に預けると、落ちている花を拾いだした。

「大丈夫だよ、ゆりちゃん。ちゃんと直してあげる。新しいお花も持ってきたから」

高村《たかむら》ゆり。一カ月前、この高架下の道で車に撥《は》ねられて死んだ女子高生だ。その名を空良《あきら》が知ったのは昨日の夜。アパートで晩飯の支度を二人でしていると、「明日、お友だちにお花を供えたいの」と唐突に愛海《あみ》が言いだした。愛海《あみ》と同じマンションに住んでいて、よく遊び相手になってくれたという。肌身離さず持ち歩いているヘッドホンは、彼女からもらったものだった。

愛海《あみ》は花瓶を起こすと拾い集めた花を丁寧に挿し直し、持ってきた花束を横に置く。

「見て、ゆりちゃん。紫の花はリンドウって言うんだって。今朝、フラワーショップで薫《かおる》ちゃんと選んだんだ。一緒に来たがってたけど、今夜はお仕事で来れなかったの」

薫《かおる》ちゃん——年上の友だちが他にもいたらしい。空良《あきら》は〝二人〟の会話の邪魔をしないよう、黙って横に立っていた。そんな空良《あきら》を愛海《あみ》は見上げる。

「でも今日は、わたしのお兄ちゃんが一緒に来てくれたの。カッコいいでしょ?」

どんな顔をすればいいかわからず、空良《あきら》は視線を逃がす。目の前のガードフェンスに大きな凹《へこ》みがある。事故のひどさがわかる生々しい痕跡だ。

愛海《あみ》が花に手を合わせる。その隣に屈《かが》んで空良《あきら》も手を合わす。しばらくすると、愛海《あみ》のすすり泣く声が聞こえた。

「ひどいよ……どうしてゆりちゃんが……こんな目に……どうして……」

愛海《あみ》は友人の身に起きた理不尽な不幸を呪っていた。高村《たかむら》ゆりを轢《ひ》いた犯人は今も捕まっていない。捕まっても愛海《あみ》の「どうして」が解消されることはないだろうが——。

「……お兄ちゃん、なにか言った?」

「?　いや」

「あれ、でも今——」

空良《あきら》は自分たちの周囲が不自然なほどに静かなことに気づく。繁華街は離れているし、人通りもないから当然なのだが、いつもは街の喧噪《けんそう》が遠くで聞こえてはいた。だが、今はまるで水の中にいるように、それらの音が遮断されている。

空気がひりついている。毛穴がざわりと開く。

視線だ。絡みつくような厭《いや》な視線を感じる。〈黒い葉書〉を拾った時と同じだ。

愛海《あみ》を見ると、その顔は花にではなく、高架下の道の奥に向けられている。そこに溜《た》まる濃い闇の中にぼんやりと、学生服姿の少女が立っていた。輪郭がおぼろげで、深く頭《こうべ》を垂れ、顔は見えない。腕や足は、ありえない角度に曲がっている。

「**あ……み……ぢゃあん……**」

爛《ただ》れた喉から振り絞るような、濁った声が愛海《あみ》を呼ぶ。

「──ゆりちゃん？」

ふらふらと声がするほうに向かっていこうとする愛海《あみ》の腕を、空良《あきら》は慌てて掴《つか》む。

闇の中で学生服の少女は首をゆっくり横に振る。

「**……にげで……にげ……にげ……な、いと……**」

首を振る動きが次第に速くなり、がくがくと激しくなって、

「**こ、ころ、ころ、ころころころ、ころ、ころころころ**」

──ころす。

少女の後方に二つの光が現れる。唸《うな》るような音をあげて向かってきたワゴン車が、少女を勢いよく撥《は》ね飛ばした。宙を舞った少女はぐにゃぐにゃの四肢を踊るように振り回し、高架裏の暗がりへ吸い込まれるように消える。そのまま減速することなく車はわずかに向きを変え、空良《あきら》たちに向かってくる。

「走れッ！」

掴《つか》んだ腕を引き寄せると同時に地面を蹴って、駅方面に向かって走る。混乱の中、空良《あきら》に腕を

引かれるままだった愛海《あみ》は状況を理解してきたのか、自らも必死に足を動かしている。

「どうして？　なんでわたしたちを追いかけてくるの？」

「いいから走れ！　駅前に出るんだ！」

ここは逃げ場がない。とにかく広い場所に出なければ。

猛獣が吠《ほ》えるような走行音が後方から迫る。その距離はどんどん縮められていく。

掴《つか》んでいた愛海《あみ》の腕がグンと引っ張られ、空良《あきら》の手から離れた。愛海《あみ》がつまずいて転倒したのだ。「愛海《あみ》ッ！」叫んで立ち止まる空良《あきら》の靴の爪先に、転がってきた花瓶がぶつかる。高村《たかむら》ゆりに花を供えた花瓶だ。なぜ、ここにあるのか。考える暇はない。愛海《あみ》の腕を掴《つか》んで起こし、走る。掴《つか》んでいる腕が、さっきよりも重い。愛海《あみ》は顔をしかめ、片脚をかばうように走っている。転んだ時に怪我《けが》をしたのかもしれない。

背負っていくか？　だが、その動作のためには一瞬でも足を止めなくてはならない。今にも喰《く》らいつかんと走行音が迫っている。だめだ。走り続けるしかない。地面を蹴って、少しでも前へ進まなければ。

どれだけ走っただろうか。おかしいと空良《あきら》は気づく。駅前に出る横道が、もう見えてもいい頃のはずだ。だが、前方にはただまっすぐな道が、どこまでも続いているように見える。

頭上で照明が点滅している。数メートル先に何かが転がっている。花瓶だ。

「なんで……」愛海《あみ》も気づいたのだろう。困惑の声を漏らす。

戻っているのだ。シャッターとガードフェンスしかない、同じような光景が続く道だから気づいていなかったが、また花瓶の場所に戻っている。

何が起きている？　わからない。だが、走り続けるしかない。

愛海《あみ》の走る足がどんどん重くなっていくのがわかる。体力の限界が迫っているのだ。

頭の中が、煮え立つような焦りと緊迫感に沸いている。だが一方で、そういう状況を冷静に観察している自分もいる。この感覚は、試合の時と似ている。観客の熱気や興奮に煽《あお》られ、昂《たかぶ》る神経を落ち着かせるため、自分の拳を見つめ、ゆっくりと呼吸をする。すると、自然と昂《たかぶ》りはクールダウンしていく。今も同じだ。このひっ迫した状況に神経を乱されないように、冷静に観察する。自分を。そして、周囲を。

さっきから視界に入っていたはずだが、意識していなかったものが見えてくる。

閉まっているシャッターのひとつに、なにかが擦《こす》ったような跡と、凹《くぼ》みがある。外から大きな衝撃を受けたのか、下の部分がひしゃげて閉まり切らず、隙間ができていた。

「愛海《あみ》、ここに入れ！」

隙間に愛海《あみ》を押し込む。隙間の大きさはぎりぎりだ。這《は》いながら入っていく愛海《あみ》の足が引っ込んだと同時に、白い光が空良《あきら》を捉えた。ヘッドライトが目前にまで迫っていた。

咄嗟《とっさ》の判断で、反対側のガードフェンスに向かって走る。飛びついて金網部分を掴《つか》むと、ガードフェンスを蹴って、天井を通っている配管へと飛んだ。伸ばした手が配管を掴《つか》んだ次の瞬間、ガードフェンスにワゴン車が突っ込んだ。派手な破壊音が響き渡る。

ワゴン車は、なぎ倒されたガードフェンスに乗り上げた状態で停《と》まった。

配管に懸垂の状態でぶら下がりながら、空良《あきら》は次の行動を考える。この隙に愛海《あみ》と逃げるべきか。いや、運転手のダメージが少なければ、また追ってくるだろう。いっそのこと、衝突で動きを止めている今、運転手を引きずり出すか。

地面に着地すると運転席を覗《のぞ》き込む。ドアを開けたら、すぐさま掴《つか》んで引きずり出し、拳を顔面に叩《たた》き込もうとした。だが、その必要がないことがわかって、拳を下ろす。

シャッターの隙間から呼びかけると、おずおずと愛海《あみ》が出てくる。動かなくなった車を呆然《ぼうぜん》と見つめる愛海《あみ》の膝はがくがくと震え、擦り傷で血が滲《にじ》んでいる。

「痛むか」

「……ちょっとだけ。それより車の人、大丈夫かな。きっと大怪我《おおけが》してるよ」

「たった今こいつに轢《ひ》かれかけたんだぞ」

空良《あきら》は呆《あき》れながら車を顎で示す。「そんな心配しなくていい。見てみろ」

ガードフェンスに乗り上げたワゴン車は高架を支える太いコンクリート柱に突っ込んで、フロント部分がひしゃげていた。蜘蛛《くも》の巣のようなヒビの広がるフロントガラス越しに、誰も座っていない運転席が見えた。

「こいつは無人で暴走したんだ」

こわばった表情の愛海《あみ》の足元で、供えたばかりの花が無残に潰れていた。

築二十年の二階建てアパート〈はなさき荘〉。その203号室が空良《あきら》の部屋だ。

高架下での出来事がショックだったのだろう。愛海《あみ》は押し黙ったままだったが、水を一杯飲むと少し落ち着いたのか重い口を開いた。

「ゆりちゃんだった」

暗闇に浮かび上がった、学生服姿の少女のことだ。

「なんで……なにか怒ってるのかな。どうしてあんな……」

愛海《あみ》は言葉を詰まらせる。無人の車が動いたのは、高村《たかむら》ゆりの霊がやったのだと思っているようだ。あの声を愛海《あみ》も聞いたのだろう。「ころす」――確かにそう言った。

「薫《かおる》ちゃんと選んだお花。だめになっちゃった。好きなお花じゃなかったのかな」

そんなことで怒るヤツは友だちなんかじゃない。そう思ったが、言わなかった。高村《たかむら》ゆりがどんな性格であったか空良《あきら》は知らない。愛海《あみ》の表情を見ていると無責任なフォローはできないし、安易な慰めの言葉も口から出なかった。

「膝を見せてみろ」血が固まりかけた膝には、砂がたくさんついている。傷口を洗ってくるように言うと愛海《あみ》は頷《うなず》いて浴室に入っていった。空良《あきら》は奥の部屋へ行って薬箱から絆創膏《ばんそうこう》と消毒液を出すとベッドに座った。

あの女子高生は本当に高村《たかむら》ゆりなのか。空良《あきら》は霊という存在に対し、べつに在ってもかまわないが積極的に信じるつもりもないというスタンスだ。死んだはずの女子高生が、もう一度目の前で車に撥《は》ねられる瞬間も、無人の車が暴走して襲ってきたのもはっきり見はしたが、こうして自室のベッドに座っている今となっては、それらの記憶も本物なのかと疑ってしまう。

空良《あきら》は顔を上げる。

「……なんだ？」

今、なにかが変わった。テレビはなく、本や雑貨を適当に並べたカラーボックスと低いテーブルがあるだけの殺風景な部屋。変わらない、いつもの光景だ。でも、なにかが違う。部屋の空気が一変したような。自分の部屋ではない別の場所にいるような。高架下で花を供えた時にも感じた、あの感覚と似ている。嫌な予感が足元から這《は》い上がる。

悲鳴が聞こえた。

「愛海《あみ》っ！」

浴室に飛び込む。愛海《あみ》の姿がない。洗面台の水道がちょろちょろと出しっぱなしになっている。空っぽの浴槽があるだけだ。浴室を出て愛海《あみ》の名を呼びながら、玄関に愛海《あみ》の靴が残されているのを確認する。扉には鍵もかかっている。外に出たわけでもない。

――愛海《あみ》が、消えた。

悲鳴は確かに浴室からだった。聞こえてから飛び込むまで二秒もかかってない。

落ち着け。何が起きた。考えろ。思考とは裏腹に鼓動が速まり焦りが募っていく。

浴室に戻ると、爪先に固いものが当たる。愛海《あみ》のヘッドホンが落ちている。肌身離さず持ち歩くほどに大切な物を残して消えたという事実は空良《あきら》をより焦燥させた。ヘッドホンの耳覆《ハウジング》いに微量の赤黒い汚れが付着している。血だ。一瞬、凍りつくが、それは乾いていた。たった今付いたものではないのか。

指先でそっと血に触れた瞬間。視界にノイズが走り、目の前の光景が変わった。

鏡が視《み》えた。

この浴室にある鏡だ。だが、いつもより視点が低い。誰かが映っている。霞《かすみ》がかかったように輪郭がおぼろげで、見えづらいことを差し引いても心当たりのまったくない人物だ。

『あみちゃ――なえて――あした――まって――』

古いテープを再生したようなブツブツと途切れる幼女の声。愛海《あみ》ではない。

また光景が変わり、空良《あきら》の目はヘッドホンの血痕に戻される。

視線を上げて鏡を見る。狼狽《ろうばい》の色を滲《にじ》ませた自分の顔が映っているだけだった。

異常なことが起きている。いつからなのか。高架下で高村《たかむら》ゆりを見てからか、それとも――〈黒い葉書〉を受け取った時からか。空良《あきら》は首を横に振った。今考えるべきは次の行動だ。普通に考えれば、警察と那津美《なつみ》に連絡するべきだ。だがこの状況を説明したとして、信じてもらえるだろうか。

細く澄んだ音色が、冷水を落とすように空良《あきら》を混乱から呼び戻した。

笛の音だ。

音は空良《あきら》の部屋の外から聞こえてくる。浴室にいるにもかかわらず、それははっきりと聞こえ、繊細な糸を通すように耳へと入ってくる。空良《あきら》はアパートの部屋を飛び出し、笛の音がするほうへと急ぐ。異常な状況で起こることもまた異常の一部だ。おそらく、愛海《あみ》がいなくなってしまったことと無関係ではない。それを証明するように音は目に視《み》えるように空良《あきら》を導いている。

唐突に笛の音は止《や》み、空良《あきら》は足を止める。いつも通っている薄暗い高架下だ。証明写真のブースがあり、高架脇には二階に飲み屋のある小さなビルが立っている。いつも見ている光景なのに、ブースから漏れる光も飲み屋の窓明かりも今はどこかよそよそしく、高架下の暗さを濯《すす》ぐにはあまりに頼りなかった。夏の夜の熱気を縫うように、冷たく湿った空気が流れてきて空良《あきら》に絡みついてくる。


「**遊ぼ**」

鈴の音のような声だった。

高架道路沿いに細い階段があり、その上に着物姿の少女がいた。夜に明るむ雪のような純白の髪を風に遊ばせ、空良《あきら》を見下ろしている。不吉な白さを帯びた幼い顔は整っているが表情がない。赤い着物に、淡い青柳色《あおやぎいろ》に朱の花を咲かせた打ち掛けという姿は、背景に広がる無骨な都会の色とは合っておらず、どこか現実離れした光景だった。少女は金属の光沢が走る横笛を構えたまま、じっとこちらを見つめている。

「**おにいちゃん。〈かくや〉と、遊ぼ**」

あどけない口調だが、その口はまったく動いていない。瞬《まばた》きひとつせず、表情も変わらない。まるで人形のような少女だ。

「なんなんだ、てめぇは」

脳をはじめとする身体《からだ》のあらゆる器官が「あれは危険だ」と警鐘を打ち鳴らしていた。鼓動が速くなり、額には汗の玉が浮き、これまで体験したことのないような震えが全身に根を張ろうとしている。

「てめぇはなんだって聞いてんだよ」

「**ねぇ、〈かくや〉と、遊ぼ**」

「**遊んでくれないと、おにいちゃんもいなくなっちゃうよ**」

ゆりちゃんみたいに——。

こいつだ、と空良《あきら》は確信する。〈かくや〉と名乗る、この少女——と形容するしかないもの——が、高村《たかむら》ゆりを殺したのだ。空良《あきら》のアパートの前に〈黒い葉書〉を置いたのも、高架下で無人の車を暴走させたのも。おそらく高村《たかむら》ゆりも自分たちと同じ目に遭ったのだ。ならば轢《ひ》き逃げ犯なんて捕まるわけがない。そんなものは初めから存在しないのだから。

「愛海《あみ》をどこへやった」

「〈かくや〉ね、**あみちゃんと遊びたかったの。だから、ゆりちゃんに手伝ってもらったの**」

「愛海《あみ》を、どこへ、やった」

「**でもね、あみちゃんも消えちゃった**」

怒りが一気に沸点に達した。相手の見た目がか弱そうな少女だろうが関係ない。階段を一息に駆け上がって、握り締めた拳を仮面のような顔に何度も何度も振り下ろす――つもりだったが、足が地面に溶接されたように動かない。いつの間にか全身が金縛りにあっていた。

「**だからね、**〈**かくや**〉、**次はおにいちゃんと遊ぶの**」

「上等じゃねぇか。〈かくや〉。今すぐ遊んでやるよ」

言葉とは裏腹に一歩も前に進めない。腕を振り上げるどころか拳さえ作れない。奥歯が割れるほど噛《か》み締《し》め、怒りに満ち満ちた視線を相手に突き刺すことしかできない。

「〈**うらしま女**〉**遊びだよ**」

「あ?」

「〈**うらしま女**〉**をさがしてね**」

「さっきから……てめぇはなにを……」

「**遊んでくれないと、おにいちゃんも消えちゃう。それに**」

〈かくや〉は、最初からまったく変わらぬ表情で告げる。

「**あみちゃんもかえってこないよ**」

空良《あきら》は頭の中で何かの切れる音を聞いた。見えない拘束を解こうと、今にも噴出せんと沸き上がる怒りの感情を両脚に集める。喉の奥から獣のような声が出た。

「ぐぅあああああああ……クッソがあぁぁぁぁぁッ……！」

フッと拘束が解けた瞬間。左足で地面を蹴って自身を前に押し出した。その勢いで階段を跳躍するように駆け上がり、振り下ろした拳は空《くう》を貫く。

〈かくや〉の姿は消えていた。空良《あきら》の耳に繁華街の遠い喧噪《けんそう》が戻ってくる。

第1章 うらしま女

『――八真都《やまと》神宮の池で発見された遺体につきまして、神座《しんざ》警察署は二十七日未明から連絡が取れなくなっているS大学に通うA区在住の二十一歳女性であると発表しました。死因の特定も含め、事件と事故の両面で捜査を進めていくもようです。八真都《やまと》神宮管理部によりますと、夜間の開園は当面見合わせるとの――』

ＢＡＲ黒兎《くろうさぎ》。ここには窓も時計もないので時間の感覚がないが、昨夜からつけっぱなしのテレビに朝のニュース番組が流れ、夜が明けたのだと空良《あきら》は知った。ニュースの内容など頭に入ってこない。

昨晩、空良《あきら》から連絡を受けた那津美《なつみ》は、警察に愛海《あみ》の捜索願を提出。当然ながら空良《あきら》も署で事情聴取を受けた。〈黒い葉書〉のこと、高架下で暴走車に襲われたこと、愛海《あみ》がアパートの浴室から消えたこと、着物姿の少女のこと。起きたことを包み隠さず話したが、警察官のメモを取る手は途中から完全に止まっていた。不信感を顔に出すことはなかったが、まともな証言だとは思えなかったのだろう。無理もない。自分もいまだ半信半疑なのだ。

取り調べから解放されたあとはＢＡＲ黒兎《くろうさぎ》に戻り、那津美《なつみ》に会った。警察官の反応を思うと、着物姿の少女のことを話す気になれず、結局「目を離した隙に、愛海《あみ》がアパートから消えていた」とだけ話した。彼女は空良《あきら》を責めることなく、昨日の愛海《あみ》の様子などをノートにまとめながら「なぜこうなったのか」を考えていた。作家としての性分か、そうすることで精神を保っているのかもしれない。気丈に振る舞っても心の疲弊は浮いた化粧越しにありありとわかる。那津《なつ》美《み》は朝から署に出向く必要があるので愛海《あみ》の写真などを取りにいったん自宅に戻っていった。空《あき》良《ら》はカウンターに臥《ふ》して眼《め》をつむったが眠ることはできなかった。

正午になって、カランカラン、とドアが開いた。

「やあ、親友」

天生目《あまのめ》だった。彼とともに入ってきた外の熱気がエアコンの冷気を温《ぬる》くする。今日もかなりの暑さのようだが、彼は汗ひとつかいておらず涼しい顔だった。

「あれ、那津美《なつみ》さんは？」

「朝から警察に行ったよ」

「ちぇ。せっかく慰めて僕の胸で泣いてもらおうと思っていたのに」

冗談のようだが天生目《あまのめ》は本気だ。彼は小さい頃からモテるほうで、ラブレターをもらったり告白されたりしているのをよく見かけたが、好みは年上、しかもひと回り以上も上の女性だ。当然、同級生など相手にするはずもなく、学校の先生を口説き落とそうと職員室に毎日通っていたそんな天生目《あまのめ》は、現在、那津美《なつみ》を狙っている。

「サツにだいぶ絞られたらしいじゃないか。いい人生経験になったろ」

「相変わらず耳が早いな」

「壁に耳ありさ。あそこにも、僕の〝耳〟になってくれる友人がいるからね」

さすが、天生目《あまのめ》組だ。その影響力は警察署内にも及んでいるらしい。

「その〝友人〟から聞いたよ。取り調べで、愛海《あみ》ちゃんの失踪には和服姿の美少女が関係してるって答えたんだって？　ああいう場所ではもっと巧《うま》く立ち回らないと。ヤクでも食ってんのかって疑ってたよ」

「だろうな。俺もお前がそんなことを言い出したら同じことを思ったろうよ」

天生目《あまのめ》と話すうちに、空良《あきら》も少しずついつもの調子を取り戻し、真剣な顔つきになる。

「で、網にはかかってたか？　天生目《あまのめ》」

「下の者を一晩中走らせたけど、今のところ収穫はゼロだね。なんでも一人で我を通すキミが珍しく僕を頼ってくれたんだ。ぜひとも力になりたかったんだけどな」

昨夜、空良《あきら》は警察より先に天生目《あまのめ》に連絡を入れていた。彼の力——正確には彼の〝家〟である組の力を借りるためだ。日々、取り立てや追い込みで逃げ隠れする不義理者を捕まえている彼らだ。縄張《シマ》のあちこちに〝目〟や〝耳〟があり、裏社会の情報網《ネットワーク》を持っている。この街での人探しには最適だ。

「この街で悪さをして、うちの組の網をくぐり抜けるのは簡単じゃない。キミの証言通りの人物ならとくにね。つまりキミの追っているのが夢や幻でないのなら、かなり手ごわい相手ってことさ」

〈かくや〉は見た目も声も話し方も幼い少女だったが、対峙《たいじ》しただけであれほど緊張感を抱かせる相手は今までに出会ったことがない。現実味のない異様な存在だった。

「確かに殴り合いの通じない相手だったな」

「最高だ。年下の女にはまったく興味ないけど、その子は別だ。唯一キミの無敗記録に泥を塗ったんだからね」

「勘違いすんな。まだ勝負は始まってもいねぇ」

「なら、いつ始まるんだい？」

「さぁな。ヤツの言ってた〈遊び〉ってのも、なんのことか、さっぱりだ」

「キミは思考タイプじゃないからね。いいさ、僕が協力しよう。この頭脳を惜しみなく使ってあげようじゃないか。困っている親友を見過ごすことなんてできないからね」

「裏があるってツラしてんぞ」空良《あきら》に指摘され、天生目《あまのめ》がニヤリと笑う。

「裏だなんて、失礼な。まあ、愛海《あみ》ちゃんを見つけて、那津美《なつみ》さんの点数を稼ぎたいって気持ちはあるけどね。これは彼女の堅牢《けんろう》なガードを打ち崩す、千載一遇のチャンスだ」

「そっちが本音か」

「目的は一致してるんだからいいだろ。目的のためなら手段は選ばない、そんな僕の協力は頼もしいよ？　多少、合法でないやり方になるけどね」

カラン、カランとドアベルが鳴り、天生目《あまのめ》が好青年の表情に戻る。

「こんにちは」と、困惑顔で入ってきた少女が空良《あきら》を見て、ぽかんと口を開ける。

「あれ？　あなた、このあいだの」

顔を見ただけではわからなかったが、黒を基調とした奇妙な服装には覚えがあった。昨日、駅前でチンピラに絡まれていた少女だ。少女は店内を見回して尋ねる。

「あの、那津美《なつみ》さんは？」

「今は用事で出ていますよ」

天生目《あまのめ》が伝えると、少女は「葉月薫《はづきかおる》です」と名乗ってから、困った様子でここに来た経緯を説明し始めた。

「仕事が終わってケータイ見たら、那津美《なつみ》さんから留守電入ってるのに気づいて。ずいぶん混乱した様子で愛海《あみ》ちゃんがいなくなったっていうから、それで心配で……」

警察に捜索をしてもらっているあいだもじっとしていられなかった那津美《なつみ》は、少しでも情報がないかと愛海《あみ》を知る人たちに片っ端から電話をかけて回っていたようだ。

聞けば、星真《せいしん》高校の二年生だという。空良《あきら》たちの通う高校の近くにあるお嬢様学校だ。

「鬼島《きじま》って聞いて、まさかとは思ってたけど……」葉月《はづき》は空良《あきら》の顔をまじまじと見つめる。「あなたが愛海《あみ》ちゃん自慢のお兄さんだったなんてね」

そこまでの話を聞いて、ようやく空良《あきら》は愛海《あみ》が昨日、花を一緒に買いに行ったという年上の友達「薫《かおる》」が、今目の前にいる葉月薫《はづきかおる》のことだったのだと気づく。

「昨日は助けてくれてありがとう。あの時は慌てちゃってロクにお礼も――」

「そうか。丸橋《まるはし》が目をつけたって子はキミか」天生目《あまのめ》が会話に割って入り、値踏みするように葉月《はづき》を見る。「彼が大ファンのアイドルにそっくりな子がいたんだって言うから、どんなもんかと思ったけど、なかなか可愛《かわい》い子じゃないか」

天生目《あまのめ》のデリカシーのない言動に葉月《はづき》は不快を露《あらわ》にした。

「は？　なんですか。まるはしって誰？」

「ああ、失礼。僕は天生目聖司《あまのめせいじ》。丸橋《まるはし》は昨日キミに声をかけたモヒカンで、うちの〝会社〟の下《ヒ》っ端《ラ》なんだ。どうやら、迷惑をかけたみたいだね」

「やっぱりお前のとこのヤツだったか」

「あまのめって……げっ、あなた、あのヤクザの天生目組《あまのめぐみ》？」

葉月《はづき》の表情がこわばる。

「こいつは組長の息子だが一応カタギだ。性格に難はあるが」

「人聞きが悪いな。こんな好青年を掴《つか》まえて」

「あー、なるほど。そういうタイプの人ね」

今の短いやりとりで葉月《はづき》はなにやら察したようだ。

「そんなことより、どういうことなの？　愛海《あみ》ちゃんが急にいなくなるなんて……何があったのか教えて」

「僕も詳細を聞いておきたいね」

空良《あきら》は話した。黒い葉書のこと。高村《たかむら》ゆりの幽霊を見たこと。無人の暴走車に襲われたこと。愛海《あみ》が自宅の浴室から消え、〈かくや〉という異様な少女に遭遇したこと。

はじめ、天生目《あまのめ》は薄笑いを浮かべながら聞いていたが、すぐに表情が硬くなった。顔色も悪い。その理由を空良《あきら》は知っている。天生目《あまのめ》はオカルトの類いは苦手なのだ。だから電話で本件について説明した時も、そういう要素を抜きで話していた。

一方の葉月《はづき》はといえば、終始真剣な表情で聞いていた。前のめりで聞くその姿勢と熱心にメモを取る様子は、愛海《あみ》を心配する気持ちから来るものなのは言うまでもないが、それとはまた別に、この話に対する強い関心をもうかがわせた。

「そっか。ゆり、まだあそこにいるんだ」話を最後まで聞き終えると、葉月《はづき》の瞳が潤んだ。「あーあ、こんなことなら、昨日は仕事ドタキャンして、お花一緒に供えに行けばよかったな。そしたら会えたのに」

「会わない方がよかったぞ。たぶん、お前の友人はヤツに操られていた」

葉月《はづき》は少し考えてから、奇妙なことを言い出した。

「その〈かくや〉って女の子……きっと〈怪異〉だよ」

「カイイ？　なんだそりゃ？」

「辞書で引くと、怪しいことや化け物って意味。でも、近年の解釈ではこうなの」

怪異――それは、強い恨みを持って死んだ人間の成れの果て。生きているものを憎み、人間の抱く恐怖を糧にし、死の淵《ふち》へと追い詰めて恐怖と絶望に染め上げようとする。

「つまるところ、幽霊か？」

「そうなんだけど、一般的なイメージの、視《み》えるか視《み》えないか、いるかいないかわからない、人をじわじわ呪うような幽霊じゃなくて。その存在感はもっとあからさまで、積極的に明確な殺意をわたしたち生きてる人間に向けてくる――それが現在の怪異のイメージなの」

「ころす」と告げた高村《たかむら》ゆりの霊。空良《あきら》たちを狙ってきた無人の暴走車。あからさまな殺意だ。となると、あれらは確かに怪異と言えるのかもしれない。

「葉月《はづき》っつったか。なんでそんなことに詳しい？」

葉月《はづき》は得意げに鼻を膨らませる。

「だって『月刊オーパーツ』を毎号欠かさず読んでるから。自慢じゃないけど、そっち系の知識、わたしハンパじゃないからね」

「あの都市伝説とか陰謀論とか扱ってる低俗な雑誌か」

天生目《あまのめ》が鼻で笑う。その笑いもこわばっている。

「まさか、あの手の話を百パーセント真に受けちゃう残念な人かい？」

葉月《はづき》は無視して続ける。

「その女の子、確かに〈うらしま女〉を捜してって言ったんだよね」

それが空良《あきら》を悩ませているキーワードだ。「遊ぼう」と誘っておきながら、知らない女の名前を出し、説明もなく〈かくや〉は消えた。どうしようもない。

「つまり、〈うらしま女〉の噂《うわさ》は本物だってことだよね。それって、かなりヤバいよ」

「その女のこと、知ってるのか?」

「知ってるも何も、オカルト界隈《かいわい》では今一番ホットな話題だよ?」


八真都《やまと》神宮の浦島池《うらしまいけ》で、深夜に石を投げると、ずぶ濡《ぬ》れの妊婦が現れる。


神座《しんざ》区《く》のオカルト掲示板で以前から話題になっていた怪談だ。

妊婦の正体については、出産直前に夫の浮気を知って池に身を投げた女性、望まぬ妊娠に悩み精神に異常をきたした女子学生など諸説紛々《ふんぷん》としており、この話そのものの真偽を疑う声もあったが――。

数日前、ある事件が起きたことで新たな展開を迎えた。

件《くだん》の池で、女子大生の遺体が発見されたのである。

さらに、この事件の報道後、彼女の「友人」と称する人物により、次のような逸話がネットの掲示板に書き込まれた。

彼女は遺体で発見される数日前、大学の友だちに誘われ、肝試し感覚で深夜の浦島池《うらしまいけ》に行っていた。

当然のごとく、ボート乗り場で「誰が石を投げるか」という話になった。

ジャンケンで負けた彼女は、恐る恐る石を拾って池へ投げた。

だが、どんなに待っても、噂《うわさ》の〈ずぶ濡《ぬ》れの妊婦〉は現れない。

「所詮、噂《うわさ》だね」とみんなで笑い合って、その日は帰った。

翌日、彼女は大学に来なかった。

次の日も、その次の日も、彼女は来ない。

電話にも出ず、メールにも反応がない。さすがにみんなが心配しだした頃。

浦島池《うらしまいけ》で、彼女が変わり果てた姿で見つかった。

その顔は白く浮腫《むく》み、ピンポン玉のような目が飛び出し、水やガスがたまって、遺体の腹は大きく膨らんでいた。

その姿は、まるで妊婦のようだった。

どういうわけか、遺体にはたくさんの亀が群がっていた。


「浦島池《うらしまいけ》にちなんで〈うらしま女〉って名前なわけ」

葉月《はづき》の話が終わると、天生目《あまのめ》はただでさえ色白の顔が血の気が失《う》せてさらに白くなっていた。

「僕はちょっと奥で休んでるよ」と言ってボックス席に引っ込んでしまう。

「じゃあ、俺はその池に行って石を投げ込めばいいんだな」

「ヤバッ」葉月《はづき》は目を丸くした。

「んーだよ」

「チンピラを一発ＫＯした時も思ったけど、キミ、ヤバいね。今の話を聞いても、顔色ひとつ変えずにそんなこと言えるんだもん。怖いもの知らず？」

「怖いかどうかは会ってみなきゃわからんだろ。それに、〈遊び〉相手と会わないことには、なんにも始まらないからな」

あそんでくれないと……あみちゃんもかえってこないよ……。

〈かくや〉の言葉が、昨晩からずっと空良《あきら》の頭の中で繰り返されている。そのたびに、愛海《あみ》を連れ去った相手が目の前にいるのに何もできなかった、あの悔しさを思いだす。

「葉月《はづき》、ひとつ聞きたいことがある」

「幽霊妖怪ＵＭＡＵＦＯ《ユーマユーフォー》、オカルト系ならなんなりと」

「何かに触れたら、映像が一瞬だけ頭に浮かぶ。そんな現象に心当たりはあるか？」

「あー、うん。〈サイコメトリー〉かな。物体に残る人の残留思念を読み取る超能力。遺跡で見つかった石器から当時の人たちの生活の様子を読み取ったり、最近だと殺人事件の捜査にも使われてるらしいけど――えっ、もしかして」

空良《あきら》は頷《うなず》き、愛海《あみ》のヘッドホンの血痕に触れた時に奇妙な光景を見たことを伝えた。葉月《はづき》は目が乾くほど空良《あきら》の顔をじっと見つめ、鼻息も荒く、睨《にら》んでいるような、でも少しだけ口元に笑みを浮かべた、なんとも言いがたい表情をしている。

「キミって、どこまでヤバいの。怪異には遭遇するし、超能力に目覚めるし……羨ましすぎて、なんか悔しいよ」悔しがっている表情だったらしい。

「それ、愛海《あみ》ちゃんがキミに残したメッセージなのかもよ」

「——だとしても、一瞬すぎて意味がわからなかったぞ」

「それはちゃんと触れてなかったからじゃないかな。もう一度、できたらいいんだけど」

「やってみるか」

空良《あきら》はバックヤードに行って、ピンク色のヘッドホンを持って戻ってきた。本当なら警察に提出すべき証拠品だが、直感、あるいは何かの知らせのようなものが働き、これだけは渡さなかった。ホラー作家の那津美《なつみ》なら、そういった不思議な現象についてなにか知っているかもしれない。〈かくや〉のことも含め、那津美《なつみ》に相談しようと店に持ってきていたが、動揺する彼女を前に、話を切りだすことができなかった。

「これ、ゆりがずっと使ってた……」葉月《はづき》は愛《いと》おしげにヘッドホンを撫《な》でる。「これをもらった時、愛海《あみ》ちゃん、飛び跳ねて喜んでたっけ。いつもこれで、来瀬《くるせ》ものの曲を聞いてくれてた」

確か、愛海《あみ》の好きなアイドルの名だったなと空良《あきら》は思いだす。

「これを持ってると、ゆりちゃんをそばに感じられるって言ってた。悲しい時、寂しい時、励ましてくれる気がするって……」

葉月《はづき》は耳覆《ハウジング》いについている黒い汚れに気づく。

「その血だ。いなくなった昨日の夜より、もっと前についたものみたいだが」

「愛海《あみ》ちゃんに何があったのかな」

「サイコなんとかで、そのヒントが見つかるといいが」

「そういえば、知人の霊能力者の先生が言ってたんだけど、霊視をするための集中点っていうのが額にあって、第三の眼《め》って言うんだけど、そこに意識を集中させるんだって」

「変わった知り合いがいるんだな」

第三の眼云々《めうんぬん》は理解できないが、集中の重要性は空良《あきら》も知っている。集中力を極限まで研ぎ澄ませば様々なものが見えてくる。拳を交わす相手の呼吸、動作。それを感じさえすれば、あとは身体《からだ》が勝手に動く。その異常な集中力と反射神経が空良《あきら》の無敗の理由なのだと天生目《あまのめ》は言っていた。その集中力を敵ではなく、この血痕に向けたらどうなるか。空良《あきら》は目を閉じると、意識を額の中心に、神経を指先に集中させ、そっと血痕に触れる。


テレビの砂嵐に似たノイズが視聴覚を塞ぎ、瞼《まぶた》の裏に炙《あぶ》り出すように光景が現れる。洗面台、T字カミソリ、歯ブラシの立てかけられた二つのマグカップ。浴槽。空良《あきら》のアパートの浴室だ。

「おそうじ、おそうじ、ふんふふん♪」

愛海《あみ》の声だ。小さな手がスポンジで洗面台をこすっている。視界の高さから、これは愛海《あみ》の目が見ている光景のようだ。

（ご飯ができるまでに終わらさないと。お兄ちゃんの野菜炒《いた》め、楽しみだなぁ）

さっきの声と違ってぼんやり頭の中に響いて聞こえる。心の中の声だろうか。

しばらく手際よく掃除をしていたが、T字カミソリをどかそうと掴《つか》んだ時、「いたっ」と指を押さえる。誤って刃のほうを握ったため、指先を切ったのだ。少し血も出ている。

（……あみ……ちゃん……）

愛海《あみ》のものではない声が頭の中で聞こえた。愛海《あみ》も「えっ？」と驚いている。

（……あ……み、ちゃん……）

「……ゆり……ちゃん？」

愛海《あみ》の目は首から掛けているヘッドホンを見下ろす。声はそこから聞こえている。

「ゆりちゃん？　ねぇ、ゆりちゃんなの？」愛海《あみ》の視界が涙でぼやける。「会いたかった、ゆりちゃん、会いたいよ」

（……おはな……おそなえ……きて……）

「お花……？　うん、うん、わかったよ」

（まって……る……から……）

「うん、明日、ぜったいお供えに行く。きれいなお花、持ってくから」

愛海《あみ》は顔を上げる。目の前の鏡に純白の髪の少女が映っている。

〈かくや〉だ。

出会った時と同じ、表情のない目で鏡の中から見つめてくる。

「声……聞こえなくなっちゃった……来てくれたんだね。ゆりちゃん」

愛海《あみ》の両手がヘッドホンを優しく撫《な》でる。

どうやら、鏡の中のものは愛海《あみ》には見えていないようだ。

「おい愛海《あみ》、飯できたぞ」空良《じぶん》の声だ。

「はーい！　今行く！」

意識だけを弾《はじ》きだされた感覚があり、空良《あきら》の視界は今の光景に戻された。

肩で息をしながら、「視えた」と言った。

「視《み》えた……愛海《あみ》の声も聞こえた……」

空良《あきら》は、自分の見聞きしたものを説明した。あれは愛海《あみ》が消える前の日の光景だ。その日、晩飯を食べながら愛海《あみ》は「明日、花を供えに行きたい」と言いだしたのだ。

「感動！」と葉月《はづき》が興奮気味に声をあげる。「やっぱり、血から思念を読み取ってるんだ。すごい。鬼島《きじま》くんはサイコメトリーを……ううん、血の記憶を読むんだからこれは――」

〈ブラッドメトリー〉だね。葉月《はづき》は言った。

信じられないことが色々と起きているが、空良《あきら》は今が一番信じられなかった。だが、信じざるを得ない、リアルで生々しい体験だった。

「愛海《あみ》を呼んだのは、高村《たかむら》ゆりじゃない。〈かくや〉だ」

死んだ友人に花を供える――あれは愛海《あみ》に仕掛けた〈かくや〉の〈遊び〉だったのだ。花は暴走車にめちゃくちゃにされ、供えることができなかった。〈遊び〉に負けた者は、この世から消される。それが〈かくや〉の遊びのルール。だから愛海《あみ》は消されたのだ。

「愛海《あみ》ちゃんの、ゆりへの大切な想《おも》いを利用するなんて……許せない」

葉月《はづき》の顔からはさっきまでの好奇の色が消え、怒りの表情に変わっている。

「ああ、くそったれだ」

「じゃあ、何時にする？」と葉月《はづき》が訊《き》く。

「なんの話だ」

「今夜の予定の話。行くんでしょ。八真都神宮《やまとじんぐう》」

「……？　待て、お前も来んのかよ」

「当たり前でしょ。わたしだって愛海《あみ》ちゃんが心配なの。じっとなんかしてられないよ。それに
――」

葉月《はづき》の顔に再び好奇の色が戻ってくる。

「ナマで怪異を見られるかもなんだよ？」

「お前、なに言ってんだ？」

「こんなチャンス、逃す手はないじゃない。心霊、オカルトはわたしのライフワークなの」

「あー、お二人さん、仲良く盛り上がっているところ悪いんだけど」

完全に存在を消していた天生目《あまのめ》が奥からふらりと現れる。少し顔色が戻っていた。

「さっきから聞いてれば、幽霊だとか怪異だとかサイコなんたらとか。キミたち正気か？」

問われた空良《あきら》と葉月《はづき》は、まっすぐな視線を天生目《あまのめ》に返す。

天生目《あまのめ》は肩をすくめ、「僕も行くよ……」と言った。

※

空良《あきら》たちはいったん解散し、八真都《やまと》神宮の正門前で二十時に集合した。

神宮は駅から徒歩十分ほどと近いが、繁華街の喧噪《けんそう》や明かりの届かぬ静かな場所だ。三十ヘクタールの広大な鎮守の森を公園にしたもので、正門前には神社だった頃の名残である朱塗りの立

派な鳥居がある。三人はそこにいた。

「ちゃんと来たんだね。感心、感心」

薄く笑みを浮かべながら葉月《はづき》に言われ、天生目《あまのめ》は鼻で笑い返す。

「キミたちの愚かしい行動を見届けるためさ。〈うらしま女〉なんて、そんな馬鹿げたものが、この世にいるはずないって証明のためにね」

「組長の息子も幽霊は怖いんだ」

「な……こ、怖いんじゃない。身体《からだ》が受け付けないんだ。アレルギーと一緒さ。そういう『体質』なんだ。おい、なんだ、そのニヤケ面は」

そんな二人をよそに空良《あきら》は案内板にある園内の見取り図を見る。〈うらしま女〉の話の舞台〈浦島池《うらしまいけ》〉は、公園内の中央にある。迷いはしないだろう。問題は正門が閉まっていることだ。普段なら公園は二十四時間いつでも入れたが、死体が見つかったことでしばらく夜間は閉園することになったと貼り紙がある。

見たところ監視カメラのようなものはなく、門も余裕で乗り越えられる高さだが、警備員室の窓からは皓々《こうこう》と明かりが漏れている。見つかって通報でもされると厄介だ。

そこで交渉上手《じょうず》を自称する天生目《あまのめ》が、園内に忘れ物をしたという体《てい》で入園の許可をもらおうとしたが、しばらくしたのち、むっすりとした顔で戻ってきた。

「ここは警備と案内だけだから、落とし物なら管理部に電話しろとさ——クソがっ。未成年のガキだと思って、ずいぶん舐《な》めてる感じだった。山上《やまがみ》。しっかり、名前は覚えたよ」

名札を見たのだろう。神社だけに妙なお礼参りを考えてなければいいがと空良《あきら》は思った。

「じゃあ、正攻法でいくしかねぇな」

「正攻法って？」と葉月《はづき》は空良《あきら》に聞く。

「強行突破」

葉月《はづき》は呆《あき》れた顔でため息をつく。

「男子はこれだから……。思考レベルが雪男かヒバゴンじゃない。わかった。ここはわたしがひと肌脱いであげる」

「なにをする気だ？」

「ま、見ててちょうだいよ」

葉月《はづき》は自分のバッグから銀髪のロングウィッグを取り出してそれをかぶると、手ぐしで軽く前髪を整える。すると明らかに目つきや表情が変わる。今度はコンパクトミラーを空良《あきら》に持たせ、それを見ながら慣れた手つきで右目下にタトゥーシールを貼りだす。角のある悪魔の顔を抽象化したようなデザインだ。

「マジか……」驚愕《きょうがく》に声をあげたのは天生目《あまのめ》だ。

葉月《はづき》はカクンと首を横に傾ける人形めいた動きで、貼り付けたような笑みを作る。

「『こちら、来瀬《くるせ》もも。あなたの背後霊、今日も元気にしてる？』」

背後霊の健康状態はわからないが、この髪色と名前で空良《あきら》もようやく気づく。

今、目の前にいるのは、昨日、愛海《あみ》が好きだと言っていたオカルトアイドルだ。

空良《あきら》の薄い反応に葉月《はづき》は「あれ？」という顔をする。

「空良《あきら》の反応は気にしないでいいよ。彼の家にはテレビがないんだ」

「あら、それなら知らなくても仕方のないことですわね」

「おい、人を世間知らずの貧乏人みたいに言うな。少しくらい知ってる」

「しかし、驚いたな」天生目《あまのめ》は葉月《はづき》に目を細める。「来瀬《くるせ》もものコスプレをした、痛いオカルトオタク女なのかと思ったら、いやいや、まさか本人だったとはね」

「天生目《あまのめ》くんて、ほんとうにいちいち失礼ですわね」

「いや、でも納得だよ。丸橋《まるはし》が声をかけるのも当然だってね。あいつ、来瀬《くるせ》もものファンクラブに入っていたし」

「あの方、モモラーでしたの？　ならもう少し優しくしてさしあげればよかったかしら」

モモラーとは来瀬《くるせ》もものファンのことか。この喋《しゃべ》り方もアイドルのキャラ設定なんだろう。空《あき》良《ら》にはなじみがない世界だった。

「つーか、葉月《はづき》。俺たちにその喋《しゃべ》り方はやめろ。んで、なんか手があんのか？」

「あ、そうそう、天生目《あまのめ》くん、さっき警備の人の名前言ってたよね」

「ん？　ああ。山上《やまがみ》」

「わたし、ここでライブやる予定があってさ。まあ、中止になっちゃったんだけど……。で、ちょっと前にマネージャーと会場を見に来てるんだよね。その時、わたしの大ファンだって警備員さんが緊張しながら声をかけてきてさ。名前入りでサインくださいって」

たぶん、同じ警備員だと言う。

「だから、ここはわたしに任せて。話つけてくる」

そう意気込んで警備員室に駆けていった。空良《あきら》と天生目《あまのめ》が鳥居の陰に身を隠して様子をうかがっていると、「わあっ!!　ももちゃん!?」「なんでなんで!?」と興奮した警備員の声が聞こえてきた。なにやら会話が弾んでいる。うまくいきそうに思われたが、しばらくすると不機嫌な表情で葉月《はづき》が戻ってきた。忌々《いまいま》し気にウィッグをむしり取ると、大きく短いため息をひとつ。

「失敗した……」

降霊もできるオカルトアイドルというキャラを活かし、遺体で見つかった女子大生の迷える霊を慰めたいという理由で、園内に入れてくれないか尋ねたらしい。

「入れてあげたいのは山々なんだけど」警備員は申し訳《い》なさそうにこう続けた。「事件のこともあって、上の監視が厳しいんだよね」。それでも食い下がり、握手やツーショット写真をエサに交渉を続けたが、ここで今入園を許したことで、もし来瀬《くるせ》もの身に何かあろうものなら自分を許せないと熱い口調で言われ、警備員は最後まで首を縦に振らなかった。

「おまけに『僕でよければ、ももちゃんの代わりに後で池に手を合わせてくるよ』『もし霊を見かけたら、ももちゃんの気持ちも伝えておくから』って。はぁ、素敵なモモラーさんではあるんだけどね」

「おいおい、余計に状況を悪くしてるじゃないか」

「やっぱ、強行突破しかねぇか」

やれやれ、といった顔で天生目《あまのめ》は胸ポケットから携帯電話を取り出す。

「確認したが警備員は一人だ。さっき警備員室に行った時、奥に電話機が見えた。実は待ってるあいだ、掲示板の貼り紙の隅にいいものを見つけてね。登録しておいた」

携帯電話のディスプレイに表示された番号を見せる。警備員室の電話番号だと言う。

「なあに、組《うち》ではいつもやっていることさ。適当な理由をでっちあげてクレームを入れる。ちょいとキツめのね。僕が彼の注意を引き付けておくから、そのあいだに二人は公園に入るといい。そのまま彼の動きも見ておくから、巡回に行きそうだとかサツが来たとか、ヤバそうな動きがあれば、もう一台のケータイから空良《あきら》にすぐ連絡を入れるよ」

「お前は来ないのか？」

「さすがに園内まで行く気はないよ。もとより〈うらしま女〉なんてこれっぽっちも信じちゃいないし、信じたくもない。行きたいヤツと行かなきゃいけないヤツで二人仲良くどうぞ。……まぁ、だからって、ここに突っ立って傍観者を気取るつもりもない。協力はするってことさ」

天生目《あまのめ》が受話器マークの発信ボタンを押すと警備員室から着信音が聞こえてきた。警備員が奥に行くのを確認すると天生目《あまのめ》は片手で「行け」と合図する。空良《あきら》と葉月《はづき》は正門を乗り越えた。後ろから天生目《あまのめ》のドスのきいた声が聞こえてきた。


園内に外灯はぽつりぽつりとしかない。入道雲のような森林の影が周りを囲んでいるせいか、やけに圧迫感を覚える。空は地上の明かりを映して灰色に霞《かす》み、嵐の前のように不穏だった。その空の下に濃い闇の部分があり、そこが池だった。温《ぬる》い風が草と土と淀《よど》んだ水の臭いを運んでくる。

「いいね。心霊スポット特有のこの肌がピリピリする感じ。たまんない」

葉月《はづき》は楽しそうだ。

「あ、ごめん、一人ではしゃいじゃって」

「ビビってきゃあきゃあ叫ばれるよりはいい。それより、どこに行けば〈うらしま女〉に会える？」

「そうだね。気になるのはやっぱ、ボート乗り場かな」

女子大生が池に石を投げた場所だ。あの話をネットの掲示板に書き込んだのが本当に関係者なのかも疑わしいし、すべてガセの可能性もかなりあるが唯一の手がかりだ。

空良《あきら》は家から持ってきた懐中電灯をつけると案内板の園内マップを確認する。公園中央に〈浦《うら》島池《しまいけ》〉があり、その中に〈竜宮島《りゅうぐうじま》〉という小島があって小さなお堂が立っている。マップの解説によるとこれは神宮の本堂で、祀《まつ》られているのは〈辰《竜》〉と〈巳《蛇》〉の二柱の水神らしい。ご利益は安産や健康で参拝者には妊婦が多く、生まれる子の名に〈辰《たつ》〉や〈巳《み》〉の字を付ける親もいる、とある。

空良《あきら》たちはボート乗り場に向かってコンクリート舗装の道を進む。窓の暗い管理施設の建物、消火ポンプ小屋、他はベンチや自販機があるだけで退屈な道だ。

「愛海《あみ》ちゃんとは、ゆりを通じて仲良くなったの。二年前くらいかな」葉月《はづき》が静かな声で話しだした。「わたしがアイドルやってること、ゆりが口を滑らせちゃって。その時はまだ、そんなに売れてなかったんだけど、『薫《かおる》ちゃんすごい』って、まるで自分のことみたいに喜んでくれてね。ホラー映画の主題歌でシンガーデビューしたら、その曲も繰り返し聴いてくれて。ゆりが死んじゃってからも……毎日あのヘッドホンで聴いてくれてたみたい」

「昨日も生放送見て踊ってたな」

葉月《はづき》は拳を握り締める。

「——ぜったいに愛海《あみ》ちゃんを見つけよう」

道がコンクリート舗装からタイル舗装に変わる。中央広場だ。噴水があるが水は出ていない。閉園中なので止めているのだろう。池を囲う鉄柵が進路を三方に分けている。

東側へ進むと少し広い場所に出た。そこが件《くだん》のボート乗り場だった。屋根の下にベンチの並ぶこぢんまりとした乗り場で、併設された小箱のような建物の看板にはボートのレンタル料金と軽食のメニューがあり、ここが休憩所も兼ねていることがわかる。

空良《あきら》は適当な石ころをひとつ拾うと、ポールのあいだに垂れるチェーンを跨《また》いで桟橋に出る。その後ろに葉月《はづき》も黙って続く。池の中心を向いて並ぶボートの一隻に二人で乗ると、空良《あきら》は躊《ちゅう》躇《ちょ》もなく石を放り投げた。石はすぐに見えなくなり、闇の奥からトプンという小さな音とわずかな波紋が返ってくる。それから十分ほど待ったが、とくに何かが起こる様子も気配もない。

「……戻ろっか」当てが外れた葉月《はづき》はため息交じりに言った。

中央広場まで戻ったところで、背後から軋《きし》むような音が聞こえた。

空良《あきら》と葉月《はづき》は同時に振り向く。

朧月《おぼろづき》のような懐中電灯の光の円が、噴水のそばにひっそりと佇《たたず》むベビーカーを照らしだす。

「ね、ねえ、鬼島《きじま》くん。こんなの……あった?」

あれば気づいていた。二人がボート乗り場にいた、ほんの十分ほどのあいだに誰かが置いたのだ。

ずいぶん、古びたベビーカーだ。薄汚れたナイロン製の日除《ひよ》けの幌《ほろ》は、あちこちが破れ、ハンドル部には髪の毛と埃《ほこり》の交じったような不快な塊が絡みついている。

ベビーカーの中を照らすと空っぽ——いや、シートに何かが置かれている。空良《あきら》はそれをつまみ上げる。

お守りだ。〈安産祈願〉の四文字、裏には〈辰《たつ》〉〈巳《み》〉の二文字が刺繍《ししゅう》されている。

「八真都《やまと》神宮のだね。ここ社務所はないけど、さっきみたいな売店で買えるみたい」

お守りには指の形のような黒い染みがある。その跡に空良《あきら》は指を重ねてみた。

一瞬で視界が闇に閉ざされ、気づくと空良《あきら》は誰かの記憶の中にいた。


規則的な間隔で、軋《きし》むような音と、水を叩《たた》いてかき回すような音がする。

音に交じって、苦しそうな息遣いが聞こえる。

軋《きし》む音と水の音が止《や》むと、「さあ、着いたわよ」と低い女の声がした。声には嘲《あざけ》りとも憎悪ともとれる不快な粘り気があった。暗闇の中、空良《あきら》は正体不明の絶望感に襲われる。

すると重いものでも持ち上げているのか、力を込めるような息み声がし、硬いもの同士がぶつかる大きな音がした。同時に目の前の闇が真一文字に裂ける。その一センチもない裂け目から、ぼんやりと城のような大袈裟《おおげさ》な屋根、赤い扉、お堂のような小さい建物が見えた。

「**さようなら**」

感情の歯車がズレている、おかしなイントネーションの「さようなら」だ。

どぼん、と鈍い音がし、闇が濁っていくのがわかり、再び何も見えなくなる。

空良《あきら》の視界はお守りを握り締める自分の拳に戻ってきていた。大量の汗をかいている。

「鬼島《きじま》くん、もしかして今……ブラッドメトリーしてた？」

「……ああ。真っ暗でよく見えなかったが……。なにか、すごく狭い……多分スーツケースみたいなものの中に入れられて、どこかに運ばれてるところだった」

女の声が聞こえたこと。お堂のような建物が見えたこと。最後は水の中に捨てられたことも話す。葉月《はづき》はわかりやすく顔色が変わっていく。

「それって……ここの池で殺された人の記憶ってことだよね」

「だが、この前見つかった大学生とは考えにくいな」

先ほどの記憶は、この安産祈願のお守りの持ち主のものだろう。なんらかの事件に巻き込まれた持ち主の血痕が、黒い染みとなって残されていたようだ。死亡した女子大生が妊娠していたという報道はなかったし、そもそも、妊娠中の女性が夜中に肝試しになんて行くわけがない。それに記憶の中で聞こえた声――かなりぶっ壊れた印象はあるが、あれは生きている人間の声だった。

「じゃあ、この池では他にも人が――」

葉月《はづき》の言葉が途切れた。一点を見つめて固まっている。視線の先を追うと、池の黒い水面《みなも》に人が立っている。暗くて明瞭《はっきり》は見えないが、白いワンピースを着た髪の長い女だ。その腹は、ぽっこりと膨らんでいる。空良《あきら》は全身の毛が逆立つのを感じた。

「**赤、ちゃん……教えてぇ……**」

泥でうがいをしているような、ひどい声だった。

「**教え、てぇ……わからない……**」

自分の子を捜しているのか。

空良《あきら》は女の膨らんだ腹を指さした。

「……そこに、いるんじゃねぇのか」

「**教えて、赤ちゃん……わからなぁいいいいい**」

声が消えきる前に、女の姿は消えていた。

池のほうから弱い風が吹いていて、肉の腐ったような臭いが鼻を撫《な》でる。

「〈うらしま女〉……マジでいたのね……」

葉月《はづき》は顔をこわばらせている。

「わたし、ホンモノ初めて見た……ヤバい。震え止まんない。感動……」

よく見ると、その頰《ほお》は紅潮していた。恐怖ではなく、感激で打ち震えているようだ。

空良《あきら》は女のいた池を見る。女は水面《みなも》に立ち、その身体《からだ》は遠い町明かりが透けて見えていた。本物の化け物だ。あれが愛海《あみ》を取り戻すために遊ばなくてはならない相手なのだとしたら、厄介だ。

「『教えて、わからない』って言ってたな」

「鬼島《きじま》くん、わたし思ったんだけど、キミがブラッドメトリーで視《み》たの、〈うらしま女〉がまだ人間だった頃、最後に見た光景なんじゃないかな」

「過去にこの池で妊婦が殺されていて、そいつが化けたのが〈うらしま女〉ってことか」

「子どもを産む前に、誰かに殺されたのかな……それが哀《かな》しくて悔しいんだね」

空良《あきら》はベビーカーが消えていることに気づく。あれは〈うらしま女〉のものだったようだ。だが幻の類いではない。その証拠にまだ手の中にお守りが残っていた。

「どうして自分が……自分の子がこんな目に遭うの？　教えてって、そう言いたかったのかな」

「んーなの知るかよ。てめぇをやったヤツに聞けってんだ」

「ブラッドメトリーで、お堂みたいな建物を見たって言ったよね」葉月《はづき》はベンチのそばにある案内板へ歩いていく。「ほら、〈竜宮島《りゅうぐうじま》〉の中央に〈玉手堂《たまてどう》〉ってある。ここじゃない？」

「んじゃ、とりあえず、そこに行ってみるか」

「ボートで行けると思うんだけど……オールがなかったよ。レンタルのとこから借りなきゃだね」

空良《あきら》のポケットの中で携帯電話が振動する。天生目《あまのめ》からだ。警備員が巡回に出るような動きを見せているからすぐに戻れとの指示だった。今日の調査はここまでのようだ。


八真都《やまと》神宮を後にした空良《あきら》たちは数分後、吉走寺駅《きっそうじえき》前にいた。そして情報を共有するため、公園内での出来事を天生目《あまのめ》に報告する。報告のほとんどは葉月《はづき》の口からだった。

「生の迫力はすごかった！　わたしの握手会で行列を作るファンの気持ちがちょっと理解できたよ！」

今夜の体験は彼女の中のオカルトオタクの血を騒がせたようだ。天生目《あまのめ》は引き気味に報告を聞きながら、わかりやすく顔色を悪くしていた。

「なんの収穫もなく戻ってくるだろうキミたちを嘲笑してやろうと思っていたんだが、まさか、本当にそんなモノがこの世に存在するとはね……」

「お、頑固者のお前が珍しいな。認めるのか」

「そこのオカルト女はともかく、キミは無意味な嘘《うそ》はつかないしね。認めたくはないが、認めざるを得ないってところさ」

「おい、そこのガキ三人」

痩せた中年男が近づいてくる。空良《あきら》と天生目《あまのめ》はスッと無表情になる。酔っ払いが絡んできたのではないと察し、二人は瞬時に中年男に視線を走らせる。

黒いレンズのロイド眼鏡《めがね》、ビジネススラックスにスーツベスト、ネクタイを緩く締めた男は、刈り残しの芝生《しばふ》のような顎鬚《あごひげ》を掻《か》きながら空良《あきら》たちの前で立ち止まる。

「なんですか？」と天生目《あまのめ》が爽やかな笑顔で対応した。

「貴様ら、八真都《やまと》神宮でなにをしていた？　あそこは今、事情があって夜間は閉まってる。こんな時間に高校生のガキが飛び出してくるわけねぇんだがな」

自分たちの行動を目撃し、わざわざここまで跡をつけてきたらしい。善良な市民なら、こちらに声をかける前に駅前の交番に向かうはずだ。いかがわしい風貌からユスリ・タカリの類いだろう。面倒なことになる前に――空良《あきら》が固めた拳を天生目《あまのめ》が片手で制する。

「悪いけど、人違いですよ」

「残念。証拠写真もある。そっちの目つきの悪いガキとお嬢さんが、仲良く門を乗り越えて出てくるところをバッチリとな」

葉月《はづき》がスッと空良《あきら》の後ろに隠れる。天生目《あまのめ》は笑顔を崩さない。

「どうかなあ。あそこは夜、真っ暗ですよ。その写真、ちゃんと顔まではっきり写ってますかね？　もし仮に真実だったとして……いい大人が高校生を脅迫ですか」

「おっと、なにも俺はお株を奪うつもりはないぜ。脅迫は貴様の十八番《おはこ》だからな。天生目聖司《あまのめせいじ》くん」

「……へぇ、僕を知ってるんですね」

天生目《あまのめ》の声が氷のような冷たさを帯び、目つきがわずかに鋭くなる。

「おたくの家のことも、よーく存じ上げてるぜ」

「僕はただの高校生ですよ」

男の目つきも変わった。

「笑わせんな。神座《しんざ》の裏社会で〈脅迫王子〉と恐れられているお前が、ただの高校生なわけないだろ。アングラ興行で寺銭《てらせん》を稼いでる程度ならかわいいもんだが、そのカネと裏のコネを使って、いったいどんだけの〝お偉いさん〟を脅迫してきた？」

「ああ、三流雑誌にそんな憶測記事が出てましたっけね。『神座《しんざ》の闇に巣食う脅迫王子！　その真相に迫る！』でしたっけ？　タイトルも記事の内容もセンスがないですよね」

「そのセンスのない記事を書いたのは俺なんだがな」

「おや、じゃあ、あなたが噂《うわさ》の番《ばん》さんですか」

「へえ、俺が噂《うわさ》に？」

「ええ、うちの組では大人気ですよ。みんな、あなたと直接お話ししたいって」

「さっそく脅迫か」

「いえいえ。僕はあなたと仲良くしたいんです」

天生目《あまのめ》はピラリと指に挟んだ万札二枚を見せる。

「今度は買収ね。ま、そいつは俺もきらいじゃねぇがな」天生目《あまのめ》の指からピッと取って胸ポケットにねじ込む。「今日の見逃し賃ってことにしとく。近く、また会おうぜ」

背中を向けて去りかけ、男は足を止める。

「それと、だ。怪異を調べるんなら、もっと慎重にやれ」

空気が重くなる。さっきまでとは異なる緊張感が張りつめた。

「情報をかき集めろ。今夜みたいなデタラメなやり方をしてると――」

死ぬぜ。そう言い残して、男は繁華街の人混みの中へと姿を消した。

葉月《はづき》は空良《あきら》の後ろから顔を出すと、長い息を吐く。

「天生目《あまのめ》、なんなんだ、あのオッサン」

男の去っていったほうを見ながら空良《あきら》は聞いた。

「番直政《ばんなおまさ》。悪名高いブラックジャーナリスト。企業とヤクザのスキャンダルを飯の種にしてるゴロツキさ」

「そんな人が、なんで怪異のことを知ってるの？」

「さあね。まあ、僕に任せてくれ。あの男はこちらで対処する」

「埋めたり沈めたりはナシだぞ」

空良《あきら》が釘《くぎ》を刺すが、天生目《あまのめ》は意味深な笑みを返すだけだった。

今夜は解散し、また明日の夜に黒兎《くろうさぎ》で待ち合わせることとなった。


アパートに帰ると疲れがどっと押し寄せる。

昼から何も食べていなかったが別に腹は減っていない。ただ、湯にはつかりたい。池の淀《よど》んだ水の臭いが身体《からだ》にまとわりついているような気がしていた。

湯を溜《た》めようと浴室の扉を開けると、とたんにヘドロの臭いが鼻腔《びこう》に潜り込んできた。浴槽が黒い泥水で満たされている。

「なんだ……これは……」

汚い泡の浮いた水面から長い髪の毛のようなものが出て、浴槽の縁にべったりと張り付いていた。

――そこに、いるのか。湯舟のなかに沈んでいるのか。

不思議と冷静だった。池の水面《みなも》に佇《たたず》む妊婦の姿を視《み》てから、ああいうモノがこの世に存在するのだと知ってから、非日常へのラインを踏み越えたのだと自覚した時から、こんなこともあるだろうと、どこかで予感はしていた。

「慌てんなよ。明日、こっちから遊びに行ってやるからよ」

まさか言葉が通じたのか。瞬く間に汚水も髪の毛も消え、浴槽は空っぽになっていた。だが、さすがに風呂に入る気にはなれない。今夜は何もせず、疲れに身を任せてベッドに倒れ込んだ。

翌日。集合時間は夜だったが那津美《なつみ》の様子が心配で昼過ぎに黒兎《くろうさぎ》へ行く。

店にはいないかもしれないと思ったが、那津美《なつみ》は奥のボックス席で愛海《あみ》の情報を求めるチラシを作っていた。

「今日も来てくれたのね、空良《あきら》くん」

「店はエアコンがきいてるからな。電気代の節約だ。警察からは？」

那津美《なつみ》は首を横に振る。公開捜査に切り替わったが手がかりはないと言う。睡眠も食事もロクにとっていないのだろう。顔が疲れている。疲弊を押し上げて無理に笑みを作っていた。

「でもね、親身になってくれる刑事さんがいるの。女の人なんだけど」

那津美《なつみ》には悪いが、親身になってくれようが真剣に捜査をしてくれようが、この件に関しては警察には何もできない。そんなこと那津美《なつみ》には口が裂けても言えないが。

現状、なんとかできるのは核心に一番近いところにいる自分だけだ。とはいっても先行きは見えない。相手は得体の知れない化け物なのだ。

「情報をかき集めろ」——番《ばん》の言葉が頭をよぎる。ホラー小説を書いている那津美《なつみ》なら〈うらしま女〉について何か知っているかもしれないが、聞けばどれだけ隠しても愛海《あみ》のことと紐《ひも》づけて考えてしまうだろう。いたずらに心配させるだけなら、今は訊《き》かないほうがいい。

「那津美《なつみ》さん、少し休んだほうがいいんじゃないか。今にも倒れそうだぞ」

少し考えて、「そうよね」と那津美《なつみ》は頷《うなず》いた。「夕方にもう一度警察へ行かなきゃだし、それまで家で休むことにするわ。空良《あきら》くんはゆっくりしていって」

那津美《なつみ》が店を出ていくと、空良《あきら》は店内奥の書架から数冊の大学ノートをまとめて抜き取る。那《な》津《つ》美《み》のネタ帳だ。新作のプロットを書く前に、よくこのノートを見て悩んでいる姿を見ていた。

表紙にはそれぞれ「未解決事件」「民俗資料」「都市伝説」と印字されたシールが貼られていて、中は様々な文献や現地取材で得た知見や関心事が几帳面《きちょうめん》に書き込まれ、新聞やコピーの切り抜きもたくさん貼られている。置いたら勝手に開くくらいの厚さだ。

天生目《あまのめ》たちとの待ち合わせまで、時間はたっぷりある。〈うらしま女〉の手がかりとなる情報があればとノートをめくっていくと、三年前に起きた〈吉走寺《きつそうじ》妊婦殺人事件〉の新聞切り抜きと詳細な取材メモ、そして那津美《なつみ》による考察があった。

被害者は清水姫子《しみずひめこ》。妊婦であった彼女は産院で入院中に殺害され、遺体はスーツケースに入れられて八真都《やまと》神宮の浦島池《うらしまいけ》に棄《す》てられた。犯人はその産院で被害者の担当だった、助産婦の倉塚《くらつか》安子《やすこ》。殺害の動機は、自分に子どもができないことを悲観した末に生じた、妊婦への憎悪と嫉妬だった。供述によると高濃度の劇薬を被害者に投与して殺害後、市内で購入したスーツケースに死体とその所持品、証拠品、重石《おもし》代わりの石などを詰め、同日未明に八真都《やまと》神宮の浦島池《うらしまいけ》に遺棄した。その後、倉塚は行方《ゆくえ》をくらましていたが、事件から六日後、神宮付近にいるところを逮捕され、後に収監先で不審死を遂げていた。

那津美《なつみ》がとくに考察を深めているのは、犯人が殺人を犯したという決定的な証拠物である〈被害者の遺体〉が見つかっていないことだ。遺棄現場の池からは犯行に使用されたスーツケースは見つかっているが、中は空だった。遺体も、証拠品も、重石《おもし》代わりに入れたという石もすべて、現在も発見に至っておらず、那津美《なつみ》はこのミステリーをプロットの軸にして小説を書こうとしたようだ。

事件から数カ月後にネット上で囁《ささや》かれるようになった〈うらしま女〉の噂《うわさ》を那津美《なつみ》は作品のツカミとして使うつもりだったのか、葉月《はづき》から聞いた内容と同じ話がメモされていた。他には昔話『浦島太郎』に登場する〈竜宮〉が実は死後に行く冥界であったという説の論文や、死んだ産婦が化けるという〈姑獲鳥《うぶめ》〉の伝承の俗信・伝承などもまとめ、それらを作品にうまく絡めようとノートの中で四苦八苦している様が見てとれた。

「〈うらしま女〉の正体は——清水姫子《しみずひめこ》」

事件の内容とブラッドメトリーで見た光景は一致する。清水姫子《しみずひめこ》はきっと劇薬では死にきれず仮死状態で、スーツケースの中で覚醒したに違いない。その時、わずかに開いた隙間から〈玉手《たまて》堂《どう》〉が見えた。あれは、生きている彼女が見た最後の光景なのだ。

ノートの文字がゆっくりと傾く。なんだ、と顔を上げるとテーブルが、天井が傾く。空良《あきら》は眩暈《めまい》に襲われていた。自分も相当疲れが溜《た》まっているのだろうか。頭を押さえ、シートに背中をあずけると顔のあちこちがむず痒《がゆ》くなってくる。痒《かゆ》みはこらえきれぬほどになって熱を帯び始め、アレルギーで発疹《ほっしん》でも出ているのかと頬《ほお》に触れると、突然指を何かに〝噛《か》まれた〟。

反射的に手を引くが、そんな馬鹿なと、もう一度ゆっくりと頬《ほお》に触れる。

口だ。自分の頬《ほお》に小さな口がある。やわらかい二枚の唇、小粒の歯、生温かい舌。ミニチュアのように小さな口が頬《ほお》で開閉している。頬《ほお》だけじゃない。痒《かゆ》い箇所に触れると顎にも首にも同じものがある。

『おとぎ草子の、はじまり、はじまり……』

店内を見渡すまでもない。声はすぐそばから聞こえた。幼児にも老人にも若い女にも聞こえる甲高く擦《かす》れた複数の声が、重なり合って同じ言葉を連ねる。

『むかーし、むかし、あるところに……あきらというわかものがおりました』

自分の名前を呼ばれて空良《あきら》は動揺する。声に合わせて、痙攣《けいれん》するように頬《ほお》や首の皮膚が引っ張られる。考えたくもないが、声は顔に生じた口から聞こえているのだ。

『かれが、こぶねにのってこぎだせば……はてさて、どこへ行くのでしょう……』

空良《あきら》はなんとか立ち上がると、トイレに駆け込んで洗面台の上の鏡を見る。顔には何もない。

もう痒《かゆ》くも熱くもなく、声も聞こえない。だが、噛《か》まれた指の痛みは残っていた。

「何が起きてる。昨日の風呂といい……なんなんだ、くそっ」洗面台を殴る。

——いや、昨日は〈うらしま女〉の仕業だろうが、今の現象は違う気がする。彼女はもっと切実で怨念めいているが、今の声からは嘲るような下卑《げび》た印象を受けたのだ。

透き通るような笛の音が聞こえてきた。

空良《あきら》は店を飛び出した。とっくに陽《ひ》は落ちていた。音色の尻尾《しっぽ》を逃すまいと走った。高架下まで向かうと、そこは夕方と夜のあいだの曖昧な暗さで陰鬱な色に染まっていた。

笛の音色が止《や》むと、それはもう空良《あきら》の目の前にいた。

「また会えたね。おにいちゃん」

「……〈かくや〉……てめぇ……」

純白の髪を風に遊ばせる着物姿の幼女、今夜は開いた暁色の和傘を持っている。やはり、空良《あきら》は動けない。きっと金縛りではない。空良《あきら》の防衛本能がそうさせているのだ。〈うらしま女〉と遭遇した時とは、空気の重さがまるで違う。同じ怪異でも〈かくや〉は別格なのだ。

「おとぎ草子の、はじまり、はじまり——楽しみだな」

「やっぱり、てめぇの仕業か。なんなんだ、あれは」

呪いだよ、と微動だにしない口が言った。

「お口はね、教えてくれるよ。まずは〈はじまり、はじまり〉。次は〈いよいよ大詰め〉。最後は〈めでたし、めでたし〉。そうなっちゃったら〈遊び〉はおしまい。おにいちゃんは消えちゃうよ」

要はタイムリミットというわけか。空良《あきら》は舌打ちをする。

「〈うらしま女〉の恨みを知ってあげて」

「――なんだそりゃ。知ったら、いいことでもあんのか」

「〈うらしま女〉は消えちゃう。この〈遊び〉はおにいちゃんの勝ち。でももし、彼女を壊しちゃったら。彼女の恨みは、この世に残っちゃう……」

壊す。どういう意味だ。空良《あきら》は聞こうとしたが〈かくや〉は消えようとしている。

「〈かくや〉、ずっと見てるよ。おにいちゃんのこと――ずっと、ずっと――」

声が遠くなり、表情のない顔が闇に溶けるように消え、最後に暁色の和傘がふっと消えた。


数時間後、神宮の正門前で天生目《あまのめ》と葉月《はづき》と合流した空良《あきら》は、再び〈かくや〉が現れたことと、〈死のカウントダウン〉が始まったことを伝えた。空良《あきら》があまりに平然と語るので、二人ともその深刻さに気づくのは最後まで聞き終えてからだった。

「なっ……なんですぐ僕に連絡を寄こさないんだ、空良《あきら》。シチリアの友人からもらった拳銃《チャカ》を持って馳《は》せ参《さん》じたのに」

「そんなもんきかねぇヨ。つか、持ってくんな」

「鬼島《きじま》くん、わたしたちはチームでしょ。少しは頼ってよ」

「お前はただ〈かくや〉に会いてぇだけだろ」

バレたか、という顔で葉月《はづき》は舌を出した。

「しかし、急に切羽詰まった展開になってきたな。先に手を打っといてよかったよ」

天生目《あまのめ》は警備員室に目をやる。昨晩は明かりがついていたが今は真っ暗だ。あきらかに無人だった。円滑に侵入できるようにと、ここにいた警備員は先刻、天生目《あまのめ》の組が仕切っているラブホテルへと「お連れ」したらしい。要は監禁だ。「彼からこんなものも預かってるよ」とボートハウスの鍵を渡される。これでオールを手に入れてボートに乗れる。

「ああ、でもね、〈玉手堂《たまてどう》〉の鍵が見つからないらしいんだ」

「池にあるお堂か。必要ならぶっ壊して入るまでだ。ま、那津美《なつみ》さんの集めた情報通りなら、何もかも池の底に沈んで消えちまったみたいだがな」

空良《あきら》は忌々《いまいま》し気に虚空を睨《にら》む。「つくづく胸糞《むなくそ》悪い事件だぜ。被害者の腹ん中の子は、イカれたヤツのせいで、親の顔を知らねぇまま死んじまったんだからな」

「いや、子どもは生きてるよ」葉月《はづき》が言った。

「え、そうなのか？」

「うん。犯人が捕まった時に無事、保護されたみたい。事件から一年後に遺族が週刊誌のインタビューを受けてて、ネットで記事を見たんだけど、どうやら犯人は、子どもを出産させてから被害者を殺したみたいね。殺された女の人、生まれる子にこの神宮の祭神から名前をもらってつけてたんだって。記事では〈Ｔくん〉って伏《ふ》せられてたけど。でもまさか、その池に自分が沈められるなんて思いもしなかったろうな。そりゃ化けて出るよね。あ、それで思いだしたんだけどね――」葉月《はづき》は追加情報を出す。「犯人の助産婦、自分の病院で死産した胎児を自宅に大量に隠し持ってたんだって。それも全部、池に棄《す》てたみたいだけど」

天生目《あまのめ》は吐きそうな顔で聞いていた。

「自分に子どもがいないから死児を愛《め》でてたのか。悍《おぞ》ましいな」

「きっと生きてる赤ん坊を手に入れたから〈代用品〉は棄《す》てちゃったんだね」

空良《あきら》は門の先の闇を見据える。

「あの池には、まだまだ何かがいそうだな」


夜が染みわたった静かな公園を、空良《あきら》と葉月《はづき》はボート乗り場に向かって急いだ。

適材適所だと見張り役を買って出た天生目《あまのめ》は、昨日と同じで正門前で待機することになった。本音は、そんないわくつきの池に近づきたくない、というものだろうが。

「あーっ」葉月《はづき》が急に声をあげた。「カメラ持ってくるんだったなぁ」

「あのなぁ……遊びに来てるんじゃねぇぞ」

「わかってるよ。でも、今夜ならすごいものが撮れたかもって思ったらさ」

残念そうな顔で葉月《はづき》はため息をついた。

乗り場に着くと鍵を使ってボートハウスに入る。駄菓子や鯉《こい》の餌、インスタントカメラが置いてあり、レンタル受付の窓口付近には例の安産祈願のお守りの入ったケースもある。その奥に並んでいるオールをワンセット外に持ち出そうとした時にそれは聞こえてきた。

おんぎゃあ……ほんぎゃあ……

空良《あきら》と葉月《はづき》は目を合わせる。猫の声にも聞こえるが、さっきあんな話をした後だ。それが何かを確信する。

「例の助産婦に沈められた胎児たちが、地縛霊になってるのかも」

「この〈遊び〉とは別件だ。邪魔してこなければ無視でいいだろ」

葉月《はづき》はじっとりとした目で空良《あきら》を見る。

「鬼島《きじま》くんってさ、最初は目つきの悪い、つむじ曲がりな朴念仁って印象だったけど、話すうちにほんとは熱い気持ちを持った優しい人なんじゃないかって思ってたんだよね。なんてったって愛海《あみ》ちゃんの最高のお兄ちゃんだし。でも、実際は印象通りの冷たい人なんだね」

「おい……全否定はしないが、さすがに言いすぎだぞ……」

「ふふ、冗談。でも、わたしはほっとけないな。……よし」

葉月《はづき》は西広場のほうへと勝手に歩いていった。赤ん坊たちの声は、なぜか池の中からではなく、そっちのほうから聞こえたからだ。一人にさせるわけにはいかず、仕方なく空良《あきら》も追いかける。西広場は池の周りが草むらになっていて数基の石灯篭《いしどうろう》が立っていた。その一基の前で葉月《はづき》が屈《かが》み込んで何かを見ている。何を見ている？　後ろからそっと覗《のぞ》き込むと、草の中でなにかが蠢《うごめ》いている。

赤ん坊の顔だった。

葉月《はづき》は硝子《ガラス》細工でも扱うような手つきでそれを拾いあげ、

「あ、鬼島《きじま》くん……これ、どうしよう……」と困惑の目を向けてくる。

「葉月《はづき》……お前それ……首――」

――いや、違う。葉月《はづき》が胸元に拾いあげたのは赤ん坊の頭ではない。〈亀〉だ。空良《あきら》が顔だと思ったのは甲羅の模様だった。だが、そこから手足や頭が出てわきわきと動いていなければ、口を半開きにした黒目がちの赤ん坊の生首を葉月《はづき》が抱きかかえているように見えるのだ。

「どうしよう……」

葉月《はづき》は声を震わせ、上気したように頬《ほお》を赤く染めていた。

〈うらしま女〉に遭遇した時と同じだ。困惑しているのではなく、興奮しているのだ。

「これ、すごいことだよ……だって〈人面犬〉はクリエイターの創作だったし、〈人面魚〉なんてただの鯉《こい》だったけど、これは本物の〈人面亀〉なんだよ！　人面クリーチャーの新種!!　棄《す》てられた胎児たちの怨念が池に住む亀の甲羅に浮かんだんだね！」

わけのわからないことをまくし立てると、抱きかかえた亀の甲羅を「おー、よちよち」と優しい手つきで撫《な》でだした。

「なにしてんだ、イカレちまったのか。お前まさか、とり憑《つ》かれたんじゃ――」

「だったら貴重な体験だけど、残念ながらわたしは正気だよ。鬼島《きじま》くん、この子たちはね、お母さんの顔も、温《ぬく》もりも知らないまま、ずっと冷たい池の水のなかにいるんだよ？　成仏できない霊はずっと孤独なの。この先もずっと、ずっと。だからさ、今くらいは……」

オカルトアイドルを自称するだけあって心霊的なことに遭遇すると、臆すどころか嬉々《きき》として踏み込んでいく。その突飛な言動には不謹慎な面も多々あるが、彼女なりに真摯に向き合っている結果なのかもしれない。だとしても空良《あきら》にはまったく理解しがたい行動だが……。

「わたし、わかったかも。女子大生の死体に亀がたくさん群がってたのも、この子たちなんじゃないかな。水とガスで膨《ふく》らんだ溺死体のお腹《なか》を見て、今度こそ自分たちを元気に産んでくれるって思ったんじゃない？」

そうだ、と答えるように泣き声が聞こえた。今度は別の方角から。自分の声におぼれるような赤ん坊らしい泣き方だ。声はひとつじゃない。数えるのも馬鹿らしいほどの声が重なっている。

「おいおい……。助産婦はいったい何人の死産児を池に棄《す》てやがったんだ」

「ボート乗り場のほうだね。行こう」

草むらに〈人面亀〉をそっと戻し、葉月《はづき》は先に走っていった。

すぐに追おうと足を向けた瞬間、空良《あきら》は声を聞いて立ち止まる。赤ん坊の声ではない。もっと近く、不快で下品な、笑い声だ。そして、その笑いに合わせて自分の顔面の皮膚が蠢《うごめ》くのがわかる。――呪いだ。あの〈呪いの口〉が、また自分の身体《からだ》に現れているのだ。

『おとぎ草子は、いよいよ大詰め……』

〈呪いの口〉が、〈遊び〉の終わりが近づいていることを告げた。

『助けたカメに連れられて、竜宮城へ来てみれば――』

声はそこで途絶え、笑いを噛《か》み殺すように沈黙した。

「来てみれば……その先はなんなんだよ？　最後まで言えよ、くそったれが」

少し遅れてボート乗り場へ戻ると、葉月《はづき》は桟橋の先端で呆然《ぼうぜん》と池を見ていた。

「あ、鬼島《きじま》くん、なにしてたの？」

「すまん。また例の〈口〉が出てな。……時間があまりない」

「――それはヤバいね。急ごう。ねぇ、あれを見て」

葉月《はづき》の目は再び池に向く。闇が溶け込んだような色の水面《みなも》になにか白いものが連なって浮いている。それは赤ん坊の顔――いや、〈人面亀〉の甲羅だ。

「どこかに導こうとしているように見えない？」

空良《あきら》は頷《うなず》く。少なくとも〈玉手堂《たまてどう》〉のある池中央には向かっていない。

空良《あきら》たちはボートに乗り込むと〈人面亀〉の導くほうへと進んだ。深緑色の水面下を時おり、黒い何かがよぎる。水草が節くれだった指を広げた手に見える。十メートルほど行った先で、岸から迫り出《せ》した茂みの下で何かが浮きつ沈みつしている。懐中電灯を向ける。

「ひぃっ」葉月《はづき》が悲鳴をあげた。

光の環《わ》が、池に浮いている人間を照らしだす。人が、死んでいる。

空良《あきら》は息を呑《の》む。修羅場は色々経験しているつもりだが、こんな形で死体を見ることはさすがにない。さらにボートを近づける。それは男性の死体で、仰向《あおむ》けに浮いて上半身が水面に出ている。服装に見覚えがあった。胸ポケットを見ると「山上《やまがみ》」と書かれた名札がある。

「この人……昨日の警備員だよ……」

来瀬《くるせ》もものの大ファンだという男だ。空良《あきら》は天生目《あまのめ》に電話をかける。

『──ちょっと待ってくれ。さすがに僕でもそこまではしないよ。それに今夜、拉致──い、いや、お連れしたのは野川《のがわ》って別の警備員だ』

「それを聞いてほっとしたよ」

『まったく、親友を疑うとは……ああ、そういえばしきりに「俺は山上《やまがみ》とは無関係だ」って言ってたらしい。なんのことかと問い詰めたら、こんなことを吐いたそうだ』

今朝、引継ぎで野川が出勤すると、夜勤の山上《やまがみ》の姿がなかった。警備員室の明かりはついたままで、巡回に行っているんだろうと思ったが一時間たっても戻らない。開園時間前に山上《やまがみ》を探しがてら園内を見に行くと、ボート乗り場付近にボートハウスの鍵が落ちていた。不審に思って本部に連絡を入れると、しばらくして折り返しの連絡があったが、その内容は「本部でも山上《やまがみ》と連絡がつかないため、このまま野川《のがわ》に夜勤にも入ってほしい」というものだった。仕方なく、夜勤に入ろうとしたところで、天生目組《あまのめぐみ》に拉致られたのだ。山上《やまがみ》の失踪に天生目組《あまのめぐみ》が関わっていると疑うのも無理はない。

『天地神明に誓って言うが、僕らは関与していないよ』

通話を切ると今の内容を葉月《はづき》に伝える。葉月《はづき》は伏《ふ》せた目に憂いの色を浮かべる。

「わたしのせいかも。『ももちゃんの代わりに後で池に手を合わせてくるよ』って言ってたから。巡回中に池に来て、それで……」

「お前が悔やんでも仕方ないだろ。死んじまったのはこいつのせいでも、ましてやお前のせいでもない。〈うらしま女〉がやったんだ」

「――うん。ありがと」

空良《あきら》は死体に目を戻す。何があったのか凄《すさ》まじい死に様だ。蝋燭《ろうそく》のように白く透けた色の顔は、自然な変化では起こりえないような形状になっていた。鼻を含めた口まわりが突出している。顔だけ見るとまるで妖怪の〈河童《かっぱ》〉のような――いや、これは〈亀〉だ。

裂けるほどに開いた口は歯茎も奥歯も剝《む》き出しで、眼球は白い膜が張っている。葉月《はづき》がすぐに気づかなかったのも無理はない。生前の面影はひとつも残っていなかった。

空良《あきら》は山上《やまがみ》の胸ポケットの膨らみに気づいて中を探ってみる。ポケットには〈玉手堂《たまてどう》〉と書かれたプラスチックタグがついた鍵が入っていた。

「山上《やまがみ》さん、〈玉手堂《たまてどう》〉に行ったってことかな」

「たぶんな。だが、巡回ルートに入っていたとは思えない」

「あんな離れ小島、毎回ボートを使っていくのも大変だしね」

「となると、急遽《きゆうきよ》、行く必要ができたってことだな」

ここからは空良《あきら》の想像になるが――山上《やまがみ》は巡回中、なにかを見た。もしかしたら、敬愛するアイドルの代わりに池に手を合わせたことで、普通だったら見えないものが見えてしまったのかもしれない。いずれにしろ、山上《やまがみ》はそのなにかを確認するために鍵を持って〈玉手堂《たまてどう》〉へ向かおうとしたが――彼は死体となって池で浮かぶ結果となった。ボートハウスの鍵はなにかに襲われた際に落としたのかもしれない。

「ゴールはやっぱり、そこなのか」


池の中央に向かうと赤い鳥居が見えた。〈竜宮島《りゆうぐうじま》〉だよと葉月《はづき》が言う。

桟橋にボートを繋《つな》いで島へ降り立つ。首を動かして見渡すまでもない。ひと目で視界に収まり切るほど小さな島だ。二本の桜の木がある。背には少し離れた町のシルエットが横に拡《ひろ》がっている。島の中央には切妻造《きりづまづくり》の小ぶりな社が立っている。

「この雰囲気、心霊スポットに踏み込むみたいでわくわくするね」

「そいつは知らんが……間違いない。ここがお守りの血を読んだ時に視《み》た建物だ。てことは、妊婦を詰め込んだスーツケースはここから棄《す》てられたんだな……」

「〈うらしま女〉……ここにいるのかな……ねぇ、いたら、どうする?」

空良《あきら》もわからなかった。〈かくや〉は「〈うらしま女〉の恨みを知って」と言っていた。この怪異の正体が被害者の妊婦ならば、彼女の身に起きた悲劇はもう知った。だがそれは広く周知されている事実であって、この〈遊び〉の勝利条件であるかはわからない。他に攻略のヒントとなり得る情報も得られてはいない以上、もう一度、〈うらしま女〉に会って確かめるほかないだろう。なにより、空良《あきら》にはもう時間がなかった。

正面の階《はし》を上がると赤い観音開きの扉がある。蓮《はす》のような意匠の装飾金具にある鍵穴に鍵を挿し込んで捻《ひね》ると、重い開錠音がした。

「開けるぞ」

ゆっくり開く。冷たい空気と饐《す》えたような臭いが解放される。

中は狭く、湿気に満ちていた。入ってすぐ、正面の壁に備え付けられた小さな神棚には神鏡が鎮座している。御幣《ごへい》や鈴や注連縄《しめなわ》といった神具・祭具が並ぶ中、あきらかに異質な物があることに、二人は気づいていた。薄汚れたベビーカーだ。ハンドル部分から水が滴り落ちている。

今は姿がないが、〈うらしま女〉がここに出入りしているのは確かなようだ。いわば、ここは敵の本拠地。何か重大な秘密が隠されているに違いない。二人で念入りに室内を調べていく。

「悪霊退散のお札でもあるといいんだけどね」

空良《あきら》は神棚を調べた。雲の描かれた台座によく磨かれた円い鏡が置かれている。台座の後ろに何かがある。筒状に丸められた紙だ。手に取って紙を広げると包まれていた何かが転がり落ちた。拾い上げてみると、それは樹脂製の注射器だった。中身は入っていないが、外側に薄黒い汚れがこびりついている。針の先は曲がっていて、そこにも汚れが付着していた。おそらく、誰かの血だろう。こんな場所で見つかる注射器が無関係であるはずがない。空良《あきら》は静かに呼吸を整え、黒い汚れに触れる。

くすんで灰色がかった白壁の個室。コードの繋《つな》がったモニター。注射器や医療用ばさみの入ったステンレス製トレー。尿のような色の液体が入った輸液バッグ。

ベッドの上で、無理やり半身を起こした乱れ髪の女が、充血した目を見開いている。その両手足は紐《ひも》で固くベッドの手すりに括《くく》りつけられ、腹から下を覆うように掛けられた毛布に血が染みている。

「そ、そんな、うそよっ！　あああ、赤ちゃん……私の赤ちゃんがああ……」

女が身をよじるとベッドが激しく揺れる。

「わからないお母さんねぇ」

ベッドの女と向かい合うように、上下緑色の服を着た中年の女が立っている。薄いゴム手袋をはめた手は血に濡《ぬ》れた塊を抱えている。その塊にある小さな手足が死にかけのカナブンのように動いている。産まれたばかりの赤ん坊だ。ついたままの臍《へそ》の緒が腹の上で蜷局《とぐろ》を巻いている。

ここは分娩室《ぶんべんしつ》で、中年女は助産婦のようだ。服は飛び散った血で斑《まだら》模様になり、右頬には拭いきれなかった血の痕がかすかに残っている。汗のびっしり浮いた顔に濡《ぬ》れた髪がべったりはりついている。

「もう一度言うわよ。このままじゃ赤ちゃんの命が危ないの。ほらっ、ほらっ」助産婦は赤ん坊を激しく揺さぶる。「ね？　さっきより泣かなくなってるでしょ」

「そんなっ……ねっ、ねえぇっ、助けてっ、赤ちゃんっ、早く助けてっ！」

「うるさいわねぇ。大声で指図しないで。すぐ先生に見せるわよ」

命の修羅場にしては助産婦の言葉や表情はどこか楽しげに見えた。

「早くしてっ、ねぇっ、赤ちゃん、助かるんでしょ？　助かるよね⁉」

助産婦はベッドの足を蹴る。

「大声出すなって言ってんでしょ――あら？」と赤ん坊に視線を落とす。「これ、息してるかしら。先生に見せても、もうだめかもねぇ」

「いやあああーッ！　お願い、お願いします、助けて、赤ちゃん、助けてぇっ！」

「呼吸が浅くなってるから、もうだめね。それならいっそ、このまま――」

「やだやだやだやだやだっ、返して、赤ちゃん、返して」

「本当にうるさいお母さんだこと」助産婦の片手がトレーから注射器を取る。「じゃあまず、こっちから静かになってもらおうかしらね」

針先から射出した液体が、短い弧を描いてベッドにかかる。

「え……？　いや、やめて。返して。赤ちゃん、返して、返してかえしてかえして」

「ちょーっと待っててね、坊や。あなたのママ、すぐ楽にしてあげまちゅからね」

「いやああーッ！　かえせっ……かえせぇぇぇッ！」

空良《あきら》は肩で息をしながら、手の中の注射器を凝視していた。これが。この注射器が。何をするためのものなのか、最後まで見ずとも結末はわかってしまった。噴き出る汗の玉が床に滴り落ちる。

葉月《はづき》が顔を覗《のぞ》き込んでくる。

「大丈夫、鬼島《きじま》くん。もしかして、また視《み》てた？」

注射器を見せ、見た光景をそのまま伝えた。葉月《はづき》の顔に嫌悪が浮かび上がる。

「助産婦の声は、お守りの血の記憶でも聞いた声と同じだった」

「じゃあ……〈吉走寺《きつそうじ》妊婦殺人事件〉の犯人ってこと？　そっか、池に沈めた後、注射器《これ》をここに隠したんだね。なんせ凶器だし……」

自分を子どもから引き離した凶器が、ここに隠されていたことに〈うらしま女〉は気づいているのか。知っているからこそ、ここにいるのか。

「最低だよ。赤ちゃんが死にそうだって脅して。出産後はしばらく、ホルモンの関係で精神が不安定になるって聞いたことある……被害者の女性は、助産婦の言葉を本当に信じちゃったんだね」

「あぁ。子どもは無事に保護されてるしな」

「あれ、その紙って――」

葉月《はづき》は筒状に丸まって落ちている紙を拾う。注射器を包んでいた紙だ。

〈死産証明書〉だ。母親の名は清水姫子《しみずひめこ》。死産時の体重や身長も記入されている。

「こんなものまで偽造して……自分の子になんて、なるわけがないのに――そっか。じゃあ、知らないんだね」

「なにがだ？」

「〈うらしま女〉は知らないんだよ。自分の産んだ子どもが、生きてるのか、死んでるのか。鬼《き》島《じま》くんが視《み》た場面では、犯人は赤ん坊が死にそうだと脅したけど、死んだとは言ってなかったたんだよね。だから、我が子の運命を知らずに死んでいったはず」

そうだ。子どもの安否を知る前に注射を打たれ、池に棄《す》てられたのだ。

「この書類は母親を殺してから偽造したんだね。死んだってことにして、自分が連れ帰って育てるために。そんなこと本当にできると思ったのかな……」

「そいつもぶっ壊れてたってことだな」

〈うらしま女〉と対峙《たいじ》した時、なにかの役に立つかもしれない。元あったように注射器を〈死産証明書〉でくるんでズボンのポケットに突っ込んだ。その時だった。

大きく一度、心臓が鼓動した。空良《あきら》は感じた。――来る。

『おとぎ草子は、めでたし、めでたし……』

その声は耳から聞こえ、また脳内にも響いている。この世の声じゃない。

『開けてはいけない……開けてはいけない……開けてはいけない、開けてはいけない開け、てはいけない開……てはいけな……ては……扉をを、玉手の扉を、玉手の扉ををを開けてしまった、開けてしまった開けて――』

言葉が壊れていた。声がはしゃいでいた。

そして、〈口〉による死の宣告は、電源を切ったように急に止《や》む。

「鬼島《きじま》くん、またなにかの記憶を視《み》てるの？　それとも――」

「……ああ、呪いのほうだ。ついに最後の宣告が来やがった」

「え……そんな……早すぎない？」

『めでたし、めでたし』は〈物語《あそび》〉が終わりを迎えるということ。〈かくや〉の言葉が正しければ、自分はこの後、死ぬことになる。

「冗談じゃねぇぞ。真剣勝負《ガチンコ》もできずに終わんのかよ……」

「鬼島《きじま》くん、いったん戻ろう」

扉を出た空良《あきら》はウッと呻《うめ》く。葉月《はづき》は即座に鼻と口を押さえる。異臭だ。強く、濃く、危険で、あからさまな臭いだ。その臭いの〝元〟が、たった今まで〈玉手堂《たまてどう》〉の扉の前に立っていたとわかるほどに。

「――後ろだっ！」

葉月《はづき》の背後に、ずぶ濡《ぬ》れの女がいた。

肥大した腹を纏《まと》う白いワンピースは今にもはち切れそうで、大切なものを守るように膨らみを抱く両腕は皮膚に血管が黒く浮き出、まるで鱗《うろこ》が覆っているように見える。顔にべったり張り付いた黒髪の隙間からは、ぶくぶくと不浄な泡を噴いている。その顔が下がってきて、動けず固まる葉月《はづき》の眼前に迫る。

「……**わ、たしの**……**赤、ちゃぁん**……」

爛《ただ》れた声を漏らし、黒髪を分けながら〈うらしま女〉の顔が現れる。そこには目も鼻もなく、くり抜かれたような穴があるだけで、喉へと何層にも連なる歯肉にはサメのような歯がびっしり生えていた。

声も出せず、へなへなと座り込みそうになった葉月《はづき》の腕を掴《つか》んで引き上げると、空良《あきら》はその勢いのままボートを停《と》めているほうへと衝《つ》き押す。

「ここはどうにかする。ボートを出せ！」

「どうにかって、相手は霊だよ⁉　殴り合いじゃ勝てないからね！」

いくらか冷静さを取り戻したのだろう。葉月《はづき》はボートを繋《つな》いだロープをほどきながら叫ぶ。そんなことは空良《あきら》にもわかっている。だから必死に探している。今、自分の持っている〈武器〉は何があるか。安全祈願のお守り。注射器。〈死産証明書〉。この中のどれが〈うらしま女〉に効くのか。

「**教、えて……わからない……**」

顔に空いた洞《うろ》の奥から哀願の言葉が吐きだされる。〈うらしま女〉が教えてほしいこと。それは自分の子の生死だ。ならそれを教えてやればいい。

「安心しろよ。あんたの子は生きてる。犯人は捕まって、その時あんたの子どもは無事に保護されたんだ」

慎重に言葉を選んで伝えた。〈うらしま女〉は顔のない貌《かお》で、空良《あきら》の言葉を理解しようとしているように見えた。空良《あきら》はもう一度、同じことをゆっくりと伝えた。

「**わからない……わからない……わからないわからない**」

「わからない」を吐き連ねながら〈うらしま女〉は空良《あきら》に迫ってくる。

「なっ……違うのかよ！」

「鬼島《きじま》くん！」岸から数十センチ離れたボートの上で葉月《はづき》が手を振っている。空良《あきら》は〈うらしま女〉に背を向けてボートに飛び乗るとオールを掴《つか》んだ。そして、ただ進むべき方向だけを睨《にら》んで、生臭い水飛沫《みずしぶき》が顔や服にかかるのもかまわず無我夢中で漕《こ》いだ。

十メートルほど進んだところで葉月《はづき》が「なんか変だよ」と叫ぶような声をあげた。〈うらしま女〉が妙な動きを見せたのかと振り返る。〈うらしま女〉は〈玉手堂《たまてどう》〉の前で顔の穴を空良《あきら》たちに向けて佇《たたず》んでいる。さっきいた場所から動いていない。だが、それは空良《あきら》たちも同じだった。ボートはまだ桟橋から数十センチのところにあった。船底に水草でも絡まって引き止められていたのか。空良《あきら》はオールをがむしゃらに動かす。周りの景色が流れてボートが進んだのを確認すると一心不乱に漕《こ》ぎ続けた。だが、気づくとボートはまた〈竜宮島《りゅうぐうじま》〉の桟橋のそばにあった。

「なんだ？　なにが起きた？〈うらしま女〉が引き寄せてるっていうのか⁉」

「でも〈うらしま女〉はあそこから動いてない。ボートが一瞬で戻ったんだよ。……まるで時間が巻き戻ったみたいに」

「くそっ、あいつ、そんなことまでできんのか」

怒りの視線を向けたが〈竜宮島《りゅうぐうじま》〉に〈うらしま女〉の姿はなかった。桟橋のそばの水面《みなも》に波紋ができている。気づいた葉月《はづき》が船尾から身を乗り出して波紋を見ようとしているので襟首を掴《つか》んで引っ張る。同時に波紋の中央から飛沫《しぶき》をあげて枯れ枝のようなものが飛び出した。異様に長くて細い腕だった。節くれだった指が船縁《ふなべり》を掴《つか》んでボートを揺らす。

ひっくり返されたら終わりだ。引き剥《は》がそうと腰を上げると「鬼島《きじま》くんは漕《こ》いで！」と葉月《はづき》が叫んで、素早い手つきで空良《あきら》のズボンのポケットからお守りを抜きとる。「ほら、あなたの物だよ。これがあると安心でしょ」と〈手〉と船縁《ふなべり》のあいだにお守りを押し込む。すると船縁《ふなべり》から一本、二本と指が剥《は》がれ、蜘蛛《くも》が脚で獲物を抱き込むようにお守りを握る。

なにしてんの、今でしょ！　という葉月《はづき》の目配《めくば》せで、空良《あきら》は慌ててオールを動かす。必死に漕《こ》ぐ。ちゃんと両側の景色が流れている。進んでいる。振り返ると、お守りを握り締めた手が水の中に消えるところだった。この隙に少しでも島から離れなければ、きっとすぐ追ってくる。さっきの力で引き戻されたらどうしようもないが……とにかく〝向こう側〟へ帰らなければ、永遠に〈うらしま女〉の領域に囚《とら》われてしまう気がした。

腕、足、背中の筋肉が軋んで熱を帯びていく。追ってくる様子はなかった。ボート乗り場に着くと休まず走るが、中央広場の噴水の前で葉月《はづき》が地面に膝をついた。

「も、もうダメ……はぁ、はぁ、は、走れない……かも……」

「もうちょっとだ、頑張れ。お前、アイドルの時は歌いながら踊ったりもしてんだろ」

「それとこれとは別……」

その時、止まっていたはずの噴水が水を噴き上げた。ボートで移動中、ずっと嗅がされていた淀《よど》んだ水の臭いが広場に広がっていく。噴き上がって落ちてくる霧状の飛沫《しぶき》の向こうに〈うらしま女〉がいた。

「……**赤ちゃん**……**教えて**……**わからない**……**わからなぁいぃぃぃぃ**……」

また言ってやがる、という顔で空良《あきら》は舌打ちする。

「やっぱりだめか。ここでどうにかするしかねぇな」

「はぁ、はぁ……逃げないってこと……？」

「逃げてもこいつは家まで追ってくる。俺のアパートにも来やがった」

「は？　ちょっ……それ初耳なんだけど……そういういいネタは教えてよね」

「こんな状況でよくそんなセリフが出るな……とにかく、ここでケリをつけるしかない。どの道、俺はもう時間がないんだ。そうなったら愛海《あみ》が――」

〈うらしま女〉の抱く恨みは、自分が殺されたことよりも我が子のことであることは彼女の言葉からも明確だ。「教えて」「わからない」は、我が子の生死のことで間違いないだろう。だが、生きているという言葉には反応しなかった。他に何を伝えれば――。

足止め程度だが、お守りには反応を示していた。ジーパンのポケットに詰め込んであるものをすべて出す。

〈死産証明書〉――これを見せて子を諦めさせるとか？

空良《あきら》は首を横に振った。これは偽造書類だし、〈うらしま女〉を絶望させるだけだ。

『もし、彼女を壊しちゃったら。彼女の恨みは、この世に残っちゃう』

この〈かくや〉の言葉が気になる。

〈うらしま女〉は空良《あきら》に向かって手を伸ばす。空良《あきら》は急に息苦しさを覚えた。飲んでも飲んでも飲み込めない水が喉に詰まっているような感覚と、肺を握られているような胸の痛みが同時に襲ってくる。マズい。空良《あきら》は初めて死を予感した。

「鬼島《きじま》くん？　……鬼島《きじま》くんッ⁉」

喉を押さえながら後退する空良《あきら》の背中に、硬いものが当たる。掲示板だ。遠のく意識と霞《かす》んでいく視界で見る。〈来瀬《くるせ》もも　大降霊ライブ中止のお知らせ〉のチラシが貼られている。

そういえば――愛海《あみ》に見に行くって約束したのに、これで行けなくなったな……。

空良《あきら》は手の中にある、さっきポケットから出したもののひとつに視線を落とす。くしゃくしゃになった、愛海《あみ》からもらったチラシだ。めくれた部分にちょうど書道コンクール受賞者の名前がある。愛海《あみ》の名前の並びに『幼児の部・金賞：有馬優子《ありまゆうこ》　銀賞：清水辰巳《しみずたつみ》』。

空良《あきら》は奇妙な既視感にかられた。〈清水辰巳《しみずたつみ》〉――この字並びを最近もどこかで見ている気がした。

辰巳《たつみ》――そうだ。安産祈願の裏に刺繍《ししゅう》された二文字。八真都《やまと》神宮の二柱の祭神の名だ。それだけじゃない。〈清水《しみず》〉という名字。どこにでもある名だが、〈死産証明書〉に書かれた生前の〈うらしま女〉の名〈清水姫子《しみずひめこ》〉で覚えがあるのだ。

――そういうことか。

「あんたの子の名前……辰巳《たつみ》って……いうんだろ……」

ふいに空良《あきら》を襲っていた窒息感が消えた。

〈うらしま女〉は手を下ろしていた。顔の口で、空良《あきら》をじっと見つめていいいいる。

「**……た、つみ？　……たつみ……**」

空良《あきら》は愛海《あみ》からもらったチラシを広げ、〈うらしま女〉に見せる。

「この字……生まれてくる子の健康を願って、あんたがつけたんだろ。見ろよ、あんたの子は元気に育って、書道コンクールで銀賞なんて取ってるぜ」

「すごいじゃない。字がきれいな子は心もきれいって言うもの」

状況を察した葉月《はづき》もうまく話を合わせてきた。

「**たつみ……わたしの……赤ちゃん……**」

〈うらしま女〉は震える両手で、赤ん坊を抱くような仕草を見せた。

そして、空良《あきら》が瞬《まばた》きした次の瞬間、姿を消した。彼女のいた場所には大きな血だまりがあり、その中に複数の石が転がっている。トランクに一緒に詰め込まれた石だろうか。

呆然《ぼうぜん》と血だまりを見ていた葉月《はづき》がハッと顔を上げる。

「愛海《あみ》ちゃんは？　〈うらしま女〉は消えたよ。これで愛海《あみ》ちゃんは戻ってくるんだよね？」

そのはずだった。だが、いつどこで、どういう形で戻ってくるかはわからない。笛の音色が聞こえてくるかと耳をそばだててみたが、夜風が木々の葉をざわめかせるだけで公園は変わらず静寂の中に沈んでいる。〈かくや〉のこの沈黙は不穏でしかない。

「まさか……」

空良《あきら》は血だまりのそばに屈《かが》むと、瞼《まぶた》を閉じて、そっと指先をつける。

瞼《まぶた》の裏の闇の中、ぼんやりとした白い光が明滅している。明滅が止《や》んで残された光の中、少女が視《み》えた。膝を抱えて、その膝に顔をうずめている。レンズの曇った眼鏡《めがね》をかけているように視界は霞《かす》んでいるが、間違いなく愛海《あみ》の姿だった。

『……お母さん……お兄ちゃん……』

たすけて。

「愛海《あみ》っ！」

風に迷わされた蝶《ちょう》のように、空良《あきら》の声は空《むな》しく響き渡った。

第2章 金《きん》時《とき》の首《くび》太《た》郎《ろう》

半日以上、外出せずにほぼベッドの上にいた。疲れていたわけでもなく、眠っていたわけでもない。一時も気など抜いていない。ただ、考え、待っていた。

夕方になって、一人の刑事がアパートを訪ねてきた。愛海《あみ》の件で聴きたいことがあると言っていたが、警察——少なくとも大江《おおえ》と名乗るこの関西弁で喋《しゃべ》る刑事は空良《あきら》を疑っているようだった。確かに、「人形のような少女が愛海《あみ》をさらった」なんて証言をするヤツは怪しいし、普通に考えて第一容疑者だよなと空良《あきら》も思う。だから、話すべきことは全部伝えてあると、お帰りいただいた。怪異に対し、警察は微塵《みじん》も役に立たない。

夕空が夜の色に変わろうという頃に。

笛の音が聞こえてくる。

空良《あきら》はベッドから起き上がる。そろそろだと思っていた。この時のために日中は身体《からだ》を休めていた。〈うらしま女〉との〈遊び〉を終えてからこれまでのあいだ、〈かくや〉からの接触はない。愛海《あみ》が返される気配も。となれば、〈かくや〉の〈遊び〉はまだ終わっていないのだ。だが、向こうからの連絡がなければ何もできない。だから、待っていた。

高架下は日中の熱気を抱え込んでいた。だが空良《あきら》の額に滲《にじ》む汗は暑さからのものではなかった。その証拠に、笛の音が止《や》んで空気が冷たさを帯びだしても、汗は止まるどころか、さらに滲《にじ》み出てくる。

「**おにいちゃん、こんばんは**」

夜気のなかに咲く一輪の彼岸花のように〈かくや〉がいた。その小さく華奢《きゃしゃ》な身体《からだ》に殺伐とした赤黒い気配を従えて。空良《あきら》はまた心臓を人質にとられたように動けなくなった。

「〈うらしま女〉に勝っちゃうなんて、おにいちゃんすごいね」

「愛海《あみ》は……どこだ」

「負けちゃったけど、〈かくや〉、楽しかったな」

おい、と空良《あきら》は語気を強めた。

「〈遊び〉が終わったら、愛海《あみ》を返すんじゃねぇのかよ」

くすくす。〈かくや〉は表情のない顔で笑う。

「次の〈遊び〉のお相手はね――〈金時《きんとき》の首太郎《くびたろう》〉だよ」

「……やっぱり、そういうことかよ」

「〈首太郎《くびたろう》〉をさがしてね」

「待てよ……このクソみてぇな〈遊び〉、いつまで続ける気だ」

そんなの決まってるよ、と〈かくや〉は答えた。

「〈かくや〉が勝つまでだよ」

冷気が去って、高架下に夜の熱気が戻ってくる。〈かくや〉は消えていた。

「くそ、言いたいことだけ言ってさっさと消えやがった……」

――新しい〈遊び〉が始まった。終わらないのだ。そんな予感はしていた。

〈金時《きんとき》の首太郎《くびたろう》〉――それが次の怪異の名か。どんな化け物か見当もつかない。葉月《はづき》なら何か知っているかもしれないし、天生目《あまのめ》も進展があったらすぐ連絡をくれと言っていたが……昨夜、一歩間違えれば二人とも死んでいた。これ以上、二人を巻き込むわけにはいかない。今回は一人でやる。喧嘩《けんか》を売られたのは自分なのだ。

黒兎《くろうさぎ》に向かった。営業時間中のはずだが外看板の灯は消えていた。さすがにまだ店を開ける気にはなれないのだろう。預かっている鍵を使って、店内に入り照明をつける。カウンターテーブルには那津美《なつみ》が愛用しているノートパソコンが置かれていた。店には来ていたようだ。家でじっとしていられないのだろう。

まずは情報が欲しい。カウンターに座るとノートパソコンを立ち上げ、〈首太郎《くびたろう》〉に関して調べた。暮らしに不要なので空良《あきら》はパソコンを持っていなかったが、店《ここ》でいじっているうちに使い方は覚えた。しかし、調べ方がよくないのか〈首太郎《くびたろう》〉の情報に辿《たど》り着けない。思いつくキーワードを片っ端から入れて検索にかけたが結果は同じだった。

悪いと思ったが、また那津美《なつみ》のネタ帳を見せてもらおうと書架の前でノートに指をかけた時。

カラン、とドアベルが鳴った。

「あれ、鬼島《きじま》くんだ」と葉月《はづき》が入ってくる。

「どうした？　こんな時間に」

「レコーディング帰りに、ゆりにお花あげてきた。ほら、愛海《あみ》ちゃんはお供えできないままだったし、気にしてるかもしれないと思って」

葉月《はづき》も高架下のあの道路に行っていたと聞いて驚く。もう少し時間がずれていたら、〈かくや〉とかち合って葉月《はづき》まで〈遊び〉の相手にされかねなかった。

「せっかく近くまで来たし、那津美《なつみ》さん、いるかなぁって思って寄ったんだけど。鬼島《きじま》くんこそなにしてるの？　なにかあった？」と葉月《はづき》はノートパソコンに目を向ける。検索欄には〈首太《くびた》郎《ろう》〉と入れたままだった。

「なにか、あったみたいだね」

カラン。またドアベルが鳴った。

「こんばんはぁ」と天生目《あまのめ》が店の中を覗《のぞ》き込む。「ん？　おやおや？　おやおやおや？」

「おやおや」言いながら入ってくると、空良《あきら》と葉月《はづき》を交互に見て、薄く笑う。

「昨夜の冒険の吊り橋効果かな？　逢引《あいびき》するならちゃんと施錠はしておいたほうがいいよ、お二人さん」

「ちょっと、天生目《あまのめ》くん、誤解を招くようなこと言わないでくれる？　どこに週刊誌の目があるかわからないんだからね。ま、うちの事務所は恋愛オッケーだけど」

「おい、そこはしっかり否定しろよ」

空良《あきら》はツッコむと、短いため息をつく。「──ったく、こんな時間に未成年が集まるとか、どんな店だよ、ここは。天生目《あまのめ》はどうせ、那津美《なつみ》さん狙いだろ。店には来んなよな」

「キミがかたくなに彼女の家を教えてくれないからだろ」

「それで？〈首太郎《くびたろう》〉ってなんなの？　鬼島《きじま》くん」

「──今回は一人で調べようと思ったんだが、そうはいかねぇか」

空良《あきら》が現状を説明すると、葉月《はづき》は膨れっ面で睨《にら》んできた。

「ずるいよ、わたしに怪異のことを秘密にするなんて！」

「キミのことだ。僕らを巻き込みたくないとか、ダサカッコイイこと考えたんだろ。けど、いざ怪異を調べようってなると情報が見つからず、オタオタしてたんじゃないか？」

天生目《あまのめ》からも容赦なく非難され、図星をつかれ、空良《あきら》は何も言い返せない。

「〈金時《きんとき》の首太郎《くびたろう》〉かぁ。わたしも聞いたことない子だな」

「マジか。オカルトマニアのお前が知らないんじゃ……マズイな」

「〈金時《きんとき》〉は、金時町《きんときちょう》のことだろうね」

金時町《きんときちょう》は、吉走寺駅《きつそうじえき》の北側に広がる住宅街だ。

ちょっといいかな、と天生目《あまのめ》はどこかに電話をかける。通話を切って五分も経《た》たず、本日三度目のドアベルが鳴って「失礼します！」と大きな声が店内に響く。入ってきたのは、駅前で葉月《はづき》に絡んでいた赤いモヒカン頭の巨漢だ。天生目組《あまのめぐみ》の構成員で丸橋《まるはし》という名だ。

「先日はすんませんした！」葉月《はづき》と空良《あきら》に頭突きの勢いで頭を下げた。そのままの姿勢で葉月《はづき》にちらりと視線を向けたかと思うと、頬《ほお》を赤く染める。巨漢に似合わぬ態度に葉月《はづき》が困惑しているうちに、男は早口で告げた。「やっぱり、オレの目に狂いはねぇっす。ももちゃんにクリソツっす！　かわいいっす！」

「あはは……どうも。えっと丸橋《まるはし》さんだっけ？　来瀬《くるせ》もものファンって聞いたけど」

「へい、ファンクラブにも入ってるっす！」と懐から会員証を出して見せてくる。黒いカードに紫色のクラシカルなフォントで〈ＭＯＭＯ ＣＬＵＢ〉とあり、ピンク色のゴーストが描かれている。

「えっ、会員ナンバー６!?　初期モモラーじゃない！　すごい！」

「葉月《はづき》さんもなかなかのモモラーっぷりっす！　服、すげぇ、イイっす！」

どうやら、天生目《あまのめ》は「葉月《はづき》が来瀬《くるせ》もも本人だ」とは伝えていないらしい。葉月《はづき》も、丸橋《まるはし》の勘違いを訂正することなく話を続ける。

「ほんと？　ありがとっ、丸ちゃん」

「ま、丸ちゃんってオレっすか？」

「名前も顔も体も丸いから。あ、ゴメン、嫌だった？」

「えへへ、ももちゃんに呼ばれてるみたいで感激っす！　甘酸っぱいっす！」

二人の会話にイラつきを見せていた天生目《あまのめ》が、後ろから丸橋《まるはし》の尻を蹴り上げる。

「なあ丸橋《まるはし》。誰がそんなクソ話しろっつった？」

丸橋《まるはし》は尻をさすりながら「すんません、坊ちゃん」としょげる。

「この暑苦しいデブはね」と天生目《あまのめ》が説明する。「実家が金時町《きんときちょう》なんだ。で、さっきの話に心当たりがあるっていうから呼び出したのさ」

空良《あきら》が視線を向けると丸橋《まるはし》がニイッと笑んだ。

「丸橋《まるはし》、あんた〈金時《きんとき》の首太郎《くびたろう》〉を知ってんのか？」

「へい。名前は知ってるっす。鬼島《きじま》さんは〈犬殺し〉の犯人を捜してるんすか？」

「――犬殺し？」

最近、金時町《きんときちょう》で犬の不審死事件が相次いでいるらしい。八真都《やまと》神宮で女子大生と警備員の死体が見つかったことで大きく話題にはなっていないが、その件との関連も視野に警察が捜査を始めているとのことだった。

「うちの地元じゃ、その犬殺しの犯人が〈首太郎《くびたろう》〉だって騒がれてるんす」

「えっ、丸ちゃん、金時町《きんときちょう》では、その〈首太郎《くびたろう》〉って有名なの？」

へい、と丸橋《まるはし》は頷《うなず》く。「昔から金時町《きんときちょう》に住んでる人はみんな、親やじいさんばあさんから聞かされてる名前っすからね。それで〈犬殺し〉のことは、ついこの間、姉貴が話してたんすけど――」

一週間前の晩。

金時町《きんときちょう》の町内会長が、血だらけの姿で犬の死体を抱えて自宅に帰ってきた。

会長はしばらく放心状態だったが、やがてぽつぽつと次のような経緯を語った。

普段は夕方に飼い犬の散歩に行っているが、その日は仕事が長引き、夜遅くに出た。いつもの散歩ルートで〈金時塔《きんときとう》〉と呼ばれる鉄塔に寄り、そこにある祠《ほこら》に、これもいつも通り饅頭《まんじゅう》を供えて手を合わせた。すると急に犬が唸《うな》り出し、激しく吠《ほ》えた。おとなしい性格の子なので珍しいなと周りを見るが、犬が威嚇するような対象は見当たらない。近所に迷惑をかけてはいけないと、なんとか宥《なだ》めようとした。その時、背後から声をかけられた。

間延びした低い声だった。さっき見渡した時は周囲に誰もいなかったはず。犬は自分の背後に向かって吠《ほ》え続けている。

――今、自分の背後に誰かがいる。

恐怖で振り向くことができず、目を閉じ、手を合わせ、必死にナンマンダブと繰り返す。

やがて犬の鳴き声がピタリと止まる。恐る恐る目を開くと、大きな血だまりが視界に飛び込んできた。血だまりの真ん中に飼い犬が横たわっている。

最後に背後から聞こえた声は、こう言っていたという。

「**くび……ある？**」

町内会長の抱えてきた犬の死体には、首がなかった――。

金時《きんとき》の町を昔から知る人たちは口を揃《そろ》えてこう言った。

犬の首は、〈金時《きんとき》の首太郎《くびたろう》〉の亡霊が持っていったのだと。


「亡霊だあ？」その二文字が出た途端、天生目《あまのめ》が不機嫌になった。「急に胡散臭《うさんくさ》い話になったなぁ、丸橋《まるはし》。キミ、お姉さんにからかわれたんじゃないか？」

「確かに、姉貴はガキの頃からオレをビビらせて喜ぶクセがあるっす。だからちょっとくらいは話を盛ったりもするっすけど、起きたことはマジっすよ。そのあとも金時町《きんときちょう》で犬の変死事件が何件も続いて……、金時町《きんときちょう》に昔から住んでるじいさんばあさんは、マジで〈首太郎《くびたろう》〉の亡霊にビビッてるっす。信じてほしいっす」

「ふふ、天生目《あまのめ》くんは信じてるよね。ただ認めたくないだけ、でしょ？」

葉月《はづき》に顔を覗《のぞ》き込まれ、「ふん」と天生目《あまのめ》が目をそらす。

「〈首太郎《くびたろう》〉――結局、そいつは何者なんだ？」空良《あきら》が聞く。

「オレが生まれるずっと前に金時町《きんときちょう》に住んでた大男っす。マサカリを持ち歩いて、そいつで犬とか牛の首を切って集めてたっつうヤバいヤツだって、ばあちゃんが言ってたっす」

「だから、〈首太郎《くびたろう》〉か。やれやれ、やることも名前も悪趣味だね」

「そいつは、人もやったのか？」

空良《あきら》の疑問に丸橋《まるはし》は「どうっすかねぇ」と首を傾《かし》げた。

「近所の人は殺人鬼とか、そんな呼び方もしてたみたいっすけど。でも、ばあちゃんはそんな話、してなかったっすよ」

近所の人、ばあちゃん、姉貴。あまりにもローカルな話題だ。〈首太郎《くびたろう》〉は都市伝説というより、その土地でだけ語られている話なのだろう。ネットで情報が見つからないはずだ。

「丸ちゃん、ほかに〈首太郎《くびたろう》〉の情報はない？　どんなささいなことでもいいから」

「ほかにっすか――あっ、饅頭《まんじゅう》が好きだったみたいっす」

「そういえば、町内会長さんも散歩の途中でお供えしたって言ってたっけ」

「ちなみにオレも饅頭《まんじゅう》大好きっす。金時町《きんときちょう》名物〈きんとき饅頭《まんじゅう》〉、サイコーっすよ」

「丸橋《まるはし》ぃ。キミの好物なんて聞いてないんだよ。なにがちなみにだ」

「す、すいませんっす！　あだだだ」天生目《あまのめ》にモヒカンを鷲掴《わしづか》みにされて丸橋《まるはし》がもがく。

「パソコン借りるね」葉月《はづき》がノートパソコンで〈金時塔《きんときとう》〉を検索する。町内会長の飼い犬が殺された現場だ。「あー、心霊スポット化はしてないね。犬の事件についてはちらほら記事があるけど。ほんとローカルな怪異なんだ」

「情報がねぇんじゃ、まずは現場に行ってみるしかねぇか」

「その現場の〈金時塔《きんときとう》〉について、ちょっと面白い話は見つかったけど」

くるりとこちらに向けられた画面には、個人が作ったホームページが表示されていた。各地の伝承地の画像や紀行録がまとめられているようだ。そこに『兄弟杉の伝説』と題され、金時町《きんときちょう》の〈金時塔《きんときとう》〉についての説明があった。『かつて金時町《きんときちょう》には二本の立派な杉の木があり、〈金時太郎《きんときたろう》〉〈金時次郎《きんときじろう》〉という兄弟杉として親しまれていた。落雷で死んだ兄弟からつけられた名で、長らく雷除《よ》けの守り神とされていたが、開発により杉は二本とも伐《き》られ、現在は太郎杉の跡地に鉄塔が建てられている。地元の人たちはこれを〈金時塔《きんときとう》〉と呼び、そばには杉を祀《まつ》る祠《ほこら》がある。』

「町の守り神かぁ」葉月《はづき》がフフッと笑む。「実際は何を守っているやら。楽しみだね」

「怪異だか首好きの異常者だか知らないが、うちのシマで好き勝手されては困るね」

天生目《あまのめ》はフンと鼻を鳴らした。

この様子だと二人とも今回もついてくるようだ。葉月《はづき》は思ったより度胸があり、怪異相手でも臆さずアクティブな行動を選択できるし、逃げ足も速い。好奇心を満たすためならと、腹を括《くく》っている部分もあるのだろう。問題は天生目《あまのめ》のほうだ。非合法なやり方とはいえ、神宮での警備員に対するようなバックアップは頼もしいが、なにせオカルト全般に耐性がなさすぎる。小学生の頃、親に無理やり連れていかれたお化け屋敷で、お化け役の人たちの身に降りかかった〝惨劇〟について空良《あきら》はよく知っている。彼が怪異を目の当たりになんてしたら、おかしな形でリミッターが外れて何をしでかすかわからないという心配があった。

「あのー」と丸橋《まるはし》。「事情はよくわかんねっすけど、〈首太郎《くびたろう》〉を調べてるんすよね。オレ、ジモティーなんで案内するっすよ。正直、〈首太郎《くびたろう》〉の亡霊なんて話は信じてないっすけど、まだ〈犬殺し〉の犯人がうろついてるかもしれないっすから、坊ちゃんも葉月《はづき》さんもお守りするっす。役に立つっすよ」

「丸橋《まるはし》、キミはデブで愚鈍で頭が悪くてブサイクだから、役に立たないだろうし、連れていかない。それより、いつでも動けるように待機しとけ。僕からの連絡にはワンコールで出ろ」

「わかったっす」天生目《あまのめ》の暴言を気にした様子もなく、丸橋《まるはし》は笑顔で素直にトサカ頭を下げた。

「坊ちゃんは強いですし、〈犬殺し〉の犯人に出会っても大丈夫だとは思うっすけど……金時町《きんときちょう》は今、事件のせいで夜もサツがうろついてるっす。注意してくださいっす」

夜の調査では、怪異よりもそっちが面倒だ。全員、補導対象年齢。しかもアイドルとヤクザの組長の息子が一緒というのも色々まずい。

「警察は面倒だけど、町内会長さんが飼い犬を殺された時と同じ、夜に調べたほうが〈首太郎《くびたろう》〉に遭遇しやすいと思う。昼間はわたしも仕事があるし……行くとしたら明日の夜はどう？」

〈うらしま女〉が現れたのも夜だった。怪異に会うことが目的なら、夜に探索するほかないだろう。あとは警察にどう対処するかだが……。

「情報ね――ちょうどいい。彼が使えるかどうか、お手並み拝見といこう」

そう言うと天生目《あまのめ》はどこかへ電話をかけはじめ、この日は解散となった。


翌日の夜。空良《あきら》たちは駅前で待ち合わせをするとアーケード商店街を進んでいく。その先にある踏切を越えてしばらく行けば金時町《きんときちょう》だ。二十一時を回って商店街内は軒並みシャッターが下りている。

「ねえ、〈金時塔《きんときとう》〉に着いたらまずどうするつもり？」

どうすれば〈首太郎《くびたろう》〉と会えるのか。

確信はなかったが、空良《あきら》にはひとつだけ考えがあった。

「こいつを供えてみようと思っている」空良《あきら》はパーカーのポケットから饅頭《まんじゅう》を取り出す。和紙の包装には『銘菓きんとき饅頭《まんじゅう》』と書かれている。丸橋《まるはし》から渡されたものだ。町内会長は飼い犬が被害に遭う直前、鉄塔前にある祠《ほこら》に饅頭《まんじゅう》を供えて手を合わせていたという。もしかしたらこの行動が、饅頭《まんじゅう》好きとやらの〈首太郎《くびたろう》〉を呼び出す切っ掛けになったかもしれない。

「僕なりに考えたんだけどさ」空良《あきら》の手から饅頭《まんじゅう》を取って天生目《あまのめ》が言う。「〈うらしま女〉はなぜ石を投げると現れたのかって」

ネットの書き込みが事実なら、女子大生は池へ石を投げたことが災いして殺された。空良《あきら》が石を投げた時もベビーカーとともに〈うらしま女〉は現れた。少なからず池への投石は怪異に干渉するためのスイッチになっていたはずだ。天生目《あまのめ》は続ける。

「〈うらしま女〉は、自分の子どもが生きてるか死んでるか、はっきりした答えが欲しかったのさ」

「確かにアイツは『おしえて』って言っていたな」空良《あきら》は頷《うなず》く。だが、それと投石がどう関係するのかがわからない。

「調べてみたらさ、八真都《やまと》神宮で安産祈願のご利益を得るためには、太陽がもっとも高い位置にある時、生まれる子の名前を書いた石を池に投げ込むといいそうなんだ。でも、キミたちみたいに夜中に池へ石を投げる行為はどういう意味を持つ？　赤ん坊は無事ではない、そう読み取れなくもない。彼女にとっても縁起の悪い行為だ」

なるほど。最期の瞬間までお守りを握り締めているくらい信心深かったなら、そう受け取っていても不思議ではない。

「それに〈うらしま女〉の子どもをさらった助産婦は、後先考えずこんな真似《まね》ができてしまうヤバい女だ。せっかく手に入れた宝物も、うるさいとか懐かないとか、そんな理由であっさり棄《す》ててしまうかもしれない。そうなれば、死体は浦島池《うらしまいけ》に沈めるに決まってる。あの池は犯人のお気に入りの遺棄場所だったわけだからね」

「結局、なんで石を投げたら〈うらしま女〉は出たんだ？」

「理由はシンプルだよ」

怒ったからさ、と天生目《あまのめ》は言った。「自分の子が眠っているかもしれない場所。そんなところに石を投げるなって。そうでなくとも縁起の悪いことをされてるんだからね」

「怪異は怒りの感情が高まると、人の前に姿を現す――なるほどね。面白い考察だと思う。でもそうすると〈首太郎《くびたろう》〉が出現した理由がわからないよね」葉月《はづき》は首を傾《かし》げる。「だって、町内会長は犬を散歩させてただけだよね。それどころか祠《ほこら》に〈首太郎《くびたろう》〉が好物のお饅頭《まんじゅう》もお供えしてるんだよ？　怒らせる要素なんてないのに」

怪異の行動を理解しようなんて、そもそも無茶《むちゃ》なのかもしれない。〈かくや〉の言動も意味不明なことばかりだ。

アーケードの出口が見えてきた頃。時計店のそばにある小さな木造の祠《ほこら》が目に入った。木の色も相当古く、四本の柱で屋根を支える簡素な造りで中に地蔵があり、〈きんとき饅頭《まんじゅう》〉がひとつ供えられている。祠《ほこら》の横には句の刻まれた小さな句碑がある。商店街は何度も来ているが、だいたい入り口付近の店で事足りるため奥までは行かない。だから、こんなものがあるのは知らなかった。

「こういう街中にポツンと意味深に置かれた地蔵って不気味でイイよね」

「別にただの石だろ」

「うわ、鬼島《きじま》くん祟《たた》られるよ？　古い社が取り壊されもせずにこうして残ってるってことは、なにか意味があるからなんだよ。たとえば、ここで野垂れ死んだ人が埋められているとか、処刑された罪人の首が埋められているとか」

「それはお前の勝手な推測だろ。見ろよ、天生目《あまのめ》の目が死んでるぞ」

「あ、待って」葉月《はづき》はポシェットから小型のカメラを出して地蔵を撮る。カメラ本体から出てきたレシートサイズの紙をピッと取ると、ひらひらと振る。「これ去年出たばかりで、その場で写真がプリントされるから女子高生のあいだで流行《はや》ってるの。心霊スポットで何か映り込んでくれないかと思って買ったんだけど、今回はバッチリ怪異を写すチャンスだからね」

「お前こそ祟《たた》られんぞ……」

アーケードを抜けると踏切がある。ローカル線なので、この時間、電車の本数もさほど多くない。線路の向こうには、住宅と街路樹のシルエットが連なっている。

渡ろうとして、空良《あきら》は線路脇に花束が置いてあるのに気づいて立ち止まる。花のそばには熊のぬいぐるみとチョコレート菓子がある。この踏切で小さい子どもが犠牲になる事故があったのだろう。路傍の花を見ていると愛海《あみ》の消えた晩のことを思いだす。

踏切を渡ると住宅街の道を〈金時塔《きんときとう》〉に向かって歩く。ここ数日の〈犬殺し〉や神宮での件が影響しているのか、人通りがまったくない。まだ真夜中というほどではないのに窓明かりもほとんどない。そのうえ今夜は曇天で星明かりもなく、陰気な夜道だった。空良《あきら》は懐中電灯を取り出し、スイッチを入れる。

少し開けた場所に出ると鉄塔に着く。てっぺんは灰色の曇り空と同化している。鉄塔は金網フェンスで囲まれ、そばの小さな草地に祠《ほこら》と井戸がある。井戸は転落防止のためか蓋がされ、鎖を通して施錠されていた。祠《ほこら》の縁起を書いた木札がある。**『金時杉《きんときすぎ》は金時太郎《きんときたろう》と金時次郎《きんときじろう》の兄弟杉で、村の雷避《よ》けの御神木《ごしんぼく》である。かつてここに金時太郎《きんときたろう》があった。樹齢の長い金時杉《きんときすぎ》は老木化が進んでいたため二本とも伐《き》られたが、その後、村に災いが続いた。兄弟杉の祟《たた》りと考えた村人は、これを鎮めるために祠《ほこら》を作って祀《まつ》り、多くの供物を捧《ささ》げた。』**

　さっそく空良《あきら》は祠《ほこら》に饅頭《まんじゅう》を供えてみる。五分ほど待つが、とくに何かが起こる気配はない。〈首太郎《くびたろう》〉に出会ったという町内会長は、饅頭《まんじゅう》を供えた他に、何か別のこともしたのだろうか。それに対して〈首太郎《くびたろう》〉が怒ったのなら……。

　空良《あきら》は、格子の入った観音開きの扉を開けた。中には木を荒く削った座像があった。

「もしかしてそれ、〈金時杉《きんときすぎ》〉から作ったものなんじゃない？」横から葉月《はづき》が覗《のぞ》き込む。

　それなら壊してみるかと空良《あきら》が掴《つか》み上げると、座像の底面に何かが刻まれている。**『太郎の歳《とし》を知りたくば、次郎を訪ねてみよ』**。昔に彫られたものか、字の溝が黒ずんでいる。

「太郎と次郎って二本杉のことよね。木の歳《とし》なんて知りたいかな？」

　ふと、空良《あきら》は思いつく。

「なあ、樹齢があの、塞がれた井戸のダイヤル錠の番号になってるってことはないか？」

　設定する際、絶対に忘れないような数字にするはずだ。ダイヤルを見てみると三桁だった。樹齢ならあり得そうだ。

「井戸も気になるよね」

　葉月《はづき》の言葉に、天生目《あまのめ》の表情が見る見るこわばっていく。

「気は確かか？　塞がれた井戸なんて開けても、きっとロクなもんが出てこないぞ？」

「でもわたしたち、そのロクでもないもんに会いに来たんでしょ」

確かに井戸は気になるが、錠前の番号がわからない限り、開けることは難しいだろう。

「とりあえず〈次郎〉をあたってみるか、つっても、伐採されてるわけだし、どこにあったんだか……」

「すぐ隣ってわけじゃないみたいだけど、兄弟杉って言ってる以上、太郎杉の近くにあったはずよね。そっちも祀《まつ》られてるんじゃないかな――あっ」

三人とも、同じものを同時に思い浮かべていた。商店街にあった祠《ほこら》だ。ここの祠《ほこら》と似ているし、〈首太郎《くびたろう》〉の好物の饅頭《まんじゅう》も供えてあった。戻るのは骨が折れるが、調べる価値はあるかもしれない。

「そういえば」葉月《はづき》はポシェットから一枚の写真を出す。さっきカメラで商店街の祠《ほこら》を撮ったものだ。「なにかヒントになるものが写ってないかな」

「これは？」横から天生目《あまのめ》が指さす。祠《ほこら》の横にあった句碑だ。小さく見づらいが、目を凝らせばなんとか読める。

『つきみちて　ふたつのかみの　おんとしは　つきのかけたる　かずをかければ』

「『ふたつのかみ』は兄弟杉の御神木《ごしんぼく》のことじゃない？　やっぱりさっきの祠《ほこら》が次郎杉のものだったのよ」

「だとしたら、この俳句みたいなもんが『太郎の歳《とし》』を示すヒントなんだろうが……俺はこういうのはさっぱりだ。どうだ？」空良《あきら》に振られ、天生目《あまのめ》は肩をすくめた。

「わたしに任せて。クロスワードとか暗号パズルとか好きなんだ。出番待ちの時とか楽屋でずっとやってるし。マジでクイズ番組のレギュラー狙ってるからね。えーと……〈つきみちて〉は〈月満ちて〉かな。じゃあ、満月だ。お月見、お団子、うーさぎ、うさぎ……あっ、〈十五夜〉かな——」

クイズ番組云々《うんぬん》は伊達《だて》じゃないようだ。〈つきかけて〉は〈月欠けて〉で、十五夜の満月が欠け始める翌晩の〈十六夜《いざよい》〉を示し、〈かずをかければ〉は〈数を掛ければ〉で、〈十五×十六＝二百四十〉という答えを導き出した。

「〈太郎〉は樹齢二百四十年で伐採されたのか。ずいぶん長く生きたんだな」

空良《あきら》が感心したように言うと、「皮肉なもんだよな」と天生目《あまのめ》は複雑な表情をする。

「それまでずっと、村人たちを守ってきたっていうのにさ」

「感情移入なんて、お前にしては珍しいな」

「天生目組《う ち》も何十年と、陰ながら街の治安を守ってるんだ。でもヤクザってだけで、目の敵にされる。だからさ、ちょっと思ったんだよ。〈太郎〉も、報われないよなって」

天生目《あまのめ》の言葉に葉月《はづき》も「ほんとだね」と同意する。

「村人たちも、心の底では罪悪感を抱いていたんじゃないかな。だからこそ、伐採後に雷の被害を受けるや否や、祟《たた》りだって恐れて、慌てて祠《ほこら》を作ったのよ」言いながら葉月《はづき》がさっそくダイヤル錠《じょう》を回しだす。天生目《あまのめ》は微妙に距離を取っている。「ビンゴ!」と声を弾ませた葉月《はづき》は振り返ると、はずした錠を釣果のように下げて見せた。

「二人とも下がってろ」空良《あきら》は井戸の分厚い蓋の端に指をかけ、少しずつずらしていく。重い蓋が砂を噛《か》むような音をさせて動くと、わずかに開いた井戸の口の闇から腐葉土を何百年も発酵させたような臭いが立ち上ってきた。中に懐中電灯を向けた、その時。

絶叫が聞こえた。

自分たちがやってきた方向からだ。空良《あきら》たちは走って向かった。叫びは一度だけではなく、途切れ途切れに続いている。声がするほうへ路地から路地に進むと、高い塀に挟まれた細い道に出た。奥から「ひぃっ、ひっ」と切れぎれの声と血の臭いが押し寄せてくる。誰かが地面に座り込んでいる。警官だった。未成年三人が夜にうろついていることを咎《とが》めることはない。視線さえも向けてこない。当然だ。警官の目は、ただ一点に釘付《くぎづ》けになっている。そしてそれは、空良《あきら》たちも同様だった。

電信柱に毛皮のコートのようなものがぶら下がっている。犬だ。リードに括《くく》られ、三メートルほどの高さから吊《つ》り下げられている。白毛の中型犬で、もぎ取られたように首がない。死んでまだ間もないのか、あふれ出る血が地面に滴っていた。よく見ると、塀にも血をなすりつけたような跡がある。そんな凄惨な光景をスポットライトのように街灯が照らしだしている。

天生目《あまのめ》は吐き気をこらえるように口元を手で押さえ、「かんべんしてくれよ」と顔をそむける。

「おい、あんた、何があった」その問いかけで初めて空良《あきら》たちを認識した警官は、わなわなと震えながら上ずった声で何かを言ったが、その言葉はちぐはぐで、「でかい男が犬の首を持っていった」ということだけを理解するのに、かなり時間がかかった。

でかい男――間違いない。〈首太郎《くびたろう》〉だ。

警官は震えが残る手で、無線機を探りはじめた。その瞬間、「いったん退《ひ》こう」と天生目《あまのめ》が走りだす。この手の場面に慣れている彼は、さすがに判断が早い。せっかくの貴重な目撃者だが、無線によってほかの警官が駆けつけてくれれば、面倒なことになる。
天生目《あまのめ》の後に続こうとして、足を止める。そうだ。ここには他にも〈首太郎《くびたろう》〉を目撃していたものがいる。空良《あきら》は塀にべったり付いている血に、指先を押しつける。血の記憶を視《ブラッドメトリー》るのだ。
目の前の光景が瞬時に切り替わった。地面が見えた。とても近い。地面すれすれに自分の目がある。視界が左右に振られ、すぐ近くで悲しげな弱々しい犬の声が聞こえる。これは首のない犬の記憶。彼がまだ目も首もある頃の〈首太郎《くびたろう》〉に連れていかれるまでの光景だ。
――きんときたろさま、じゅうごやに、あたまをさぁげてまいりましょぉ
――きんときたろさま、そなえましょ、おとうもげんきになりました
わらべ歌のようなものが聞こえる。年齢も性別も判別できない声で、濡《ぬ》れ雑巾を咀嚼《そしゃく》しているような不快な歌い方だ。犬の切ない鳴き声も相まって、歌声は悲哀を帯びて聞こえる。
――きんときじろさま、いざよいに、あたまをさぁげてまいりましょぉ
――きんときじろさま、そなえましょ、おかあもげんきになりました
歌が終わる。犬の声も視界の揺れも止まる。どさっという音。視界が大きくぶれる。地面に投げ出されたらしい。視界は震えながら、そばにある塀に沿って、ゆっくり上へと移動する。星ひとつない曇天の夜空。そこにキラリと光る縦筋が入り、空を割るように、大きな刃が振り下ろされる。
「なに、ぼうっとしてんだ！」
切羽詰まった天生目《あまのめ》の声で、現実に引き戻される。空良《あきら》は顔から雨のように汗を降らせて足元を濡《ぬ》らしていた。天生目《あまのめ》に腕を引かれるに任せて路地を出ると、待っていた葉月《はづき》と三人で踏切方面に走る。遠くでパトカーのサイレンが聞こえる。

「どうしたんだよ、空良《あきら》」

すまん、と言いかけて。空良《あきら》は激しい眩暈《めまい》に襲われる。顔の皮膚が熱く、むず痒《がゆ》く、蠢《うごめ》く感覚。来た。〈口〉が現れているのだ。だが足は止めず走り続ける。

『おとぎ草子の、はじまり、はじまり……まさかりかついで、くびたろう、きんときさまにおそなえだ、わんわん、わんわん、いぬのくび……』

あいかわらず、芝居じみて苛立《いらだ》たせる口調だ。

「空良《あきら》、具合が悪そうだぞ。走れるか？」

「大丈夫？　鬼島《きじま》くん」

問題ない、と返す。〈口〉の呪いが出現している間は、動きが鈍くなっていたのだろう。しかしやはり……〈口〉は他者には見えず、声も聞こえていないようだ。それでいい。天生目《あまのめ》に視《み》えたら大騒ぎされる。問題は再び始まってしまったことだ。死へのカウントダウンが。


いったん黒兎《くろうさぎ》に戻った。汗だくだった。氷と水道水を入れたグラスを三つ作ってカウンターに置くと、天生目《あまのめ》と葉月《はづき》は奪うように取って一息で空にした。空良《あきら》も身体《からだ》に水分を浸透させる。外はパトカーのサイレンが騒がしい。先ほどはなぜか警官一人に遭遇しただけで済んだが、あの警官からの無線連絡を受けて今、大勢の警官が金時町《きんときちょう》に駆けつけていることだろう。金時町《きんときちょう》へは行けない。もしかしたら今夜中に戻るのは危険かもしれないが、そうも言っていられない。タイムリミットが迫っている。

そっと顔に触れる。〈口〉は消えているようだ。いったん収まったのだろう。

空良《あきら》はブラッドメトリーで視《み》た光景と、呪いの〈口〉が現れたことを二人に伝えた。

「そのわらべ歌から、金時町《きんときちょう》に根付いていた、当時の信仰や迷信が見えてくるよね」

葉月《はづき》が珍しく、まともなことを言う。「御神木《ごしんぼく》の太郎と次郎は雷避《よ》けってだけでなく、怪我《けが》や病気の治癒にもご利益があったのかも。十五夜の満月の夜に頭を下げてお参りしたから、お父さんもお母さんも元気になりましたって、感謝の気持ちが込められた歌なのかな」

「感謝、か」

その言葉に空良《あきら》は少し、違和感を覚えた。

「葉月《はづき》、お前、言ってたよな。怪異は強い恨みを持って死んだ人間の成れの果てだって。〈首太郎《くびたろう》〉の恨みってなんなんだ。今回も多分、それを知る必要がある」

「うーん、〈うらしま女〉みたいに死因と直接関係してるのかな。たとえば、重い病気になって、御神木《ごしんぼく》にお参りしたけど、治らなくって死んじゃったとか」

「犬の首を集めるイカれた野郎が、いっちょ前に自分は助かりたいって？　それで逆恨みか？　だとすると〈うらしま女〉より救いようがねぇ野郎だな」

だが、それは違う気がする。記憶の中で聞いた歌声は悲しみに濡《ぬ》れていた。

「くそ、わからねぇ。もう、秒読み段階まで来ちまってるっていうのに……」

「なあ空良《あきら》、その〈口〉が出ると、具体的にどれぐらいマズイ状況なんだ？　残された時間は、あとどれぐらいだ？」天生目《あまのめ》に問われ、わからないと空良《あきら》は首を横に振る。

〈かくや〉からは〈口〉が現れてからいつまでという刻限は言い渡されなかった。〈呪いの口〉

が現れるのは時間に関係なく、〈かくや〉の判断で起こされるのかもしれない。〈うらしま女〉の場合、〈玉手堂《たまてどう》〉の扉を開け、秘密を知ったことがトリガーとなった。〈かくや〉からすれば、〈物語《あそび》〉が面白くなってきたところだ。つまり、あの〈口〉が現れるということは、それだけ核心に迫っているということなのではないか。そして、あえて宣告することで空良《あきら》に焦りを与え、必死にもがく様を見て楽しもうという腹なのだ。

うー、うー、と唸《うな》り声《ごえ》のような音がする。「お、やっとか」と天生目《あまのめ》が携帯電話に出る。通話相手と言葉を少し交わすと「代わりますね」と空良《あきら》に携帯電話を渡す。

『あのガキ、俺を試すような真似《まね》しやがって』

不機嫌な大人の男の声。以前に絡んできた番《ばん》という胡散臭《うさんくさ》いジャーナリストだ。あれから天生《あまの》目《め》は彼とコンタクトを取っていたらしい。そして昨晩、〈首太郎《くびたろう》〉の調査を依頼していた。当然、それなりの〝枚数〟をちらつかせて。

『金で大人を動かそうだなんて恐ろしいガキだぜ。しかもさんざん脅してきやがった。「早急に有益な情報を入手してください。もし間に合わなくて親友が死ぬようなことがあれば、あなたにとって、とても不都合なことが起こるかもしれません」だとよ。ったく、俺は他にも仕事を抱えてて忙しい身だってのに。相棒が友だち思いでよかったな、鬼島《きじま》』

口を挟む間もないほど愚痴をこぼして少しは気が済んだか、ようやく本題に入る。

『貴様らの会いたがってる〈首太郎《くびたろう》〉ってのはな、あの町の暗部そのものなんだ』

番《ばん》は、金時町《きんときちょう》の歴史を編纂《へんさん》した『金時町史《きんときちょうし》』という資料にあたった。昭和四十二年に刊行された同資料には件《くだん》の兄弟杉についても書かれていたが、杉の名の由来となった太郎・次郎兄弟にまつわる民話や避雷信仰にまつわる伝承など、いずれも当たり障りのない内容で〈首太郎《くびたろう》〉の「く」の字も見当たらなかった。資料の中身自体に気になる点は他になかったが、番《ばん》が目をつけたのは資料に挟まれていた『刊行遅延についてのお詫《わ》び』と書かれた紙だった。どうやら、同資料は刊行予定日を大幅に遅れて世に出されたらしく、調べると刊行遅延の背景には執筆者の突然の失踪というトラブルがあった。その人物は『金時町史《きんときちようし》』の兄弟杉信仰の頁《ページ》を担当していた大学教授A氏。この穴を埋めるため、急遽《きゆうきよ》、代筆者を立てるなどしているうちに刊行が遅れたようだった。

『きな臭いだろ？　A氏の周辺を探ってみたら、もっとヤバイ話が出てきた。金時村《きんときむら》の土地のほとんどを所有していたのが、大石《おおいし》って家でな。村で、もっとも影響力を持っていた大地主だ。どうもA氏は、この大石《おおいし》家にとって不都合な真実を、掲載予定だった原稿に盛り込んでいたらしい』

「じゃあ、失踪ってのは……その大地主の一族によって消されたってことか？」

『その可能性はでかいな。そこでだ。俺は苦労してある筋から、なんとその〈失われた原稿〉を入手した』

その原稿をスキャンしたファイルを送ると言うので、那津美《なつみ》のPCのメールアドレスを伝えると、『あとで消しとけよ』というタイトルで送られてきた。さっそく確認する。

『兄弟杉が今ここにない理由』——というタイトルのテキスト。

それは土地の風俗や習慣を研究した資料ではなく、一種の告発文だった。

書きだしは、〈金時次郎《きんときじろう》〉の祠《ほこら》にあった句。それが〈金時太郎《きんときたろう》〉の樹齢を示していると解いたうえで、次の疑問を掲げている。杉の平均寿命は五百年とされるのに、〈太郎〉はその半分にも満たない二百四十年で伐《き》られたのはなぜか。そこに違和感を覚えたA氏は、住人に聞き取り調査をした。当時を知る住人のほとんどが高齢で、ことごとく取材を拒否されたが、明らかに何かを隠していた。やがて重い口を開く者が一人二人と現れ、驚くべき事実がわかってくる。〈金時太《きんときた》郎《ろう》〉は老木化のために伐《き》られたのではなく、まったく別の理由で、ある人物によって伐《き》られていたのだ。

その人物とは、大石金子《おおいしかねこ》。金時村《きんときむら》の大地主、大石《おおいし》家の三女だ。

視覚過敏と症候性肥満を患っていた彼女は、家の恥だと家族に忌まれ、疎《うと》まれ、自宅敷地内にある蔵に軟禁されていた。そのため、まともな教育を受けさせてもらえず、小学校に上がるような年齢になっても知能は三歳児にも劣るほど。たまに蔵を出て歩いているところを村人たちが目にすることはあったそうだが、いつも独りだった。

そんな金子《かねこ》にも、やがて〝家族〟ができた。ドイツに渡っていた叔父が、土産《みやげ》として金子《かねこ》に渡した、熊のぬいぐるみだ。これを溺愛し、本当の〝弟〟として大切にしていたが、彼女はどこまでも不幸に目をつけられる。

仲良く〝姉弟《きょうだい》〟で散歩をしていると、野良犬が襲ってきて〝弟〟の首を食いちぎってしまった。〝弟〟の死を受け入れられない金子《かねこ》は毎晩、吠《ほ》えるように泣いた。ある晩、ぱたりと泣き止《や》むと、蔵にあった大きなまさかりを持ち出し、外をうろつくようになった。

それからしばらくして、村付近の雑木林の中で野良犬の首なし死体が見つかった。その後も、野良犬や野良猫、鶏、牛などの家畜まで、首のない死体で見つかった。怯《おび》える村人たちが数人で固まって村の周辺を巡回していると、首を〈金時太郎《きんときたろう》〉の根元に並べる金子《かねこ》の姿が目撃された。

この時、金子《かねこ》は村に古くから伝わる〈兄弟杉〉のわらべ歌を歌っていたという。

――きんときたろさま、じゅうごやに、あたまをさぁげてまいりましょぉ

――きんときたろさま、そなえましょ、おとうもげんきになりました

村人たちは金子《かねこ》を恐れ、憎んだが、相手は権力者の娘。誰一人、抗議の声はあげられなかったし、大石家《おおいし》も彼女の凶行を知りながら、野放しにしていた。

だが、大石家《おおいし》も無視できない事態が起きた。金子《かねこ》が〈金時太郎《きんときたろう》〉を、まさかりで伐《き》り倒してしまったのだ。金子《かねこ》の両親――とくに父親は、日夜、神仏への祈りを怠らない、とても信心深い人物。村の大事な御神木《ごしんぼく》を伐《き》るという愚行は当然、許されるものではなかった。

金子《かねこ》は父親によって〈金時次郎《きんときじろう》〉に縛り付けられた。そして、食べ物も水も与えられぬまま何日も放置された末、衰弱死した。金子《かねこ》は息絶える寸前まで、大切な〝弟〟のことを心配し続けていたという。

その後も金子《かねこ》は放置され続け、〈金時次郎《きんときじろう》〉の根元で腐り果てた。拘束から解かれたのは、肉が落ちて骨となり、縛った縄が緩んでからだった。

大石家《おおいし》はこの一族の恥を隠すため、村にかん口令を敷く。こうして〈金子《かねこ》〉は、最初からこの世に存在しなかったことにされた。その後まもなく、〈金時次郎《きんときじろう》〉も朽ち果ててしまい、以来、金時村《きんときむら》では落雷事故が増えた。兄弟杉があった場所にそれぞれ建てられた祠《ほこら》は、表向きは御神木《ごしんぼく》を供養するためのものだったが、村人たちにとっては、金子《かねこ》の霊を鎮めるための意味合いが大きかったそうだ。戦後間もない頃のことだという。

ここでA氏は問う。そもそもなぜ、金子《かねこ》は〈金時太郎《きんときたろう》〉に首を並べていたのか。なぜ御神木《ごしんぼく》を伐《き》ったのか。自らの疑問に、A氏はこのように考察している。金子《かねこ》のしていたことは〈復活の儀式〉で、わらべ歌の歌詞に倣《なら》って、〈弟〉を〝げんき〟にしようとしていたのではないかと。

だが、幼児と同等の知能しか持ち合わせていなかった金子《かねこ》は、かん違いをしたのだ。歌詞の「あたまをさげて」を、「あたまをささげて」だと――。動物たちの首を〈金時太郎《きんときたろう》〉に捧《ささ》げることで、〝弟〟の命を救ってもらおうとした。それなのに、いつまでも願いを叶《かな》えてくれない御神木《ごしんぼく》に腹を立て、まさかりで伐《き》り倒したのではないか。

そんな彼女を哀れむ者もいたのか。あるいは、大石《おおいし》家の闇を知りながら沈黙を貫いたことに対する、罪悪感からなのか。祠《ほこら》を造る時に句碑が建てられた。それは〈金時太郎《きんときたろう》〉が失われた記録であり、この世に〈金子《かねこ》〉という少女がいたという記録にもなりうる。願わくば彼女の魂が今、〈弟〉とともにあらんことを、とA氏は哀悼の言葉で結んでいる。

――驚いた。これはその名こそ書いていないが〈首太郎《くびたろう》〉の生前の記録だ。〈首太郎《くびたろう》〉は大男の殺人鬼などではなく、不幸な境遇にあった少女だった。

「さすが番《ばん》さん、えぐいものを見つけてきたね」天生目《あまのめ》は疲れきった表情でパソコンから顔を上げる。「しかし、こんな馬鹿げた公開処刑、現代ならありえない話だけど……一昔前の閉塞的な村社会なら、ありえたのかもしれないね」

「かわいそうな金子《かねこ》ちゃん」葉月《はづき》は目を潤ませていた。「真実が隠されたまま時が過ぎて、断片的な情報から〈殺人鬼〉なんて誤解されて……それを今の金時《きんとき》町《ちょう》の人が信じちゃってるんだね」

『最後まで読んだか？』電話は、まだ番《ばん》と繋《つな》がっている。

「あんた、よくこんなもの、一日で見つけてきたな」

『半日だ。過去ってのは、掘れば何かしらは出てくるもんだ。ま、掘る場所を探すセンスはいるがな』

ならば番《ばん》はそのセンスが抜群ということだ。

これが公になればどうなるか。娘を殺し、さらに真実を暴こうとした大学教授の失踪事件にまで関わっているとなれば、今の大石家《おおいしけ》は窮地に立たされるだろう。時効を迎えているとはいえ、少なくとも町の名士と謳《うた》われてきた一族の名とイメージは地に堕《お》ちる。

『あー、掘るっていや、井戸があったろ？』

「ああ、あった。あの中に何があるか、わかるか？」

『わからん。だが、調べておいて損はないはずだ。最近、町内会長は住民から井戸の撤去を求められていたらしい。邪魔だとか、危ないだとか、そんな理由だ。だが、井戸は何十年も開けられてない。そこで町内会長は、念のために中を確認しておこうと、開けちまったらしい』

「それって、飼い犬が殺された晩の話か」

『そうだ。んで、見ちゃいけないものでも見ちまったか。そのことになると口を閉ざしちまうらしい。ま、中身がなんにせよ、井戸の蓋を開けたことで怪異が動き出したのは確かだろうな』

「……なあ、番《ばん》。あんたなんで、怪異のことを知ってんだ？」

『お前今、ケツに火がついてんだろ。そいつを消せたら話してやるよ』

通話が切れる。あの口ぶりから察するに、今の状況について天生目《あまのめ》から、ある程度は聞いているようだ。

「番《ばん》って、この前の怪しいライターの人でしょ？　信用できるの？」

葉月《はづき》が不安げな顔をする。一応アイドルなので、スキャンダルを警戒しているのだろう。

「心配ないよ。今のところ彼とは利害が一致してる。邪魔になるようなら消すさ」

「あいつに、どこまでこっちの情報を渡してるのか、あとで共有しろよ、天生目《あまのめ》」

携帯電話を天生目《あまのめ》に返そうとすると、また着信が入る。ディスプレイに『バカ』と出ている。

天生目《あまのめ》は電話に出ると「ごくろう」とだけ言って通話を切る。

「それでは諸君、そろそろ金時町《きんときちょう》に戻ろうか」

「え、でも今頃、あそこは警察が――」葉月《はづき》の声はパラリラパラリラというラッパのような音と猛牛の群れの大移動のような無数の排気音にかき消される。それを追うように複数のパトカーのサイレンが神座駅《しんざえき》方面へと向かっていった。

「警察は今夜、追いかけっこで忙しそうだ」他人事《ひとごと》のように言う天生目《あまのめ》の表情を見て、なにか仕掛けたな、と空良《あきら》は察する。よく考えてみれば、先ほど警官一人にしか出会わなかったことも、「普通ではない」のだ。方法はわからないが、なんでもいい。天生目《あまのめ》には助けられてばかりだ。

今のうちに〈金時塔《きんときとう》〉に戻って、井戸の中を確認しなければならない。もう一杯、水を飲んでから黒兎《くろうさぎ》を出た。

空気が冷たく乾いている。空は灰色の瘤《こぶ》のような雲が隆起し、不穏さを増している。大きな石を転がすような音がする――遠雷だ。あまり良い兆候ではない。

再び商店街のアーケードに差しかかった時、あの感覚が空良《あきら》を襲った。そろそろ、来る頃だろうとは思っていた。首から上が熱く疼《うず》き、面皮《めんぴ》に腫物のように無数の〈口〉が現れたのがわかる。ぬちゃりと音を立てて一斉に開くと忌々《いまいま》しい口上を述べだす。

『おとぎ草子は、いよいよ大詰め、きんときたろうの木のしたで、あたまささげて、ねがいごと』

――その滑稽で悪意ある百重唱《ひゃくじゅうしょう》は、下品な嗤《わら》い声《ごえ》の尾を引いて消える。

「鬼島《きじま》くん？　もしかして、もう次の宣告が？」

空良《あきら》は無言で頷《うなず》き、額の汗を拭う。回を追うごとに不快感が増していく。早く〈首太郎《くびたろう》〉と会って〈遊び〉を終えねば、あの〈口〉は全身に広がり、自分の心を食らいつくすだろう。

商店街のアーケードを抜けて踏切を越えると住宅街の惨状が目に飛び込んできた。道路に転がって派手にゴミを吐き出しているポリバケツ、倒れて光を明滅させている自販機、死んだセミのようにひっくり返っているパトカー。竜巻でも起こったか象が暴れたかという荒れようだが、明らかに自然現象や逃げ出した動物の仕業ではない。目に染みるほどの排気ガスと煙草《たばこ》とシンナーの臭い、道路には複雑な模様を描くタイヤ痕が刻まれ、塀には下品な色で書かれた「天上天下唯我独尊」のスプレー文字。暴徒の暴れた痕跡だ。

向こうから人が来るのが見え、空良《あきら》たちは電信柱の陰に隠れた。会話が聞こえてくる。

「マル走の集会なんて情報入っとらんぞ！」「〈レッドクレスト〉の初代総長の一声で集まったようです」「くそ、トサカ野郎のカリスマは失われずか。しかしこいつぁ交機の仕事だろ。なんで俺たちまで駆り出されるんだ」「それが上の判断みたいで」「はあ？　まあ、ヤツらと俺らは因縁《いんねん》浅からぬ関係だが、だからってなぁ」「このタイミングですし、他の事件にも関わってるのではって話も」「んなわけあるか。ヤツらはワルだが、やることぁもっと単純だ。見ろよ、この現場、後先考えねぇ馬鹿の暴れ方だ」「まあ、とにかく急ぎましょう」

中年警官と若い警官の声が去っていき、空良《あきら》たちは電信柱の陰から出る。

「初代総長のトサカ野郎って……えっ、もしかして、丸ちゃん？」

「サツの注意を引けとは言ったが、ここまでやるとはね。褒美は弾んでやるか」

満足げな表情をする黒幕《あまのめ》。

饅頭《まんじゆう》とアイドル好きのヘタレチンピラだと思っていた丸橋《まるはし》が、まさか暴走族のカリスマだったとは意外な事実だ。

天生目《あまのめ》の携帯電話に着信が入る。

「ああ、見たよ。派手にやったな――え？　どこにいるって？　……ったく、何やってんだ、馬鹿……おい、勝手なことはすん――おい？　おーいっ」

天生目《あまのめ》は舌打ちをし、携帯電話をポケットにねじ込むと走りだした。

「どうしたの？　丸ちゃんから？」追いかけながら葉月《はづき》が聞く。

「サツから逃げそびれて、今ここにいるらしい」

「ここって、金時町《きんときちょう》にか？」

「〈金時塔《きんときとう》〉にいるって。井戸の鍵が開いてるのを見たみたいで、あいつ興味津々でさ。勝手なことするなよって言おうとしたら、『やべぇ』って慌てた声がして……」

そこで通話が切れたらしい。

「あいつまさか、井戸の中を見たんじゃねぇだろうな」

「見ちまったかもな。ガキの頃から『井戸には近寄るな』って言われていたもんだから、ずっと中が気になってたらしい」

「それじゃ……〈首太郎《くびたろう》〉に遭っちゃったかもってこと？」

〈金時塔《きんときとう》〉に着いたが丸橋《まるはし》の姿はない。彼が食ったのか、祠《ほこら》のそばに〈きんとき饅頭《まんじゆう》〉の包装紙が落ちている。井戸の蓋は閉じられていたが、先ほどとは少し位置が変わっている。丸橋《まるはし》が動かしたのか。

番《ばん》からの報告を信じるならば、町内会長はこの井戸で何かを見て、そのあと〈首太郎《くびたろう》〉と出会っている。ここが〈首太郎《くびたろう》〉にとって、意味のある場所なのは間違いなさそうだ。確かめる必要がある。警察がいつ戻ってくるかもわからない。やるなら今だ。

「開けるぞ」

空良《あきら》は井戸の蓋を横へとずらす。不快な羽音が耳元をかすめ、スイカの種のような大粒のハエたちが井戸の上を回遊しだす。

暗い井戸の中へ懐中電灯を向ける。ニッコリ笑った少女と目が合った。

隣から覗《のぞ》き込んだ葉月《はづき》も、息を呑《の》む。少女の笑顔の横に、ピエロの顔がある。他にもウサギやカエルの顔も――マネキンの首、ぬいぐるみの首、カエルや他の動物の被り物《マスク》、ウサギの顔をデザインに取り入れたリュック。そして、複数の犬の生首――。ここ数日で殺された犬たちのものだろう。まだ血が乾いていないもの、鼻腔《びこう》や口から蛆《うじ》が出入りしているもの、もっとも腐敗が進行しているのは町内会長の愛犬のものか。本物から作り物まで、井戸にはありとあらゆる首が詰め込まれていた。

「〈金時太郎《きんときたろう》〉がもうないから、ここに頭を捧《ささ》げてるのかな……」

ウサギのリュックは中に何かが入っていそうだ。中身も首かとも思ったが、わざわざリュックにしまい込んでいるのも気になる。空良《あきら》は井戸の中に手を伸ばし、群がるハエに顔をしかめながらリュックを引き上げる。ファスナーを開くと、首のないぬいぐるみが出てきた。ところどころ生地が破れ、ほつれた繊維が菌糸《きんし》のように体表から伸びている。首のもがれた部分から、黄土色に変色した綿が覗《のぞ》いて臓物めいている。ずいぶん、古いもののようだ。

「こいつが……〈首太郎《くびたろう》〉が蘇《よみがえ》らせようとしていた……〈弟〉なのか」

熊のぬいぐるみ。金子《かねこ》が〈首太郎《くびたろう》〉となる要因を作った、大石家《おおいしけ》や村人たちにとっての忌物だ。祟《たた》りを恐れて処分することもできず、井戸の中に〈首太郎《くびたろう》〉——大石金子《おおいしかねこ》の亡骸《なきがら》とともに隠され、すべてなかったことにされたのかもしれない。

「熊さん……かわいそう」葉月《はづき》はすくい上げるように抱きかかえる。

「おい、戻したほうがいい。そいつは——」

絶叫が、脳裏を貫く。

『おとぎ草子は、めでたし、めでたしぃいぃいいけない覗《のぞ》いてはぁぁ、いけない覗《のぞ》いてはいけない覗《のぞ》いて、いい井戸の中をを、井戸の中をを、覗《のぞ》いてしまった覗《のぞ》いてしまったしまった覗《のぞ》いて——』

終わりの宣告。まだ、〈首太郎《くびたろう》〉と一度も会っていないのに。——いや、〈うらしま女〉の時もすぐにゲームオーバーにはならなかった。きっとこれは、最終警告だ。

どこかで音楽が鳴りだした。

「『ワンダーラビッツ』——わたしの曲の着メロだよ」

「丸橋《まるはし》のケータイだ……」天生目《あまのめ》が視線を落としている携帯電話のディスプレイに『呼出中』と

表示されている。音は〈金時塔《きんときとう》〉の向こう側から聞こえる。

「なんで出ないんだ。いつもワンコールで出ろと言っているのに――」

天生目《あまのめ》は『呼出中』の携帯電話を握りながら、音の聞こえるほうへと歩く。鉄塔の金網フェンスに沿ってぐるりと反対側へ回ると、フェンスに寄り掛かるように座り込む人影がある。『ワンダーラビッツ』はそこから聞こえている。ピッ。天生目《あまのめ》がコールを切ると、音楽も止まる。

犬の顔のマスクをかぶっている。犬の顔から下は、女性警官の身体《からだ》だ。

力なく投げ出された手の中に、ピンク色のゴーストのストラップが付いた携帯電話がある。

「あんた、なにしてんだ？　そのケータイ――」

天生目《あまのめ》の問いかけに応答しない代わりに、フェンスに寄り掛かった身体《からだ》がグラリと傾く。ぽとり、と犬の被《かぶ》り物が身体《からだ》の横に落ちる。応答などできるはずがない。その身体《からだ》には首から上がなかった。首があるはずのところですっぱりと切れていて、切断面には、湯に浮かべて遊ぶアヒル、ままごと用のフォークとスプーン、花やキャンドルを模したプラスチック玩具《がんぐ》などが、まるで飾りつけたように詰め込まれている。

「……〈首太郎《くびたろう》〉がやったの？　動物の頭だけ集めてたんじゃないの⁉」

「たぶん、この警官は運が悪かったんだ」

空良《あきら》は警官の手から丸橋《まるはし》の携帯電話を取る。「丸橋《まるはし》を見つけて、捕まえようとしたんだ。なんせ、あの頭だ。今、暴れてる暴走族の元アタマだと、すぐにわかったはずだ」

天生目《あまのめ》と通話していた丸橋《まるはし》は、警官が近くに迫ってくるまで気づくことができなかったのだろう。ぎりぎりのところで逃げ出すことには成功したが、その時に携帯電話を落としてしまった。

一方、丸橋《まるはし》を取り逃した警官は、井戸の近くで丸橋《まるはし》の携帯電話を拾った。そして、何気なく覗《のぞ》いてしまったのかもしれない。井戸の中を。

天生目《あまのめ》は複雑な表情をしている。

「丸橋《まるはし》は彼女のおかげで助かったってことか」

「助かってりゃいいがな。〈首太郎《くびたろう》〉が今どこに——」

「待って」

葉月《はづき》が二人の会話を遮る。「ねぇ……なにか、聞こえない？」

葉月《はづき》に言われて気づいた。苦しそうな呼吸の音。その合間を縫うように聞こえる、哀《かな》しみを帯びた歌声。空良《あきら》はこれを聞いたことがある。〈首太郎《くびたろう》〉の歌う、わらべ歌だ。

きんときたろさま、じゅうごやに、あたまをさぁげてまいりましょぉ……

歌声と、空気が漏れているような呼吸の音がだんだんと近づいてくる。

「これ、〈首太郎《くびたろう》〉の声なの？　ああ失敗……カメラじゃなくて、録音機を持ってくればよかった」

「くそ、なんてこった……僕はこれから怪異を見ちまうのかよ」

「葉月《はづき》もいるんだから、最低限の理性だけは保ってくれよ、天生目《あまのめ》」

「自信はないけど善処するよ。僕より、〈首太郎《くびたろう》〉だ。井戸を物色したのがバレてたら、怒り狂った彼女に僕らはバラバラにされちまう」

「井戸の近くは危険だな。いったんどこかの路地にでも入って様子を——」

ふしゅー……ふしゅー……

苦しさに喘《あえ》ぐような呼吸《いき》の音と、濃厚な血膿《ちうみ》の臭いが間近に在る。

「き、鬼島《きじま》くん……もう後ろに……いる……」

「振り返るな。ゆっくり歩いて離れる。まだこっちに気づいていないかもしれない」

「いや、でもこっちにまっすぐ向かってきてないか……」

確かに呼吸音とともに、地面に餅を叩《たた》きつけているような重い足音が後ろからついてくる。そして、何かを言っている。

「——**せよぉ……なぁ、なぁ……せよぉ……なぁ……**」

空良《あきら》たちに何かを呼びかけている。

「**なぁ、なぁ……かえせよぉぉぉ、かえせよぉぉぉぉ**」

——返せ？　なにを？

葉月《はづき》が抱きかかえているものに気づく。井戸で見つけた首のないぬいぐるみだ。

「お前、まだそれ持ってたのかよ！」

「だってかわいそうだから、お寺で人形供養してもらおうかと思って」

「んなもん意味ねぇよ。供養すんならソイツじゃなくて後ろのヤツだろ。よこせ」

空良《あきら》は葉月《はづき》の腕から、ぬいぐるみを奪い取る。

——後ろに投げて返してやるか？

いや。それじゃあ、なにも変わらない。へたをすれば余計に〈首太郎《くびたろう》〉を怒らせる。

「どうする空良《あきら》。駅前まで一気に走るかい？」

空良《あきら》は頷《うなず》いて、「お前らは行け。だが俺はタイムリミットが迫っている。どの道、どっかで腹を括《くく》るしかない。なら、ここでやる」

「は？　馬鹿言わないで。置いてけるわけないじゃん。鬼島《きじま》くんだけじゃないんだよ。わたしだって愛海《あみ》ちゃんを助けたいんだから」

「僕も同意見だ。キミの安否は愛海《あみ》ちゃんの安否に関わってくる。これ以上、那津美《なつみ》さんの哀《かな》しむ顔は見たくないしね」

空良《あきら》は呆《あき》れた。「なにが起きても知らんぞ」

「かまわないさ。だが空良《あきら》、どこで迎え撃つ？　なにか手はあるのかい？」

ずっと考えていた。〈かくや〉は「〈**首太郎**《くびたろう》〉**を探してね**」と言っていた。探すこと自体が〈遊び〉なら、それはもう達成していることになるが、呪いが消えた感覚はない。つまり、ただ会うだけではだめなのだ。

——考えろ。〈うらしま女〉の時は、どうやって〈遊び〉に勝った？

耳に届く呼吸音と足音から距離を測ると、まだ〈首太郎《くびたろう》〉は十メートル以上後ろにいるようだ。〈首太郎《くびたろう》〉の移動速度はけっして速くはない。だが、相手は怪異。いざとなれば超常的な力を使って、一瞬で距離を詰めてくるかもしれない。それに、「疲れる」という概念がなければ、どこまでも追ってくるだろうし、〈遊び〉は〈かくや〉の勝ちで終わる。

「**なぁ、なぁ**」と粘ついた声がついてくる。愚鈍な歩みの音を振りほどけない。ハイエナか熊につけられているような薄ら寒い威圧感が、背後から迫ってくる。天生目《あまのめ》は汗だくで過呼吸のようになっている。限界が近そうだ。

幸いなのか災いなのか、警察はいなかった。寝静まったように静かな住宅街を抜けると踏切が見えてくる。線路を渡りながら空良《あきら》は無意識にそれに目を向け、ひらめいた。駆け寄って、それ手に取る。

線路脇に供えられていた花束――の横に置かれていた、熊のぬいぐるみを。

「こいつを〈首太郎《くびたろう》〉にくれてやるってのはどうだ？」

こちらは首もあるしきれいだし完璧だ。きっと素材も昔のものより丈夫だろう。だが葉月《はづき》は空良《あきら》の手から首なし熊を取って首を横に振る。

「金子《かねこ》ちゃんは、この子を〈げんき〉にしてあげたかったんだよね？　じゃあ、その子を渡しても〝別人〟ってことにならない？」

確かに。葉月《はづき》の言う通りだ。〈首太郎《くびたろう》〉は葉月《はづき》の持っている首のない熊のぬいぐるみを「返せ」と言っていた。〝弟〟として愛した、このぬいぐるみでなければいけないのだ。

「じゃあ、どうすりゃ――」

「あ、きら……」

天生目《あまのめ》だ。真っ青な顔で突っ立っている。震える目は線路の向こうにいる、揺らぐ巨大なものを見つめている。いつの間にか、空良《あきら》たちのすぐ背後まで迫っていたのだ。それは伐《き》り出された腐木のようで、際限なく膨張する腐乱死体にも見える。顔にあたる部分は大きな瘤《こぶ》が集合し、瘤《こぶ》のあいだに開いた乱杭歯《らんぐいば》の並ぶ口から、濁った涎《よだれ》が糸を引いている。そこに人だった面影は微塵《みじん》もない。無理に痕跡を探すならば、着ているものだろうか。山盛りの腐肉を詰め込んではち切れそうなシャツは、血膿《ちうみ》で張り付いて肌と同化し、頭にはちょこんと赤白帽がのっている。シャツは小学生が着る体操着か。ならば下腹部に食い込む紺の紐《ひも》のようなものは、限界まで引き伸ばされたブルマだろう。

「あいつが……〈首太郎《くびたろう》〉……」

想像を絶するとはこのことだ。とても小学生くらいの女児とは思えない。症候性肥満を患っていたようだが、〈金時次郎《きんときじろう》〉に縛り付けられたまま腐敗していった彼女は、御神木《ごしんぼく》さえも取り込んだ姿の怪異と成り果てたのではないだろうか。あまりにも大きすぎた。

さっき見た警官のものだろう。左手に提灯《ちょうちん》のように女の生首を提げている。右手には鮮血が滴るまさかりを握っていた。

「かえせよぉ……かえせよぉ……」

大切な物を取り上げられたいじめられっ子のように、弱々しく、悲しみに濡《ぬ》れた声。瘤《こぶ》の谷間に埋もれた目は、葉月《はづき》が抱く首のない〈弟〉を見ている。これを返しても〈首太郎《くびたろう》〉の悲しみは濯《すす》げない。ずりずりと、まさかりを地面に引きずりながら踏切に近づいていく。

「来るぞ！　どうする、空良《あきら》」

「今考えてる！」

〈うらしま女〉の時は、〈うらしま女〉の抱く恨みを正しく理解することで、彼女は消えた。遊び相手が消えたら〈勝ち〉だと〈かくや〉は言っていたから、勝利条件は、怪異を消すことだと考えていいだろう。

〈首太郎《くびたろう》〉の恨み――それは人間にではなく、願いを叶《かな》えてくれない〈金時太郎《きんときたろう》〉に向けられた。だから彼女は木を伐《き》り倒した。ならば……。

「――願いを叶《かな》えてやりゃいいのか」

言うが早いか、空良《あきら》は供えてあった熊のぬいぐるみの頭と身体《からだ》を掴《つか》むと腕に力をこめ、一気に引きちぎった。その首を、きょとんとしている葉月《はづき》の持つ首なし熊にのせる。

「〈げんき〉にしてやるんだよ。紐《ひも》でも針金でもいい。首をくっつけてやるんだ」

「なら、わたしの仕事だね」

葉月《はづき》はポシェットから裁縫道具を取り出す。「衣装は自分で作ってるし、破れても自分で繕ってるから、必需品」と喋《しゃべ》りながら縫い付けていく。さすが慣れた手つきだ。早い。

「頼んだぞ。そのあいだ、こっちはなんとか足止めしとく。天生目《あまのめ》」

「こいつを使う時が来たか」

天生目《あまのめ》はシャツをめくって腰に差した物を抜くと、それを両手で持って構える。拳銃だ。

「おい、マジか」

「念のため言っておくと少し手の込んだ改造銃さ。ま、サツに見つかればアウトだけどね」

〈首太郎《くびたろう》〉に狙いを定め、引き金を引く。乾いた発砲音が曇天の夜に響く。音は軽いが銃を構える天生目《あまのめ》の両腕が反動で大きく跳ねた。弾は〈首太郎《くびたろう》〉の腹に当たったが、少し黒い汁がこぼれたくらいで、何事もなかったように向かってくる。

天生目《あまのめ》は呆然《ぼうぜん》とする。彼がここまでついてこられたのは、護身用の銃を持っているというアドバンテージによる安心感があったからだろう。しかし今それが、まったく役に立たないことが判明したのだ。

「怪異はこの世のものじゃないんだよ？　本気で効くと思ってた？」

さらに葉月《はづき》の辛辣な言葉がとどめをさす。

〈首太郎《くびたろう》〉がゆっくりと線路内に入ってきた。まさかりの刃が線路に当たって金属音が響く。

〝縫合手術〟は、まだ終わらない。あと一分、いや三十秒でも足止めできれば――。

空良《あきら》は懐中電灯をポケットから抜くと、スイッチを入れて〈首太郎《くびたろう》〉の顔に向けた。すると、瘤《こぶ》だらけの顔が光を避《よ》けるような素振りを見せる。思いだしたのだ。番《ばん》の送ってきた資料に大石《おおいし》金子《かねこ》は視覚過敏だったと書いてあったのを。怪異になっても、生前の特徴は残るようだ。

「天生目《あまのめ》、光だ！」

懐中電灯の光では弱すぎる。もっと激しい強い光が欲しい。

「光⁉　急に光ったって――あっ、葉月《はづき》さん、ちょっと失礼するよ」

天生目《あまのめ》は一言断って、彼女のポシェットから小型カメラを取り出す。そして線路に振り向きざま、フラッシュを焚《た》く。連続で。白い閃光《せんこう》を浴びた〈首太郎《くびたろう》〉の足は止まり、苦しそうな呻《うめ》き声《ごえ》をあげる。生首とまさかりを持っているので目を塞ぐことができないのだろう。為《な》す術《すべ》もなく、一歩、二歩と後ずさる。苛立《いらだ》ちが頂点に達したのか、〈首太郎《くびたろう》〉は恐ろしい唸《うな》り声《ごえ》をあげ、警官の生首を天生目《あまのめ》に向けて投げてきた。

「うわっ」

直撃は免れたものの、天生目《あまのめ》の手元を生首がかすめ、その拍子にカメラが宙を舞う。生首が地面に落ちる重い音でカメラの落下音はかき消えたが、惨事に葉月《はづき》は気づいたようだ。

「限定カラーで、もう買えないのに！」

葉月《はづき》の悲鳴に呼応するように踏切の警報機が鳴る。赤い信号が点滅し、降りてきた遮断機が〈首太郎《くびたろう》〉を線路外に追い出す。いいタイミングだった。

皓々《こうこう》と窓明かりを連ねて電車が通過していく。この光も〈首太郎《くびたろう》〉の足止めをしてくれているはずだ。警報音が止まるのと、〝手術〟が終わって、ぬいぐるみが葉月《はづき》から空良《あきら》に手渡されたのは同時だった。

ふしゅううううううう……ふしゅうううううううう……

蒸気が噴き上がるような音がする。〈首太郎《くびたろう》〉がこちらを見ていた。音は彼女の口から、血膿《ちうみ》と唾液の飛沫《しぶき》とともに噴き出されているものだ。怒っている。かつて彼女は怒りで〈金時太郎《きんときたろう》〉を伐《き》り倒した。その凶刃を空良《あきら》たちの頸《くび》に打ち込もうと線路内に入ってくる。

「〈首太郎《くびたろう》〉っ！」空良《あきら》は呼んだ。首から上と下の材質も色も時代もちぐはぐな熊のぬいぐるみを踏切の中に向かって投げる。「〈げんきな弟〉を返すぞ！」

〈弟〉は〈首太郎《くびたろう》〉の足元に落ちた。瘤《こぶ》の集まった顔がそれを見下ろす。まさかりを放るように捨てた〈首太郎《くびたろう》〉は〈弟〉を拾い上げ、それをまじまじと見つめる。

「**あは……うへ……えへへぇ……**」

顔を上げた〈首太郎《くびたろう》〉を見て、空良《あきら》は不思議に思った。瘤《こぶ》の山脈と化した顔に表情などない——はずだったのに、〈首太郎《くびたろう》〉は笑っている。いや、笑っているのだとわかった。嬉《うれ》しそうに。

〈弟〉をぎゅうっと抱きしめ、〈首太郎《くびたろう》〉は霞《かす》みながら消えていった。

天生目《あまのめ》が膝から崩れるように地面に座る。

「なんとかなった……のか？　はは、信じられないや……」

葉月《はづき》も空を仰いで放心したようになっている。

なんとか生き延びることができた。一人でなんとかしようなんて無茶《むちゃ》だった。葉月《はづき》や天生目《あまのめ》がいなければ間違いなくやられていただろう。踏切内へ目をやると〈首太郎《くびたろう》〉が消えた場所に大きな血だまりがある。汚れた体操着や赤白帽が血の中に落ちていた。

やるべきことがある。空良《あきら》は血だまりに近づいて、指先をゆっくり血にひたす。

愛海《あみ》の姿が視《み》える。抱えた膝に顔をうずめ、小さくなっている。〈うらしま女〉が消えた時に見た光景と同じだ。ただ前よりも鮮明になっている。曇る窓硝子《ガラス》ごしに見るようだった光景が、いくらかクリアに視《み》えた。

愛海《あみ》の周りは、格子の目がある灰色の壁――タイルか。場所は浴室のように見える。

『かくやちゃん』

愛海《あみ》の声だ。〈かくや〉がそばにいるのか。それとも独り言か。その声からは山の中に一人置き去りにされたような、怯《おび》えと不安が伝わってくる。

『わたしをここに連れてきたのは、お兄ちゃんと遊ぶためなの？』

『どうして、お兄ちゃんじゃないといけないの？』

『かくやちゃん、教えて』

『〈えぬじー〉って、なに？』

笛の音が聞こえた。

踏切の周囲を見回す。――いない。いれば、すぐにわかる。だが、笛の音は遠方ではなく、この場で吹いているように聞こえる。すぐ近くにいるのだ。

天生目《あまのめ》と葉月《はづき》は空良《あきら》の様子に気づいて、表情に緊張を引き戻す。

「どうした？　空良《あきら》」

「血に触れたんだね。今度はなにが視《み》えたの？」

――俺にしか聞こえていないのか。

『そうだよ』

頭の中で、少女の声が答える。

「待ってたぜ――」

胸の奥で火が熾《おこ》っているように、体中が熱くなっていく。

『おにいちゃん、すごいなぁ。〈首太郎《くびたろう》〉もかなわなかった。〈かくや〉ね、もっともっと、おにいちゃんのこと、しりたいな』

「ふざけんな。まだ付き合わせるつもりかよ」

『あのね、〈かくや〉、とっても楽しい遊び、思いついちゃった』

「うるせぇ。てめぇが相手しろよ。〈かくや〉」

『ねぇ、おにいちゃん、教えて』

「あ？」

『せいじくんと、かおるちゃん――どっちが大事？』

一瞬で熱が去り、背筋が凍りついた。

「おい、どういう意味だ？　おいっ！」

頭の中から〈かくや〉が去っているのがわかった。

「鬼島《きじま》くん？　誰と話してるの？」

「今、〈かくや〉って言わなかったか?」

天生目《あまのめ》と葉月《はづき》。二人の頭上で悪夢色の曇天が獣のような唸《うな》りを轟《とどろ》かせる。

刃物のように鋭く冷たい空気が首筋を撫《な》でる。鼓動が速くなる。

「すぐにここから離れろ……」

「――空良《あきら》?」

「鬼島《きじま》くん?」

「ここからはなれろォォっ!」

空を引き裂くような音。

白い光が一瞬で視界からすべてを消し去る。

一分。数十秒。どれぐらい時間が経《た》ったのか。耳鳴りが鼓膜に刺さっていて何も聞こえない。

霧が去るように視界は晴れていく。目に飛び込んできたのは火だった。幾本かの街路樹が中ほどから折れて燃えている。道路には折れた木が横たわって黒煙を昇らせながら炎を纏《まと》わせている。

天生目《あまのめ》が倒れている。真っ黒に焼け焦げた木が身体《からだ》に覆いかぶさっていた。

葉月《はづき》が倒れている。地面に投げ出されている手の指はピクリとも動かない。

二人の名を呼ぶ空良《あきら》の叫びが、曇天の夜に谺《こだま》する。

第3章 おたけび作家

「あ、きら……」耳鳴りの向こうから名前を呼ばれた。

焦げ臭いにおい。爆《は》ぜるような音。身体《からだ》に残る痺《しび》れた感覚。

街路樹が燃え、焼け焦げて折れた木が何本も路《みち》に倒れている。

五メートルほど先で天生目《あまのめ》がうつ伏《ぶ》せに倒れている。折れた二本の木が彼の上に覆いかぶさり、パチパチと音を立てて燻《くすぶ》っていた。天生目《あまのめ》の名を叫んで空良《あきら》は駆け寄った。木の一本は薄皮一枚で根元に繋《つな》がっていて、天生目《あまのめ》の数センチ上で彼を押しつぶすのを踏みとどまっていた。だがもう一本は完全に折れ落ちて、彼の両足にがっちり喰《く》らいついている。小さな炎が残っているのもかまわず、空良《あきら》は全身を使って木を押《お》し退《の》け、天生目《あまのめ》を引きずり出した。その直後、残る一本の木がメキメキと音を立てながら、火花を散らして倒れる。間一髪だった。

「おい、大丈夫か！」

「なんとかね……」

空良《あきら》に支えられて上半身を起こした天生目《あまのめ》は、煤《すす》だらけの顔で力なく笑ってみせる。

天生目《あまのめ》を安全な場所に横たわらせてから、葉月《はづき》を捜す。

いた。勢いよく燃えている街路樹の向こうに、仰向《あおむ》けで倒れている。木が身体《からだ》に覆いかぶさっている様子はないが、ピクリとも動かない。

辺りの状況から察するに、空良《あきら》たちのすぐ間近に雷が落ちたのだろう。二人は落雷の衝撃で吹き飛んだのだ。

「葉月《はづき》っ、聞こえてるか！　おいっ！　葉月《はづき》っ！」

反応はないが胸はかすかに上下している。意識を完全に失っているようだ。

サイレンの音が聞こえる。近隣の住人が消防署にでも通報したのだろう。

「空良《あきら》、キミは……もう行け……」天生目《あまのめ》の近くに戻ると、かすかな声でそう呟《つぶや》いた。

「なに言ってんだ、おとなしく寝てろ。すぐに救急車が来る」

「サツもすぐに来る……キミはこんなとこで足止め食らってる場合じゃないだろ」

確かに警察が来れば色々と面倒なことになる。いつ次の〈遊び〉が始まるかわからないこの状況で、拘束されるのはまずい。だが——。

「おっと、ヤバいヤバい。空良《あきら》、こいつを丸橋《まるはし》に渡してくれ」天生目《あまのめ》は顔をしかめながら腰に手を伸ばすと、モデルガンを引き出し地面に置く。

「こんなもの持ったまま病院へ担ぎ込まれるのはマズいだろ」

モデルガンを拾おうとすると腕を掴《つか》まれ、天生目《あまのめ》が真剣な眼差《まなざ》しを向けてきた。

「ここは僕に任せろ。なぁに、いつも通りうまくやるよ」

行けよ、と空良《あきら》の腕を突き放す。サイレンが近くまで迫っている。ぎりっと奥歯を噛《か》みしめ、空良《あきら》は葉月《はづき》を見て、天生目《あまのめ》に視線を戻す。

「……任せたぞ、天生目《あまのめ》」

「ヘマすんなよ、親友」

モデルガンをポケットにねじ込むと空良《あきら》は地面を蹴った。さっきまで真っ暗だった住宅の窓々に明かりがつき、その奥で人影が動くのが見える。すぐに野次馬《やじうま》も出てくるだろう。警察とかち合わないよう、空良《あきら》は路地から路地を縫うように移動した。何度も金時町《きんときちょう》方面に向かうサイレンとすれ違った。夜が毛羽立っていく。

商店街を抜けて駅前まで戻ると、終電から吐き出された人たちの流れに逆らうように雑踏をかき分ける。アルコール混じりの呼気と上司への愚痴と世紀末の予言への嘆きを後にして高架下の陰に入ると、すべての音がぴたりと消える。そして、狙いすましたかのようなタイミングで、例の笛の音色が聞こえてきた。

単調な薄闇と静寂の続く高架下の道に、艶《あで》やかな紅色の和傘が咲いている。

『面白かったね』傘の下の白く小さな少女の顔が言った。

空良《あきら》は噴出しそうな感情を抑え込もうと拳を握り締める。

「……やってくれたな……〈かくや〉……」

『ドキドキしたよ。おにいちゃんがどっちをえらぶのかなって』

「なにも選んじゃいねぇよ」

『おにいちゃんはえらんだよ』――〈かくや〉は首を傾《かし》げる。**『おにいちゃんは、かおるちゃんより先に、せいじくんのほうへ行ったよ』**

それは、天生目《あまのめ》が声をあげたことで葉月《はづき》よりも先に姿が目に入ったからだ。だが、そんな説明をする意味はない。もう、最悪の事態は起きてしまった。

「なんであいつらを巻き込んだ。てめぇが遊んでほしいのは、この俺だろうが」

『だって、誰も消えないと、つまんないんだもん』

善悪のわきまえがない、子どものような理由。そんなくだらない理由のせいで天生目《あまのめ》と葉月《はづき》が犠牲になった。空良《あきら》の口の中に血の味が広がる。皮膚が裂けるほど強く唇を噛《か》んでいた。

『あのね、次の遊びも、もう考えたよ』

「俺はお前に訊《き》きたいことがあるんだよ」

『**次は〈おたけび作家〉をさがしてね**』

怪異らしき名を告げた〈かくや〉の輪郭がブレたように溶ける。また言いたいことだけ言って去るつもりだ。傘や着物の鮮やかな色が褪《あ》せていき、〈かくや〉に高架下の背景が重なってオーバーラップしていく。完全に消え入る前に「待てよ」と空良《あきら》は呼びかけた。

「〈ＮＧ〉ってなんだ？」

刃物のように冷たく鋭い風が高架下を吹き抜け、〈かくや〉の姿をかき消した。次の瞬間、小さく白い、あの忌まわしい顔が目の前にあった。平面的な微笑を張り付けた作り物めいた顔は、息《いき》がかかるほど近くにあるが呼吸をしていない。さっきと何ら変わらぬ、硝子《ガラス》玉をはめ込んだような双眸《そうぼう》は、異様な鬼気を放っていた。

『**……えぬじぃ……**』

蕾《つぼみ》のように固く結ばれた口の奥から聞こえる。

『**……Ｎ……Ｇ……ととさまと……〈かくや〉の……ひみつ……**』

初めて感じる〈かくや〉の感情の揺らぎだった。途切れ途切れの言葉から伝わってくるのは、動揺、怯《おび》え、怒りが入り混じった複雑な感情。そして、これは――。

『**……ひみつ……しったら……おにいちゃん……おにいちゃんでも……**』

これは、剥《む》き身《み》の殺意。

『**コ……ロ……ス……ヨ……**』

雀《すずめ》のさえずりに瞼《まぶた》を開ける。

カーテンの隙間から朝日が部屋に射《さ》し込んでいる。空良《あきら》はベッドから起き上がると、台所で水道水を一杯あおる。自分でも聞こえるぐらいに喉を鳴らして。あっという間に水分が吸収されていくのがわかる。

昨晩はアパートに帰って天生目《あまのめ》からの連絡を待った。外は明け方までサイレンが鳴りやまなかった。当然だ。金時町《きんときちょう》では噂《うわさ》の〈犬殺し〉が現れ、一名の警官が惨死し、カリスマ総長率いる暴走族が暴れ、さらには落雷で怪我人《けがにん》が出たのだ。携帯電話はいまだに鳴らない。目は閉じていたが、一睡もできなかった。ベッドに横たわり、火の中で二人が倒れている光景、天生目《あまのめ》と交わした言葉、〈かくや〉とのやり取りを何度も反芻《はんすう》していた。

七時頃に携帯電話が鳴った。知らない番号だ。出ると『鬼島《きじま》くんのお電話っすか』と無遠慮に大きな声で訊《たず》ねてきた。聞いた覚えのある声だ。

『はよざいやすっ！　丸橋《まるはし》っす！』

「――ああ、あんたか、無事だったのか」

『はいっ、おかげさまで。まあでも、仲間に置いてかれるわ、サツに追われるわで最悪だったたっすけど。へへっ。あのこれ、坊ちゃんからの指示でお電話してるっす」

「二人の容体は？」

『坊ちゃんは脚に怪我《けが》をしてるっすが、骨折とかもなく全治一週間ってとこっす。うちの組の息がかかった病院で治療を受けて、今は自宅に。ただ、おやっさんから謹慎処分を受けてしまいやして、ケータイも没収、見張りもついてる状態なんでジブンが連絡役をおおせつかったたっす』

カタギに迷惑をかけないのが組の美学だ。だが、天生目《あまのめ》は下の者を使って暴走事件を起こした。それが問題視され、当事者である丸橋《まるはし》ではなく、指示をした天生目《あまのめ》が謹慎処分を受けることになったのだろう。

『それで、その、葉月《はづき》さんのほうっすが――』

葉月《はづき》は市内の大きな病院に搬送され、入院していた。目立った外傷はないのだが、どういうわけか目を覚まさない。医者によると原因不明の昏睡《こんすい》状態なのだという。

『心理的なものが原因だとすると、この先ずっと目が覚めないこともありえると……』

空良《あきら》は壁を殴る。「くそっ……なんでだ……なんで葉月《はづき》が……」

――おにいちゃんはえらんだよ。

あの時、葉月《はづき》ではなく、天生目《あまのめ》を選んだからか。傷ついた二人が倒れていた時、会って数日の少女より、十年来の親友の命を尊重したのか。無意識に選んでいたのか。

「俺の、せいなのか」

『坊ちゃんからの伝言っす』ガサガサと紙を広げる音がする。

〈どうせキミのことだから、今回の件で責任を感じているんだろ。でも、手を貸したのは僕らの意思で、これは僕らの責任だ。ついでにお節介をやかせてもらう。人を巻き込むことを恐れるな。使えるヤツは誰でも使え。なにもかも一人で背負い込むなよ、親友〉

『――とのことっす』

思わず笑いが出た。まるで心の中を見透かされているようなメッセージだ。

『そういうわけなんでジブンのこともじゃんじゃん使ってくださいっす。坊ちゃんがあんまり教えてくれないんで何が起きてるか正直わかってないっすけど、モモラー仲間の葉月《はづき》さんがこんなことになって、オレ、じっとしてられないっすから！』

どうやら、葉月《はづき》＝来瀬《くるせ》もモモであることはまだ知らされていないようだ。

「天生目《あまのめ》に伝えてくれ。こっちは心配すんな、すぐにケリをつけるって」

そうは言ったが難しいだろう。〈かくや〉はもう次の〈遊び相手〉を準備している。今日からはそいつとやり合わなくてはならない。もとより一人でやるつもりだったが、今回の件でよくわかった。一人ではロクに情報も集められない。天生目《あまのめ》と葉月《はづき》がいたからこそ、〈首太郎《くびたろう》〉から生き延びることができたのだ。そう頭では理解しているのに、丸橋《まるはし》に協力を頼むことは結局できなかった。

通話を切るとベッドに倒れ込む。溜《た》まっていた疲れと眠気がどっと押し寄せてきた。

目覚めると窓の外はすっかり暗くなっていた。半日も眠っていた。

携帯電話を見ると、二時間前に那津美《なつみ》から着信が入っていたので折り返しかける。那津美《なつみ》は店に出ているようだ。ちゃんと寝ているのか、ご飯は食べているのかと心配されたが、それはこっちのセリフだ。那津美《なつみ》のほうこそ、声に力がない。元気を取り繕っているが無理があった。

愛海《あみ》の捜査の進展はないという。警察は一人の少女の失踪よりも、八真都《やまと》神宮や金時町《きんときちょう》で起こっている殺人事件のほうで忙しいのだと、那津美《なつみ》には珍しく恨み節を吐いていた。

『だからね、今探偵を雇っているの。毎日報告を聞くだけでも忙しくて』

今夜もこれから探偵事務所に行くところだというので、そのあいだ店のパソコンを借りてもいいかと訊《き》く。店もパソコンも自由に使っていいとしたうえで、那津美《なつみ》は言った。

『空良《あきら》くん。愛海《あみ》は、きっと大丈夫だから』

空良《あきら》が自分を責めているのではないかと、那津美《なつみ》は心配していた。電話の本当の用件はそれだったようだ。通話を切ると、空良《あきら》は着替えてアパートを出た。

黒兎《くろうさぎ》に着くと、合鍵で扉を開ける。店内は明かりがつけっぱなしで、アルコールの匂いが漂っていた。どうやら、那津美《なつみ》が飲んでいたらしい。

カウンターに置かれたノートパソコンの電源もついたままだ。神座区《しんざく》での行方《ゆくえ》不明者の情報提供を呼びかけるページが開かれている。少し見てみた。行方《ゆくえ》不明者一覧の中に「鬼島愛海《きじまあみ》」の名を見つけ、マウスを持つ手が止まる。文字で見せられると余計に辛《つら》い。

子どもの失踪は他にも起きている。最近だと半年前に中学生の少女が消えており、事件として捜査もされたが、いまだに手がかりとなるような情報はないようだ。

携帯電話にまた、知らない番号から着信がある。無言で出ると、相手は『番《ばん》だ』と名乗る。

『なんとかって頭の悪そうなヤツから連絡があってな。お前に協力しろとさ』

丸橋《まるはし》だろう。天生目《あまのめ》からの指示で番《ばん》と連絡を取ったのだ。

「あんた、仕事が忙しいって言ってなかったか？」

『大人ってのは理不尽に忙しい生き物なんだ。だから貴様らみたいなガキに使われるなんざ癪《しゃく》なんだが、ここんとこ入り用でよ。報酬を弾んでもらう約束で引き受けた』

「ガキの財布をあてにするとは大した大人だな」

『黙れ。助けてほしいんだろ？　天生目《あまのめ》のボウズは謹慎中だって聞いたぜ。金時町《きんときちょう》の件の口封じ、あいつの親父《おやじ》が方々にずいぶん手を回したらしいな。そりゃ、アイドルとヤクザの組長の息子が夜中に仲良く落雷被害なんてスクープが世に出たら、大騒ぎだ。しかも、警官の死体も上がった夜だ。警官殺しの疑いをかけられたっておかしくない。そんなおいしいネタ、俺だって書きてぇくらいだぜ』

落雷事故で負傷者二名という報道はされたが、被害者の身元や性別、年齢などはいっさい公表されていなかった。天生目組《あまのめぐみ》による圧力のおかげだろう。二人の情報が特定されていれば、天生《あまの》目《め》だけでなく、葉月《はづき》のアイドル生命も終わっていたはずだ。そこまで気が回らなかった。さすが天生目《あまのめ》だ。

『——とまぁ、そういうわけだ。じゃ、これまでのことと今の状況、一から全部話せ』

血の記憶を読み取る能力や〈口〉の呪いのこと——ここ数日に起きたすべてのこと、そして次の「遊び」の相手の名前を伝えた。

番《ばん》の感想は「難儀《たいへん》だな」の一言で終わった。

「次はオッサン、あんたの番だ。知ってることを話してくれ」

『今何時だ。……あー、今日はもう遅いな。明日にしよう』

「なんだよ、今話せよ。別に何時になったってかまやしない」

『俺はかまうんだよ。閉店間際の大連チャンを狙うんだからよ』

——パチンコか。「入り用」の理由もギャンブルのにおいがしてきた。

『それに、俺よりも「霊や化け物に詳しいヤツ」を呼んでおいた。そいつから直接、聞いたほうがいいだろ』

「化け物に詳しい？　……そんなヤツが他にもいるってのか……」

『そう警戒すんな。若い女だし、顔も悪くない――ま、性格はアレだがな』

警戒はしていない。クセのあるヤツがもう一人増えるのかと気が重くなっただけだ。

『明日の夜九時、お前のおふくろさんの店に集合だ。遅刻すんなよ』

「おい」と呼びかけた空良《あきら》の声は、通話を切られて行き場なく宙を漂った。


翌晩、約束した時間の十分前に黒兎《くろうさぎ》に着いた。

昨日と同じように合鍵で入ろうとすると、ドアの鍵が開いている。那津美《なつみ》さんは今日、店には来ないと言っていたはずだ。不審に思いながらドアベルが鳴らないようにそっと開けると、ドアの隙間から甘い香水の香りが出迎える。店内の仄明《ほのあか》るい照明の下、カウンター席に見知らぬ女がいる。カールのかかった金髪ボブ。黒い光沢のあるノースリーブのドレス。琥珀色《こはくいろ》の液体の入ったロックグラスを傾けていた。視線を感じたのか、女はゆっくりと空良《あきら》に顔を向ける。

「失礼。早く着いて少々手持ちぶさただったものでね。一杯やらせてもらっていた」

胸元から真鍮《しんちゆう》のマネークリップに挟んだ紙幣をカウンターに置くと、しなやかな所作でスツールから立つ。異国的な面立ちで、若く見えるが、妖艶さのある佇《たたず》まいを見ると人生経験豊富な熟年の女性にも見える。年齢不詳、国籍不明のミステリアスな雰囲気をまとわせていた。

空良《あきら》は店内に入ると周囲に視線を巡らせる。

「色々聞きたいことはあるが……まず、どこから、どうやって入った？」

「ああ、先に非礼を詫《わ》びるべきだったね。そのドアから普通に入ったよ。こう見えて、私はマジシャンなんだ」女は自分の髪をかき上げたかと思えば、その手を空良《あきら》に差し出す。ほっそりとした指先に挟まれていたのは、一枚のトランプ。

「シルクハットもステッキもないものでね。名刺代わりさ」

「まあ、空き巣には見えないな。番《ばん》が話していた、霊や化け物に詳しい女ってのは、あんたか」

黒ドレスの女は、物憂げに吐息を漏らす。

「あの男、ずいぶんと情緒のない紹介をしたようだね。私の名はムーラン・ロゼ。もちろん芸名だ。ロゼと呼んでほしい。得意なのは脱出系イリュージョンだ」

なるほど。脱出するのが得意なら、侵入するのもお手の物というわけだ。

「最近のマジシャンは副業で霊媒師もやるのか？」

「〈霊や化け物に詳しい女〉が、マジシャンをやっているというだけさ。手品の腕には自信はあるが、霊能力者のような力はない」ロゼはトランプをロックグラスに入れる。「だが、霊能力者《かれら》よりその『世界』を知っているし、それに関わる事情も彼らより少々シリアスだ。そのへんのことは、私とキミがもっと親しい間柄になってから教えるよ」

目を細め、妖しく笑む。「それよりキミの話をしようじゃないか。色々聞いているよ。どれも興味深いが——やはり一番は、血を読む力だね」

ブラッドメトリー。葉月《はづき》がそう名付けたあの能力は、その手のことに詳しい人間にとっても珍しいものらしい。

「その力は生まれ持った素養かもしれない。親や先祖に霊能力者はいないかい？」

「さあな。父親の顔も知らん。おふくろはただの家政婦だった」

空良《あきら》は素っ気なく答える。母親の口から父親について語られたことは一度もないし、空良《あきら》も知ろうとはしなかった。死別なら写真の一枚もあるはずだが、そんなものはなかった。その違和感に気づいた時点で、この家では父親の話題はご法度なのだと察していたし、空良《あきら》自身、関心がなかった。

「すまない。詮索するつもりはないんだ。キミが今知りたいのは〝敵〟のことだったね。では、〈かくや〉が強《し》いる闇の遊戯――あれに通称があったとは。

キミが巻き込まれている、通称〈かくや遊び〉のことから話そうか」

〝主催者〟の名を頭につけただけの単純明快な呼び名は、皮肉にも遊び心をまったく感じないものだった。

「呼び名があるってことは、過去にも同じような事例があるんだな」

「その通り。〈かくや〉は十年周期で現れ、その度に人が消え、死んでいる」

「被害者に共通点は？」

「年齢性別職業、バラバラさ。ただ全員が〈黒い葉書〉を拾っている」

数日前、空良《あきら》のアパートの部屋の前に落ちていた『あそぼうよ』とメッセージが刻まれた葉書のことだ。あれを拾ってから、空良《あきら》とその周りにいるみんなの日常が狂っていったように思う。

「トランプには赤札と黒札があって、黒は夜を意味するそうだ」

ロゼはグラスからカードを取り出すと、指を鳴らす。カードは目の前で消えた。

「その葉書は夜の眷属《けんぞく》から届いた、死の遊戯への招待状。少女への人身御供《ひとみごくう》を選ぶ、白羽の矢、ならぬ黒いカードさ」

「助かったヤツはいるのか？」

愚問だとわかっていた。自分が勝つまで続けると〈かくや〉は言ったのだ。

「ああ。消えず、死ななかった者はいる。植物状態。精神崩壊。身体《からだ》の大部分を失って帰ってきた者。それらを〝助かった〟と言っていいのならね」

ドアベルが鳴って、黒レンズのロイド眼鏡《めがね》をかけた中年男が不機嫌面を覗《のぞ》かせた。

「お、役者が揃《そろ》ってんな」

番直政《ばんなおまさ》。彼のまとうタバコの臭いが香水の匂いと混じり合う。

「おや。番《ばん》、今夜はいつもの貧相面に拍車が掛かっているが、どうかしたのか？」

「うるせぇな。ご明察の通りだよ。ちょいと懐があったかくなったからよ、ここに来る前に一発打ちに行ったんだ。だが今日はついてねぇ。おかげでオケラよ、オケラ」

「高校生からせびった金でパチンコとはね。キミは控えめに言ってロクデナシだな」

「おいおい、人聞きの悪いこと言うな。ビジネスで得た、きれーな金だろうが」

空良《あきら》をほったらかして始まった二人の掛け合いを見ていると、それなりに長い付き合いのある関係であることがわかった。

「番《ばん》、私の渡した調査費用も使い込んだんじゃあるまいね？」

「心配すんな。ちゃんと仕事はしてる。ほらよ」懐から型崩れした黒革カバーの手帳を出し、カウンターに放る。「それよりロゼ、お前なんだって、あんな作家に目をつけた？」

「待ってくれ」空良《あきら》が口を挟む。「番《ばん》、今あんた、作家って言ったか？」

「ん？　あー、そうだよ。この件は、お前にも絡んでる」番《ばん》はカウンターから手帳を取る。「ロゼへの報告ついでだ。鬼島《きじま》、貴様もよく聞いておけ」

吉走寺《きっそうじ》のはずれの閑静な住宅地に、モダンな佇《たたず》まいの古い邸宅がある。著名な童話作家〈弥勒夜雲《みろくやくも》〉の住宅で、近隣住民からは〈弥勒邸《みろくてい》〉と呼ばれている。

その邸宅から夜な夜な、叫び声が聞こえてくる、そんな噂《うわさ》があった。

まるで、狂った獣のような甲高い声――それは、「雄叫《おたけ》び」のようだった。夜中に聞くにはあまりに気味が悪い声だ。最初のうちこそ、作家ゆえスランプに悩み苦しんでいるのだろうと見守る空気はあった。だが、さすがに毎晩となると我慢にも限界がある。近所に住む中年女性が苦情を言わんと、ある日に弥勒邸《みろくてい》の戸を叩《たた》いた。

しかし、家主が出てくる気配はない。大声で呼びかけても反応はない。何度も家を訪ねたが、日中の弥勒邸《みろくてい》は死んだように静まり返っていた。それならばと女性は夜間に弥勒邸《みろくてい》を訪ねるが、断続的に〈おたけび〉が響き渡るだけで、ドアが開かれることはなかった。居留守を使っているのは決定的だった。再三再四の呼びかけに応じないことに立腹した女性は、小石を拾いあげると、弥勒邸《みろくてい》の二階の窓めがけて投げつけた。カツン。石が窓に当たる音が辺りに響く。いつの間にか〈おたけび〉は止《や》んでいた。

女性が踵《きびす》を返そうとしたその時、二階の窓に、ふっと灯《あか》りがつく。そして――。

なかを　のぞか　ないで　ください
邸宅の中からか。伸び切った庭の草の中からか。どこからか、消え入りそうな声が聞こえた。

のぞかないで。のぞかないで。のぞかないで。

何度も。何度も。声は聞こえる。気づけばその声は、彼女の頭の中で。

のぞかないでぇぇぇぇぇぇぇぇぇぇぇぇぇぇぇぇ

この日から女性は、幻聴に悩まされた。頭の中で、あの〈おたけび〉が聞こえる。医者に診てもらっても原因はわからない。眠ることができず睡眠薬に頼ったが、〈おたけび〉は夢の中でも聞こえてきた。やがて彼女は人前に姿を見せなくなった。

その女性と最後に一度だけ会ったという人物がいる。隣家に住む老婦人である。

ある晩、老婦人が帰宅すると、彼女は自宅の庭でプランターに水をやっていた。頭にはぐるぐると包帯を巻いている。いったいどうしたのかと心配して近づくと、彼女の目の下には濃い隈《くま》ができ、包帯の耳の辺りに茶色い血の染み痕が拡《ひろ》がっている。そして、プランターの中の花はとっくに枯れて項垂《うなだ》れていた。

老婦人は声をかけたが、聞こえていないのか、無反応だった。顔の前で手を振るなどすると、彼女はようやく気がついて、こう言った。

「頭の中で、おたけびがやまないんです」——やまないんです、やまないの、やまない、**やまない、やまない、やまないやまないヤマなあァいいィ**。乾いた唇がビチッと音を立てて裂け、血が噴き出す。それでもかまわず彼女は「**やまない**」を連呼した。

翌朝、その女性がベランダで首を吊《つ》っているのが発見される。首と手摺《てすり》にナイロン紐《ひも》を結び、勢いよく柵を乗り越えて飛び降りたらしい。全体重が首にかかったことで頸骨《けいこつ》が破砕したのか、その死体は爪先が地面に着くほど首が伸びていた。項垂《うなだ》れた頭は、身体《からだ》と一緒に振り子のように揺れていたという。

「その後も、弥勒邸《みろくてい》から〈おたけび〉が消えることはなかった。やがて、その家に住む童話作家・弥勒夜雲《みろくやくも》は近隣住民らから、こう呼ばれるようになる。〈おたけび作家〉、と」

それは〈かくや〉に告げられた怪異の名だった。

「どうだよ、鬼島《きじま》。こいつはお前の次の遊び相手なんじゃねぇか？」

「ああ。だが、あんたらの話を聞いてると、もっと前から知っていた感じだな」

「まあな。もともとそこにいる大変美人で優秀な天才マジシャンから、弥勒邸《みろくてい》の調査依頼を受けててよ。その最中だよ、貴様からその怪異の名を聞いたのは。こいつが偶然なのか、〈かくや〉の采配なのかは知らんが、俺としちゃ、一石二鳥ってわけだ」

「あんたはなんで弥勒邸《みろくてい》を調べさせてたんだ？」

空良《あきら》の問いかけにロゼは、「実に私的な理由さ」と答える。

「ロゼは秘密主義でな。俺にもその理由を教えやがらねぇんだ」

「それより今優先すべきは、鬼島《きじま》、キミの件だ。差し迫っているんだろ？」

空良《あきら》は頷《うなず》く。いずれまた〈口〉が現れ、開始を告げる。そこからは加速度的に展開が速まる。始まりの狼煙《のろし》が上がる前に、できる限りの情報《もの》は集めておきたい。

番《ばん》は引き続き、手帳のメモを読み上げる。「弥勒夜雲《みろくやくも》、昭和十九年生まれ、五十五歳。出身は東京。いいとこのお坊ちゃんで、親戚は神座《しんざ》区《く》の区議会議員や神座署《しんざしょ》のトップと錚々《そうそう》たる顔ぶれだ。医大を卒業後、外科で研修医の経験あり。二十七歳で童話作家としてデビュー。昭和五十四年にホラー童話集『闇おとぎ』を発表、一躍ベストセラー作家となる。最新作は呪われた〈かぐや姫〉の童話『竹取翁《たけとりのおきな》の夢』――医者から作家へ転向した理由は不明だ。自分のことを話したがらない男だったようでな。インタビューや対談はすべて断っていたらしい」手帳を懐に入れる。「知人の編集者に聞いたんだが、ここ最近、弥勒《みろく》と会ったヤツはいない。もともと、表に出るのを嫌う性質《たち》だったそうだが、ここしばらく、近隣住民もまったく姿を見なくなったと言ってた」

「そんな彼の家を巡って囁《ささや》かれる、〈おたけび作家〉の噂《うわさ》」芝居がかった口調でロゼが引き継ぐ。「そして、その名は〈かくや〉の口から怪異として鬼島《きじま》に伝えられた。怪異を生むのは、死者の怨念だ。つまり――」

「その弥勒《みろく》ってのは、もう死んでいて、怪異になってるってことか」

空良《あきら》の言葉に、ロゼは目で頷《うなず》く。「そう考えると筋が通る」

「じゃ、ぼちぼち出るとするか」番《ばん》は腕時計から視線を上げる。「うだうだやってても事は進まねぇ。今から遊びに行ってやろうぜ。作家先生のお宅によ」

吉走寺駅《きっそうじえき》から一駅の高級住宅地。どの家も独創的な造りを誇示するような豪壮な門構えで開けた外観になっているが、そんな中に庭木が鬱蒼《うっそう》と生い茂り、敷地内が見通せない家がある。門も慎《つつ》ましやかな作りで、黒い鉄扉には干からびた蚯蚓《みみず》のようなツタが這《は》っている。門を開けると、その先はどれだけ放置されていたのか、野放図に伸び拡《ひろ》がる雑草が庭を占拠している。

三角積木のような弥勒邸《みろくてい》は、空に食い込む切妻屋根、木組みをデザインに組み込んだ外壁、窓には木の面格子という具合に、洋風建築と日本の伝統家屋が絶妙な割合で渾然《こんぜん》としている。玄関の上に花菱形《はなびしがた》の飾り窓があるが、建物の造りから二階建てとは思えず、広めの屋根裏部屋といったところだろう。

番《ばん》は短くなった煙草《たばこ》を捨てて踵《かかと》で踏みにじる。

「俺の知る限りでは、弥勒夜雲《みろくやくも》は未婚だ。両親が死んでから数十年、この家で独り暮らしをしていたようだが……」

窓は暗く、邸宅に人のいる気配はない。インターホンがないので戸を叩《たた》いてみたが、やはり反応はなかった。

「こっちの反応も見てみるか」石を拾おうとする空良《あきら》をロゼが止める。

「キミも無謀な男だな。〈おたけび〉にやられるだけだぞ」

「そうか、ヤツにはそんな飛び道具があるんだっけな」

「おい、さっさと中に入っちまおう。蚊が寄ってきてかなわねぇ」

番《ばん》が急《せ》かす。引き戸を開けようとするが、しっかり施錠されている。

「蹴破るか」「それっきゃねぇな」と頷《うなず》き合う男二人を、ロゼは呆れ顔で止めた。

「これだから野蛮人は――いいかい。これから私たちがするのは不法侵入だ。通報されるリスクを高めるような行動は慎んでくれたまえ。大きな音を立てて、善良な市民が様子を見に来たらどうするつもりだ」

「なら、どうやって入る？」

「私の特技を、もうお忘れかい？　鬼島《きじま》」そう言ってロゼは針金のような小道具を使って、余裕の笑みを浮かべながら、たちまち開錠してみせた。なるほど、こうやって黒兎《くろうさぎ》に入ったのかと感心する一方、これはマジシャンじゃなくて空き巣の特技だよなと思う。

「入るぞ」空良《あきら》が引き戸に手をかけた、その時だった。

なかを　のぞかないで　ください

すぐ耳元で、声が聞こえた。

内緒話をされているような、声帯を震わせない、吐息だけの囁《ささや》きだった。

「くそ、ゾッとさせやがる……」

番《ばん》は顔を引きつらせる。「まだ、叫ばれたほうがマシってもんだ――ん？」

番《ばん》は空良《あきら》を肘でつつき、上に目配《めくば》せする。花菱形《はなびしがた》の飾り窓に明かりが灯《とも》っていた。そこに奇妙な形の影が映り込んでいる。人……ではない。フック状の奇妙な形のそれは、まるで長い首をもつ生き物が頭《こうべ》を垂れているような――そうだ。鶴に似ている。

――あれが〈おたけび作家〉なのか。影だけ見れば〈うらしま女〉や〈首太郎《くびたろう》〉ほどの迫力は感じないが、いったいどんな化け物なのだろう。空良《あきら》はじっと影を見据える。

番《ばん》は草むらに唾を吐く。「警告《おどし》かよ。覗《のぞ》けばどうなるかわかってるなってよ」

「これが昔話の〈鶴の恩返し〉ならば、覗《のぞ》くことは不正解だろうがね」

「覗《のぞ》かなきゃ話が進まねぇだろうが。それに、覗《のぞ》いちまったじいさんばあさんの行動は、人間としてごく自然な行動だ。鶴もわかっただろうよ。隠されると暴きたくなる、人の性《さが》ってやつを。あいつにも思い知らせてやろうぜ、なあ鬼島《きじま》」

空良《あきら》は返事の代わりに、勢いよく引き戸を開ける。

三人を出迎えたのは、甘く強い香りと振り子時計の音だった。広い玄関には一足も靴はなく、外から吹き込んだであろう砂埃《すなぼこり》がうっすらと積もっている。正面の土壁には意味深に一枚の木の板が下がっていて、壁に沿って左右に伸びる廊下の両端に扉がひとつずつある。

「この香りはインセンスだね。ライラック、ラベンダー、その他にも色々な花の香料を合成させている。弥勒《みろく》もなかなかどうしてセンスが良いじゃないか。私好みの香りだ」

ロゼは絶賛するが番《ばん》は煙たそうに顔をしかめている。

「センスが良いだと？　死臭がするよりはマシだが、この匂いも鼻が曲がりそうだ。俺はお前の香水でも胸やけがするんだ」

「キミからする酒と煙草《たばこ》の臭いよりはマシだと思うがね。鬼島《きじま》もそう思わないか？」

「――ん？　ああ」この時、空良《あきら》は不思議な感覚を覚えていた。既視感というのか。おそらく遠い昔だと思うが、これと同じ匂いをどこかで嗅いでいる気がしたのだ。漠然とした記憶の出所を頭のなかで探っていると――突然、鋭く甲高い叫び声が耳を貫いた。

咄嗟《とっさ》に両耳を塞ぐが、声は手を突き抜けて、頭の中で突風のように荒れ狂う。精神をかき乱すような苦痛に、空良《あきら》の意識は次第に遠のいていく。

三十秒ほど聞こえていただろうか。叫び声はピタリと止《や》んだ。

空良《あきら》は肩で息をしながら、両耳を押さえていた手をゆっくり下ろした。

「畜生め……まだ頭がガンガンしやがる……」汗をびっしり額に浮かせ、番《ばん》が忌々《いまいま》しげに顔を歪《ゆが》めた。「今のが、例の〈おたけび〉か。あれ以上聞かされてたら、どうにかなってたぜ」

「キミの報告に出てきた女性のような、哀れな結末を迎えただろうね」ロゼは乱れる呼吸を整えながら続ける。

「私たちが入ってきたことを〝あちら〟が認識したんだろう。今のは、警告ってとこかな」

弥勒邸《みろくてい》の探索を開始する。邸内の電気はつかず、各々が用意してきた懐中電灯を持って移動した。当然、土足だ。客として招かれたわけではないし、そもそもこの家の主人はすでに、この世にいない可能性が高い。

〈おたけび作家〉がいるのは上の階だろう。居場所はわかっていても、手ぶらで向かうわけにはいかない。情報を集めたい。そして、〈うらしま女〉の「子どもの名前」、〈首太郎《くびたろう》〉の「弟の人形」のような〝切り札〟が欲しかった。

左の扉から入り、ひとつめの部屋を調べる。居間として使われていた部屋のようだ。

紺色の遮光カーテンがぴっちりと閉じられ、一筋の月明かりさえ入ってこない。無駄な飾り付けがなく、生活において必要最低限の家具が設《しつら》えられている。意匠は簡素だが、ソファやテーブル類にはアンティークの趣きがある。電話台に黒電話が鎮座し、邸内に音を響かせている、これも年代物と思《おぼ》しき振り子時計がある。家具にも床にも埃《ほこり》が積もり、ダイニングテーブルの上にある籐《とう》の籠の中には、黒く干乾びた何かの果物が入っている。天井の角では破れた蜘蛛《くも》の巣が風もないのに揺れていた。

電話台の抽斗《ひきだし》から、橙色《だいだいいろ》の布で包まれた木作りの〈アヒルのお面〉が見つかった。他には、これといって目ぼしい物は見つからなかった。

玄関を挟んで逆、右側の扉は寝室に繋《つな》がっていた。円卓と二脚の椅子。二台のベッドがある。円卓の上には置時計とシェードランプ、タイプライターが載っている。

空良《あきら》はタイプライターの横にあったチラシを手に取った。

『吉走寺《きっそうじ》バレエスクール　児童バレエ定期発表会』『１９９９年３月３日　吉走寺《きっそうじ》中央ホール開場13：00／開演13：30』――チラシの中で、白いバレエの衣装を着た少女が足を高々と上げてポーズをとっている。

「弥勒《みろく》ってのは未婚なんだよな」空良《あきら》は番《ばん》にチラシを渡す。

「……児童バレエ？　ガキと住んでたって話は聞いてねぇがな」とロゼに渡す。

「――おや？　鬼島《きじま》、演目のところを見たまえ」とロゼから空良《あきら》に戻される。

チラシの裏面に発表会のプログラムがある。

『第一幕　小品集・バレエコンサート他／第二幕　Ｌａｃ ｄｅｓ ｃａｎｅ』

『第二幕ではトゥシューズにはまだ早い少女たちが元気いっぱいの演技を披露します。』

「この英語、どういう意味だ？」

「フランス語さ。〈Ｌａｃ ｄｅｓ ｃａｎｅ〉――『アヒルの湖』。『白鳥の湖』を元にした創作バレエだろう。幼いバレリーナたちが、白鳥ならぬアヒルを演じて踊る、優雅さではなく元気の良さをテーマにした演目なんだろうね」

「そういや、さっき見つけたお面もアヒルだったたな。この発表会に使われたやつか？」

「さすがに違うだろう。子どもが舞踏でつけるには重すぎるし、跳んだり跳ねたりするバレエで、視界を狭めるのは危険だ。

「こっちにも面白そうなものがあるぜ」番《ばん》がベッドサイドに向かう。

猫脚のナイトテーブルに、型の古そうなラジオカセットレコーダーが置かれていた。中を見ると、カセットテープが入っている。「電池が残ってりゃいいが」と番《ばん》は再生ボタンを押した。

『——ここで行方《ゆくえ》不明事件の続報です。昨日の警察からの発表では——』

テープはニュース番組を録音したものだった。〈Tさん〉と名を伏《ふ》せられた十三歳の女子中学生が、通っていた吉走寺《きつそうじ》市内のバレエ教室から練習を終えて帰宅する途中、行方《ゆくえ》がわからなくなっており、行方《ゆくえ》不明から一カ月を過ぎて一部公開捜査に切り替わったという内容だ。

次のニュースに切り替わると音声は途切れた。

「よく覚えてるぜ」と番《ばん》。「〈吉走寺《きつそうじ》女子児童失踪事件〉。ここ数十年で四人の少女が行方《ゆくえ》をくらましてる。うち三人が小学生だ。最後に起きたのが、確か半年前くらいか……お前もテレビや新聞で見聞きしてないか？」

空良《あきら》は小さく頷《うなず》いた。

「聞いたことくらいはな。だが、詳しくは知らないな」

「……そうか。一連の事件は変質者による誘拐と言われてるが、目撃証言もなく、捜査は進んでいないらしい」

「弥勒《みろく》は、なんだってそんなニュースを——」

空良《あきら》はまだ手に持っていたチラシに視線を落とす。被害者の少女が通っていたバレエ教室は、ここに書かれている「吉走寺《きつそうじ》バレエスクール」で間違いないだろう。今年三月に行われる予定だった発表会のためのレッスン、その帰宅中、少女の身に何かが起きたのだ。

カセットデッキからテープを取り出したロゼは、「ほう」と目を細めると二人に見せる。テープのラベルに〈T〉と書かれている。「行方《ゆくえ》不明の少女のイニシャルだろうね」

「弥勒《みろく》はこの事件に、そうとう興味を持ってたってことか」

空良《あきら》の言葉に「それか」と番《ばん》が繋《つな》ぐ。

「事件を起こしていた張本人か、だ」

ありうる話だ。そうだとすれば、自宅のすぐ近くで犯行を繰り返すとはずいぶん大胆だ。

「実に不穏な展開になってきたね」心なしか、ロゼは愉《たの》しそうに見える。「だが、ここで足を止めて考察しても意味はない。鬼島《きじま》、これから怪異とやり合うのなら、もっと手札《カード》が要る。一枚でも多く、それを探さなければならないな」

「ああ、わかってる」

ここは敵の居城。怪異は頭のすぐ上だ。今回は相手を探しに行く手間はない。武器となる情報を見つけて乗り込むだけだ。そんな現状に空良《あきら》は苛立《いらだ》っていた。空良《あきら》はどんな勝負にも武器は持たない主義だ。警棒、金属バット、時には刃物を振り回す喧嘩《けんか》相手もいたが、一貫して拳ひとつで闘ってきた。そして勝ってきた。だが、怪異相手だと、そうはいかない。拳だけでは敵《かな》わない。培ってきたこと、経験は、ほぼ活《い》かされない。丸腰で乗り込めば死ぬ。しかも、愛海《あみ》という人質まで取られて――。そんな理不尽な〝喧嘩《けんか》〟をやらされている状況が腹立たしかった。

浴室やトイレ、書架、ベッドやソファの下まで邸内中を手当たり次第に探した。血が付着したものでもあれば、ブラッドメトリーで情報を得ることができるのだが、そう都合良くは見つからない。それでも諦めずに番《ばん》とあちこちを見て回る。一方、ロゼは何らかの〈物〉を探していた。

そもそもロゼは別の目的があって、番《ばん》に弥勒邸《みろくてい》の調査を依頼していたのだ。ロゼの探しているのは〈物〉――物体。物品。それがどういう物であるかは本人も漠然としているらしく、振り子時計、電話、花瓶、陶器類など邸内にある、物という物に触れて何かを確認していた。鑑定士よろしくルーペで細部を確認し、ペンライトの光を当て、首を横に振る。そうして一時間ほど邸内を巡ったが新たな情報は見つけられず、ロゼの探索も想定外に難航しているようだった。

だが、見つからないことで重要な点が浮き彫りとなったこともある。この家には階段がない。上に部屋が存在するはずだが、行く手段が見つからないのだ。番《ばん》の事前調査で外付けの階段がないこともわかっていたので、室内に収納梯子《はしご》がないかと注意深く探したが、それらしいものは見つからなかった。

「手詰まりだな。どうする？　ここは一度、出直すか？」

番《ばん》は他で情報を集めてから再び挑むことを提案してきた。空良《あきら》は「……そうだな」と頷《うなず》いた。弥勒邸《みろくてい》を出ようと三人で玄関に戻った。あらためて、土壁に掛けられた木の板が目に入る。これはなんなのだろう。近くで見ると板の上のほうにフック状の金具がついている。

「それは立体造形物を掛けて飾るための額だね」

ロゼの言葉に、空良《あきら》は違和感を覚えた。弥勒邸《みろくてい》には絵画や置き物といった装飾がまったくない。家具もカーテンも絨毯《じゅうたん》も壁紙も簡素なデザインで、それが洗練された美しさになっているともいえるが、ただ無駄を省いて必要なもののみを揃《そろ》えた内装にも見える。だから、何かを「飾る」ための額があることが不自然に感じたのだ。ついでに言えば、邸内に立ち込める強いインセンスの香りも、家主の好みや趣味などではなく、別の意味を持っているように思えてならなかった。

この額が何かを飾る目的で取り付けられたものでないなら、なんのためにあるのか。

飾る目的以外で掛ける物？　時計。鏡。カレンダー。どれもピンと来ない。そういえば、天生《あまの》目《め》の家の玄関には、龍《りゅう》の置き物や壁掛けの大きな般若面《はんにゃめん》があった。あれらは飾りではなく、魔除《まよ》けの類いだろう。

「もしかして――」

空良《あきら》は居間に戻って、〈アヒルの面〉を持ってくると額に掛ける。カチリと音がし、石臼を挽《ひ》くような重い音が足元でする。面を掛けた額の周りに縦長の四角い筋が入り、その部分の壁が扉のようにゆっくりと内側へ開いていく。

「やるじゃねぇか、鬼島《きじま》。おいロゼ、マジシャン廃業だな。この手の仕掛けはお前の専門だろうよ」

「勘違いをするなよ、番《ばん》。マジシャンは謎解きの専門家じゃない。それにお言葉を返すが、今回はキミの調査不足が目立つ。渡した金額に見合った仕事をしてほしいものだな」

それにしても――と、ロゼは隠し扉の先の闇に懐中電灯を向ける。

「こんな仕掛けを作るなんて、まともじゃない。弥勒夜雲《みろくやくも》という作家からは、どうも偏執狂《へんしゅうきょう》のにおいがする。あるいは、何かにとり憑《つ》かれているか」

「とり憑《つ》くって何にだよ。そいつのせいで弥勒《みろく》は〈おたけび作家〉になったのか？」

「それを今からキミが確かめるのさ、鬼島《きじま》。さあ、存分に楽しませてもらおう」

空良《あきら》を先頭に隠し通路に入る。居間と寝室の間に隠されていた通路は細く狭い。上の階に上がるための階段や梯子《はしご》は、なかなか見えてこない。

何もない土壁の通路を一列で進み、突き当たりにある扉を開けると、空良《あきら》は軽い眩暈《めまい》に襲われた。

そこは玄関とよく似た場所だった。広い三和土《たたき》。正面の壁に沿って左右に伸びる廊下。この光景に違和感を覚えた空良《あきら》は、後ろを振り返る。自分たちが出てきた隠し通路の片開きの扉はなく、そこには弥勒邸《みろくてい》の玄関にあったような引き戸がある。

いや、よく似た場所じゃない。ここは玄関そのものだ。

「俺たち、戻されたんじゃないか？」

「こいつはどういうことだ？　状況を説明しろ」

番《ばん》が困惑するのも当然だ。空良《あきら》たちは玄関正面の壁の隠し扉から入った。通路をまっすぐ歩いて突き当たりの扉を出ると、入る前と同じ光景が出迎えたのだ。

「ループしているようだな」さすが、ロゼは落ち着いていた。「なんらかの力が働き、私たちは元の位置に戻された。直前に兆候があったはずだ」

「そういや、扉を開けたら一瞬、眩暈《めまい》がしたが」

「私もだ」ロゼは頷《うなず》く。「ループしたのは、その時だろう」

これと似たことが〈うらしま女〉の時にもあった。あの時は自分たちを逃がすまいと引き起こされた現象だったが、今回は出ていけと言わんばかりだ。ロゼが続ける。

「〈おたけび作家〉は中を覗《のぞ》くなと言っていた。よほど見られたくないものがあるんだろう。非常に強力な呪詛《じゅそ》や思念の類いは、まれにこういう現象を引き起こす。どんなに上っても同じ階に着いてしまう階段、どの道を選んでも同じ場所に出てしまう交差点。怪異の起こす超常的現象の前に、人間は為《な》す術《すべ》もない。実際、私たちはまだ、上に上がる方法すらも見つけられていない」

「んで、どうするよ。他にルートがあるとも思えねぇが。やっぱ仕切り直しか？」

「いや、待ってくれ」空良《あきら》は気づく。この光景の違和感に。「同じじゃないな」

「あっ？」

「さっきと同じじゃない」

正面の壁に隠し通路の扉は開いていない。額に掛けたはずの〈アヒルの面〉もない。

「私も今、気づいたよ」

ロゼは屈《かが》み込むと人さし指を床にすべらせ、その指先を二人に見せる。

「見たまえ。埃《ほこり》がまったくない。きれいに掃除されている」

ここが弥勒邸《みろくてい》の玄関であることは間違いない。だが、先ほどまでいた玄関ではない。インセンスの強い香りは変わらないが、変わっている部分は他にもあると考えたほうが自然だ。居間に向かう。アンティークの趣きがあるソファとテーブル。黒電話と振り子時計。置いてあるものや配置は変わらない。テーブルに埃《ほこり》は積もっておらず、干乾びた果物の入った籠もない。遮光カーテンは紺色から青みがかった灰色に変わっている。そしてかすかながら、ここには生活感がある。

「ここは過去なのかもしれない」

とんでもないことをロゼが言った。

「私たちが来た時は床や家具に埃《ほこり》が積もり、天井に蜘蛛《くも》の巣が張っていた。家主に何かが起き、家がしばらく放置されていたからだろう。だが、今はどうだ。糸屑《いとくず》ひとつ落ちていない」

「――それが事実なら、〈おたけび作家〉になる前の弥勒《みろく》をぶっ叩《たた》けるんじゃないか？」

我ながら名案だと空良《あきら》は思った。それなら小細工なしに拳ひとつでケリがつく。

「それは難しいだろうね。この空間は怪異が存在するから生じたものだ。キミの血を読む能力のように、怪異の記憶に踏み込んでいる状態に近いのかもな。なんにしても、一九九九年に〈おたけび作家〉が存在しているという事実は、きっと変えられないだろう」

「なんでもいいけどよ、お二人さん」

番《ばん》は苛《いら》ついた様子で口を挟んだ。

「調査は継続ってことだろ。そろそろニコチン切れでよ、ちょっと一服つけていいか？」

言うや否や煙草《たばこ》を口に咥《くわ》え、ライターを着火させる。するとロゼが胸元からハンカチを引き抜いたかと思うと、番《ばん》の握っているライターに、ふわりとかぶせた。

「おい、なにしやがる」

さっとハンカチを引くと、ライターの火は消えている。

「消火布さ。ファイヤーマジック用に持ち歩いている――番《ばん》、私といる時は室内での喫煙は控えてくれと前にも言ったはずだ。髪や服に臭いが染みつくんだよ。それに、煙草《たばこ》の火の不始末で火事にでもなったらどうするんだ」

「一本ぐらいいいじゃねぇか。ちゃんと気を付けるからよ」

番《ばん》の一服の要請はロゼに却下され、調査を続行する。寝室に移動した。ベッド、円卓、タイプライターにラジカセ。寝室の様子はほとんど変わっていない。ただ、前に入った時と決定的に違うのは――。

誰かがいる。

白のブラウスに赤い吊《つ》りスカート。小柄な少女がベッドに腰掛けている。

身体《からだ》は少女だが、その首から上は人ではない。鳥だ。目の周りの赤い、鳥の顔だ。

瞬時に空良《あきら》は身構えるが、鳥頭の少女は動かない。

彼女は作り物だった。等身大サイズの人形だ。デッサン用の木製の人形のように、関節部が球体になっている。顔も本物の鳥というわけではなく、人形の頭部にお面を付けているだけのようだ。

「なんなんだよ……これは……」

「球体関節人形さ」空良《あきら》の疑問にロゼが答える。「関節部に球体パーツを入れることで自由にポーズを作ることができる。もっと小さなものだが私も数体所有している。痛々しいほどに可憐《かれん》な少女の姿が魔的なエロティシズムを醸しだし、本物の人間の少女よりもリアルな未成熟さを秘めている素晴らしい作品だ」

確かに一瞬、本物の少女に見えた。だが、近くで見ると素人《しろうと》目でも雑な作りだとわかる。削りも荒いし、関節部も浮いて隙間ができてしまっている。着せている服も汚れていた。

「私のコレクションもそうだが、これも機械で大量生産されたものではなく、木材から切り出し、手ずから製されたものだろうね」

「弥勒《みろく》の趣味かよ。俺には気味の悪い木偶《でく》にしか見えねぇがな」

番《ばん》は忌々《いまいま》しげに人形を睨《にら》む。空良《あきら》も同感だった。少なくともロゼの言うような魅力は、この人形からは感じられない。精魂込めて作られた愛玩用には見えず、作者の愛着もこだわりも感じられない。ただ「ヒトの形」を作っただけのように見える。なぜ一瞬でも、生身の少女の姿に見えたのか……自分でもわからないが、正体を知った今も、目の前の人形から放たれる異様な存在感と、亡骸《なきがら》を前にしているような虚無感に息が詰まる。

白いブラウスには点々と赤黒いシミがある。そのひとつを空良《あきら》は指先で触れる。

「きゃあああーッ！」

恐怖漫画の吹き出しの中でしか見ないような絶叫が、音となって空良《あきら》の頭の中を貫いた。

ぼんやりと明かりの灯《とも》る仄暗《ほのぐら》い部屋で、闇の溜《た》まる高い天井を見上げている。

鋸《のこぎり》を引くような音、槌《つち》で打つような音、作業の音。水気をふくんだ音。

「いだッ、いだいッ、いだいぃぃぃッ……いだいよぉぉ……」

泣き叫ぶ幼い少女の声を無視するように、作業の音は淡々と続く。

少女の叫びは、やがて弱々しくなっていき、哀願へと変わる。

「……もう……もう、ころして、ころしてぇ……はやく……あああああああッ」

「すまない」

男の呟《つぶや》きが聞こえた。

「さぞ、痛いだろうね。四肢を切っているのだから――。なんとか死なぬようにしてやりたいが……まあ、やれることはやってみるよ。こう見えて私は、医療の心得があるのだよ」

「ひぃぃぎぃぃぃぃぃッ、いたい、いだあぃ、ぎぃやあああああッ」

天井の闇に吸い込まれるように、どんどんと視界が狭くなっていく。

「悪いが、痛みは抑えることはできない。その痛みは必要なものだからだ。だからせめて、その叫びだけでも止めてあげよう。ここに声帯という器官がある。これを切れば君は、すぐ静かになる。その声は聞くに堪えない。君も、もう聞きたくはないだろう？」

言葉さえ違っていれば、その印象は百八十度変わっただろう。声や話し方からは温厚な人柄がうかがえ、相手の気持ちを慮《おもんぱか》っているようにすら聞こえる。だが、その内容は狂気の深淵《しんえん》から放たれたものだ。この音声が発されていた場では、想像を絶する残酷なことが行われていたのがわかってしまう。

空良《あきら》は意識の浮上を感じるとともにブラウスのシミから指を引き剥《は》がす。

「おい、どうした小僧。まさか、例の〈口〉とやらが出たのか？」

「――いや、違うな。鬼島《きじま》、キミは今あの力を使ったね」

「……ブラッドメトリーだ……」空良《あきら》は肩で息をしながら頷《うなず》いた。

そして、血の記憶の中で聞いた声の内容を二人に伝えた。人形からの視線を感じながら。

「男のほうは十中八九、弥勒《みろく》だな」番《ばん》が言う。「知人の編集者から聞いた話だが、ベストセラー作家として有名になったあとも、弥勒夜雲《みろくやくも》はけっして偉ぶることはなく、言葉遣いも実に丁寧でな。一緒に仕事したことのあるヤツは、みんな口を揃えてこう言うそうだ。あんなに優しくて温厚な人が、こんなにも残酷な話を書くなんて信じられないってな」

「禍々《まがまが》しいものを心の奥に抱え持つ者は、それを表に出さないよう、品性という分厚い面紗《ヴェール》をかぶるものだよ」

「ああ、ロゼの言う通りだ。だが、何年か前に、こんなこともあった。出版社の校正ミスで弥勒《みろく》の本に誤植が入っちまったことがあってな。誤植と言っても、大抵の人は見落としちまうような、小さな間違いさ。だが、担当の編集者はすぐに詫《わ》びの電話を入れた。すると弥勒《みろく》はいつもの落ち着いた口調で、ぼそっと一言、こう言った。『私の大事な〈子〉を汚したな』――その担当編集者は、業界歴も長い分、今までいろんな作家に怒りをぶつけられた経験があったが、弥勒《みろく》の垣間見《かいまみ》せたものは他のそれとは質が違っていた。たった一言。そのたった一言が心底恐ろしく、血も凍えるほど震えあがった。やがて、その編集者は精神を病んで退職しちまった。その後の足取りはわからんそうだ」

「業界のことは俺にはわからんが、弥勒《みろく》がヤバいヤツってことはわかった。つまり、あんたの予想は、当たってたってことでいいのか？」

番《ばん》は、弥勒《みろく》が〈吉走寺《きっそうじ》女子児童失踪事件〉の犯人かもしれないと予想していた。

「全部、この家の周辺で起きてんだぜ？　そのうえ、報道の録音テープ、最後の被害者が出演予定だったバレエ発表会のチラシ、被害者たちの背格好に近いだろうこの人形に、お前の視《み》た、血の記憶。証拠が揃《そろ》いすぎてるだろ。パズルを解くまでもねぇ」

「鬼島《きじま》――」ロゼに呼ばれて気づく。少女の人形が消えている。

〝彼女〟の座っていたベッドには、鳥の面だけが残されていた。

「あの人形も、死んだ人間の成れの果て。霊だ。あまりに幼すぎて、生者を恨んで死へと誘うほどの恨みが育たず、幸いにして、怪異にはなり切れなかったんだろう」

ロゼは面を手に取ると空良《あきら》に差し出す。

「この顔――〈雉《きじ》〉だな。きっと〈アヒルの面〉と使い方は同じだ。受け取りたまえ」

「なんか託されたみたいで重てぇな」

〈雉《きじ》の面〉を受け取る。「〈鍵〉があるってことは、まだ先があるってことだもんな」

「弥勒《みろく》は自分の小説を我が子のように大事にしていた。少なからず作家としての自尊心は持っていたようだな。ならこの件は彼にとって、とても不都合な事実だ。これが公になれば、彼の作品の評価を著しく貶《おとし》める結果となる。彼の〝覗《のぞ》いてほしくない〟真実を、もっと集めるべきだ」

〈雉《きじ》の面〉を玄関の額に掛けると、再び隠し通路の扉が現れた。

細く狭い通路の突き当たりにある扉を出ると、軽い眩暈《めまい》とともに、再び玄関に着く。ここも過去の弥勒邸《みろくてい》なのだろう。床に埃《ほこり》は積もってない。よく掃除されている。調度品も変わらない。遮光カーテンやベッドカバーの色が多少変わった程度だ。邸宅内に大きな変化はないが、それは目に見える変化がないというだけで、視覚以外の感覚が大きな変化を捉えていた。

匂いだ。邸内は変わらず強いインセンスの香りに満たされていたが、その甘ったるい香りの中に仄《ほの》かながら煙草《たばこ》の臭いがある。番《ばん》の身体《からだ》に染みついているものより強く甘い。

「こりゃ、洋モクだな。チャラい若造が粋がって吸ってるやつだ」

偏見を口にすると番《ばん》は、鼻に皺《しわ》を作って不機嫌な犬のような顔をする。

番《ばん》から聞いた情報だけでイメージしたに過ぎないが、空良《あきら》には弥勒夜雲《みろくやくも》という人物と煙草《たばこ》がどうしても繋《つな》がらなかった。無駄なものを一切置かず、部屋の隅々まで几帳面《きちょうめん》に整えている家主が、壁や天井にヤニを染みつかせるようなことをするだろうか。

寝室には何もなかったので、居間に向かう。それは、ソファに座っていた。アメリカアニメに出てくるお姫様のように肩口の膨らんだパフスリーブを着た、長い黒髪の少女――を模した人形が。今度は〈白い犬の面〉を付けていた。

「まるで、俺たちを待ってたみてぇだな」

番《ばん》は眉根をひそめた。「消えた四人のうちの一人か。こいつも弥勒《みろく》の野郎に……」

人形の服に夥《おびただ》しい数の赤黒い染みがある。空良《あきら》はうんざりした。触れずともわかる。これは、この弥勒邸《みろくてい》という地獄で録音された叫び声、その再生ボタンだ。


わんわんと泣き叫ぶ少女の声。

先ほども見た、薄暗い部屋だ。滲《にじ》んだように見えるのは、涙に濡《ぬ》れた瞳を通して見ている光景だからか。身体《からだ》の自由を奪われ、首もロクに動かせないのだろう。少女の視点は暗い天井に向けられたまま、ほとんど動かない。

突然、銀色に光るものが眼前に現れ、「ひっ」と小さな悲鳴があがる。

鋸《のこぎり》の刃だ。刃はゆっくりと視界の左下へと移動し、見えなくなる。

「まずは、左腕からはじめようか」――弥勒《みろく》の声がした。

「……い、いや……やめて……やめてよ……やめてよう……」

少女の弱々しくも必死な懇願が繰り返される。「わんわん」と仔犬《こいぬ》のようだった泣き声は、哀《かな》しみを帯びた遠吠《とおぼ》えへと変わっていった。

「ここは痛いかね？」「ここは取ってもいいかな？」。ここは。ここは。と、触診する医師のように弥勒《みろく》が訊《たず》ねるたび、めりめり、ごりごりと不快な音がする。そうして切り落とした腕や脚を、「きれいにはずせたよ」と言って弥勒《みろく》はいちいち見せてきた。

次第に少女の口からは泣き声も発されなくなった。だが、最期の瞬間は――。

狂犬の咆哮《ほうこう》のような断末魔の声が響き渡った。

からん。お面が床に落ちた。人形は消えていた。少女人形が残した〈犬の面〉を使って、空良《あきら》たちは次の「過去」へと移動する。今度の弥勒邸《みろくてい》も各部屋の設《しつら》えにそこまでの大きな変化は見られない。だが、冷蔵庫、電子レンジ、トースターといった家電の形状や色が野暮《やぼ》ったく、明らかに数世代前のものだとわかる。洗剤や整髪料のラベルのデザインがシンプルで洗練されておらず、空良《あきら》の聞いたことのない商品名ばかりだ。ここは自分が生まれる前の時代の弥勒邸《みろくてい》かもしれないと空良《あきら》は思う。

居間に入ると、空良《あきら》は猿と目が合った。

ソファとコーヒーテーブルの隙間の床に、おかっぱ髪の少女人形が座り込んでいる。〈猿の面〉を付け、なぜか服は着ておらず、荒削りの木の肌を露《あらわ》にしている。腕部や脚部に擦ったような汚れがある。乾いた血だ。空良《あきら》はかなり消耗していた。死に際の少女の悲痛な叫びを連続して聞かされるのは、精神に大きな負荷をかける。声を聞くたびに愛海《あみ》の顔が脳裏をよぎるのだ。そんな心境も知らず、番《ばん》は「さっさとやれよ」という顔でうながす。

ロゼは人形を見ていなかった。人形越しに振り子時計のほうをじっと見ている。

そこで初めて、空良《あきら》は気づく。過去の弥勒邸《みろくてい》には、現代の弥勒邸《みろくてい》と明らかに違っていることが、もうひとつあった。最初に弥勒邸《みろくてい》に入った時、香りとともに空良《あきら》たちを出迎えたもの。時計の振り子の音。それが今は聞こえない。止まっているのだ。振り子時計の秒針が。振り子が。動いていない振り子時計を、ロゼはじっと見つめながら呟《つぶや》く。

「この空間は、失踪事件のあった年の弥勒邸《みろくてい》なのかもしれない」

〈吉走寺女子児童失踪事件《きっそうじ》〉は十年間隔で起きている。半年前、十年前、二十年前、三十年前の四件だ。自分たちは事件のあったそれぞれの年代の弥勒邸《みろくてい》を巡っているというのだ。

「なんか根拠とかあんのか？」空良《あきら》が訊《き》く。

「この振り子時計は壊れているんじゃなく、止まっているんだ」

「それを壊れてるって言うんじゃないのか？」

「いや。これは壊れていない。ただ、止まっているんだ。私は色々な〈良い〉道具を見てきている。道具の持つ力を感じ、道具の伝えてくる言葉を聞いてきた。だからわかるんだ。この振り子時計は正確に止まっている。実に時間に忠実だ。刻むことのできない時だから、刻んでいない。それだけのことだ。きっと〈雉《きじ》の面〉や〈犬の面〉の人形がいた弥勒邸《みろくてい》の時計も止まっていたはずだ」

ロゼは嘆息する。

「まったく、哀れ極まりないよ。少女たちの霊は、この屋敷にではなく、時間に自縛しているいや、囚《とら》われていると言ったほうが正しいのかもしれない。自身の断末魔の瞬間に凍りついた時の中に、閉じ込められているんだ。いわば、ここは〈時間の牢獄《ろうごく》〉だ。その牢獄《ろうごく》へ、少女たちが私たちを誘い込んだのか。はたまた、怪異となった弥勒《みろく》の何らかの思惑なのかはわからないが。あの隠し通路の扉は、少女たちに悲劇が起きた忌まわしき過去の弥勒邸《みろくてい》へと繋《つな》がっていたんだ」

「よくわからんが」空良《あきら》は頭を掻《か》く。「俺たちは十年ずつ過去に遡ってるってことか？」

「どうだろう。現代から順を追って過去を遡っているのか、順不同のランダムなのか。時代の変化に乏しい弥勒邸《みろくてい》の室内を見ただけでは判断しがたいが。このまま続ければいずれにせよ、なんらかの核心に辿《たど》り着けるはずだ。そのためには次の時代への〈面《かぎ》〉が要る。辛《つら》い役目だろうが、頑張ってくれたまえ、鬼島《きじま》」と、少女人形に視線を移す。


『きぃぃぃっ、も、もう、にげません……だから……かえしでえええ』

『君は嘘《うそ》をついた。ずる賢い猿のように。だから、この一本は、その報いだ』

『きぃぃっ、きぃぃぃぃっ、にげません、にげませんがら、それを、がえしでぇぇぇぇ』

『ふむ。とても辛《つら》そうだ——もう一本も取ってしまおうか。そのほうが諦めもつく』

『いやっだあっ』じゃり。がり。ごり。『キィッ！　キィィッ、キイイイイッ』

弥勒《みろく》の声は若く、おそらく二十代と思われるが、それでも話し方には落ち着きがある。殺人への高揚、興奮も感じられず、少女から大切な「一本」を奪い、残されたもう「一本」も取ってしまおうと提案し、淡々と実行に移していた。


「——ああ、ストップ。もう十分だ。胸糞《むなくそ》悪すぎて胃もたれしてきたぜ」

少女たちの末路を空良《あきら》から聞かされた二人の表情は険しい。

とくに番《ばん》は、頭を掻《か》きむしって苛立《いらだ》ちを露《あらわ》にしていた。

「ガキがギャンギャン泣き喚《わめ》く声なんざ聞きたかねぇ。つくづく、俺の役目じゃなくてよかったと思うぜ」

「オッサン、あんた、この手の事件は色々知ってんだろ」

「番《ばん》さんな」

「どうなんだオッサン。こんなことを何度もやっておきながら、弥勒《みろく》はその現場の近くで平然と何十年も暮らしてたんだよな。警察の捜査対象にはならないもんなのか？」

「ま、どう考えても怪しいわな」

ソファにどかっと座り、両足をコーヒーテーブルに投げ出した番《ばん》に、空良《あきら》はさらに問う。

「いつだったか、那津美《なつみ》さんが言ってたんだ。ここ数年、オカルト映画の影響を受けた犯罪とか、ヤバい新興宗教が起こした監禁事件とかそんなのが続いたせいで、出版業界やテレビ業界がすごく敏感になってるって。ホラー作家ってだけで肩身が狭い思いをすることもあるらしい。弥《み》勒夜雲《ろくやくも》も有名なホラー作家だろ。いの一番に疑われるんじゃねぇか？」

「もみ消してもらってたんだろ」番《ばん》は当たり前のことだという顔で言う。「なんせ、ヤツの後ろにゃ区議会議員や神座署《しんざしょ》のトップがいるんだ。お前の親友も似たようなことをしてるが、あれのもっとスケールのでかい版だ。使わない手はねぇだろ」

「それで今は怪異かよ。最強じゃねぇか」

「疑問は他にもある」ロゼは探偵ドラマの主人公よろしく人さし指を立てる。「怪異は強い怨念を抱いた死者の霊の成れの果てだ。だが、他者との関係を持たぬ隠遁者《いんとんしゃ》の弥勒《みろく》が、何に対して憎悪を抱いていたのか。彼が怪異となった、その切っ掛けがわからない。それに――」ロゼは台詞《ことば》を継ぐ。「どうも、弥勒《みろく》の目的は少女の殺害ではないように感じる。酸鼻《さんび》を極める行為だが、特別、嗜虐性《しぎゃくせい》が強い印象もなく、自身の行為に対して快楽や狂喜といった感動もないのだろう。そう、やるべきことを黙々とこなしているだけのような印象だ」

「じゃあ、何のために、手足を切断したっていうんだ？」

ロゼはソファとコーヒーテーブルの隙間に落ちている〈猿の面〉を拾うと空良《あきら》に渡す。

「犠牲者は四人の少女。私たちは三人にしか会っていない。最後の人形が、その『答え』とともにキミを待っているんじゃないか」

〈猿の面〉を使って、次の時代の弥勒邸《みろくてい》へ行く。やはり変化はわかりづらいが、もっとも現代《いま》に近い弥勒邸《みろくてい》であることはわかった。

なぜか、四体目の少女人形は寝室にも居間にもいなかった。最後の犠牲者はバレエスクールに通っていた女子中学生の〈T〉だ。弥勒《みろく》は彼女を殺害した後に〈おたけび作家〉になった可能性が高い。

怪異に勝つには、その〈恨み〉を知る必要がある。弥勒《みろく》が怪異となった理由である〈恨み〉を知るには、〈T〉と会って、彼女の叫《こえ》びを聞かなくてはならない。

「おい、こっちに来てみろ」

番《ばん》に呼ばれて、もう一度寝室に戻ると、そこにはタイプライターに用紙がセットされていた。見ると何かの文字列が用紙の半ばまでびっしりとタイプされている。弥勒《みろく》が書いた原稿だろうか。『翼の恩返し』という題の下からは、ほとんど改行がなく、空白を忌避するかのように活字が詰められて蟻《あり》が群がっているようだ。これが弥勒《みろく》の書き方なのだろう。こんな内容だった。


〈お役目〉と呼ばれる、特別な職務に身を置く一人の男がいました。

彼は与えられた務めの中で、三羽の〈小鳥〉を死なせていました。

「次の〈小鳥〉は死なせたくない」

その強い想《おも》いで、四羽目の〈アヒル〉の命は救うことができました。

でもその結果、〈アヒル〉は両脚の膝から下を失ってしまいます。

脚の短くなった姿を誰にも見られたくないと〈アヒル〉は嘆き、大声で泣きます。

哀れに思った男は、どうにかしてあげられないかと考えました。

ふと、子どもの頃に母親に読んでもらった童話の絵本を思いだします。

かわいそうな〈アヒル〉の子が、美しい鳥へと変わる物語です。

「そうだ。この〈アヒル〉も美しい鳥の姿にしてあげよう」

男は〈アヒル〉に、とても美しい鳥——〈鶴〉の脚を作ってあげたのです。

それだけではありません。

もっと脚を長く見せるため、太腿《ふともも》も半分取ってしまいます。

すらりと背も高く見せたいので、首をぐいぐいと引っ張って伸ばしてあげます。

こうして〈アヒル〉は、きれいな〈鶴〉となることができ、泣いて喜ぶのでした。


「こいつはプロットだな」と番《ばん》が言う。「『闇おとぎ』シリーズの新作、その構想だろう」

「イカれてんな。自分のしたことを隠すどころか、作品に活《い》かしてやがる」

それだけ、自分の後ろ盾に信頼をおいていたのだろう。それにしても露骨すぎるが。

「うん。良いストーリーだ」

ロゼは原稿に視線を落としながら感嘆の声を漏らした。

「弥勒夜雲《みろくやくも》は、世界中の童話を題材に暗黒物語を紡いでいる。これもアンデルセンの『みにくいアヒルの子』を下地に書いた作品だ。本で読みたかったたな。残念だよ」

原稿を円卓に置き、ロゼは続ける。

「少女人形たちがかぶっていた動物のお面の意味がわかった気がする。泣き叫んだために声帯を切られた少女は、口は禍《わざわい》の元であると教訓を伝える昔話『キジも鳴かずば』の〈雉《きじ》〉。わんわんと仔犬《こいぬ》のように泣き叫ぶ少女は、ここほれワンワン、『はなさかじいさん』の〈犬〉。嘘《うそ》つきの猿と詰《なじ》られた少女は『猿蟹合戦《さるかにがっせん》』の〈猿〉。みんな、昔話になぞらえたお面をかぶらされていたんだ」

なるほど。ロゼの考察に空良《あきら》は感心する。

「四羽目の〈アヒル〉ってのが〈T〉なんだろうな」

「彼女の踊る予定だった『アヒルの湖』から着想を得たんだろう。だが、〈アヒルの面〉は、最初に使ってしまった。どこかに〈鶴の面〉でもあるのかな」

ヴゥン。不快な音が耳をかすめ、目の前を一匹のハエが横切る。それが合図だったかのように、無数の羽音が沸き上がる。いつの間にか寝室には何百何千の黒い粒が集まって、テレビの砂嵐のような光景になっていた。インセンスの甘い香りは寝室から追いやられ、血膿《ちうみ》を煮詰めたような臭いがハエの嵐にかき回されて部屋中に広がっていく。

番《ばん》が腕で鼻と口を覆いながら、原因はあいつだと目で訴えてくる。いつの間にか、奥のベッドの掛布団がこんもりと膨らんでいる。その上で黒い煙のような塊が散ったり集まったりを繰り返していた。

空良《あきら》は自分のシャツの胸元を掴《つか》むと、それで口と鼻を覆い塞ぎ、掛布団を掴《つか》むと一気に剥《は》ぎ取った。ベッドの上には、例えようがない形状をした肉の塊があった。手や足といった人のパーツが見られるが、それは人の形を成してはいない。寄せ集めたバラバラ死体を、でたらめに繋《つな》ぎ合わせたような、醜悪な何か。膿《うみ》か腐汁か溶け出した脂か、ベッドシーツに黄土色の染みを広げ、その上を白い米粒のようなものがびっしり溜《た》まって身を寄せ合っていた。蛆《うじ》だ。彼らは波立つように全体で蠢《うごめ》くと、ベッドの縁からぽろぽろと絨毯《じゅうたん》にこぼれ落ちる。

「ヒトだ」ロゼは黒バラの刺繍《ししゅう》の入ったハンカチで口を押さえている。

「これがヒトなのかよ……。なにがあったら……こんなことになるんだ？」

「おい、見ろ。こいつは——」

番《ばん》はえずきながら、腐肉の塊の一部を指さす。肉塊のそばに毛の塊があり、それに耳がついている。人間の頭部だ。肉塊の横からおまけのように生えている頭は、蓬色《よもぎいろ》の顔が天井を見ている。両目はただの暗い孔《あな》で、叫ぶ形のまま固まった口に蛆《うじ》を頬張《ほおば》っていた。皮膚が浮いてところどころ裂けて剥《は》がれているが、顔の輪郭ははっきりとわかる。

「……男だ」

自分で言って、空良《あきら》は混乱する。探していたのは少女の人形だ。弥勒《みろく》邸で見つかった男の死体。考えられるのは一人しかいない。

弥勒夜雲《みろくやくも》だ。

「あーあ、立派な作家先生がひでぇもんだ」番《ばん》は顔の前で手を振ってハエを払う。

「——これは怪異じゃなくて、死体だよな」

空良《あきら》は二人に確認した。する必要があった。この死体には腕が多すぎる。肉が崩れて本体部分に同化しているものもあり、正確な本数はわからないが、六、七本はある。

「鬼島《きじま》、そこに何かあるぞ」鼻声になった番《ばん》に言われて見ると、確かに枕の下に何かがある。空《あき》良《ら》は息を止めて手を伸ばし、それを掴《つか》んで引っ張り出す。ＳＦ映画に出てくる銃とバリカンを足したような見たことのない道具だ。

「ああ、そりゃ、医療用のステープラーだ。皮膚の縫合なんかに使う道具だ」番《ばん》は顎をしゃくって死体をさす。「見ろよ。腕はそいつを使って身体《からだ》に繋《つな》ぎ留められている」

懐中電灯を向けると、腕の生え際で金属が光を反射している。紙綴器《ホチキス》の綴《と》じ針《ばり》を太くしたようなものが、縫い糸のように無数の腕を弥勒《みろく》の胴体に繋《つな》ぎ留めている。

「顔も身体《からだ》も腐ってどろどろのぐっちょんぐっちょんなのに、腕だけ腐ってねぇ。これがどういうことか、わかるか鬼島《きじま》？　追加の腕は、みんな防腐処理をされてるんだ。それにほとんど……子どもの腕だ……」

「なんで弥勒《みろく》が、こんなことになってんだ……」

「知るか。――しかし、外科医を目指していただけあって、うまいこと縫合しているな。素人《しろうと》じゃこうはいかねぇ」

「待てよ……これを自分でやったってのか？　なんでだよ？」

「だから知るかよ。俺は弥勒《みろく》のお友だちじゃねぇ。いいか、こいつは異常者だ。なんでか、なんて考えても意味はねぇ。年端もいかねぇお嬢ちゃんたちの腕を切断したばかりか、何年、何十年と大切に保管してたんだぞ？　その時点で、お察しだろ」

異常者。そんな簡単なものだろうか。誘拐した少女たちから生きたまま切り落とし、何十年と保存と保管をし続けた腕を自分の身体《からだ》に縫合する。どう生きたら、そんな発想を生み、実行に移す人間になるのか。

「弥勒《みろく》は異常者ゆえ、自ら異形の姿になって死んだ。だが、そうなると大きな疑問が残る」

ロゼだ。「自ら望んだ結果の末の死なら、その霊は怪異にはならない。憎悪はないからね。むしろ、願望を叶《かな》えて死んだのだから悔いもないだろう」

「ま、確かに、そうだな」番《ばん》は死体を横目に頷《うなず》く。

「それに私は、弥勒《みろく》がそのような願望を抱いていたようには感じないんだ。これは彼の作品の一読者としての視点だが……弥勒《みろく》の作品は超常的な力や怪異的な存在を讃美《さんび》することはない。崇拝的な表現もしていない。テーマ上、そのような場面が出てきたとしても、それは作品に必要だから書いているに過ぎない、あくまでフィクションとしての描写だった。この顔を見たまえ。何十年も前から抱いていた願望を叶《かな》えたという感動も悦楽もない。ここにあるのは、苦痛と絶望を刻んだ死体像《トランジ》だ」

空良《あきら》はさらに混乱する。

「つまり、どういう状況なんだ、これは」

わからない、と言うようにロゼは首を横に振った。

「だが、自らの意思でやったのなら、死は受け入れているだろう。彼は医療の心得があった。こんなことをすれば、どんな結果になるかは想像がついていたはずだ」

「自殺……なのか？　わざわざ、殺した少女の腕を自分に……なんでそんなこと……」

空良《あきら》の疑問に、番《ばん》は苦々しい表情で舌打ちする。

「イカれた野郎の頭の中なんざ知りたくもないぜ。――で、結局弥勒《みろく》は怪異になってんのか？なってねぇのか？」

「私が思うに、弥勒《みろく》は怪異になっていない。自らの意思、自らの手で、このような悍《おぞ》ましい姿になる――彼はそうせざるを得ない状況に陥ったのではないだろうか。そういう状況を作って愉《たの》しむ――そんな存在を私たちは知っている」

空良《あきら》は息を呑《の》んだ。

〈かくや〉だ。

「弥勒《みろく》も〈かくや遊び〉に強制参加させられた可能性が高い。あやとり、かくれんぼ、テレビゲーム、〈かくや遊び〉には実に様々な〈遊び〉の報告例がある。キミのように、別の怪異とやり合わせる例も少なくない」

「じゃあなにか、弥勒《みろく》のこの姿は……」

「〈かくや遊び〉に負けた結果――あくまで私の考察だがね」

ロゼのオカルトへの造詣の深さは葉月《はづき》のそれとは段違いだ。闇側《ダークサイド》の世界の本質を掴《つか》むセンスのようなものを感じる。怪異と関わってきたことで得たものか。マジシャンという繊細な技巧を駆使する職業がゆえに身に付いた感覚なのか。だから、こういう場での彼女の言葉には説得力がある。

「弥勒《みろく》じゃねぇってんなら」

空良《あきら》は天井《うえ》を見上げる。

「〈おたけび作家〉は、いったい誰だっていうんだ」

「私たちはまだ会えていない人物がいる」

――〈T〉だ。

弥勒《みろく》の手にかかった、四人目の犠牲者。

他の三人の少女の人形とは出会えたが、〈T〉の人形は見つかっていない。

「くそっ、〈おたけび作家〉って呼び名に騙《だま》されたぜ。俺は弥勒《みろく》じゃなく、〈T〉の恨みを知らなきゃならなかったんだ」

それを踏まえて今から屋敷内を調べ直すべきか。〈T〉に関する情報が他に出てくればいいが、目ぼしい場所はひと通り見ているし、あまり時間もかけられない。

ふと、今は何時かと気になって卓上の置時計に目をやる――が、居間の柱時計同様、秒針は止まっていた。携帯電話を見ると、着信履歴が残っている。現在の時刻は零時過ぎ。着信があったのは五分前だ。なぜ、気づかなかったのだろうか。

「どうかしたのかい」ロゼが尋ねる。

「那津美《なつみ》さんから電話があったみたいだ。ここは電波が届かないな。外でかけてくる」

寝室を出て玄関へ向かう空良《あきら》を、「お、おい、待て」と番《ばん》が慌てて追いかけてくる。

「ここは過去なんだろ。このまま帰るのはまずいんじゃねぇか」

ロゼは長いため息をついた。

「つくづくキミは愚かだな、番《ばん》。ここで起きているのは局所的な時間の退行と凍結だ。少女たちは弥勒邸《みろくてい》の中の時間に閉じ込められているに過ぎない。私たちがこの屋敷から出たら、そこは現代だよ。基本的に、現世に留《とど》まる霊は、不自由を強いられた哀れな存在だ。その枷《かせ》の鎖を引きちぎり、〈牢獄《ろうごく》〉を超えて生者の世界に影響を与えることなど不可能なのさ。それに――」

「わーった、わーったよ」

番《ばん》は両手を上げて降参の意思を表した。「ったく。お前は一《いち》言うと百返してくるな」

「キミを見ていると、千でも万でも足りないのではないかと時々不安になるよ。――鬼島《きじま》。調査の続きは明日の夜に再開するとしよう。キミは叔母様からの招集に従いたまえ」

「ああ、そうさせてもらうよ」

「ところで、ひとつお願いがあるんだが」

琥珀《こはくいろ》色の瞳の奥に妖しい光を見た気がした。「なんだ」と空良《あきら》はロゼに訊《たず》ねた。

「キミの叔母様はホラー作家らしいね。弥勒夜雲《みろくやくも》のことを訊《き》いてみてくれないか」

「弥勒《みろく》のことを？　ヤツは〈おたけび作家〉じゃなかった。なら、もうどうでもいいだろ」

「これは私が個人的に知りたいことなんだ。弥勒《みろく》が何か、変わった物を所有していたとか、そんな噂《うわさ》を聞いたことがないか、それとなく訊《き》いてみてはくれないか。同じ業界の人間だからこそ知る情報があるかもしれない」

「わかった。でも、あまり期待すんなよ」

ありがとう、とロゼは微笑《ほほえ》む。

「じゃ、解散だな。なかなか退屈しないお化け屋敷だった。おかげで今夜はいい夢が見られそうだぜ」

そう言って番《ばん》は、喉の奥が見えるほどの大欠伸《おおあくび》をした。

番《ばん》たちと別れると、空良《あきら》はすぐ那津美《なつみ》に折り返しの電話をかけた。空良《あきら》の電話は『電波の届かないところにいる』という例の機械音声が流れて繋《つな》がらなかったらしい。「店にいる」というので、一駅分を歩いてまっすぐ黒兎《くろうさぎ》に向かった。

那津美《なつみ》はカウンターで文庫本を読んでいた。薄く化粧をしている。

「急にごめんなさい。どうしても空良《あきら》くんに確認したいことがあったの」

めったに見ない表情だが、怒っているのだとわかった。那津美《なつみ》は二人分の飲み物を作ると、ボックス席に場を移し、そこで空良《あきら》に訊《き》いてきた。

「こんな時間に呼び出しておいて言うのもおかしな話なんだけど……最近、夜に危険な場所へ行っているみたいね。今も、外にいたんでしょう?」

八真都《やまと》神宮への不法侵入や警官殺害のあった金時町《きんときちょう》での夜間行動が那津美《なつみ》の耳に入ったらしい。それらの晩のことを知る人間は限られている。天生目《あまのめ》が漏らすはずもないし、そもそも彼は謹慎中で携帯電話は没収されている。丸橋《まるはし》も詳しい事情は知らないだろう。仮に天生目《あまのめ》から聞かされていたとしても、固く口止めされているはずだ。葉月《はづき》は——まだ、目覚めていない。

「空良《あきら》くん。説明して。毎晩のように、なにをしているの?」

「——説明する。その前に、誰からその話を聞いた?」

空良《あきら》は那津美《なつみ》に質問を返した。その答えによって、どこまで〝説明〟すべきか決めるつもりだ。

「前に話したと思うけど、愛海《あみ》のことで、とても親身になってくれる刑事さんがいてね。最近、よく連絡を取ってるの。大江《おおえ》さんって方」

「大江《おおえ》……」

——思いだした。数日前にアパートを訪ねてきた関西弁の刑事だ。愛海《あみ》の件で空良《あきら》を疑っていたが——なぜ、自分たちの行動が知られているのか。金時町《きんときちょう》の件は天生目《あまのめ》が裏で手を回して煙幕を張ってくれたはずだが、どこからか情報が漏れたか。

なんにしても、まずい状況だった。

「愛海《あみ》のためなんでしょ？　愛海《あみ》をさらったっていう、和服の少女を捜してるのね」

空良《あきら》は返す言葉に詰まる。

「空良《あきら》くん、その少女のことを警察に話していたそうね。私は今日、大江《おおえ》さんから聞くまで知らなかった。他の警察の人が教えてくれなかったのは、あまりに荒唐無稽な話——そう受け取ったからだと思う。だから責められないけど……でも空良《あきら》くん、あなたはどうして、私に教えてくれなかったの？」

「信じてもらえるとは思えなかったってのもある。でもそれよりも——」

「私にも危険が及ぶことを危惧したのね。そういう状況なのね」

「ああ。ヤバい状況だ。現にもう、巻き込んじまったせいで意識が戻らない仲間がいる」

「そんな危険なことなら、もうやめて——と言っても、あなたは動くんでしょう。せめて、教えてちょうだい。今、空良《あきら》くんが知っていること、状況、そのすべてを」

もう隠し通すことはできない。話さなければ那津美《なつみ》は自分一人でも動くだろう。

空良《あきら》はすべてを話した。アパートに〈黒い葉書〉が届いたことから、先刻、弥勒邸《みろくてい》を探索してきたことまで。怪異について情報を集めるために、那津美《なつみ》のネタ帳を見たことも話した。あらためて言葉にすると、自分で体験してきたことなのに、とても信じられない話ばかりだ。しかし、ホラー小説執筆のために数え切れぬほどの怪談や都市伝説を調べ、その手のスポットに飽きるほど取材に行っているだけあって、那津美《なつみ》は理解が早かった。

「まさか、弥勒夜雲《みろくやくも》がそんなことになっていたなんて……」

「連続少女失踪事件の犯人で、残酷な殺人鬼が同業者だったなんて、ショックだよな」

「そうね。でも、どこかでは感じていたのかも。私たちとは違う世界を生きている人、みたいな……。だって、あの世界観は常人が持っていてはいけないイマジネーションよ。何度生まれ変わっても私にあんなものは書けない。もちろん、人を殺しているとまでは思ってもみなかったけど」

「那津美《なつみ》さんの知ってる弥勒夜雲《みろくやくも》は、どんな人間だったんだ？」

「それがね、好きで作品はよく読んでいたけど、本人との面識はほとんどないのよ。作家界隈《かいわい》で彼と親しくしている人はいなかったし、文学賞のパーティーにも一度も姿を見せなかったし、業界内でも謎の多い作家だったの」

「そうか。ちなみに、ヤツが何か珍しいお宝を持ってるとか、そんな話は聞いたことがないか？」

「お宝？　聞いたことはないわね。とても良い家柄なんでしょうね、親戚筋に社会的に立派な方が大勢いらっしゃるというのは聞いたことがあるの。だからかしら、先生は名誉とかお金とか、そういう世俗的なものを嫌悪していたみたいでね。そういう面が作品の端々から感じられたわ」

「作品からしか人物像が見えないってのもすごいな」

「彼のことを面白おかしく噂《うわさ》する同業者はたくさんいたけど、どれが本当やら。私の印象では、ある種の天才ね」

那津美《なつみ》はさっき読んでいた文庫本を空良《あきら》に見せる。

――『竹取翁の夢《たけとりのおきなのゆめ》』　弥勒夜雲《みろくやくも》
「もう新作は出ないのね……。」愛海《あみ》、この本面白いって、ずいぶん気に入ってたのに」

表紙のグロテスクなイラストを見て空良《あきら》は思いだした。愛海《あみ》が宿題の読書感想文の題材にしようとしていた本だ。これは偶然なのか、それとも〈かくや〉の仕込んだことなのか。

「これも血筋かしらね」

那津美《なつみ》は学生時代に弥勒夜雲《みろくやくも》の作品と出会い、熱烈なファンになった。ホラー作家になったのは間違いなく彼の作品の影響だという。そんな自分の血を引く愛海《あみ》が、同じものに惹《ひ》かれるのも不思議ではないと。

「でも、私よりも里美《さとみ》姉さんのほうがすごかったな」

「――おふくろ？　すごいって、なんの話だ？」

「私よりも夢中だったの。弥勒夜雲《みろくやくも》に」

里美《さとみ》は那津美《なつみ》と同じ時期に弥勒夜雲《みろくやくも》という作家を知った。だが、那津美《なつみ》とは比べ物にならないくらい弥勒《みろく》の作品にのめり込み、その敬愛は作品を超えて作家本人にまで向けられた。

「会って直接想《おも》いを伝えたいからって、先生の家まで調べようとしたり、ずいぶん追いかけ回してたみたい」

衝撃的な事実だった。まさか、母親と弥勒《みろく》にそんな繋《つな》がりがあったとは。そして、その弥勒《みろく》の最期の姿を自分が見るなんて。〈かくや〉の仕込みなどではなく、那津美《なつみ》の言う通り、〈血〉なのだろうか。鬼島《きじま》の〈血〉が弥勒夜雲《みろくやくも》という男に引き寄せられたということなのか。

「空良《あきら》くん。あなたには愛海《あみ》のことで、とても大変な思いをさせている。愛海《あみ》は私のすべて。だけど、あなたも私にとって大切な家族なの。危険なことはしてほしくない……」

「ああ……わかってる。俺も無謀な戦いを挑んでるわけではないんだ。それだけは信じてほしい」

「大江《おおえ》さんから聞いたわ。あなたにはちゃんと仲間がいるって。空良《あきら》くんを守ってくれる仲間……いえ、一緒に戦ってくれる仲間が、いるのよね？」

空良《あきら》は頷《うなず》く。「今は胡散臭《うさんくさ》いオッサンと怪しい手品師が力を貸してくれている。天生目《あまのめ》も謹慎が解けたらバックアップしてくれるだろうし、それまであいつの部下の丸橋《まるはし》ってチンピラが連絡役だ。それに葉月《はづき》だってそのうち……」

那津美《なつみ》は空良《あきら》の手を取る。その手に温かい滴が落ちる。

「おねがい……愛海《あみ》を助けてあげて……おねがい……おねがい……」


深くて暗くて心地のいい泥の中から、空良《あきら》は着信音によって無理やり引き上げられた。

眩《まぶ》しい光に顔をしかめる。朝陽《あさひ》ではない。天井照明《シーリング●ライト》だ。カーテンの隙間から見える窓の向こうは夜だ。昨晩、帰宅してから、空良《あきら》は一日中眠っていた。疲れていたのだ。とくに走ったり誰かを殴ったり、激しい運動をした覚えはない。肉体よりも精神的な疲労のほうが、身体《からだ》への負担は大きいのだと知った。

重い頭をゆっくり振って、鳴り続ける携帯電話にようやく手を伸ばす。

『丸橋《まるはし》っす！　うおおお、よかったっす！　鬼島《きじま》くん、ぜんぜん出ないんで、なにかあったのかって心配したっす！』

「そうか。心配かけたな。悪いが少し声のトーン落としてくれ。起きたばかりなんだ」

『あ、失礼しやした。じゃあ、用件だけお伝えするっす。番《ばん》って人からの伝言で、急に別件が入ったから今夜は行けない、とのことっす』

「別件？　あのオッサン、マジかよ……」

　これは天生目《あまのめ》に言って報酬額を大幅ダウンしてもらわなくてはならない。

『何度かけてもまったく出ないからと頼まれまして。それで、今夜はロゼって方と二人で行ってくれって言ってました。九時に現地集合っす』

「わかった。他に番《ばん》からの伝言はあるか？」

『あ、ええと、あるっす。メモしてるんで、そのまま読むっすね』

　半年前に消えた中学生〈T〉の名前は〈蒼井翼《あおいつばさ》〉。バレエスクールの生徒の中でもトップクラスで踊りがうまく、将来はプリマバレリーナだと謳《うた》われるほどの有望株で、発表会ではアヒルに姿を変えられたお姫様の役に抜擢《ばってき》されていた。他のアヒル役はみんな小学生、まだトゥシューズも履けない子たちだ。お姫様役もトゥシューズは履かず、みんなと一緒に黄色く塗った裸足《はだし》でペタペタと床を打ち鳴らして陽気に踊る。娘にはもっと華麗に踊れる舞台に立ってほしかった両親は少し複雑だったようだが、本人はこのアヒル姫の役をとても楽しみにしていて、毎日バレエスクールで日が暮れるまで熱心に練習していた。

『――とのことっす』

〈T〉――〈蒼井翼《あおいつばさ》〉は発表会の日を心待ちにしていた。しかし、その日を迎えることなく、弥勒夜雲《みろくやくも》に誘拐され、おそらく、手脚を生きたまま切り落とされて、ダンサーとしての未来と命を同時に奪われた。その強い恨みが彼女を怪異にしたのだろう。

この番《ばん》の情報の中に、怪異攻略のヒントがあるのだろうか。

『あ、あの、鬼島《きじま》くん』

「ん、なんだ？」

『オレ、どういう状況かまったくわからねっすけど、坊ちゃんの大切なご友人の鬼島《きじま》くんが困ってるなら、役に立ちたいっす。首はツッコむなと言われてるっすが、もしオレにできることがあればすぐにナカマ集めるっすから、いつでも声かけてほしいっす』

そういえば、丸橋《まるはし》は地元では有名な暴走族の元・総長だった。気持ちはありがたいが、どれだけ気合の入った不良が何百人と集まっても怪異には傷一つつけられないだろう。

「ああ。力を借りたい時は連絡する。天生目《あまのめ》に、よろしく言っといてくれ」

通話を切った空良《あきら》はベッドを降りると浴室に向かった。

洗面台の鏡に映る自分を見る。額に汗の玉が浮いている。鼓動が速くなっていく。

わかる。この感覚は――アレが来る。

鏡の中の自分の額に、真一文字《まいちもんじ》の赤い筋が浮かぶ。それは、ぱっくりと裂け、黄ばんだ歯を並べた〈口〉となる。同じように顔のあちこちに〈口〉が湧き、鏡越しに空良《あきら》を馬鹿にするように舌先をれろれろと振ったり、歯をがちがちと嚙《か》み鳴らしたりする。最初に現れた額の〈口〉は、歯茎が見えるほどニィッと嗤《わら》うと、込み上げる嘲笑をこらえるように囁《ささや》く。

『**おとぎ草子の、はじまり、はじまり……その男は、かわいそうな小鳥を見つけました……男は小鳥を、助けてあげようと、持ち帰りました……**』

一方的に話し終えると、〈口〉はすーっと消えていった。出現から消失までをまともに見たのは初めてだ。自分の顔が見えない時も、皮膚の感覚で、どこに〈口〉が現れているのかはなんとなくわかっていた。金時町《きんときちょう》で出現した際、その数が、うらしま女の時よりもがわずかに増えているように感じた。空良《あきら》はそれを確かめるために、〈予感〉がしてから鏡の前で待機していたのだ。やはり、〈口〉はだんだん増えている。

もし、全身を隙間なく〈口〉に埋め尽くされたら、どうなるのだろう。


二十一時。弥勒邸《みろくてい》の前でロゼと合流した。

雲ひとつない空に、少しだけ欠けた月が出ていた。ロゼの隣に並ぶと、強い薔薇《ばら》の香水が空良《あきら》に絡みついてくる。

「いい夜だ。邪魔者もいない。今夜はデートを愉《たの》しもうじゃないか」

ロゼは雑草の中に凛《りん》として咲く、黒い薔薇《ばら》のようだ。黒いノースリーブのドレスは、腰のラインに沿ってダークパープルの蕾《つぼみ》の刺繍《ししゅう》がいくつも入っている。月下で見る彼女の肌は恐ろしいほどに白光していた。

弥勒邸《みろくてい》へ再訪する。玄関の戸を開けると、三和土《たたき》に白く砂埃《すなぼこり》が積もっている。初めて侵入《はい》った時の、つまり現在《いま》の弥勒邸《みろくてい》だ。その証拠に、時を刻む振り子時計の音も一定のリズムで聞こえていた。

「昨日の俺たちの苦労がリセットされたなんてことはないよな」

「私たちはわざわざ過去に行って、三人の少女と弥勒《みろく》に会ってきた。その事実は変わらないさ」

自信満々にそう答えるロゼを見て、空良《あきら》も少しだけ安心する。

「あとは〈蒼井翼《あおいつばさ》〉だけだ。彼女はどの時間にも囚《とら》われていない。なぜなら、怪異として、この時代の弥勒邸《みろくてい》にいるからだ。今夜、決着をつけよう」

玄関正面の壁に隠し通路の扉は開いてはおらず、板の額には何も掛かっていない。もう、過去に戻る必要がない今、この壁の奥の扉はきっと、二階に繫《つな》がっているはずだ。〈鍵〉となる〈面〉が必要だった。寝室に向かう。

「……昨日思ったんだが。あんたら、面白いコンビだよな」

「コンビ？　私と番《ばん》がか？」

「どういう知り合いなんだ？」

「話していなかったかな。なに、ごくごくつまらない関係さ。共通の依頼主とスポンサーがいるというだけのね」

「その依頼主とスポンサーってどんなヤツらなんだ？　変わり者なんだろうな」

「ヤツらではなく一人だ。依頼主がスポンサーなんだ。ある名家の当主様でね、わけあって各地の怪異について調べている。私と番《ばん》は長いこと、その調査を手伝っているんだ。その対価として、私の個人的な調査と探索にも様々な形で援助してもらっている。変わり者というのは否定しない」

「ロゼは、なにか珍しいものを探しているのか」

「ああ。集めているものがあってね。だから、情報の入りやすい場所に身を置いている。当主様の館さ。番《ばん》とも、そこで会ったんだ」

「なんだか、漫画みたいな話だな」

口を動かしながらも、二人で寝室から先にあちこち調べて回ったが、少女の人形も死体もなく、新たな発見も収穫もないまま部屋を出る。

居間へ移動するとまず、空良《あきら》は確認するために懐中電灯を奥に向けた。光の環の中をスノードームのように埃《ほこり》が舞う、その向こうで、時計の振り子はしっかりと運動をしている。秒針も今の時間を刻んで、正しく文字盤の上を動いていた。

昨日何度も調べた場所だが、電話台から順に調べていく。昨夜はこの抽斗《ひきだし》から〈アヒルの面〉が見つかっている。これでまた〈アヒルの面〉が出てこようものなら、また昨日と同じことの繰り返しになるのではないかと危惧をしながら抽斗《ひきだし》を開けると、鳥の面が入っていた。

細く尖《とが》った嘴《くちばし》。目から上は白く、目から下は黒い。頭頂部が赤い。アヒルではない。

「こいつ、なんの鳥だっけな。よく見る鳥なんだが……」

「鬼島《きじま》、昨日見た『翼の恩返し』を覚えているか？　脚を失った〈アヒル〉が、最後になったものはなんだったかな？」

「──〈鶴〉か」

抽斗《ひきだし》の奥に何かがある。カットしたように爪先が平らで、踵《かかと》のない金色の靴。〈トゥシューズ〉だ。シルクのようになめらかな肌触りで、使用感がある。

「〈蒼井《あおい》翼《つばさ》〉のものか？」

「彼女の宝物さ。この靴は誰にでも履けるわけじゃない。爪先立ちをするためには、足の骨が十分に成長していなければならないから、まず十二歳以下は履けないんだ」

「〈蒼井翼《あおいつばさ》〉は十三歳だったな。ようやく、履けるようになったって時だったのか……」

「ただ年齢制限をクリアすればいいだけじゃない。バレエに適した身体《からだ》を作り、基本的な技術が身に付いていなければ、このシューズは、履くことを許可されない。見たまえ。だいぶ履き込んでいる。彼女は本当にバレエが好きで、才能もあったに違いない。そして、トゥシューズを履かない舞台でも、彼女は喜んで練習をした。人格まで素晴らしいじゃないか。それが今や、悍《おぞ》ましい怪異だ。皮肉な運命だよ……」

宝物なら、本人に渡すべきだろう。

空良《あきら》がトゥシューズを手に取った、その瞬間。

『おとぎ草子は、いよいよ大詰め……かわいそうな小鳥は、きれいな鶴となって、あら嬉《うれ》しやと、男に恩返し……障子の向こうで、トンカラリ……トンカラリ……』

薔薇《ばら》の芳香が、寄り添うほど間近に香る。

白く透明感を帯びた白磁《はくじ》のようなロゼの顔が空良《あきら》を覗《のぞ》き込んでいる。

「現れたようだね。〈呪いの口〉が」

「いよいよ、大詰めだとよ。ワンパターンだな、いい加減、飽きてきたぜ」

ぷっ、とロゼが吹いた。

「キミは本当に面白い子だな。祟《たた》られた者や霊に憑依《ひょうい》された者、呪われた者たちを数多く見てきたが、みんな精神を限界まですり減らして最後には気力が潰《つい》えてしまう。しかし、キミはどうだ。呪いに不誠実なところが実にいい。飽きたなんてぼやく人間は初めて見たよ。怖いもの知らずにも程があるな。あはははっ」

玄関まで移動すると、「私にやらせてくれ」とロゼが壁に〈鶴の面〉を掛けた。

足元から重々しい音がして仕掛けが作動する様を満足げに見ている。

「あんたも面白いヤツだよ。こんなの、昨晩に何度も見たろ」

「何度見ても素晴らしい仕掛けだよ。私が手品をやっているのはね、人間の技術がどこまで〈超常現象〉に近づけるかに関心があるからなんだ。幽霊を出現させる幻燈装置の〈ファンタスマゴリア〉のように、人間は〈ない〉とされるものを〈ある〉ことにする技術を持つことができた。神でなくても奇跡に限りなく近いことを起こすことができるんだ。私が集めているものも、それに近いものさ。遥《はる》か遠い昔の何者かが作った――あるいは、天文学的な確率で偶然が重なってこの世に生まれた〈道具〉。それを手に入れることができれば、誰にでも自然法則を超越した現象を起こせる、この世に二つとない奇跡の品々だ」

隠し通路の扉が開く。見慣れた光景だ。だが扉の先には、初めて目にする光景があった。通路の天井の一部が四角く口を開けていて、そこに梯子《はしご》が斜めに掛かっている。

ここに来るまでにずいぶん遠回りをした気がするが、必要な道筋だったのだろう。

この上に〈おたけび作家〉がいる。

「なあ、ロゼ……」梯子《はしご》の三段目に足をかけたところで、空良《あきら》は振り返る。

「どうした。思い詰めた顔をして。キミらしくもない」

「これから会うヤツは、そもそも〈かくや〉がお膳立てした俺の喧嘩《けんか》相手だ。あんたにはヤツに喧嘩《けんか》を売る理由がない。だから、もしヤバくなったら、俺を置いてすぐ逃げろ」

やれやれ、とロゼは首を横に振った。

「ずいぶんと見くびられたものだな。私を誰だと思っているんだ。月ロケット脱出の伝説を持つ奇跡のマジシャン、ムーラン・ロゼだぞ。私にかかれば、広大な宇宙さえもショーの舞台《ステージ》と化すんだ。その私を掴《つか》まえて逃げろとは」

「おい、真面目に言ってんだ。仲間が倒れる姿は、もう見たくねぇんだよ……」

「――大丈夫だ、鬼島《きじま》。いざという時はキミより先に逃げるさ。こう自己紹介したはずだ。私のもっとも得意とするのは、脱出系イリュージョンだとね」


いつどこから現れても反応できるように神経を上に集中させながら、梯子《はしご》を一段一段、慎重に上っていく。二階に繋《つな》がる穴からそっと顔を出し、気配をうかがう。

畳敷きの屋根裏部屋がある。目の届く範囲に姿は見えないが、細かい縦格子の入った紙障子が閉まっていて、その奥で明かりが灯《とも》っている。そこに「いる」ということだ。素早く二人で二階に上り切る。

屋根裏部屋は横の広さはそこまでないが天井が高い。屋根の一番高い棟の辺りは闇が溜《た》まっている。ここはお香の匂いが一層強かった。障子の前の両端に、灯の消えている行灯《あんどん》が一基ずつある。火皿に何かの燃えさしが残っていて、そこから異様に甘い匂いが放たれている。邸内中に満ちている花の匂いの元はこれらしい。

空良《あきら》は障子に右手をかけ、目で合図を送る。ロゼは頷《うなず》き、もう片側の障子に手をかける。空良《あきら》は左手の指を三本立て、カウントダウンする。三、二、一――。

なかをのぞかないで

開けようとした瞬間、壊れた弦楽器のような声が訴えてきた。

障子に、歪《いびつ》な疑問符のような影が浮かびあがる。

――こいつが〈おたけび作家〉か。庭から見上げた時より、その影は華奢《きやしや》で小さく見える。

なかをみないで　のぞかないで　なかを　みな　みなみないで

なかをなかを　みないで　みないで　みないで　みないでみないででで

必死の、悲愴《ひそう》感すらある訴えだ。自分の悍《おぞ》ましい姿を見られたくない。その気持ちは空良《あきら》にだってわかる。だが、障子を開けなければ、物語は進まない。〈かくや遊び〉を終われない。

「悪く思わないでくれ。――ロゼッ！」

空良《あきら》とロゼは同時に障子を開け放つ。

四畳半ほどの畳敷きの部屋だ。外から見えた飾り窓がある。

〈おたけび作家〉の姿はない。

縦長の楕円形《だえんけい》をした古そうな姿見。一棹《ひとさお》の長持。小さな文机にはノミ、金槌《かなづち》、ノコギリ、ペンチといった工具が並べられ、銅の油差し、油の入った瓶、百円ライターもある。ここにも一基の行灯《あんどん》があり、火が灯《とも》されていた。

しかし何よりも目につくのは、バケツでぶちまけたような畳の上の血の痕だ。土壁や飾り窓、姿見、長持にも血は飛び散っていて、この部屋で行われていたことの凄惨さを物語っていた。これらの血の記憶は気になるが、どれが〈蒼井翼《あおいつばさ》〉のものかわからないし、今は〈おたけび作家〉を警戒すべきだ。

臭いがひどい。こぼれて染みて乾いてを幾度も繰り返した血の臭いだ。ここで焚《た》かれているお香は、屋根裏部屋から流れていく血の臭いを誤魔化《ごまか》すためのものに違いない。

「どこに行きやがった。せっかく、手土産《てみやげ》も持ってきたってのに」

空良《あきら》はズボンの後ろポケットに突っ込んでいる物を手で確かめる。

「お宝の匂いがする」ロゼが長持に関心を示した。あの中に自分の探している〈お宝〉があるかもしれないと考えているようだ。確かに宝箱に見えなくもないが。

ぽつ。ぽつ。ぽつ。畳の上に汗の玉が降る。鼓動が速く高鳴る。

――来る。〈口〉の宣告だ。大詰めの次は、〈おたけび作家〉の物語が間もなく幕を閉じるという報《しら》せだ。

『――**いでください、あけないでください、あけないでください、あけないで、みないでください、みないでくださいみないでくださいあけないでみないであけない**――』

――開けないでください？　なにを今さら。もう開けちまったよ。弥勒邸《みろくてい》の玄関の戸も、過去に繋《つな》がる隠し通路の扉も、屋根裏部屋の閉じられた障子も。これ以上、開けるものなんて、もう弥勒邸《みろくてい》にはねぇだろ。開けるものなんて――。

いや、ある。

「鍵はかかっていないようだな。よし」

「待て、ロゼッ」

ロゼが長持の蓋を持ち上げ、中を覗《のぞ》き込む。

「――これは」

その時だった。屋根裏部屋に叫び声が響き渡る。地獄でかき集めた何千何万の亡者の阿鼻叫喚《あびきょうかん》を耳に押し込まれたような叫びだ。真っ赤に焼けた鉄の百足《むかで》が頭の中で暴れているような苦痛が襲う。空良《あきら》は咄嗟《とっさ》に両耳を塞いだが、無駄だった。あらゆる負の感情が叫びの濁流によって運ばれ、空良《あきら》たちの耳から頭の中に注ぎ込まれていく。

上から紐状《ひもじょう》のものが何本も降ってきた。ワイヤーだ。蛇のように宙を蛇行して空良《あきら》に迫ると脇の下に入り込み、股下にすべり込んで、両手首と両足首に素早く絡みついていく。しゅるるる、と音がすると絡まるワイヤーが全身を締め付け、自由を奪われた状態で空良《あきら》は一気に空中へと引っ張り上げられる。

天井の闇の中、ワイヤーが網状に張られている。空良《あきら》はそこに絡められていた。

すぐそばにロゼもいた。四方八方から伸びている何十本ものワイヤーに搦《から》め捕られている彼女は、蜘蛛《くも》の巣にかかったクロアゲハのようだった。金属繊維のロープはドレスを容赦なく引き裂き、露《あらわ》になった肌を傷つけながら食い込んでいく。苦痛に見悶《みもだ》えるロゼの顔が見る見る紅潮していく。

「大丈夫か、ロゼ……」胸を締め付けられ、大きな声を出せない。

空良《あきら》の目の前に、何かが勢いよくぶら下がった。

壊れたマリオネット――それは最大限に美化した表現だ。毛を毟《むし》られた猿の腐乱死体のようなものが、膿汁《のうじゅう》の染みた白いバレエ衣装を着て、無数のワイヤーで吊《つ》り下がっている。

この化け物は、半年前までは〈蒼井翼《あおいつばさ》〉という名の少女だった。その名残りはない。髪は半分ほど抜け落ち、眼球ごと目元が肥大した顔はまるで出目金《でめきん》だ。両脚は太腿《ふともも》の半ばから切断され、鶴の脚のような義足をつけている。両腕もなく、肩から生えているワイヤーの束は広がりながら天井へと伸び、その姿は翼を広げて飛ばんとしている鳥に見えなくもない。

この姿のモチーフは〈鶴〉なのだろう。しかし、人は〈鶴〉の姿にはなれなかった。四肢を切断され、奇怪な義足をつけられ、首を折られたうえに引き伸ばされ、無理やりに〈鶴〉の形にされた少女の成れの果てだ。弥勒《みろく》は、彼女が〈アヒル〉から〈鶴〉となって羽ばたく姿を想像しながら、屋根裏の天井部にワイヤーで吊《つ》るし、展示《ディスプレイ》していたのだ。

……つるはいや……つるは……いや……みないで……みないで……

〈アヒル〉のお姫様は、〈鶴〉の姿から解放されたいと願っていた。

「どうしてやればいいんだよ。〈鶴〉に見えなくしてやればいいのか？」

木や金属プレートで作られた義足は爪先が鳥類特有の形状をしている。これが彼女を〈鶴〉に見せている最大要素なのは明白だ。異様に長いわりに小枝のように細く、見るからに歩行向きじゃない。彼女の姿を〈鶴〉にする——ただその目的のために装着させられたもので、練習で鍛えたしなやかな脚の代替品にしては、あまりにお粗末なガラクタだ。弥勒《みろく》の自己満足の産物に過ぎなかった。

「その脚が嫌なんだろ。なら、俺がお前にいいものをやるよ」

空良《あきら》は緊縛された身体《からだ》をひねって、ズボンの後ろポケットになんとか手を回す。

「こいつはお前の宝物だろ。ほら、受け取れよ」

トゥシューズを取り出し、無理やり投げる。だが、縛られた状態では手首しか使えない。〈おたけび作家〉には届かず、金色のトゥシューズはワイヤーに弾《はじ》かれながら落ちていった。

「お、おいっ？　見えてないのか？　お前が欲しいのはあのシューズだろ？」

　私の望んでいることはそれじゃない、と言わんばかりに、〈おたけび作家〉は振り子のように右へ左へ大きく揺れる。身体《からだ》に絡みついているワイヤーがぎりぎりと引き絞られ、肌に食い込み、骨が軋《きし》む。ロゼが吐息のような呻《うめ》き声《ごえ》をあげた。空良《あきら》の手は鬱血して暗紫色《あんししょく》になっている。胸を長時間圧迫されて呼吸が困難になり、酸欠で意識がぼうっとしてきた。このまま意識が落ちたら……。体中の骨を砕かれるか、肉体を断裂されてバラバラになるか。いずれにしろ、死ぬ。


　……もや、して……もやして……


「今度は燃やせって？　なんだ、お前、自分を焼いてほしいのか」

　こんな姿を誰にも見られたくない。だから、いっそ焼却して、この世から消してくれ。そう願っているのか。「なら、こいつをなんとかしろよッ」身をよじって拘束を解けと訴えるが、動けば動いただけワイヤーが身体《からだ》に食い込む。この〈巣〉に張り巡らされたワイヤーは、その一本一本の動きが全体に影響し合っていて、へたに動けばロゼの肉体をも傷つけることになる。

「くそっ、火が欲しいな」首をなんとかひねって下を見る。火はある。行灯《あんどん》の火。百円ライター。油の瓶でもいい。こんなことになる前に、どれかひとつでも手に入れておくべきだった。

「鬼島《きじま》、聞くんだ」

　ロゼが小声で呼びかける。「今から私が脱出マジックを披露する」

「いけるのか？」

「ああ。だが、脱出するのは私じゃない。キミだ。私はどうも、骨が何本か折れている。これを抜け出せたとしても、すぐに捕まって殺されるだろう。だから、キミに賭《か》ける」

「……わかった。急いでくれ」

「実はもう、仕掛けてある」

ロゼが指をぱちんと鳴らす。するとワイヤーの緊縛が緩んで、空良《あきら》だけが蜘蛛《くも》の巣の外に投げ出された。

数メートル下の畳が迫る。受け身を取ろうと構えたが、左足首にまだワイヤーが一本絡まっていて落下は急停止した。足首の骨が削れるような激痛と衝撃。逆さまに吊《つ》るされた状態で畳の数センチ上を、円を描くように揺れる。逆立った髪の毛が畳にこすれる。逆さ吊《づ》り状態のまま空良《あきら》は自身の身体《からだ》を揺らして落ちている片方のトゥシューズを拾い、壁を蹴った反動で文机の油の瓶を掴《つか》み取る。

もやして、はやく、はやく、もやして、もやして
〈おたけび作家〉は急《せ》き立てながら、するすると蜘蛛《くも》のように下りてきた。十本以上のワイヤーも一緒に下りてきたかと思うと、空良《あきら》をもう一度捕まえようと蛇のように蠢《うごめ》いた。

「今やってやるからジッとしてやがれ！」

空良《あきら》は壁を蹴って揺れの軌道を変え、不規則な動きでワイヤーの追跡をぎりぎりでかわす。地下闘技場で相手の拳をかわす要領だ。

さほど広くない屋根裏部屋の中空を、逆さ吊《づ》りの空良《あきら》と〈おたけび作家〉、十数本のワイヤーが入り乱れて円舞する。

一本のワイヤーが動きを変えて、鞭《むち》のように打ち叩《たた》こうとしてくる。かわし切れず油の瓶で受けると、瓶の上部が砕けて硝子片《ガラスへん》と油が飛び散る。空良《あきら》は急いで割れた瓶に残る油をトゥシューズにかけた。硝子《ガラス》瓶を捨てると壁を蹴って揺れの方向を調整し、油をたっぷり染み込ませたトゥシューズを行灯《あんどん》の火に向けて突き出す。ボウッと、トゥシューズは空良《あきら》の手ごと火に包まれる。

もやして、はやく、もやして、もやして、もやして

両肩から生えたワイヤーの束を翼のように羽ばたかせ、空良《あきら》に向かって降下してくる。

「お望み通り、燃やしてやるよ！　あの世で好きなだけ踊ってろ！」

逆さ吊《づ》りの状態から燃えるトゥシューズを投げる。こちらに向かってきていた〈おたけび作家〉は急に軌道を変えてかわした。目標を失ったトゥシューズは張られたワイヤーの一本に当たって跳ね返り……〈おたけび作家〉の後頭部に直撃した。次の瞬間、頭部にわずかに残っていた髪の毛が燃え上がった。絶叫があがる。

耳を塞ごうとしたが右手はまだ火に包まれている。油は手にもかかっていたのだ。一瞬の躊躇《ちゅうちょ》の間に、無防備な空良《あきら》の耳に絶叫が突き刺さる。鼓膜を破られそうな大音声《だいおんじょう》だった。火に包まれた右手を必死に打ち振るが、まったく消える様子はない。

空良《あきら》の目は、ふわりふわりとゆっくり下降してくるハンカチのようなものを捉える。ロゼの消火布だ。彼女が投げてくれたのだ。

目の前に降りてきたところをすかさず掴《つか》み取り、右手にかぶせて消火すると両耳を塞いだ。昨夜、弥勒邸《みろくてい》への侵入時に聞いた〈おたけび〉とは違い、だいぶ音を防ぐことができた。これが攻撃ではなく、〈おたけび作家〉が苦痛であげている悲鳴だからだろう。

燃え上がる頭をぶんぶんと振り回して叫び声を振りまく〈おたけび作家〉の顔から、溶けた皮膚がチーズのように糸を引きながら滴る。焼け縮《ちぢ》れた髪の毛が火の粉となって彼女の身体《からだ》に降りかかり、バレエ衣装が一瞬で炎に包まれる。燃えながら見事な回転《ターン》を披露し、溶解した皮膚をふりまく。

みないで――

少女の、かぼそい声が闇に包まれていく。

〈おたけび作家〉は火をまといながら墜《お》ちた。畳の上で残り火に虫食《むしば》まれ、溶け崩れ――。

やがてそこには、ぐつぐつと煮えるような血だまりが残された。


「すまなかった。まさか、私があんな初歩的なミスをするとは。マジシャン失格だ」

〈おたけび作家〉の巣から空良《あきら》の手で解放されたロゼは、宙吊《ちゅうづ》りの件を詫《わ》びた。

「いや、なんだかんだ言って、あんたがいなきゃヤバかった。それになかなか面白かったぜ」

「まったく、キミって男は」ロゼは微笑《ほほえ》んで、そして、天井に溜《た》まる闇に目を凝らす。さっきまで自分が搦《から》め捕られていた巣のある場所を。

「『翼の恩返し』か。弥勒《みろく》は〈蒼井翼《あおいつばさ》〉を〈鶴〉にしたことで、彼女から感謝されていると本気で思っていたんだろうね」

「狂ってんな……」

血の記憶の中で聞いた少女たちの叫びを思いだす。完全に壊れてしまっている人間には、あの悲痛な叫びもまったく違うものになって届いていたのだろう。

「秘密の〝作業場〟の上に彼女を吊《つ》るして。これで彼女は自由を得た、欲しかった翼を得た、なんて思いながら、たまに見上げていたんだろうか。そして、いつか自分が困った時、機械仕掛けの神《デウス・エクス・マキナ》のように舞い降りてきて助けてくれる、そんな風に思っていたのかな」

「なんだ、それ」

「古代ギリシア演劇の終幕に現れる、作り物の神だよ。物語が複雑になりすぎて収拾がつかなくなったとか、起きた問題の解決が難しくなってしまったとか、差し迫って処置をしなければならない事態になった時、これを舞台上に降ろして無理やり解決させるんだ」

「都合のいい神様だな」

「ああ。だから、この言葉自体、良い意味で使われないこともある。そうそう、その神を舞台に降ろす装置の〈クレーン〉だが、語源は〈鶴〉だそうだ」

ボーン、ボーンと、時刻を報せる音が聞こえてきた。

「さあ、やるべきことをやりたまえ。愛海《あみ》嬢が待っている」

空良《あきら》は〈おたけび作家〉の残した血だまりのそばに屈《かが》み込んで指先をひたす。

『お母さん……お兄ちゃん……』

浴室のような場所で、愛海《あみ》は抱えた膝に顔をうずめて座っている。

愛海《あみ》はずっとこの場所で、ずっと膝を抱えて座っているのだろうか。

『もう、ここから出たいよ……いつまで、ここにいないといけないの？』

なにかの軋《きし》む音がした。

愛海《あみ》はビクンと肩を震わせる。膝を抱き寄せ、さらに深く膝の間に顔をうずめる。がたがたと震えだす愛海《あみ》の背後から、二本の白い腕が伸び、頭を撫《な》で、頬《ほお》に触れる。

さらに、別の二本の腕が後ろから回り込んで、愛海《あみ》を抱きしめる。その腕にははっきりと木目があり、肘の関節部に球体がはまっている。

少し遅れて、赤色と淡い青柳色《あおやぎいろ》の着物が現れ、〈かくや〉が愛海《あみ》を抱きしめている。

その顔は、これ見よがしに空良《あきら》に向けられている。

『あみちゃん、〈かくりよ〉には、なれた?』

愛海《あみ》は答えない。膝の上に顔を伏《ふ》せたまま沈黙している。

『ここは、いいでしょ。あみちゃんのいた、〈うつしよ〉とはちがって、おなかもへらないし、としもとらない。時間も、いっぱい、いーっぱい、あるからね』

〈かくや〉は空良《あきら》から目を離さない。

『ずうっとここで、いっしょに遊ぼうね。かくやが、あきちゃうまで』

『あきたら、帰してくれるの?』愛海《あみ》が訊《き》いた。

〈かくや〉は空良《あきら》を見つめたまま、ゆっくり、首を横に振る。軋《きし》ませながら。

『ううん。帰さない。壊しちゃう』

『なんで……そんなこと言うの?』

『だって、〈かくや〉、おしゃべりな子、キライだもん』

『わたし、おしゃべりじゃないよ』

『おしゃべりだよ。あみちゃん、〈かくや〉のヒミツ、言っちゃうんだもん』

『わたし、だれにも、なんにも言ってないよ……』
〈かくや〉が不快を示しているのは〈エヌジー〉のことだろう。
空良《あきら》に知られたことが、よほど厭《いや》だったようだ。
愛海《あみ》は空良《あきら》に見られていることなど知らないのに。
『また、来るね』
四本の腕が愛海《あみ》の後ろに吸い込まれるように消え、〈かくや〉も消えた。
長い沈黙が続く。
せめて、空良《あきら》からは去らない。追い出されるまで、そばにいる。
『おにいちゃん』
空良《あきら》は驚く。それは、虚空に向けられた、ただの独り言のようには聞こえなかった。
『おにいちゃん。おにいちゃん』
呼びかけている。まるで、ここで見ていることを知っているかのように。
「愛海《あみ》！」
しばしの沈黙の後、聞こえてきた。
『おにいちゃん、おねがい、みちをつくって』
ロゼが待っていた。
「おかえり。愛海《あみ》嬢の様子はわかったかい」
空良《あきら》は視《み》てきたことを伝える。

〈かくや〉がいたこと。〈かくりよ〉という場所のこと。愛海《あみ》の最後の言葉。

「〈かくりよ〉――確かにそう言ったんだな。あの〈幽世《かくりよ》〉か」

「知っているのか？」

「端的に言うと、愛海《あみ》嬢と〈かくや〉のいる場所は、あの世ということになる」

空良《あきら》は絶句した。その顔を見てロゼは慌てて首を横に振る。

「あの世といっても、死後の世界とは限らない。この世ではない、別のどこかを指しているのかもしれない。〈幽世《かくりよ》〉は〈隠り世《かくよ》〉とも書く。普通では見えない、辿《たど》り着けない、そんな隠されたような場所のことを〈幽世《かくりよ》〉と言うこともあるんだ」

「どうやったらそこに行ける？」

「残念だが、正確な方法はわからない。憶測でも答えることは控えたい。選択を誤れば、とんでもない場所へ辿《たど》り着くこともある。せめて〈かくや〉がなにを指して、〈幽世《かくりよ》〉と呼んでいるのか、ヒントでもあればな」

ならば、〈かくや〉本人に訊《たず》ねたほうが早いかもしれない。自分が視《み》ていることを知ったうえで、自らその場所の名を発したのだ。なんらかの反応を期待してのことだろう。

「さて、鬼島《きじま》。名残惜しいが、そろそろ私は退場しなくてはならない」

「ん、ああ、そうなのか。なにか予定でもあったか？」

「実は恋人を待たせているんだ」

「え、そうなのか？　なら着替えてから行けよ。ドレスが破れちまってる」

ロゼは大きな声で笑いながら空良《あきら》の肩をぽんぽんと叩《たた》いた。

「キミは見かけによらず、気が回る子だな。じゃあ恋人ができたら、破れたドレスでは会わないことにしよう」

恋人の件は、どうやら冗談だったらしい。

「予定などないよ。調査も当てが外れたし、ここにはもう用はないってだけさ」

「そうだったな。結局、ここでの探し物は見つからなかったんだな」

「その姿見なんかは怪しいと思ったんだがね。キミがブラッドメトリーをしている最中に調べさせてもらっていたんだが、いや、なんのことはない、ただの古くて汚れた鏡だったよ」

ああ、それから、とロゼは奥にある長持に視線を移した。

「その中身も私にはまったく興味のないものだった。念のため、キミも確認したまえ」

空良《あきら》は気になっていた。〈おたけび作家〉が「**あけないで**」と訴えていたことが。

隠《かく》れ処《が》を暴かれ、その姿も見られて、もう隠すものなどない彼女が、その後も「**あけないで**」「**のぞかないで**」「**みないで**」と訴えてきた。この弥勒邸《みろくてい》にはもう開けていない扉などないはずなのに。

空良《あきら》は長持の蓋を、開ける。

中を覗《のぞ》き込むと、箱の底に数枚の写真と人形が入っている。

いや、これを人形と言っていいのか。

少女の頭の下に、綯《な》った紐《ひも》が何十本もついている。

座らせたり、自立させたりは当然できない。

吊《つ》り下げる紐《ひも》が付いているでもない。

どう使うものなのか、どういう意味のあるものなのか、わからない。

一番の疑問は、なぜ、この頭なのか。

この少女の顔。髪型と髪色。

「〈かくや〉じゃねぇか……」

似ているというレベルじゃない。

これはおそらく、〈かくや〉を知る者が作ったものだ。

弥《み》勒《ろく》邸《てい》の屋根裏部屋にある長持の中で、こんな禍々《まがまが》しい存在の顔を模したものが大切に保管されていた理由とはなんなのだろう。

次は写真を見る。

すべて少女を隠し撮りしたものだ。四人分ある。

ステージで白いバレエ衣装の姿で踊っている少女の写真がある。

〈蒼《あお》井《い》翼《つばさ》〉だろう。きれいな少女だ。

彼女がまさか、あんな異形の怪異と成り果てるなんて誰が想像できたろうか。

――もしかして。いや、きっとそうだ。

「**のぞかないで**」「**あけないで**」――これは、この長持のことを言っていたのではないか。

なぜなら、ここには生前の自分が写った写真があるからだ。

この写真の少女と今の自分が、同一の人間だと知られたくなかったのだ。

〈蒼《あお》井《い》翼《つばさ》〉が化け物になったと知られたくなかったのだ。

〈おたけび作家〉が「**もやして**」と繰り返し訴えていたのは、〈おたけび作家〉のことではなく、この写真だったのではないか。ならば、〈おたけび作家〉そのものを燃やすという選択は、果たして正しかったのか。

もし、誤った選択であったなら、どんなペナルティーがあるのか。

「なあ、ロゼ……これ、どう思う?」

きっと彼女なら、なんらかの有益な情報で導いてくれるだろう。

だが。

返事がない。

ロゼの姿はなかった。

濃い薔薇《ばら》の香りが、新しい血の臭いを運んでくる。

見上げると、蜘蛛《くも》の巣にかかったクロアゲハ《ロゼ》は。

光を失った目で空良《あきら》を見下ろしていた。

機械仕掛けの神《デウス・エクス・マキナ》は降りてきそうにない。

第4章

殺《さつ》人《じん》桃《とう》

少女の顔が燃えている。

黒く歪《ゆが》んで、端から崩れて落ちていく。火に蝕《むしば》まれた顔は、虫食《むしば》まれた葉のように欠けた。主役《プリマ》を夢見ていたのに、悲劇の主人公となってしまった哀れな少女の写真は焼け落ち、欠片《かけら》も残さず火がすべて舐《な》めとった。

「……燃やしたぞッ……お前が望んだのは、こういうことなんだろ？」

空良《あきら》の声は、もう〈おたけび作家〉には届かない。いま屋根裏部屋の〈巣〉にいるのは、悲劇のバレリーナではなく、稀代《きたい》のマジシャン〈ムーラン・ロゼ〉だ。八方から伸びたワイヤーは彼女の四肢と首に巻きついて奪い合うように引っ張り合った。その結果、関節という関節が可動域を無視し、手脚はありえない向きに曲がっていた。首は異様に長く伸びてだらりと下がり、空良《あきら》を見下ろす琥珀色《こはくいろ》の瞳は、かつて湛《たた》えていた妖しい光を完全に失い、はめ込まれたガラス玉のようだ。

薔薇《ばら》を好んだ黒蝶《くろちょう》は、不吉な黒い鶴を模倣する亡骸《なきがら》となっていた。

「あんた……脱出マジックが得意だって言ったじゃねぇか」

写真の燃え滓《かす》の残る畳の上を拳で殴りつける。

ふいに、窓の外から笛の音が聞こえた。

空良《あきら》は梯子《はしご》を飛び降り、弥勒邸《みろくてい》を後にした。日中の熱気が地面に残り、空気が淀《よど》んでいる。気だるい夜だ。怠惰に立っているだけの街路樹も信号もビルも邪魔だった。足にしがみつく疲労の重石《おもし》も、胸の内から殴りつけてくる鼓動も荒い呼吸音もわずらわしい。

高架下に入ると温《ぬる》い空気から一変、冷たく凍える空気に変わる。

「**こんばんは。おにいちゃん**」

冷気の中央に〈かくや〉は凍りついた笑みで立っていた。

「……ロゼが死んだ」

「**仕方ないよ**」

「仕方……ないだと……」空良《あきら》の胸の奥で、どす黒い炎が熾《おこ》る。

「**おにいちゃん、〈おたけび作家〉を壊しちゃった。だから、恨みが、この世に残っちゃった。ロゼちゃんは連れてかれちゃった。仕方ないよね**」

怪異を壊せば、この世に恨みが残る。〈うらしま女〉の時に〈かくや〉は言っていた。そのせいなのか。自分のした〈おたけび作家〉を燃やすという行為が「壊した」ことになったのか。だからなのか。

「なんで、ロゼなんだ。ミスったのは俺だ。なんでロゼが死んで俺が生きてる？」

「**最初にのぞいちゃったのは、だーれ？**」かくん、と小首を傾《かし》げる。「**〈おたけび作家〉を怒らせちゃったのは、だーれ？**」

初めに長持を開けて中を覗《のぞ》いたのは確かにロゼだ。だが――。

「これは俺とお前の〈遊び〉だったはずだ。関係ねぇヤツを巻き込みやがって」

「**おにいちゃんは、〈おたけび作家〉を壊しちゃった。でも、おにいちゃんは、〈勝ち〉にしてあげる。最後に〈おたけび作家〉のお願いを叶《かな》えてあげてたし、〈かくや〉、もっと、もーっと、おにいちゃんと、遊びたいから**」

空良《あきら》はわかった。〈かくや〉は自分を殺したいわけではなく、本当に遊びたいのだと。だが、鬼島空良《きじまあきら》「と」遊びたいわけではなく、鬼島空良《きじまあきら》「で」遊びたいのだ。ようは玩具《おもちゃ》だ。だから簡単に死なせることはない。周りの仲間を少しずつ減らしていき、自責や後悔や絶望感に苛《さいな》まれて苦しむ姿を見て愉《たの》しもうというのだ。鬼島空良《きじまあきら》という玩具《おもちゃ》が壊れて遊ぶ価値がなくなるまで。

「〈かくや〉ね、あみちゃんに、あきてきちゃった」

その言葉に不吉なものを覚えた。笑みを張り付けた〈かくや〉の顔を睨《にら》みつける。

「あの子、『かえりたい』ばっかりだし……あやとりもお手玉も弱くて面白くない」

「なら、返せよ。飽きたんだろ？」

「おにいちゃんは、こんなに面白いのにね」

「愛海《あみ》を返せッ！」

「あみちゃんは、おにいちゃんのいもぅと、失格だね」

紅《あか》い傘がからからと回転した。こちらの言葉を無視して話し続ける〈かくや〉を見て、埒《らち》が明かないと判断した空良《あきら》は、投げかける言葉を変える。

「てめぇに訊《き》きてぇことがある――〈幽世《かくりよ》〉ってのは、なんだ？」

「いいとこだよ」

即座に〈かくや〉は答えた。「よくないとこ」であるのは間違いないようだ。

「そんなことより、もっと〈かくや〉と遊ぼ。次の遊びはね――」

夜陰に溶け込みながら〈かくや〉は言葉を残していく。

「〈さつじんとぅ〉だよ」

※

『なんだ鬼島《きじま》、朝から元気がねぇなあ』

翌朝、番《ばん》から電話があった。

「元気なわけねぇだろ」

『んーだよ。まだ昨日のこと、うだうだ考えてんのか』

昨夜、〈かくや〉が去った後、すぐに番《ばん》から電話があった。彼の声を聞いて我に返った空良《あきら》は状況を説明し、置いてきてしまったロゼのもとに戻ろうとしたが、「絶対に一人で行くな」と強く引き止められた。一秒でも早く、あの忌まわしい〈巣〉から彼女を下ろしてあげたかったが、渋々、番《ばん》の言葉に従い、別件の調査を途中で切り上げてきた彼と合流し、二人で弥勒邸《みろくてい》に戻った。

だが、ロゼの遺体は屋根裏部屋から跡形もなく消えていたのだ。

『昨日も言ったろ。ヤツお得意のイリュージョンだって。あの女にからかわれたんだ』

番《ばん》はロゼの死をまったく信じていなかった。

「そんなの納得いくかよ」

『死んでるヤツが勝手に消えるわけねぇだろ。生きてたってことだよ』

「それは……怪異が隠したんじゃねぇのか？」

『〈おたけび作家〉は貴様が焼き滅ぼしたんだろ？』

「そう……そうだ、俺のせいなんだ。俺がやり方をしくじったから――」

『鬼島《きじま》――』番《ばん》は空良《あきら》の言葉を遮った。『よく考えろ。あの女がそう簡単に死ぬタマかよ。それに……万にひとつもねぇが、あのしたたかな女が、たとえ、貴様の言うように、おっ死《ち》んでいたとしてもだ。そいつは——』

自己責任だ、と番《ばん》は冷たく言い放った。

「……おい、マジかよ」

『あいつの話は、これで終《しま》いだ』

番《ばん》は、本当にこれでロゼの話を終わらせた。

どこか飄々《ひょうひょう》とした雰囲気に誤魔化《ごまか》されていたが、番《ばん》もロゼも怪異を相手にしている人間なのだ。日の当たらない現場で仕事をする彼らの日常は、当然、危険でシビアなものだろう。死、というものも一般の人間より格段に身近だからこそ、覚悟を持って仕事に臨んでいるに違いない。きっと彼らなりの暗黙のルールのようなものがあり、番《ばん》はそれに準《じゅん》じているのかもしれない。

『それより、〈幽世《かくりよ》〉と、貴様の次の遊び相手の〝お友だち〟の件だが』

「——ああ。何かわかったか?」

『まず〈幽世《かくりよ》〉だが、俺ら界隈《かいわい》でも漠然と解釈されている言葉でな。ざっくばらんに言やあ、あの世のことだってのは聞いていると思う。だが、必ずしも死んでから行くような場所とは限らねぇ。隠れ里みたいな、生きたまま入り込んじまう異世界も、〈幽世《かくりよ》〉と呼ばれることがある。貴様の妹がいる場所も、そういう場所なのかもしれねぇな』

安っぽいライターの着火音。煙を喫《の》んで、ゆっくり吐き出す音。その向こうに都会的な喧騒《けんそう》が混じる。どうやら番《ばん》は雑踏の中にまぎれるようにして、電話をかけているようだ。

『つまり、〈幽世《かくりよ》〉は、ひとつの場所を指した呼び名じゃないってことだ。死後の世界だって、国や宗教によって考え方が違うからな。場所も、海の向こう、地の底、人間界の隠れ里、夢の中――どこにあったっていいし、どこにもないと言ってもいい』

まるで謎かけだが、ブラッドメトリーで視《み》たヴィジョンの中で愛海《あみ》がいたのは浴室のような場所だった。少なくとも海の果てや地底ではなかった。

「早い話が収穫なしってことか」

『呑《の》み込みが早くて助かるよ』

「〈幽世《かくりよ》〉については那津美《なつみ》さんにも調べてもらってる。そっちに期待するよ」

『ほお、作家先生の取材力に頼るのもアリかもな。俺様でも見つけられなかった情報が見つかるといいが。お手並み拝見だな』

番《ばん》は皮肉っぽく言った。

「〈さつじんとう〉のほうはどうだ？」

『そっちのネタは期待していいぜ。ああ、だが、電話で話すには、ちょいと事情が込み入っててな。直接会って話したい。つっても、俺も立て込んでてな、これからすぐってわけにはいかねえ。夜になるが、それでもいいか？』

「かまわない。まだ〈口〉の呪いも始まっていないしな。例の別件ってのが忙しいのか」

『まあな。依頼人がこれまでになく人使いの荒いヤツでよ……』

「変わり者の当主様じゃないのか？」

『そんな話もロゼから聞いたのかよ？　いや、その当主は今、海外出張中だ。俺が今やってるのは、飛び込みの依頼でな。これがまた、どろどろぐちゃぐちゃして厄介でよ』

『夜にまた連絡する』と言って番《ばん》は通話を切った。

空良《あきら》は一息ついて携帯電話をベッドに放る。

「なんか忙しそうっすね」

動物園のゴリラのように座している丸橋《まるはし》は、ただでさえ狭い空良《あきら》の部屋をより狭苦しくしていた。テーブルには彼が手土産《てみやげ》に持ってきた〈きんとき饅頭《まんじゆう》〉の箱が開かれている。十二個入りだったが空良《あきら》が電話しているあいだに半分に減っていた。

「悪いな、話の途中で。――それで、ブツはこれな」

空良《あきら》は天生目《あまのめ》から預かっていたモデルガンをテーブルに置いた。

「確かにお預かりしましたっす。朝からすみませんっす」

「天生目《あまのめ》はどうだ？　謹慎はまだ、当分解けない感じか？」

「はあ、それがっすね――」

どうも組周辺がきな臭く、警察の動きが活発になっているという。

金時町《きんときちよう》の一件は天生目《あまのめ》が裏で手を回し、不都合なことは隠蔽した。暴走族レッドクレストの暴動・暴走行為も、検挙されたメンバー数名が呼びかけたもので、すでに引退している丸橋《まるはし》は関与していなかった、ということになっている。一時は警官殺害事件との関連性も調べられていたようだが、疑いは晴れているはずだった。

ところが昨日、一人の刑事が天生目組《あまのめぐみ》の本部に訪れ、組長との面会を要求してきた。令状があるでもなく、訪問理由や用件を尋ねても何も言わない。丸橋《まるはし》をはじめとする組員たちで門前払いにしようとしたが、刑事が「天生目聖司《あまのめせいじ》、八真都《やまと》神宮、金時町《きんときちよう》」と三つの単語を並べたため、やむなく組長への面通しを許した。刑事は小一時間ほどで帰っていったが、組長は刑事と何を話したか、組員たちにはいっさい教えなかった。

「その刑事って大江《おおえ》ってヤツか？」

「いやあ、名前までは――。でも、おっかねぇ女刑事でした」

この件で、天生目《あまのめ》の謹慎期間はさらに延びたそうだ。金時町《きんときちょう》の件はともかく、八真都《やまと》神宮の件は組長の耳に入っていなかったため、刑事が去った後、天生目《あまのめ》はこってり絞られたらしい。無理もない。死体が出ている二つの現場で、組長の息子が怪しい動きをしていたとなれば警察を丸め込むのも難しくなる。

「そういうわけで、坊ちゃんは鬼島《きじま》くんにもサツの手が回ることを心配してたっす。だから、預けたものを引き取ってこいと」丸橋《まるはし》はモデルガンを饅頭《まんじゅう》の入っていた紙袋に入れる。「玩具《おもちゃ》っつっても、これ、違法な改造しまくりっすからね、さすがにまずいっす」

「結局、その刑事の用件ってのはなんだったんだ？」

「わからないっす。俺みたいなペーペーの耳には入らないっすからね。あ、でも坊っちゃんが言うには、刑事が帰った後、組長《おやじ》がぼやいてたそうっす。『ダンゴ会なんか知るか』って」

「ダンゴ会？　なんだそれ」

「さあ、集まって団子を食う会じゃないっすかね。そんな会なら、俺も入りたいっす」

丸橋《まるはし》は歯を剥《む》き出してニィッと笑った。口の端には餡子《あんこ》がついている。

これは無視できない話だ。空良《あきら》は愛海《あみ》の件ですでに取り調べを受け、怪しまれている。大江《おおえ》をはじめ、これ以上警察のマークが厳しくなれば、いざという時、動きづらくなってしまうだろう。しかし、〈かくや遊び〉はそんなことは関係なく続けられる。愛海《あみ》は戻らず、自分も死ぬ――それだけは避けたい結末だ。

「それと坊っちゃんから、鬼島《きじま》くんの〈今の状況〉を聞いてこいって言われてるっす」

天生目《あまのめ》も雑な言付けをしたものだ。丸橋《まるはし》は怪異のことを知らない。へたに首を突っ込まれると面倒だから天生目《あまのめ》は話していないのだ。だから何をどう話せばいいのか困る。ひとまず、〈〈遊び〉が〉まだ終わっていないことと、(愛海《あみ》は)まだ見つかっていないことを伝えた。丸橋《まるはし》はとくに疑問も抱かずに「お伝えするっす」と薄汚れた表紙の手帳にメモしていた。

「それから葉月《はづき》さんっすが、まだ目を覚まさないみたいっすね……」

「そうか……」

来瀬《くるせ》ももの事務所は疲労による体調不良として、しばらく活動休止する旨を発表したようだ。人気アイドルとはいえ、休止期間が長引けばファンの間で憶測が飛び交うだろうし、今後の活動にも大きな影響が出るだろう。それどころか、自分が〈かくや遊び〉に負けるようなことになれば――彼女は二度と目覚めない。〈かくや〉はこれを空良《あきら》が選んだ結果だと言った。空良《あきら》の心を折るために。

丸橋《まるはし》が帰ると、空良《あきら》はテーブルの饅頭《まんじゅう》の包み紙などを片付けながら、今日の予定を考える。番《ばん》からの連絡を待ちつつ、夕方に黒兎《くろうさぎ》で那津美《なつみ》さんと話すことになっている。二人の調査で、もし〈幽世《かくりよ》〉に向かう〝鍵〟を手に入れることができたら、本格的に動き出すつもりだ。

那津美《なつみ》さんとの約束の時間まで、まだしばらくある。さて何をしようかと考えたところで、ふと部屋が汗臭いなと感じる。窓を開けて換気し、そのついでに掃除を始めた。掃除機をかけ、籠に溜《た》まっている洗濯物をベランダの洗濯機にぶち込んで回す。あまり部屋が荒れていると愛海《あみ》が戻ってきた時に説教されてしまう。

部屋の掃除を終えると昼近くなっていたので、駅前のファストフード店へ行ってハンバーガーセットを買った。自分と同じ年頃の人間が仲間と待ち合わせてカラオケボックスに入っていくのを見て、そういえば今は夏休みだったな、と思った。普通の高校生は、ああやって仲間とカラオケに行ったり、海や山に行ったりしているのだ。夜な夜な、化け物の出る場所で命がけの〈遊び〉なんかはしていない。肝試しなんかとはわけが違う。

午後は図書館に行った。空良《あきら》なりに〈幽世《かくりよ》〉や怪異について調べてみようと思ったからだ。夏休みの宿題をやっている小学生の姿がちらほらあった。那津美《なつみ》や番《ばん》はどんなものを読んでネタを集めているのかと考えながら館内を歩いていると、文芸コーナーの一角に弥勒夜雲《みろくやくも》の棚を見つけた。

破り捨てたい衝動を必死に抑える。そして、もうひとつの衝動にも抗《あらが》う。母親を夢中にさせ、那津美《なつみ》も愛海《あみ》も引き込んだ作品。興味がまったくないわけではない。だが、万が一にも弥勒夜雲《みろくやくも》の世界に惹《ひ》かれるようなことがあってはならない。これは少女たちの血で書いたも同然の小説だ。

文芸コーナーを離れ、心霊研究や冥界思想の本に怪異が生者を〈幽世《かくりよ》〉に引き込む話がないかと調べてみたが、書かれていることが難しすぎて、有益な情報は得られなかった。途中からあくびが止まらなくなり、本を読むどころではなくなった。朝早くから丸橋《まるはし》の訪問や番《ばん》の電話があったこともあり、睡眠が足りていない気もする。今夜もおそらく、どこかへ調査に行くことになるだろう。眠気に抗《あらが》わず、空良《あきら》は少しだけ仮眠をとることにした。

しばらくして、図書館を出ていく利用者のざわめきで目覚める。窓の外は夕闇が迫っていた。

足早に図書館を出て、黒兎《くろうさぎ》へと向かう。


当然だが、愛海《あみ》の一件から店は開いていない。窓からは明かりが漏れているが、外に置かれた黒いウサギが跳ねている看板は消灯され、「しばらくお休みをいただきます」という手書きの案内が貼られていた。店内に入ると那津美《なつみ》の姿がなかった。

カウンターテーブルには電源が入ったままのノートパソコン、栞《しおり》や付箋を挟んで積まれた本や開いたままのノートがある。〈幽世《かくりよ》〉について調べていたのだろう。

何気なくテーブルを見渡していた空良《あきら》は、あるものに気づいて凍りつく。

他の栞《しおり》とは、明らかに違う――異質なもの。

ページの間からはみ出ているそれは、忌々《いまいま》しいほどに見覚えがある、〈黒い葉書〉だった。

つきにかえった　かぐやひめはいいました
「あたけそたぼけうよたけ」

どんないみ？

白く印字された文言も同じだ。〈かくや遊び〉の〝招待状〟がここにある理由。それを考えると絶望の淵《ふち》に立たされたように足元がぐらつく。急いで那津美《なつみ》に電話をかけた。

『空良《あきら》くん、わかったわ、わかったの！』

すぐに電話に出てくれたことにほっとするが、那津美《なつみ》の声は上ずっていた。

「今どこにいるんだ」

『空良《あきら》くんのアパートよ』

なぜ、そんなところにと訊《き》こうとしたが、先に問わねばならないことがある。

「聞いてくれ。〈黒い葉書〉は、いつどこで見つけたんだ！」

『届いたのよ、私にも――〈かくや〉からの誘いが……』

那津美《なつみ》は上ずったままの声で話した。〈幽世《かくりよ》〉の情報を集めている時、ふと思いだしたのだと。過去に読んだ本に〈幽世《かくりよ》〉が重要なキーワードとして登場する文芸作品があったことを。

記憶を手繰り寄せると、その本は店の書架に収まっていた。

それは、弥勒夜雲《みろくやくも》の短編小説――『夏越《なご》しの戯《ぎ》』。

「弥勒《みろく》の……本の中に……？」

『この作品に書いてあることが、創作ではなく真実なのであれば、愛海《あみ》は――』

那津美《なつみ》は大きく息を吸って、長く息を吐く。

『鏡の中にいる』

空良《あきら》は「そんな馬鹿な」と言いかけたが、弥勒邸《みろくてい》には過去へ通じる扉があった。その時、ロゼが言っていたではないか。『非常に強力な呪詛《じゅそ》や思念の類いは、まれにこういう現象を引き起こす』と。そしてこうも言った。『〈幽世《かくりよ》〉は〈隠《かく》り世《よ》〉とも書く。普通では見えない、辿り着けない、隠された場所だ』――。番《ばん》は言っていた。『隠れ里みたいな、生きたまま入り込んでしまう異世界も〈幽世《かくりよ》〉と呼ばれることがある。どこにあったっていいし、どこにもないと言ってもいい』。

鏡の中に見えるのは、そこに在るように視《み》えるが実際はない世界。

しかし、在るのか。鏡の中に、世界が。

『間違いないわ。その証拠に――』

『夏越《なご》しの戯』の中に那津美《なつみ》が〝答え〟を見出《みいだ》したと同時に、店のドアベルが鳴った。空良《あきら》かと思ったが、そこに誰の姿もなく、ドアの前には〈黒い葉書〉だけが落ちていたという。

『きっと、私が答えを見つけ出したことに〈かくや〉は焦ったのね』

「なんで、すぐ俺に連絡しないんだ！」空良《あきら》は高架下を走っていた。那津美《なつみ》が自分のアパートにいると聞いた瞬間に店を飛び出していた。

『口で説明するより、私がやりに行くほうが早いからよ。それに今からするのは、とても危険な行為なの。これは私がやらなくちゃいけない。愛海《あみ》の母親だもの。だから、空良《あきら》くんにはやらせることはできない。私は我が子を二人も失いたくないの』

那津美《なつみ》の話し方は、熱に浮かされているようだった。

「那津美《なつみ》さん……頼むから俺が行くまで待ってくれ」

『これから愛海《あみ》を助け出すわ。〈かくや〉に邪魔される前に、早く、あわせ――」

那津美《なつみ》の声が不自然に途切れる。

「那津美《なつみ》さん？　おいっ、どうかしたのか？」

『……これ……なに？　あ、あ、ああああ、あああっ!!　ああああああああ』

長い絶叫は、ごっ、という硬い衝撃音によって断たれた。通話は切れていた。

アパートに着くとそのまま鉄階段を駆け上がり、自分の部屋に飛び込んだ。

那津美《なつみ》は台所の床の上に倒れていた。

顔色は真っ白で生気は感じられず、半開きの口からは、たらりと唾液を垂らしている。

「那津美《なつみ》さん！　しっかりしろっ！」

揺さぶってもピクリとも反応はないが、浅く呼吸はしている。

――ひひひ。くひひ。

――うふふふふ。いっひひひ。

忍び嗤《わら》いが聞こえてきた。

最悪だ。今となっては耳慣れてしまった、この声は。

「くそ、こんな時に来やがってッ」

〈呪いの口〉だ。命の期限を宣告しに来たのだ。

いや、違う。反射的に自分の頬《ほお》や首筋に触れたが、そこには何もなかった。つまり、この不快な笑いは、自分の身体《からだ》から出たものではない。

――じゃあ、どこから……まさか……。

「悪いな、那津美《なつみ》さん」一言謝ると、彼女のノースリーブのサマーニットを脱がせる。汗で貼り付く着衣を肌から剥《は》がすと、空良《あきら》は「なんて……こった……」と呻《うめ》いた。

やはり、笑い声は、ここからだった。那津美《なつみ》の白い肌には、赤く濡《ぬ》れた裂傷のような〈口〉がいくつも生じていた。

「〈かくや〉……やりやがったな……」

〈幽世《かくりよ》〉の場所を突き止めた那津美《なつみ》に、呪いをかけたのだ。空良《あきら》との〈遊び〉に水を差されたと思ったか。それとも、これも空良《あきら》を苦しめるための〈遊び〉なのか。

その〈口〉は、命の期限の宣告をすることをすっ飛ばし、すでに那津美《なつみ》の心身を蝕《むしば》んでいるようだ。見ている間にも、那津美《なつみ》の呼吸はどんどん弱々しくなっていく。

目の前が真っ暗になりかけた自分を叱咤《しった》し、救急車を呼ぶ。まもなく到着した救急隊員とともに、空良《あきら》も付き添いとして病院に向かった。那津美《なつみ》は集中治療室《ICU》に運び込まれ、処置を受けることになった。二時間ほど待たされて医師から告げられたのは、現状では一命は取り留めたが、意識は戻っておらず、この後もいつ容体が急変してもおかしくない——という言葉だった。万が一のことも考え、家族に連絡しておくようにと言い残し、医師は足早に去っていった。


帰ってきたのは、すっかり町が寝静まった頃だった。

アパートの前に一台の黒い乗用車が停《と》まっている。車の横には、黒のジャケットとパンツスーツ、髪を後ろでひとつにまとめた女が腰に手を当てて立っていた。

「よう、鬼島《きじま》」

女はハスキーな声で呼びかけてくる。「今夜も忙しそうやな」

「あんたは暇そうだな。大江《おおえ》」

「あー、暇やったで。ま、これから忙しゅうなるけどな」

薄化粧の女はニヤリと笑うが、目はまったく笑っていない。

大江麗奈《おおえれいな》。ここ数日、空良《あきら》や天生目《あまのめ》を嗅ぎ回っている刑事だ。

「誰かさんに聞きたいことがぎょうさんあってな」

「俺はさっさと帰って休みたいんだがな」

「留置所のベッドなら使ってええで」

空良《あきら》はため息をついた。

「那津美《なつみ》さんに色々余計なことを吹き込んでくれたな。おかげで大変なことになってるんだぞ」

「お前が叱られるくらいは自業自得や。……まあ、那津美《なつみ》さんが倒れることになったんは、さすがに計算外やったけどな」

大江《おおえ》は助手席側のドアを開ける。

「立ち話もなんやし、座って話しようや。お疲れなんやろ」

「おたくらに話すことはもうねぇよ」

「つれないこと言うなや。イケてる女からの誘いやで」

能面のような表情の眉間にしわが刻まれる。

「しのごの言わんと、さっさと乗れや」

皮肉の応酬をしている余裕はない。無言で車に乗り込むと、大江《おおえ》は乱暴にドアを閉める。飾り気のまったくない車内は車特有の匂いが詰まっている。フロアマットに染みつく匂い。シートの合皮の匂い。それらが混じり合った匂いだ。足元には丸めたレシートやガムの包装紙が落ちている。オーナーのガサツさがよくわかる。

運転席に乗り込んだ大江《おおえ》は「ゆっくりしてってや」とドアにロックをかけた。

「これって監禁とかにならねぇのか？」

「お話するだけや。あんたのこと知りたいだけやんか」

「俺は疑われてんのか」

「そらなあ。あんたの周りで妙なこと起きすぎや。愛海《あみ》ちゃんを和服少女がさらったとか、けったいな話しよるし、あんたらが夜中に侵入した八真都《やまと》神宮は不審な死に方したヤツが二人も出とる。ボート小屋にあった防犯カメラ、天生目《あまのめ》が警備会社に手ぇ回して隠蔽したつもりのようやけど、その前にうちが乗り込んでダビングさせた。バッチリ映っとったで。これだけでも十分、令状取ることできるけどな」

カメラがあったとは気づかなかった。確かに不法侵入や勝手に貸しボートを使った証拠にはなるだろうが、もしすべてが『バッチリ映っていた』なら、もっと大変な光景が録画されていたはずだ。

「それだけやない」大江《おおえ》は口元だけで笑う。「金時町《きんときちょう》の件にも絡んどるやろ。ああ、マル走の一件はどうでもええ。うちが言っとるのは、警官殺しのほうや」

「俺が殺したって?」

「そうは言ってへん。ただ、なんかは知っとるやろ?」

空良《あきら》は無言でドアウィンドウに視線を移した。

「しらばっくれても無駄やで。この件にも天生目《あまのめ》のガキが色々手ぇ回しとるのはわかっとる。たとえ、おのれらが警官殺しに関わってなかったとしても、天生目《あまのめ》の身柄を押さえることはできるで。あのガキ、叩《たた》けば埃《ほこり》が出るどころやないやろ。年少、送ったろか」

ドアウィンドウ越しに大江《おおえ》は鋭い目つきで凄《すご》んできた。「あんまり警察《うちら》をナメんほうがええで」

「なあ。これ、上からの命令でやってんのか？」

「どういう意味や」

「いや、気になったからよ」と空良《あきら》は視線を大江《おおえ》に戻す。まっすぐに相手の目を。相手もまっすぐに薄い目で見返す。視線の切っ先を互いに突き付け合う。大江《おおえ》が口を開く。

「仕事っちゅーのは大概、上からの命令やろ。うちのことより、おのれの心配せぇよ」

「俺の心配？　俺は――」

どくん、と鼓動が大きく跳ねる。全身の毛穴が開くのがわかる。――来た。

『おとぎ草子の、はじまり、はじまり。いきましょう、いきましょう。これから鬼の征伐に。そりゃすすめ、そりゃすすめ。つぶしてしまえ、悪党を――』

両の拳を膝上で握り締め、死の遊戯、その始まりの口上を黙って聞いていた。

「俺は。その続きはなんや？」

「俺は――このままだと今夜にも死ぬ。呪いでな」

「呪い？　これまた唐突なやっちゃなぁ。ははっ」

「目が笑ってないぞ、あんた」

「生まれつきや。親がくれた顔にケチつけんなやボケ」

大江《おおえ》は細い目をさらに細めて空良《あきら》を見る。「――例の〈口〉が出たんやな？」

「やっぱり、そこまで知ってたんだな」

この刑事は自分の状況をすべて知っている。少し前に浮かんだ仮説に、空良《あきら》は確信を得ていた。

大江《おおえ》はキーをひねってエンジンをかける。

「どこに行くんだよ」

「そいつが始まったら、急いだほうがええんやろ？」

「なあ、なんで、俺をこんな――」

「言ったやろ。あんたのこと知りたいんやって。おかげでわかったわ。使えそうやってな」

「使える？　俺が？　何に？」

「シートベルトしいや。少し急ぐで。待たせとるヤツがおるからな」

車は神座駅《しんざえき》方面へと向かった。


とっくに終電もなくなっていたが、夏休みだけあって駅前にはまだ人が多かった。帰りそびれたのか、朝まで飲み明かすつもりなのか、若い男女があちこちにたむろしている。少し離れたタクシー乗り場には疲れた社会人たちの行列ができている。

神座駅《しんざえき》は日本を代表するターミナル駅の一つで西側は歓楽街と住宅地区、空良《あきら》たちの向かう東側は商業集積地区とオフィス街が形成されている。

連絡通路の鉄柵に寄り掛かって、紫煙をくゆらせている男が顔を上げた。

「おっと、強面《こわもて》なお二人さんのご登場だ――ずいぶん待たせてくれたな？」

「ひさしぶりのデートなんや。あんまりケチなこと言うなや、番《ばん》」

へいへい、と適当に相槌《あいづち》を打った番《ばん》は、空良《あきら》の肩に手を置く。

「デートで向かう先が臭い飯を食わす場所じゃなくてよかったな、鬼島《きじま》」

「ブラックジャーナリストと刑事《デカ》のコンビかよ。ドブの臭いがぷんぷんするぜ。馴《な》れ初《そ》めを聞かせてもらいてぇもんだな」

「ほなら、歩きながら話そか。あんた、ゆっくりもしてられへん状況やろ」

番《ばん》は片眉を上げて、「んーだよ、もう〈口〉が出ちまったのか。ったく忙《せわ》しねぇな」

「〈かくや〉に言えよ。それより、今からどこに行くんだ？　この刑事、なんも説明しやがらねぇ」

空良《あきら》がぼやくと、大江《おおえ》と番《ばん》は同時に鉄柵の向こうへ顔を向ける。視線の先にはビルが林立するオフィス街。その中心にそびえ立ち、ライトアップされた高層ビルを大江《おおえ》は顎で指し示す。

「うちらが行くのは、あれや」


どこで手に入れたのか、大江《おおえ》がカードキーを使って裏口の扉を開ける。三人は周囲に人影がないのを素早く確認してから、ビル内に潜入した。大江《おおえ》に先導されるまま、未着色の塗り絵のように真っ白なロビーを通ってエレベーターホールに向かう。人影はなく、しんと静まり返っている。

「うちは今、ある連続殺人事件を追っててな」大江《おおえ》は歩きながら話した。捜査中、事件の周りでうろちょろしている「ネズミ」の存在に気づいて取っ捕まえると、それが番《ばん》だったのだそうだ。

「ネズミ捕りはうちらの十八番《おはこ》やさかいな」と大江《おおえ》が言うと番《ばん》が舌打ちする。大江《おおえ》は番《ばん》にも、空《あき》良《ら》にしたような個人的な〝取り調べ〟を行った。腹の探り合いをした結果、二人には共通の追跡対象があることがわかり、それからは協力関係にあるという。

「とまあ、ざっくり説明するとこんな感じや」

「ひとつ訂正がある。協力じゃねぇ。俺はタダ働きさせられてるだけだ」

「オッサンの言ってた別件って、このことか」

「ああ。この〝旦那〟が、人使いの荒い依頼人様だよ」

ホールの片側にはエレベーターが五基、もう片側には四基ある。凹凸のほとんどない平面に近い銀色の四角がずらりと並んでいる。空良《あきら》は階数表示灯を見上げる。

「四十四階まであんのか。でけぇ建物だな」

「今じゃあ、すっかり日本屈指のオフィス街だが、この辺りは十年くらい前まで商業区域だったんだぜ」番《ばん》は訳知り顔で続ける。「来《きた》るインターネット時代に向け、商業の情報化に対応しようとしたんだろうな。都市部の通信インフラを強化していたアメリカさんに倣《なら》って、我が国もバブル崩壊の傷跡生々しい地域の都市開発を計画したってわけだ。衰えた日本経済をここから盛り立ててましょうって、たっぷり金を投じて、あちこちにどでかいインテリジェントビルを建ててな。その先駆けとなったのが、この〈ムーンタワー〉だ」

「話がよくわからんが――いい加減、俺をここに連れてきた理由を話してくれねぇか」

肝心なことを何ひとつ空良《あきら》は聞かせてもらっていなかった。

「――一カ月前や。この〈ムーンタワー〉に入っとる住井《すみい》グループっちゅう企業の社員が、何者かに殺害されたんや。一応ニュースにもなっとるから知っとるやろ」

空良《あきら》は首を横に振った。「黒兎《くろうさぎ》にあるテレビで何度か見かけた気がするが、詳しくは知らん」

「そうかい。まぁ、テレビは都合のええことしか言わんし、大事なことはダンマリや。あんなもん見んにこしたことないで。――この事件もそうや。一カ月前の事件から今日まで、他に同じ会社の社員が三人も殺されとる。なのに、詳細がまったく報道されへん。住井《すみい》グループから圧力がかかったからや」

「てめぇの会社の社員が四人も殺されたってのに……圧力って、なんだよそれ。まさか事件のせいで企業のイメージが悪くなるからとか、そんな理由じゃねぇよな」

「そんなセコイ理由じゃねぇ。百パーセント間違いなく、後ろ暗いことがある」番《ばん》は断言した。

「それを探るんはうちらの領分や。鬼島《きじま》、あんたに関係あるんは犯人《ホシ》の目撃情報や」

大江《おおえ》は淡々と続ける。「ヒトやなかったらしい」


一カ月前、〈ムーンタワー〉内にあるオフィスでのことだった。

この日、女性事務員Ａは、急ぎで作らねばならない書類があって残業をしていた。ようやく片付いて、タイムカードを押したのは深夜。終電はとっくにない時間だ。タクシーを拾って帰ろうと、ひと気のない廊下をエレベーターに向かって歩いていた。

その時、Ａは気づいた。隣の部署のオフィスから、キーボードを打つ音がする。もう誰も残っていないだろうと思っていた。大変だな、という同情と同類意識のようなものが芽生え、帰る前に挨拶くらいしていこうかと思っていると——。

カタカタというキーを叩《たた》く音に、何か別の音が混じっている。

ぺた。ぺた。ぺた。裸足《はだし》で歩いているような音だ。

Ａは隣のオフィスを覗《のぞ》き込む。オフィス内は消灯されているが、ブラインドの隙間から射《さ》し込む他のビルの明かりや非常口の誘導灯の光があって完全な暗闇ではない。仄明《ほのあか》るく、薄暗い。

デスクでパソコンと向かい合っている男性社員がいる。

目を凝らすと、男性社員の後ろに、長い棒状の物を片手に持った人影が立っているのがわかった。

かちり。マウスのクリック音がし、モニターの明るさが強くなる。

白い明かりに照らされて、男性社員の後ろに立つ影の「顔」が見えた。

赤く平坦《へいたん》な老人のような顔で、黒い毛が顔の周りを覆っている。

〈猿〉だ。

首から上は〈猿〉だが、首から下は痩躯《そうく》の人間の化け物だった。

しかもそれは、長い黒髪を咥《くわ》えて、女の生首を身体《からだ》の前でぶら下げていた。

Aは〈猿〉と目が合った。声が出なかった。〈猿〉は手に握っている刀を、ゆっくりとした動きで振りかぶると、一閃《いっせん》した。とん、ごろごろごろ。そんな音をさせて、Aの足元になにかが転がってきた。男性社員の頭だった。血の尾を引いて転がってきた男性社員の血走った目と目が合うと、ようやく喉から悲鳴が出た。すでに〈猿〉の姿は消えていた。


「これが、一人目の事件の目撃証言や」

「刀を持った……〈猿人間〉か」

弥勒邸《みろくてい》で出会った〈猿の面〉をつけた少女人形が頭の中をよぎる。

「ところが、〈猿人間〉ではないんや」

大江《おおえ》の話には続きがあった。「他の三件も犯人《ホシ》の目撃証言が取れとってな、刀を持ったヤツっちゅうとこは共通しとるんやが、顔についての証言が一致せぇへん」

「どういうことだ？」空良《あきら》は訊《き》いた。

「〈猿〉やったとか、〈犬〉やったとか、いいや、〈雉《きじ》〉やったとか。証言がバラバラや」

「犬、猿、雉《きじ》……」

「そら〈桃太郎〉のお供やないかいって、ツッコみとうなるやろ？　そやから、この化けもんについた名が――〈殺人桃《さつじんとう》〉や」

ようやく、繋《つな》がった。この〈ムーンタワー〉で起きている連続殺人事件の犯人は、〈かくや遊び〉の次の相手だったのだ。横を見ると番《ばん》がニヤついている。

「そういうわけだ。貴様から怪異の名を聞いて『おっ』となったよ」

「まさか、そこの刑事と俺の標的が同じとはな」

「貴様は怪異と三連戦し、まぐれでも勝っている。この〝旦那〟が追っている事件の捜査に大いに役立つ。天生目《あまのめ》からの貴様に協力しろという依頼もこなせる。俺にとっちゃ一石二鳥ってわけだ」

「俺を勝手に駒のひとつにすんじゃねぇよ」

「貴様の運と力を見込んでのことだろうが。それに、勘違いすんなよ。怪異とマッチングさせたのは俺じゃねぇ。〈かくや〉だ。どっちにしても、お前はここに来る運命だった。そうだろ？　それが一人ぼっちで来るか、同じ目的を持つ心強い大人たちと三人で来るかってだけの違いだ」

空良《あきら》たちは被害に遭った四人のうち二名が勤務していたオフィスのある二十二階でエレベーターを降りた。カードキーで入るオフィスフロアの入り口は分厚い硝子《ガラス》のドアで、その先にある部屋はすべて住井《すみい》グループの部署だという。エレベーターホールの照明がついているが、硝子《ガラス》ドアの向こうにあるオフィスエリアは暗く、暗雲を閉じ込めたように不穏だった。

今度の怪異はどんなタイミングで、どういう現れ方をし、どう戦えばいいのか。情報は、大江《おおえ》から聞いた話のみ。今回はとくに準備不足の感が否めない。

「四人はなんで殺されたんだ？　共通点とかあるのか？」

怪異について少しでも情報を得るため空良《あきら》が問うと、

「それも今から調べんだよ」ぶっきらぼうに番《ばん》が答えた。

「ほな、まずは最初の被害者、第一事業部主任の高田《たかだ》のデスクから調べるで」

言うが早いか、大江《おおえ》は早歩きで先に向かう。

「おい。そんなヅカヅカ先に行くな」番《ばん》が大江《おおえ》を呼び止める。「怪異がどっから出てくるかもわかんねぇんだ、少しは慎重になれって。なあ、鬼島《きじま》」

「正直、うちはまだ怪異による犯行っちゅう説が胡散臭《うさんくさ》く感じとる」

「ここに来て今さらオカルト否定かよ」空良《あきら》は笑うようにため息をつく。

「うちはこの目で見たものしか信じんようにしとるもんでな」

「それでもこうして、鬼島《きじま》と俺と行動をともにしてるってことは、あんたなりに何か思うことがあるってわけだ。そうだろ？　警視庁捜査一課、大江《おおえ》警部補殿」

大江《おおえ》にフンと鼻であしらわれ、番《ばん》は空良《あきら》に耳打ちする。「エリート組の異端児、本庁一の鼻つまみ者の不良刑事って噂《うわさ》だぜ」

「聞こえてんで、番《ばん》」大江《おおえ》は背中で反応する。「ま、真実やけどな。本庁の刑事《もん》が所轄の担当事件に首突っ込んで、令状《フダ》なしの違法捜査や。住井《すみい》グループには捜査に必要やっちゅうて勝手にゲスト用のカードキーも発行させとる。バレたらコレや」

空良《あきら》たちに振り向いて、親指で首を切るポーズをする。

「それで済みゃいいが。今回はこのビルを管理してる警備会社をまるごと抱き込んでるからなぁ」

「そこまでやったのかよ」

「そこまでやらにゃ、俺たちゃ揃《そろ》ってブタ箱行きだ。防犯カメラに不具合が起きた――って体《てい》で、空白の時間を作ってもらった。今頃ヤツら、懐も暖かくなって警備員室で鼻ほじりながら漫画でも読んでんだろ。ずいぶんゼニ使ったぜ。必要経費として天生目《あまのめ》から引っ張ったがな」

大江《おおえ》がカードリーダーにキーを通すとカチリと開錠音がする。番《ばん》は事前に第一事業部オフィスのデスク配置を調べあげていた。大江《おおえ》が懐中電灯で足元を照らしながら、最初の犠牲者・高田《たかだ》のデスクに辿《たど》り着く。番《ばん》たちは怪異よりも住井《すみい》グループの〈後ろ暗い〉部分を捜しているようだ。

デスクのサイドキャビネットには鍵の掛かっている抽斗《ひきだし》があり、「うまくいきゃいいが」と番《ばん》が針金のような道具で開錠を試みていた。どこかで見た道具だし、どこかで見た手さばきだ。

「一応、ここも警察がひと通り捜査したんだろ？」

空良《あきら》は疑問を口にする。「まだ何か見つかるのかよ」

「神座署《しんざしよ》が何度か入っとるし、報道でも警察はがんばって捜査してますアピールしとる。せやけど実際のところ捜査はほとんど進んどらん状況や。住井《すみい》側が捜査に対して、なんや渋い対応みたいでな。社外秘がどうとか、うるさくて大変らしいわ。まあ、四人も死んどる凶悪事件なわけやから、基本的な捜査は当然しとる。警察の仕事や。そやけど、どうもな……」

慣れない開錠作業に四苦八苦している番《ばん》を見ながら大江《おおえ》は唸《うな》る。

「問題は企業側の対応だけやのうて、警察《うち》の上の判断が死ぬほど鈍《のろ》いことや」

「どういうことだ？」

「警察の上層部《うえ》に、圧力を掛けとるヤツがおる」

話の規模が大きくなってきた。空良《あきら》は聞いてるだけで疲れてくる。

「住井《すみい》は神座《しんざ》区だけやなく、様々な業界に強い影響力を持つ大企業や。腐るほどの金と国家権力をも黙らせる力はぎょうさん持っとる。せやけど、警察《うち》に脅しをかけるのは利口なやり方やない。そらそうや。警察は正義の看板で飯を食っとる。メンツってもんがあるんや。掛かる圧力と天秤《てんびん》にかけて、メンツのほうが重ければ——そうなれば住井《すみい》も無事では済まん。警察は容赦なくガンガン痛いとこ突くで」

「だが、そうはならなかった」番《ばん》が手を動かしながら会話に入ってくる。「大江《おおえ》の言う通り。警察の動きを見ていると、どうも捜査は上辺だけで、確信に近づきすぎんようにしている節がある。こりゃ、相当厄介なもんが、後ろに控えているかもしれねぇな」

「せやから、不良にでもならんと普通の捜査すらできんっちゅう状況なんや。なにも好きで組織の中でアウトロー気取っとるわけやない。事件の真相を暴くっちゅう、本来の自分の仕事を全《まっと》うするために必死になっとるだけや。ほんで藁《わら》にも縋《すが》る思いで手ぇ伸ばしたら、バケモンをつかんでもうたというわけや。難儀やろ？」

ガチリと音がし、番《ばん》が「よっしゃっ」と声をあげた。キャビネットの抽斗《ひきだし》の鍵が開いたようだ。中にはA四サイズの封筒がいくつも入っていて、そのうちのひとつの中身を番《ばん》があらためる。電子メールをプリントしたものと、細かい数字がびっしり書き込まれた書類だ。

「出たぜ。見てもわからんようにあちこち改ざんしてあるが、俺様の目は誤魔化《ごまか》せねぇ。こいつは偽装発注や不正送金の書類。早い話が横領の証拠だ」

「そんな数字見ただけでわかるのか」

横から覗《のぞ》き込んだ空良《あきら》には、ただの数字の羅列にしか見えなかった。

「ジャーナリストを舐《な》めんなよ。俺がどんだけ企業の闇を暴いてきたと思ってる？」

「でも、そんなヤバい資料ならなんでわざわざ残してるんだ？　処分すりゃいいだろ」

「こんだけ手の込んだ横領、一人じゃできねぇ。仲間がいる。大方、裏切りを恐れて、お互いの弱みを握り合ってるってとこじゃねぇか？」

番《ばん》は開いている抽斗《ひきだし》を革靴の爪先で軽く小突く。「金庫なんかに入れてねぇのは考えてるな。そんなとこに突っ込んどけば怪しい書類だと言ってるようなもんだ。こんなふうに封筒に入った紙きれなんかオフィスにゃ、掃いて捨てるほどある。固すぎず、緩すぎず、ちょうどいい塩梅《あんばい》の隠し方だよ。誤算は、この俺に目をつけられたってことだな」

「横領が、殺された理由なのか？　他の三人も？」

「無関係ってことはないだろうな。まぁ、少し待て——お、他にも何かあるな」

番《ばん》はキャビネットの奥にある手帳を手に取る。断片的な言葉を使った何らかのメモやスケジュールが記されている。気になるのか番《ばん》はポケットにそれをねじ込んだ。

「この調子で他の三人のガイシャのデスクも調べるで」

三人目の犠牲者・島《しま》のデスクを調べたが、なぜかアイドルグッズや写真集があるだけで事件に関係しそうなものは何も見つからなかった。

怪異とも出遭うことなく、残り二人の犠牲者が出た三十三階へ移動する。二人目の犠牲者・香《か》川《がわ》のデスクからはカードキーが見つかる。ビルやオフィスに入るために使ったカードキーは黒い面に黄色の月のイラストが入っているが、このカードは黒に赤い月だ。特別な権限が備わったカードキーなのかもしれない。

四人目の犠牲者・坂東《ばんどう》のデスクの鍵付きの抽斗《ひきだし》からは、『端午会《たんごかい》　石丸《いしまる》会長を偲《しの》ぶ会』とラベリングされた一本のビデオテープが見つかった。番《ばん》の目つきが変わる。

「これだ、こいつだよ、欲しかったのは」お宝を見つけた海賊の目だ。

「見つけたでぇ。〈端午会《たんごかい》〉の貴重な記録映像や」

「期待通りのもんが映ってるといいな」

「どでかい証拠になるで。しかし、あほやなぁ、ラベルに堂々と名前入れとるで」

二人とも興奮気味だ。今、後ろから刀を持った怪異が近づいても気づかないだろう。

〈端午会《たんごかい》〉。聞き覚えのある言葉の響きだ。空良《あきら》は記憶を掘り返す。――そうだ。丸橋《まるはし》が言っていた、天生目《あまのめ》組に大江《おおえ》が乗り込んだという話に出てきた『ダンゴ会』だ。空良《あきら》は二人に訊《き》いた。

「こいつは、なんの会だ?」と。

「大企業なら必ず社内派閥が複数ある。これはそのうちのひとつだ」

期待を上回る収穫に頬《ほお》を緩めながら番《ばん》が話す。「住井《すみい》グループには何年も前から、こんな噂《うわさ》が囁《ささや》かれていた。不法な手口で闇金を作る裏の組織があると。俺は噂《うわさ》を初めて耳にした当時からそいつを追ってたんだが、こいつがなかなか尻尾《しっぽ》を見せねぇ。大企業勤めのエリートに対する僻《ひが》みから生まれた、根拠も何もねぇ妄想か何かなんじゃねぇかと疑ったほどだ。だが、住井《すみい》グループは調べれば調べるほど、謎が出てくる。そいつがなかなかに闇が深くてよ。社内で大きな金が動いた後、なぜか急に会社を辞めて行方《ゆくえ》不明になるヤツや自殺しちまうヤツが結構いるんだ。社員ではない、住井《すみい》と関わっただけの第三者団体や個人も含めたら、相当な数になるはずだ。で、そいつらの身辺を洗っていたら、〈端午会《たんごかい》〉って名が浮上したってわけだ」

「ほんま、都市伝説みたいなもんやったんやけどな」

大江《おおえ》は番《ばん》より幾分か落ち着いていた。「結成時期、メンバー、何もかもがわからん。それが今回の連続殺人事件を切っ掛けに、急速に像を結んで、輪郭を現してきたんや。しかしまさか、いきなり石丸昇《いしまるのぼる》の名を見つけることになるとはな」

「有名なヤツなのか？」

「住井《すみい》グループの会長だ」番《ばん》が答える。

会社の生き血を吸う横領組織のメンバーにその会社のトップが？　意味がわからない。

「おそらくやが、殺された四人も〈端午会《たんごかい》〉のメンバーや。うちは、この〈端午会《たんごかい》〉が、警察に圧力を掛けた張本人やと踏んどる」おそらくとしながらも、大江《おおえ》は確信に満ちた光をその目に宿していた。刑事の一面を垣間見《かいまみ》た気がする。

「なあ、大江《おおえ》。あんた、天生目《あまのめ》の親父《おやじ》に、その〈端午会《たんごかい》〉のことを話したか？」

「なんで知っとるんや？」大江《おおえ》は薄い目を大きく開いた。「まぁ、知ってるなら話は早いか」と呟《つぶや》いて、天生目組《あまのめぐみ》に単独で乗り込んだ理由を明かす。

秘密の組織を秘密のまま存続させるには、外に情報を出さないための力と、出てしまった場合にもみ消す力が必要なはずだ。だから、〈端午会《たんごかい》〉のメンバーは住井《すみい》グループの人間だけではない。そう気づいた大江《おおえ》は、神座区《しんざく》の有力者たちの名前も、必ず入っていると考えた。つまり、〈端午会《たんごかい》〉とは、神座《しんざ》の闇社会の要人が集まる複合組織《コングロマリット》なのではないかと。

「なら、神座《しんざ》をシマにしとる天生目《あまのめ》組組長・天生目泰造《あまのめたいぞう》の存在は無視できん。そのスジのもんなら名前を聞いただけで震えあがる伝説の極道。神座《しんざ》の顔やさかいな。この町で力を持とうとするなら、この男に面を通しておかなあかん。裏社会で櫓《やぐら》をあげるんなら、なおのことや」

空良《あきら》は小学生の頃から、天生目《あまのめ》の組《いえ》にはよく遊びに行っていた。だから、彼の父親のことは知っている。体が大きく、顔は傷だらけだが、いつも穏やかな印象で、声を荒らげているところを一度も見たことがない。地元のお祭りに出ている屋台の食べ物をこっそりタダにしてくれたり、正月にはお年玉をくれたり、母親の入院の際には良い病院を紹介してもらったりと、なにかと世話を焼いてもらった。聖司《むすこ》の誕生日パーティーで自慢の手作りパイを振る舞ってくれたこともある。その息子が「父親がまだ三下《さんした》の頃、カチコミでロケット砲をぶっ放したうえ、炎上する事務所から逃げ出した敵対ヤクザどもをゴキブリでも潰すみたいに片っ端から殴り倒した」という武勇伝を語った時、空良《あきら》は半信半疑で聞いていたが、ここに来て真実味《しんじつみ》を帯びてきた。

「でも話してみてわかったわ。このオヤジは〈端午会《たんごかい》〉なんかとは一切、関係あらへんってな。ありゃ、良く言や仁義を何よりも重んじる昔気質《むかしかたぎ》、悪く言や、古いヤクザのイメージのまま停止しとる時代錯誤な親分や。そういうタイプは、悪さをするんも豪快や。大企業のコバンザメになってゼニを稼ぐような、狡《こ》すっからい真似《まね》はせん。ああ、あの息子は別やけどな。あいつは相当なワルやで。鬼島《きじま》も付き合う人間は、よう考えや」

空良《あきら》は曖昧に返事をすると、ひと仕事終えたような顔でオフィスチェアに背中を預けている番《ばん》を見る。

「わかってんよ」番《ばん》は頷《うなず》く。「お前はここへ〈遊び〉に来たんだもんな。しかし、会わねぇもんだな。てっきり、そのへんをうろうろしてるもんかと思ったが――」

そろそろ不味《まず》いな、と空良《あきら》は焦りを募らせていた。〈口〉はもう〈遊戯〉の始まりを告げている。だが、怪異にはまだ会えていない。気配も見せない。〈うらしま女〉は池に石を投げる。〈首《くび》太郎《たろう》〉は井戸の蓋を開ける。〈おたけび作家〉は長持を開けて覗《のぞ》く。これまでの怪異には出現の切っ掛けとなる行動があった。〈殺人桃《さつじんとう》〉にも、そういうものがあるはずだが、それが何かまだわかっていない。

「一人目の犠牲者が出たのが一カ月前って言ったよな」

そうや、と大江《おおえ》は空良《あきら》に頷《うなず》く。

「一カ月前に何があったんだ？〈殺人桃《さつじんとう》〉が何を恨んで怪異になったかはわからんが、その〈端午会《たんごかい》〉ってのに恨みがあるんだとして、その会は何年も前からあった裏組織なんだろ？なら、もっと前から、こんな殺人事件が起きていても不思議はない、はずだよな。なんで一カ月前に始まったんだ？」

「確かにそうやな。ええとこに目ぇつけたやんか」

「『偲《しの》ぶ会』ってことは、この会長、死んでるんだよな。事件とは関係ないのか？」

「関係ねぇな」番《ばん》が言いきった。「石丸《いしまる》会長は持病が悪化してしばらく入院していたが、半年前、都内の入院先で家族に看取《みと》られて死んだ。享年七十六だか七だか――」

「〈殺人桃《さつじんとう》〉が〈端午会《たんごかい》〉そのものに恨みを持っていたんだとしたら、真っ先に殺されてもおかしくないヤツだ。そいつが天寿を全《まっと》うしたってことは——じゃあ、やっぱり一カ月前に〈殺人《さつじん》桃《とう》〉が動きだす、なんらかのスイッチが押されたってことじゃないのか？」

一カ月で四人を惨殺。その激しい憎悪が着火した切っ掛けを知ることは、〈殺人桃《さつじんとう》〉攻略の鍵にもなるかもしれない。最初の犠牲者・高田《たかだ》の殺害現場である二十二階のオフィスへ戻った。高《たか》田《だ》のデスクにはデスクトップのパソコンと数冊のファイルフォルダが整然と置かれている。故人を弔って誰かが片付けたのか、本人がきれい好きだったのか、よく整頓されている。ファイルを適当に開いてみるが、鍵付きの抽斗《ひきだし》に入っていたような怪しいものはなかった。

「高田《たかだ》ってヤツは主任だったよな？　それって会社の役職だと、どれぐらいの地位なんだ？」

「昇進した社員が最初につく役職やな。でもまあ、住井《すみい》の主任いうたら大したもんや」

「だが、裏の高田《たかだ》の顔は、もう少し地位は上だったかもな」

番《ばん》はキャビネットで見つけた手帳を見ている。「こいつが仲間の弱みを握っていたのは、観察者の役割を担っていたからかもしれん。それに手帳《これ》を見ると、どうも〈端午会《たんごかい》〉の会合のスケジュール管理もやってたみてぇだ。大事な役だぜ」

「そんな立場にいたヤツが、部下に仕事を任せず、一人で残業ってのに、なんか違和感があるんだよな」

空良《あきら》はデスクチェアに座る。高田《たかだ》は斬首される直前まで何をしていたのか。

よく見るとキーボードの端に赤い汚れがある。

殺害された高田《たかだ》の血だ。そっと指先で触れる。

大きなラウンドテーブル。囲むオフィスチェア。大画面の液晶テレビ。広い会議室だ。

空良《あきら》は誰かの目を通して、テーブルの裏や椅子の座板の裏をひとつずつ確認して回っていた。

「くそっ、なんでもかんでも押し付けやがって」

男が舌打ちすると同時に携帯電話の着信音が鳴り響く。

「──もしもし……ええ、そうです。明日の会合のための……ええ。〈虫〉のチェックです。他にもやることがあって大変ですよ。坂東《ばんどう》課長も手伝ってくれませんかね。……冗談ですよ。はあ……わかりました。なんとか今日中に片付けます」

壁に並んだスイッチをパチパチと叩《たた》いて照明を消していく。通話は続いている。

「ええ……。そりゃあ、すごい方々だってわかってます。でも、なんで住井《すみい》でもない人間に、うちの金をいいように使われなきゃならないんですか。手を汚すのは我々なのに。あの人たち、いざとなれば住井《すみい》を切りますよ。……ええ、同感です。石丸《いしまる》会長の時はよかった。……ええ、まだ帰れません。データの処理が終わっていないんで。……はい、それでは」

通話を切ると「くそがっ」と毒づいて壁を蹴る。暗くなった会議室を出ようとして、ドアに視線を留める。ドア内側中央に短冊形の紙が貼られている。東洋的な神仏が二体向かい合うように描かれ、その二体のあいだに着色された桃の絵が描かれている。

「こんなもん……なんの意味があるんだよ」

紙を乱暴に毟《むし》り取ると、真ん中からびりびりと破った。

薄暗い通路を通って暗いオフィスに入り、モニターが煌々《こうこう》と明かりを灯《とも》らせているデスクにつくと、決裁書と書かれたテキストファイルを見ながらキーボードを叩《たた》く。

――ぺた。

背後から何かが静かに近づき。

「**成敗**――」と聞こえた。


意識が戻ってくると、大江《おおえ》が物珍しげな表情で空良《あきら》の顔を覗《のぞ》き込んでいた。

「戻ってきたな。ブラッドなんちゃらやろ?」

メトリーだ、と直し、視《み》てきたことを二人に伝える。高田《たかだ》が死ぬまでの記憶を。

「高田《たかだ》はだいぶストレスが溜《た》まってたんだな」かわいそうに、と番《ばん》は言った。

「住井《すみい》の会長だった石丸《いしまる》が死んで、新しく〈端午会《たんごかい》〉のトップになったのが外部の人間だったってところやろ。〈端午会《たんごかい》〉に流れ込む金は住井《すみい》の金やし、手を汚すんは高田《たかだ》ら四人。ほんで人使いまで荒いと。そら、腹も立つわ」

「鬼島《きじま》の視《み》た会議室は、おそらく〈端午会《たんごかい》〉が会合をやっていた場所なんだろう。〈虫〉ってのは盗聴器の隠語だ。石丸《いしまる》の死後は、高田《たかだ》がそのチェックまでする羽目になったってところか。やったことがあるが、ありゃ、なかなか骨が折れる仕事だぜ。盗聴器は〈虫《バグ》〉って呼び名が付くほど小型の機器だ。そんなのを一匹でも見逃してみろ。破滅だ」

「ドアに貼ってあったのはなんなんだ」

空良《あきら》はそれが一番気になった。「桃の絵が描かれた紙切れ、お札《ふだ》のように見えたが」

「その特徴からして、おそらく〈とうふ〉だろうな」

「豆腐?」と空良《あきら》が眉をひそめると、「〈桃札《とうふ》〉だ」と番《ばん》はさらさらと手帳に書いて教える。

「中国の魔除《まよ》けの札《ふだ》だ。桃は魔除《まよ》けになるって言われててな、昔は桃の木で作った札《ふだ》を門に掛けたらしい。今は紙がほとんどだ」

「ようそんなこと知っとるな。腐ってもジャーナリストやな。見直したで、番《ばん》」

「けっ。出張で上海《シャンハイ》に行った時、夜市で胡散臭《うさんくさ》い商人に買わされたんだよ。みんなそいつの書いた偽もんだったがな」

「そらご愁傷様」大江《おおえ》は言ってから眉間を押さえる。「なんや、つまり、高田《たかだ》が魔除《まよ》けの札《ふだ》を破ってもうたから、〈殺人桃《さつじんとう》〉が出てきたっちゅうことか？〈桃〉を割って出てきたんが〈殺人桃《さつじんもも》太郎《たろう》〉なんて、笑えん冗談やで」

確かに笑えない。空良《あきら》は血の記憶の最後に聞いた声を思いだした。「成敗」。そう言っていた。この世に蔓延《はびこ》る悪を斬る正義の声。それにしては、あまりに悍《おぞ》ましい声だった。

「**ナニモノダ**」

——そう。この声だ。怨念で塗り固めたように低く、昏《くら》く、そして毅然《きぜん》とした女声《じょせい》。

はっと顔を上げると、大江《おおえ》と番《ばん》が、オフィス窓側の奥に立つ人影を見ていた。

「**ナニモノダ**」同じ言葉を言った。それには頭が四つあった。空良《あきら》をまっすぐ見据えているのは猿だ。藁《わら》のような毛の中に熟れた果実のような毒々しい赤色の顔がある。猿を挟んで両側にあるのは、長い鼻面の犬の頭と赤い顔の鳥——雉《きじ》の頭。残るひとつは、猿が髪を咥《くわ》えてぶら下げている女の頭だ。

一番強く眼光を放って空良《あきら》を見据えているのは、この女の首だった。顔のほとんどが前髪で隠れているが、髪の隙間から覗《のぞ》く赤く濁った目は、負の感情が凝縮されているようだった。動物たちの目は半分潰れたグミのようで、生気はない。首から下はグレーのジャケットとタイトスカートを着こなすスレンダーな女性のもので、その左手には血濡《ぬ》れの刀が握られている。

「〈殺人桃《さつじんとう》〉――」空良《あきら》は呻《うめ》くようにその名を口にする。

「ほお。なるほど、目撃証言が食い違ってたんは、この頭のせいか。ほんまにおるんやな。驚いたわ」

大江《おおえ》は引きつった笑みを浮かべていたが、その声には怪異に臆したような揺らぎはない。

「**住井《すみい》ノモノカ**」

「ちゃう。うちは警察や」名乗った大江《おおえ》は大きく一歩前に出る。

〈殺人桃《さつじんとう》〉はゆっくりとした所作で刀を構える。

「**警サツ……石丸《いしまる》ノ名ニ屈シタ……愚カモノドモカ……**」

「なんや、怪異ちゅうんは、こんなによう喋《しゃべ》るもんなんか――おお、そうやで。愚かな警察のもんや。なあ、あんたか？　ここ最近、住井《すみい》の人間を殺して回ってるっちゅうヤツは。いったい何者や？　〈殺人桃《さつじんとう》〉が本名ちゃうやろ」

相手が明らかな敵意を見せているのに、大江《おおえ》は無警戒にずかずかと前に出ていく。

「なあ、あんた、もしかして――」

空良《あきら》と番《ばん》が後ろから飛びかかるように引き止める。

「おい、なにしてんだ馬鹿刑事！」「死にてぇのかよ！」「ちょッ、掴《つか》むなやッ」

抵抗する大江《おおえ》の腕と服を二人でがむしゃらに掴《つか》んでオフィスを飛びだした。細身に見えてもさすが刑事だけあって鍛えている。筋肉質なその身体《からだ》で抵抗されると引きずっていくのも一苦労だ。番《ばん》など振り回されている。角を曲がって長い一直線の通路を走り出した頃には大江《おおえ》も抵抗をやめ、同じ方向へと走っていた。途中、通路の幅がやや広くなっている場所があり、そこで足を止めた。

「どういうつもりだ、あんた、いかれてんのかッ」

肩で息をしながら番《ばん》が非難の声をあげる。大江《おおえ》の耳にはまったく届いていないのか、悪びれた様子もなく、淡々と返してきた。

「〈殺人桃《さつじんとう》〉の正体が、わかったかもしれん」

また、大江《おおえ》が刑事の目をしている。この目で見ていたのだという。どの〈頭〉が喋《しゃべ》っているのか――。猿、犬、雉《きじ》、どの動物でもなく、猿が咥《くわ》えてぶら下げていた女の生首の口から、〈殺人《さつじん》桃《とう》〉の声は放たれていた。

「番《ばん》がさっき言うてたやろ。住井《すみい》は社員だけでなく、関連企業や関連団体でも行方《ゆくえ》不明になるヤツが結構おるって。うちはな、ある女の行方《ゆくえ》を捜しとったんや」

「社員じゃない……？　本当にその女が〈殺人桃《さつじんとう》〉なのか？　横領とは関係ないってことか？」

空良《あきら》は怪異の〈恨み〉を正しく理解しなければならない。

「住井《すみい》グループの社員やない。それに彼女が知った秘密はおそらく、横領なんて小《ち》っさいもんやない。世間が知ったら、住井《すみい》の積み上げてきた実績が地に落ちるくらいの大ネタや」

番《ばん》は聞き捨てならないという顔を、大江《おおえ》にずいと近づける。

「大江《おおえ》の旦那、そんな話は聞いてねぇぞ。住井《すみい》が地に落ちるほどの大ネタ？　そりゃなんだ？」

こんな状況でも、気になってしまうのがジャーナリストの性《さが》なのかもしれない。

「番《ばん》なら知っとるやろ。〈ムーンタワー〉建設時、石丸《いしまる》会長に浮上した、ある疑惑」

「――ああ、そういや、そんなこともあったな。あれってどうなったんだっけな」

「その件を調査していた岡山《おかやま》っちゅう女が、さっきのアレの正体なんやないかと思っとる」

番《ばん》は少し考え込み、ハッとなる。

「衆議院議員の岡山智子《おかやまともこ》か！」

「そうや。国会でも頑張って追及しとったが、結局、証拠不足で疑惑はうやむやになった。うやむやにされた、と言ったほうがええな」

「議員辞職を求められて、確か、行方《ゆくえ》不明になってたよな。失踪したとか、自殺したとか噂《うわさ》が立ってたが――」

「今では噂《うわさ》も囁《ささや》かれんようになった。世間が興味を失ったんや。当の岡山《おかやま》は不自然に消息を絶ったまま、今も一切足取りがわかっとらん。〈端午会《たんごかい》〉に存在ごと消されたんやろ。ひどい話や」

深い話になってきた。二人が話をしているあいだ、空良《あきら》は通路の角を睨《にら》んでいた。追ってくるのか。それとも、こちらから向かうべきか。

その岡山《おかやま》という議員が〈端午会《たんごかい》〉にとって不都合な秘密を知ってしまったがために始末されたなら、相当な恨みを抱いているはずだ。〈殺人桃《さつじんとう》〉の憎しみ、怒り、訴えたいことを知らなければ〈遊び〉に勝つことはできない。中途半端な情報だけで立ち向かい、咄嗟《とっさ》の選択や判断を誤れば、弥勒邸《みろくてい》でロゼを失ったように、今度は番《ばん》や大江《おおえ》の身が危険にさらされるかもしれない。

そして、死は着実に自分にも近づいていた。

いひひ。うひひ。下品な嗤《わら》い声とともに、それは空良《あきら》にのみ聞こえる形で今回も囁《ささや》かれる。

『おとぎ草子は、いよいよ大詰め。面白い、面白い。のこらず鬼を、斬りころせ、エンヤラヤ、エンヤラヤ』――エンヤラヤ、エンヤラヤとフェードアウトして消える間際も、ざらついた舌で鼓膜を舐め上げるような嗤《わら》い声を聞かされる。

この場合、〈鬼〉は自分たちということか。笑えないエンディングだ。空良《あきら》はため息をつく。困った。この調子はずれの口上は死の宣告。怪異との死の遊戯を急《せ》き立てる〈かくや〉からの呪いの言葉。危機的状況のバロメーター。それなのにどんどん麻痺《まひ》していく自分に困っていた。呪いの言葉に毒づけるくらいに落ち着いていた。自分の反応が薄いせいで、〈口〉が見えていない番《ばん》と大江《おおえ》は、タイムリミットがぎりぎりのところまで迫ってきていることに気づいていない。それも困る。一応、二人に伝えておこうと口を開きかけた、その時。

ぺた。ぺた。ぺた。ぺた。裸足《はだし》の足音が聞こえてきた。

三人は小声でひそひそと会話する。

――おい、こっからどうすんだ？　ほなら、また話しかけてみよか。二度とやめてくれ。マジで次は首チョンパだからな。あんた、あいつと〈遊ぶ〉んちゃうんかったか。そうしたいのは山々だが、肝心の〈遊び方〉が思いつかねぇ。チャンバラなんてどや？　どっちかってぇと殴り合いがいいな。てめぇら真面目に考えろ。まかせるわ、バケモンはあんたらの領分やろ。……近づいてきたな。ひとまず場所を変えるぞ――。

空良《あきら》はぐるりと周囲を見回し、壁面のおかしなところにカードリーダーがあることに気づいた。たぶん、その横にあるのはドアだ。色も材質も周りの壁とまったく同じで、ほぼ壁と一体化している。遠目にはドアがあることもわからない。近くで見ると、うっすら四角い筋があるだけで、ノブも蝶番《ちょうつがい》も見当たらない。だがカードリーダーがついているので、おそらく開く。だから、たぶんドアなのだ。

カードリーダーにカードを通して、大江《おおえ》は首を傾《かし》げる。電子音も開錠音もしない。ノブがないので引くことはできないから押してみるが、ビクともしない。

「変やな。このカードキーがあれば、社内のどこでも開くって警備会社の人は言ってたで」

こんなドアを空良《あきら》は見たことがある。ほんの数十分前だ。高田《たかだ》の血の記憶で視《み》ていた。

「そうか。ここは〈端午会《たんごかい》〉の会合場所だ」

「ほんまか。どうりでな。そら、普通のカードキーじゃムリや」

大江《おおえ》は自分で言って「あっ」と声を漏らすと、胸ポケットから別のカードキーを出す。二人目の犠牲者・香川《かがわ》のデスクから見つけた赤い月のカードキーだ。カードリーダーに通すと、重たい開錠音が三回鳴り、四角い枠の中が数センチ凹《へこ》んで、そのまま横にスライドする。大きなラウンドテーブルを囲うオフィスチェアに大画面のテレビ。間違いない。記憶で見た会議室だ。

「まだ来てねぇな」番《ばん》は顔だけ通路に出して確認すると、ドアをスライドさせて閉める。「どうせ、こんなもん擦り抜けて入ってくんだろうけどな」

「どう戦うつもりや、鬼島《きじま》。こそこそ逃げ回っても埒《らち》明かんで」

腰に手を当て、無の表情で判断を促す大江《おおえ》は鬼教官の佇《たたず》まいだ。

「わかってる。俺も逃げてる場合じゃない状況になってきてるんでな」

「愛海《あみ》ちゃんや那津美《なつみ》さんの命もかかっとるんや。気張らんとあかんで」

「大江《おおえ》、岡山《おかやま》って女のことをもっと詳しく聞かせてくれ。俺は〈殺人桃《さつじんとう》〉を救わないといけない」

「成仏させるっちゅうことか」

「近いが、慎重にやり方を選ばねぇと、俺だけじゃなく、あんたらも死ぬ」

はた迷惑な話やで、と大江《おおえ》は苦笑する。

「時間がないから、ざくっと話すで。この〈ムーンタワー〉の建っとる場所は、もともと〈桃井《ももい》デパート〉っちゅう、でかい百貨店が建っとった。玩具《おもちゃ》売り場が広くてな。休みの日なんかは子連れの親子がぎょうさん来とった。ちょうど今から十年前のクリスマスや。〈桃井《ももい》デパート〉で大きな火災が起きた。出火元は玩具《おもちゃ》売り場や。逃げ遅れた犠牲者の多くが子連れの家族やった。事件の後、〈桃井《ももい》デパート〉は解体されて、跡地は売却された。その売却先が住井《すみい》グループ会長・石丸昇《いしまるのぼる》や。なんせ立地がええし、他にも手を挙げた企業はいくつもあったそうやが、どういうわけか、ある時、一斉に手を引いた」

「きな臭ぇな」番《ばん》だ。テーブルに腰掛け、シャツの裾でロイド眼鏡《めがね》のレンズを拭いている。

「それだけやない。火災原因は不明として、早々に調査は打ち切られ、建物の解体が始まったんや。当時の資料を見ると、ほんまに調査したんかってくらい、ひどい調査結果やった。いつからやったかな、石丸《いしまる》はデパート火災の真相を知っとって、その証拠を揉《も》み消すために、他企業に圧力かけて即行で跡地を買って、このビルをおっ建てたっちゅう疑惑が浮上したんや。その口火を切ったんが——岡山《おかやま》や」

　確かに、これは一企業の横領事件どころの話ではない。〈桃井《ももい》デパート〉には数えるほどだが、幼い頃に行った思い出がある。だが、そんな惨劇が起きていたことは今、初めて知った。いつの間にか建物が変わっていたくらいの感覚だった。母子家庭で日々の食事にも困る暮らしをしていた空良《あきら》には、クリスマスなんて縁がなかったが――待ちに待った楽しい日に、焼かれて死んでいった子どもたちのことを考えると、この事件の闇はあまりに深すぎる。

「うちは生前の岡山《おかやま》に会ったことはないが、正義感の強い議員として知られとったようでな。出すぎた正義は叩《たた》かれて潰される。それでも信念を貫く、強い精神の持ち主やったらしい。せやけど、石丸《いしまる》の牙城を崩すことはついに叶《かな》わず、返り討ちにあってもうたんやろうな――」

「だから岡山《おかやま》は〈殺人桃《さつじんとう》〉となって、正義の裁きを下してるってことか」

空良《あきら》は記憶の中で聞いた「成敗」という声を思いだす。死後もなお、重い使命を自らに課す怪異の魂を自分が救えるとは、到底思えない。

「くそっ、〈かくや〉のヤツ、難しい相手を選びやがって……」

「そろそろ腹を括《くく》らなきゃなんねぇぞ、鬼島《きじま》。今んとこヤツは追ってこねぇが、それは俺らが〈端午会《たんごかい》〉とも住井《すみい》とも関係のない人間だってわかってるから、相手にしてねぇってことだ。これは貴様にとっちゃマズイ展開だろ。このままここから逃げても貴様の呪いは解けねぇ。朝にはゲームオーバーだ。だからよ、やり合って、勝つしかねぇんだ。貴様に死なれちまうと俺も困るんだよ」

「天生目《あまのめ》からの報酬が入らなくなるとか、どうせそういう〝困る〟だろ」

「わかってんなら、こっからどうするか、さっさと考えろ。言っとくが、俺はジャーナリストで調査専門だ。バトルで当てにすんじゃねぇぞ。貴様は三匹も怪異をぶっ倒してきたんだ。攻略法のひとつくらいパパッと思いつけよ」

「簡単に言ってくれるぜ」

だが、今は与えられた情報と環境でなんとか〈遊ぶ〉方法を考える他ない。今夜の探索で見つけたもの、見てきたものを思い返してみる。

ドアを見る。高田《たかだ》の記憶の中では、一カ月前の夜まで、ここに魔除《まよ》けの〈札《ふだ》〉が貼られていた。

貼られていた？　――それは、なんでだ？

「なんで、〈端午会《たんごかい》〉のヤツらは、ここに魔除《まよ》けの〈札《ふだ》〉を貼ったんだ」

それは独り言に近い、誰に向けたものでもない疑問の投げかけだった。

「なんでって、なんか居《お》るから貼ったんやろ、魔除《まよ》けなんやし。ここに〈殺人桃《さつじんとう》〉が封印されてたっちゅうことなんやないの？　実際、その〈札《ふだ》〉を破ったから〈殺人桃《さつじんとう》〉が外に出てきたわけやし」

「それは、そうなんだが……〈殺人桃《さつじんとう》〉みたいな化け物がいるってわかっていながら、ここを会合の集まりで使い続けたのはなぜだ？　俺なら、そんなところにオフィスだって構えたくない」

「そらそうやけど……」大江《おおえ》は空良《あきら》の疑問の真意を汲《く》み取れないでいる。

「たぶん、〈殺人桃《さつじんとう》〉は前からいたものじゃなくて、高田《たかだ》が殺された一カ月前の夜、初めてこの〈ムーンタワー〉に現れたんじゃないか？」

番《ばん》は苛立《いらだ》って頭を乱暴に掻《か》きむしる。

「んがあっ、鬼島《きじま》ッ、貴様なにが言いたいんだッ。はっきり言え！」

「もしそうなら、なんで魔除《まよ》けの〈札《ふだ》〉が貼ってあったのかってことだよ。一カ月前までは〈殺《さっ》人桃《じんとう》〉なんてものの存在を住井《すみい》の社員――〈端午会《たんごかい》〉のメンバーでさえ、誰も知らなかった。だとしたら、〈札《ふだ》〉を貼ったヤツは、何にビビッてたんだ？」

「悪事の計画が漏れないための願掛けってわけでもなさそうやしな……」

「もしかしたら」空良《あきら》は会議室内を見回す。「ここには、魔除《まよ》けの〈札《ふだ》〉を貼っておかなきゃいけないくらい、〝心配なこと〟が他にあったんじゃねぇか。――で、〈札《ふだ》〉が破られたことで、その〝心配〟が現実のものとなった――」

「――〈殺人桃《さつじんとう》〉が現れたのは、結果のひとつに過ぎないっちゅうことか」

「おいおい、物騒な展開だな。まさか、ここに岡山《おかやま》の死体でも隠してんじゃねぇだろうな」

「なくはないだろうな。だって、死体はまだ出てないんだろ？　なんにしても、殺した岡山《おかやま》が化けて出ないようにって意味で貼られた〈札《ふだ》〉なんだとしたら、ここは岡山《おかやま》と〈端午会《たんごかい》〉にとって重要な場所かもしれない。たとえば、殺害現場とかな」

ちょっとええか、と大江《おおえ》が口を挟む。「そうなると、鬼島《きじま》がさっき言うたみたいに、そんな場所で会議を続けるのは変やって話に戻るで」

「ああ。そうだな。だが、よっぽど外に出ちゃまずいもんがあるなら別だ。俺なら、そういうヤバいもんは、どこか他所《よそ》に隠したり、誰かに処分させたりするのも避けたいところだ。どこで情報が漏れちまうかもわからんしな。だから、自分にとってヤバいものほど目の届くところに置いておきたいと思うだろうな」

「大江《おおえ》の〝旦那〟、一度、鬼島《きじま》のアパートにガサ入れしたほうがいいぞ」

「せやな。ま、今はここをやるか」

空良《あきら》たちは会議室の中を手分けして探索する。

ひと目見た時から気づいていたが、この部屋にはロッカーやキャビネットのような収納場所はひとつもない。カメラや盗聴器をつけられることを危惧してか、絵や花瓶といった装飾品はおろか、時計やエアコンなどもない。視線を一巡させれば、部屋の隅々まで見通せ、どこも平坦《へいたん》で、陰や死角がない。それが空良《あきら》にはわざとらしく感じた。ここには何も隠していないと必死にアピールしているように見えるのだ。

「おい」

番《ばん》が、人さし指を口の前に立てている。

三人が黙ると、どこからか声がした。女性だ。

ぼそぼそと、籠《こ》もったような声で何かを喋《しゃべ》っている。

〈殺人桃《さつじんとう》〉が来たのか。いや、そういう禍々《まがまが》しい感じはない。だが、とても近い。

空良《あきら》は自分の足元を見る。声は空良《あきら》の足の下から聞こえている。

番《ばん》と二人でフロアカーペットを剥《は》がすと、床のタイルの筋目に一部だけ濃い部分がある。空良《あきら》は屈《かが》み込むとその筋目に爪を差し込む。少しタイルが浮いたのでそのまま持ち上げると簡単に剥《は》がれた。同じように他のタイルも剥《は》がしていくと、その下から細長い凹《へこ》みが現れる。中には薄汚れた布で包まれた長いものと、筒状に丸めて緑色の輪ゴムで留めた画用紙。そしてボイスレコーダーがあった。声はそこから発されていた。

『――という恐れもある。だから念のため、ここに記録を残す』

芯の強そうな喋《しゃべ》り方をする女性の声だ。

『これから、住井《すみい》グループの石丸《いしまる》会長に直接会いに行く。――国会では煙《けむ》に巻かれたが、今日はそうはいかない。私が入手した〈あれ〉を見せれば、あのタヌキも認めるほかないだろう。今度こそ己の罪を認めさせ、罰を受けさせてやる。だが、優位な立場だからといって、気を抜くつもりもない。相手はあの石丸《いしまる》だ。〈端午会《たんごかい》〉で作った闇の人脈は脅威に値する。今夜、何があってもおかしくないだろう。……もし、仮に私がこのあと行方《ゆくえ》不明になったなら、断言しよう。犯人は石丸昇《いしまるのぼる》だ。この男には〈桃井《ももい》デパート〉の火災、そして跡地売却について後ろ暗いことが山ほどある。——鬼退治は、これからだ。鬼が島へ向かう私に、お供はない。一人で戦わなくてはならない。それでも……あの子のためにも……いや、あの日奪われた、すべての魂のためにも、石丸昇《いしまるのぼる》に罪を償わせる！　警察や司直が役に立たないなら……私の手で石丸《いしまる》を……』

音声はここで終わっている。

「これが〈端午会《たんごかい》〉のヤツらの〝心配〟か」空良《あきら》は停止ボタンを押した。

「名前は言っとらんかったが、十中八九、岡山《おかやま》の声やろうな」

「名前なら、ここにあるぜ」

番《ばん》は筒状に丸められた画用紙を広げている。クレヨンで描かれた絵だ。鉢巻をした男の子。赤鬼と青鬼を泣かせている、犬と猿と、おそらく雉《きじ》と思われる鳥。これは、昔話の『桃太郎』を描いたものだ。絵の下には、描き手からのメッセージが書かれている。

『おかあさん　ももたろうみたいに　かつこいい』

『わるいひとに　まけないで』

『おかやまゆうき』

そういうことか、大江《おおえ》は濡《ぬ》れた声で言った。

「『あの子のために』、そう言うとった。男の子がいたんやな。岡山《おかやま》は〈桃井《ももい》デパート〉の火災で、我が子を失っとったんか……そら、たった一人でも、鬼退治に行くで……」

番《ばん》は目を細め、沈痛な面持ちで絵と文字を見ている。これだけならば、温かい気持ちになる一枚だが、この絵にはクレヨンの他に画用紙を染めている色がある。血だ。

そこには、目や耳を塞ぎたくなる記憶があることはわかっている。それでも触れるしかない。

真っ暗だった。

瞼《まぶた》を閉じているような、ただの黒い闇が視《み》える。

『――まさか、ここまでやるとは……女だと思って舐《な》めてたな……』

中年くらいの男の声が聞こえた。

『ど、どうします。これ……』

『まずいですよ、本部長。この女、現職の議員ですよ』

『恐れることはない。もうこいつは何も喋《しゃべ》ることができない、死を待つだけの存在だ』

『はい。会長のおっしゃる通りです。お怪我《けが》はありませんか』

『私は大丈夫だ。しかし、たいした女だ。粘り強い執念で、とうとうここまで辿《たど》り着き、私の愛刀を振り回して最後の大立ち回り。その勇気と行動力に敬意を表したいところだ。一人で乗り込んできさえしなければ、彼女には明日もあさっても、その先の未来があったはずだ。いい議員になれただろうに』

『会長、なんとご寛大な――』

『勇気ある者を賊《ぞく》呼ばわりはせんよ。相手が私でなければよかったのだ。彼女にとっては悲劇だし、私も胸が痛い。それもこれも全部、あの馬鹿息子のせいだ。いや、甘やかしていた私の責任とも言えるかもな』

『これは、いかがいたしましょう……』

『片付けなさい。こんな場所で異臭を放ち続けられても困る』

『会長のご命令だ。さっさとこれを片付けろ。明日、処理施設へ運ぶ』

闇にうっすらと白い横筋が入り、その筋が少しずつ広がって天井の蛍光灯が見える。

『ぐ、ぐぐううう、うごぉ……ぐぉぼ……』

『うおっ、ま、まだ生きてますよ！』

『見事な執念だ。介錯《かいしゃく》してあげなさい。首を切り落とすのだ。私の刀でな』

『よろしいのですか。会長の大切なご愛刀が汚れますが』

『それが私からの手向けだ』

『はっ。坂東《ばんどう》、高田《たかだ》、首を斬り落とせ』

再び、闇が視界を覆う。

爪で床を掻《か》くような音。足をばたつかせる音。淡々とした作業の音。

記憶から解放された空良《あきら》は、床の凹《へこ》みにぴったりと収まっていた長いものを取り出し、包んでいる布をほどいて広げる。やはり、刀だ。〈殺人桃《さつじんとう》〉が持っていたのと同じもののように見えるが、音声にあった会長の愛刀で間違いないだろう。刀身には黒い汚れがこびりついている。岡山《おかやま》の魂をこの世から断ち切った凶器だ。

「合点がいったぜ」

絵に視線を落としながら番《ばん》は言う。「死の直前に録《と》った覚悟の言葉。最愛の存在《もの》の遺《のこ》した大切な想《おも》い。そして、無念の断末魔の記憶が染みついた凶器――こういう、死者の強い念や執着、言霊《ことだま》をまとったブツってぇのは、簡単に処分できねぇんだ。しちゃだめなんだ。人形だってそうだろ。たっぷり情を受けて大切にされたもんは、寺が預かってちゃんと供養する」

番《ばん》の目が鋭い光を帯びた。

「こりゃ、わかってるヤツが〈端午会《たんごかい》〉のバックにいるな。これらのブツから湧き出る怨念を怪異にしないように、マジもんの〈札《ふだ》〉をこの部屋に貼らせたヤツがいる」

会議室内の空気が明らかに変わった。見ている光景は何も変わらない。ただ、息が詰まるほどに、ぴんと張りつめていた。

くぁぱ、と聞こえた。空良《あきら》の顔に〈呪いの口〉が開いた音だ。

『おとぎ草子は、めでたし、めでたし……きりころせ、きりころす、きりころそ、ざんさつ、ざんさつ、ざん殺、惨殺、斬殺、斬殺、斬殺斬殺斬殺斬殺斬殺斬殺斬殺斬殺……』

〈口〉どもの声は、空良《あきら》の眼前に迫る死に、狂喜乱舞している。

呪いの言葉が吹雪《ふぶき》のように空良《あきら》の頭の中で吹き荒れる。

それはいつの間にか、会議室の真ん中に浮かんで、ぶらりぶらりと揺れていた。

髪の長い女の生首だ。

首は左右に揺れながらゆっくり空良《あきら》たちに近づく。続いて、首の髪を咥《くわ》えている猿の顔が現れ、その横から犬、雉《きじ》の首がにょっきり生えると、滲《にじ》み出すようにずたぼろのスーツを着た身体《からだ》が現れる。最後に顕現したのは、血塗られた刃《やいば》をそそり立たせる刀だった。

〈殺人桃《さつじんとう》〉――その本体は、あの女の生首だろう。岡山《おかやま》の首だ。顔は死人の土気色なのに、目は猛禽《もうきん》のように爛々《らんらん》と光っている。

刀を両手で持ち直すと、中段の構えで空良《あきら》たちを見据える。

「**ナニヤツ**」

岡山《おかやま》の首が訊《たず》ねてきた。

「**ココニ居ルナラ……貴様ラ、〈端午会《たんごかい》〉ノ者カ**」

ボイスレコーダーに入っていた声とは口調がまったく違う。まるで時代劇の登場人物だ。我が子の想《おも》いを受け、悪を滅ぼす正義の桃太郎であろうとしているのか。

「あんた、岡山《おかやま》やろ」大江《おおえ》が前に出ようとしたので空良《あきら》は肩を掴《つか》む。

わかっとる。無茶《むちゃ》はせん。そう目で伝えてきた大江《おおえ》に根負けし、空良《あきら》は手を放した。

「さっきも言うたけど、うちは住井《すみい》でも〈端午会《たんごかい》〉でもない。警察や。うちらはな、石丸《いしまる》の悪事を暴きに来たんや。あんたと一緒や」

〈殺人桃《さつじんとう》〉は無言で言葉を聞いている――ように見える。

「一年前に石丸《いしまる》と〈端午会《たんごかい》〉が、あんたにやったことも知っとる。あんたの無念もわかっとる。あんたが何を許せなかったか、何を大切にしていたか、痛いほどわかっとる。だから、あんたが生きとったら、うちは一緒に闘えた。犬でも猿でも雉《きじ》でも、なんでもなったる。でもな、あんたはもう、死んどるんや」

半歩、大江《おおえ》は前に出る。〈殺人桃《さつじんとう》〉は動かない。

「そないな、怖いかっこでいつまでもうろついとらんで、息子んとこにいてやり。後のことはうちらに任せてくれへんか？　あんたの無念は——正義は、うちらが継ぐで」

「**ドコダ**」

岡山《おかやま》は生首《くび》をゆっくり横に振る。「**ドコニ隠シタ**」

「なんの話や？」

「**隠シタノハ貴様ラカ。ウォノレェ……邪魔立テスルナラバ——斬ルッ**」

〈殺人桃《さつじんとう》〉は上段の構えをとり、右足をすり足で前に出すと、すべるように前進した。大江《おおえ》は素早く跳びのく。〈殺人桃《さつじんとう》〉はそのままターゲットを空良《あきら》に変えて、薙《な》ぐように刀を一閃《いっせん》させる。すんでのところでかわした空良《あきら》の顔の前を、切られた前髪がぱっと舞った。

「**ドコダ、ドコニ隠シタ**」

「おいっ、探しているものはこいつか？」番《ばん》は桃太郎の絵を広げて見せる。

岡山《おかやま》の顔が怒りで引きつったように変わり、番《ばん》の喉元を刺し貫こうと刀を突き出す。空良《あきら》は番《ばん》の背中を蹴ってそれをかわさせる。

「——**ドコヘ隠シタァアッ**」

空良《あきら》たちは一カ所に固まらないように室内に散った。〈殺人桃《さつじんとう》〉は滅茶苦茶《めちゃくちゃ》に刀を振り回しながら、犬、猿、雉《きじ》、岡山《おかやま》、すべての首を右に左に激しく振って会議室の中を探している。何を探しているのか。〈端午会《たんごかい》〉は彼女の何を隠したのか。大江《おおえ》が何度も問いかけるが、「どこへ隠した」と繰り返すばかりで、椅子でもテーブルでもお構いなしに斬り付けた。

「くそっ、ここは退《ひ》くぞ！」

番《ばん》は会議室を飛び出し、空良《あきら》と大江《おおえ》もそれに続いた。先ほど調査したオフィスのほうへと走り、エレベーターホールの手前まで戻ったところで三人は足を止める。

「どうすんだ。とりあえず他の階にでも移動するか？」番《ばん》が二人に尋ねた。

後方から、**ドコダ**ァ、と低い声が聞こえてきた。姿はまだ見えないが、着実にこちらに向かってきている。

「ゆっくり考えとる暇はなさそうやな。いったん、隠れよか」

エレベーターホールの手前を左に曲がってすぐのところにトイレがある。三人は男性用トイレに飛び込んだ。番《ばん》は入り口付近に立ち、外の様子をうかがいながら「頼むからこっち来んなよぉ……」と呟《つぶや》く。

「逃げ回ってばかりじゃ、埒《らち》が明かん。次のアクションを考えんとな」

〈殺人桃《さつじんとう》〉の抱く恨みは理解できた。〝彼女〟の身に何が起きたかも。

だが、何をしてやればいいのか、わからない。

〈口〉はこの〈遊び〉の最終宣告をしてきた。自分にはもう時間がない。追い詰められた状況だ。こんな時こそ、冷静に考えなくてはならない。次は何をする。何ができる。

「——あいつ、何かを探してたよな」

空良《あきら》の言葉に大江《おおえ》は頷《うなず》く。

「『どこに隠した』、そう言うて、えらい怒っとったな。なんのことやろうな」

「桃太郎の絵はハズレだったぜ」トイレの外を見張りながら番《ばん》が言葉を挟む。

「岡山《おかやま》が隠されて怒るようなものが、このビルのどこかにあるっちゅうことや」

「隠されて怒るもの……なんなんだ、そいつは……」

ブラッドメトリーで聞こえた会話を思い返してみるが、何かを隠したような話もしていなかった。何かをまだ見つけていないのか。見落としていることがあるのか。

「静かだな」番《ばん》はトイレから顔を出して、エレベーターホールのほうを見ている。

「こっちまで追っては来んかったんか？」

「どうだかな。ここからじゃわからん。——どうすんだ、鬼島《きじま》。今からヤツの探しているブツを見つけんのか？」

「そうだな。だが、どこを探せばいいか見当もつかない。このフロアを片っ端から調べるしかねぇか」

「なら、会議室に戻ってみるか？　ヤバいブツを隠すとしたら、俺はあそこぐらいしか思いつかねぇ」

「——そうだな。行くか」

「まだ近くをうろついとるはずや。静かに、慎重に行動するで」

空良《あきら》を先頭に、周囲を警戒しながらトイレを出る。足音や声は聞こえない。息を殺し、忍び足で通路を移動する。

空良《あきら》はそっとエレベーターホールを覗《のぞ》き込み、片手を上げて「待て」と後ろの二人に合図した。

〈殺人桃《さつじんとう》〉だ。三つの獣の首を忙《せわ》しなく振って辺りを見回しながら、エレベーターの前をゆっくりと歩いている。

何度かホール内を行ったり来たりすると、一番奥にあるエレベーターのドアの前でぴたりと立ち止まる。そして、ドアのほうを向き、

「**オノレェ……ドコニ隠シタ……カナラズ……ミツケテヤルゾ……**」

怒りに満ちた声でそう言うと、〈殺人桃《さつじんとう》〉は霞《かす》んで消えた。

また戻ってこないかとしばらく様子を見てから、三人はエレベーターホールへ移動する。

空良《あきら》は〈殺人桃《さつじんとう》〉の消えたエレベーターの前に立つ。この一基だけ開閉ボタンがなく、代わりに小さなパネルがある。

「指紋認証をする装置だ」

番《ばん》が隣に来て説明した。「こいつは役員専用のエレベーターだ。一階と、このフロアからしか乗れない。ここからは会長室のある四十四階まで直通だ。――なんだ、気になんのか？」

「ああ。〈殺人桃《さつじんとう》〉は、このエレベーターの前で立ち止まって、消えたんだ」

「そら少し意味深やな。ヤツの探しとるもんが会長室にあるってことかもしれん。せやけど、指紋認証は厄介やな……」

「よし。行くか」

番《ばん》がニヤリとした。「スクープネタも見つかるかもしれんしな」

「行くって、なにか手があんのか？」

尋ねた空良《あきら》に、番《ばん》は余裕の表情を向ける。

「まあ、任せとけ。――少し準備をするぞ」

三人で第一事業部のオフィスへ向かった。

高田《たかだ》のデスクへ着くと、番《ばん》はスラックスのポケットからファスナー付きのビニール袋を取り出し、その中に入っていた半透明のゴムのようなものや、透明のセロファンを机上に置いていく。

「道具、持ってきとったんか」

「事前調査で、指紋認証装置のことは確認してたからな。ま、念のためってやつだよ」

「悪党やな」大江《おおえ》は呆《あき》れたように言った。

「これから何をするんだ？」

空良《あきら》の疑問に大江《おおえ》が「指紋の複製を作るんや」と答えた。

「〈端午会《たんごかい》〉のメンバーの高田《こいつ》なら、指紋が登録されとるやろうしな」

「作るって……そんなことができちまうのかよ」

番《ばん》の作業をよく見ようとデスクに近づくと、「コラ」と大江《おおえ》に睨《にら》まれた。

「見るんやない。チンピラがいらん知恵つけたら迷惑するんは警察《うち》らや。ほら、〈殺人桃《さつじんとう》〉が来ないか、しっかり見張っとき」

「ちっ、わかったよ」と言いながら横目で見る。番《ばん》はデスクにあったパソコンのマウスに、セロファンを貼り付けている。指紋を採取するのだろう。「なあ」と空良《あきら》は声をかける。

「高田《こいつ》のデスクだからって、他の人間も触ってることもあるよな。関係ないヤツの指紋が採れちまったらどうするんだ？」

「そしたら、何度でもやり直しゃいい。結果はすぐ出る。一発で当たるよう、祈ってろ」

それから十分ほどの作業で、複製指紋はできた。

エレベーターホールに戻ると、番《ばん》は半透明なゴム状のものを指紋認証装置のパネルに押し当てる。ピッと電子音が聞こえた。

「おっ、当たりだったみたいだな」番《ばん》は満足げな顔で頷《うなず》いた。

空良《あきら》たちを乗せた役員専用エレベーターは四十四階へと上がっていった。

「悪党どもは毎日、高いところから下界を眺めて笑ってたんだろうな」

階数表示ランプを見ながら番《ばん》が忌々《いまいま》しげに言った。

「死んだヤツは今頃地獄で泣いとるやろ。それか――」

大江《おおえ》の言葉は、何かがぶつかったような大きな音にかき消された。

エレベーターはガタガタと不穏な音を立てながら震えだし、震えは次第に激しくなって立っていられないほどの揺れになる。空良《あきら》は壁に手をついて体勢を低くし、転倒しないように耐えた。

「くそッ、こんな時に地震かよ⁉」

「あかんッ、停《と》まったら閉じ込められてまうで！」

番《ばん》と大江《おおえ》のうわずった声を押し分けるように、それは聞こえてきた。


アアアアアアアアアアアアアアアアアアアア――


地の底から響くような叫び声。

男か女かもわからない異様な声は十秒ほど聞こえ、急にブツリと途切れた。

同時に、激しい揺れも止《や》んだ。

「なんだ……今の声は……」

空良《あきら》の耳にはまだ、叫び声の余韻がへばり付いていた。

「ほんまに地獄の声が届いたんかと思ったわ……」

到着音がして、エレベーターのドアが開いた。

真っ暗だ。何も見えない。

「俺たちは何階に着いたんだ……？」

番《ばん》は何も表示されていない階数表示ランプを見ている。大江《おおえ》が懐中電灯のスイッチを入れて向けると、闇の奥から焦げ臭いにおいが這《は》い寄《よ》ってくる。

闇の中から男の笑った顔が浮かび上がる。笑う男は赤い帽子と赤い服を着て、口元と顎に白髭《しろひげ》をたくわえた人形だ。銀色のボール、星、天使といった装飾《オーナメント》のあるモミの木のレプリカがいくつも並んでいる。ブーツやステッキ。色とりどりのプレゼントボックスが積まれたディスプレイ。陳列されたクマやサルのぬいぐるみ、玩具《おもちゃ》やお菓子。『クリスマスセール』と書かれた吊《つ》り下げ広告。

「なんだ……ここは……」空良《あきら》はエレベーターを出た。パシャリと水たまりを踏む。タイル張りの床のあちこちに水たまりができている。それから赤い筒のようなものが何本も落ちている。ひとつを拾い上げてみる。発炎筒だった。

「〈ムーンタワー〉にこんなフロアがあったのか？」

困惑する番《ばん》に、「ちゃうな」と大江《おおえ》が言った。

「〈ムーンタワー〉やない。ここは――〈桃井《ももい》デパート〉や」

大江《おおえ》は引きつった笑みを浮かべていた。自分が言っていることがどれだけ荒唐無稽なことかをわかっているのだ。そのデパートは十年前に火災が起き、取り壊されているのだから。

ぐにゃりと歪《ゆが》んだワゴンや、顔が半分焼け焦げた大きなクマのぬいぐるみを見て、空良《あきら》は大江《おおえ》に視線を振る。

「この光景、もしかして十年前の……」

「そうや。昔、何度も見たから覚えとる。火災が起きたあとの五階の玩具《おもちゃ》売り場や……」

空良《あきら》はすぐに状況を理解できた。弥勒邸《みろくてい》でも似たような体験をしている。玄関前の隠し通路で起こった現象のことだ。

この場所に、時間的異常が発生しているのだ。

「うちらは、タイムスリップしたんやな……」

正確にはタイムスリップではないのだろう。もし過去に遡ったなら、ここは鎮火して間もない現場だ。消火にあたった消防隊員や救急隊員、警察の姿がないのはおかしい。ここは、死者の魂だけが閉じ込められた時間の中なのだ。

番《ばん》は沈痛な面持ちで「ひでぇもんだ」と呻《うめ》くように呟《つぶや》いた。

かつては子どもたちにとって夢の国同然だった玩具《おもちゃ》売り場。しかし、主役の玩具《おもちゃ》たちは黒く焼け焦げ、溶け崩れて、熱で歪《ゆが》んでいた。炙《あぶ》られた天井が焦げ茶色に変色し、割れたショーケースからはウサギが半身を投げ出し、だらんと垂らした長い耳の先から水を滴らせている。あちこちが濡《ぬ》れて水たまりができているのは、煙に反応して作動したスプリンクラーによるものだろう。

奥のほうが被害は大きく、黒焦げで原型を留《とど》めていないものが多い。エレベーター周辺は比較的被害が少なく、焼かれず残っているものもちらほらと確認できる。

――ぺた。

玩具《おもちゃ》売り場の奥のほうから、それは聞こえた。

ぺた。　ぺた。　ぺた。

足音が、ゆっくりと近づいてくる。

番《ばん》は懐中電灯を奥に向けた。

光に照らされて、暗闇の中から異形の姿が浮かび上がる。

〈殺人桃《さつじんとう》〉が両手に刀を構えながら、こちらに向かってきていた。

「こんなところまでうろついとったんか……」

「鬼島《きじま》、残念だが、これじゃ探し物どころじゃねぇぞ」

空良《あきら》は周囲に目を配る。それなりに広さはあるが、逃げ回るのには適していない。あちこちに焼け焦げた玩具《おもちゃ》が落ちているし、床が濡《ぬ》れている。まずい状況だ。

「**ドコニ……ドコニ隠シタ……**」

「岡山《おかやま》……聞いてくれや。隠したんはうちらやない。あんた、それが見つからんから、ずっと探し回っとるんやろ。なら、一緒に探したる。せやから、何を探しとるのか、教えてくれへんか？」

〈殺人桃《さつじんとう》〉の歩みは止まらない。それどころか、歩みはどんどん速くなる。

「**ドコダ……ドコニ隠シタ……ドコニ居ル**」

その言葉で、ようやく空良《あきら》は気づく。

探しているのは、物ではない。

岡山《おかやま》は果たせていないのだ。悲願を達成していないのだ。

だから、黄泉《よみ》から還《かえ》ってきた。

「番《ばん》ッ、ビデオテープだッ！」

番《ばん》も察したのだろう、弾《はじ》かれたように走りだした。向かったのは、テレビだった。

販促用の映像を流していたのか、エレベーターの正面に大型サイズのものが設置されていた。

番《ばん》は濡《ぬ》れた床に何度も足をとられながらテレビの置かれた台の前に着くと、テレビに接続されているビデオデッキに、四人目の犠牲者・坂東《ばんどう》のデスクから見つけたビデオテープを突っ込んだ。

カシャコ、カシャコと音をさせて、デッキがテープを飲み込むと、テレビ画面に画質の粗い映像が映る。

〈殺人桃《さつじんとう》〉は動きを止めて、四つの頭の八つの目でテレビ画面を見つめている。

映像に映っているのは、先ほど調べた会議室だ。カメラは紋付羽織姿の老齢男性が並んで座っている様子を、横に流れるように撮っている。

画面は切り替わり、スタンドマイクの前に立つ黒いスーツ姿の男性が映る。

『――本日は、「石丸《いしまる》会長を偲《しの》ぶ会」にお集まりいただき、まことにありがとうございます。こうして〈端午会《たんごかい》〉が揃《そろ》う場に、石丸《いしまる》会長のお姿がないことが、とても信じられません。石丸《いしまる》会長は長きにわたる闘病生活の中であっても、住井《すみい》の未来を、そして〈端午会《たんごかい》〉の未来を考えぬ日はなかった、そう申しておられました。今はこの神座《しんざ》の空の上から――』

二十分ほどの映像だった。〈殺人桃《さつじんとう》〉は呆然《ぼうぜん》とテレビの画面を見ていた。映像が終わり、画面が砂嵐になるまで、ずっと。岡山《おかやま》の生首はあんぐりと暗い口を開けたまま、瞳から黒い涙を流している。

今も探していたのだ。住井《すみい》グループ会長・石丸昇《いしまるのぼる》のことを。そのために〈殺人桃《さつじんとう》〉となって、この世に戻ってきたのだ。犬、猿、雉《きじ》の頭は、一人では討つことができなかった鬼の首魁《しゅかい》の首を、今度こそ持ち帰らんと、彼女が黄泉《よみ》から連れてきた亡獣《もうじゅう》の頭なのだろう。

「**ヌゥ……馬鹿ナ……彼奴《キャツ》ガ……死ンダト……**」

その声は絶望の色を帯びていた。最大の仇《かたき》が、ただの病で死んだ。そんな残酷な事実を淡々と告げる映像を呪うように見つめながら、〈殺人桃《さつじんとう》〉は力なく、こう呟《つぶや》いた。

「**ソウカ……ナラバ……**」

異形の桃太郎となった復讐《ふくしゅう》の代議士・岡山智子《おかやまともこ》──通称〈殺人桃《さつじんとう》〉は、闇に溶け入る影のように消えてしまった。

砂嵐の画面になったテレビが放つ猥雑《わいざつ》な音と光に、玩具《おもちゃ》売り場は明滅している。

「終わった、のか」

沈黙を破ったのは番《ばん》だ。信じられない、という顔だ。空良《あきら》も同じだった。血と怨恨に赤黒く染まった物語は、あっさりと幕を下ろした。


ビデオデッキからテープを取り出しながら、大江《おおえ》は言う。

「岡山《おかやま》だけやない。うちも驚いたで。ビデオに映っとった〈端午会《たんごかい》〉のメンバー。口に出すのも恐ろしいくらい、ヤバい人物が揃《そろ》っとった」

「そんなすごいヤツらだったのか」

「ガキなら知らねぇのも無理ねぇが、あの会議室に集まっていたのは政治家や裏社会の黒幕《フィクサー》どもだ。あのメンツに睨《にら》まれりゃ、そりゃ、警察も黙る」番《ばん》はわざとらしく肩をすくめる。「さて、さっさと戻ろうぜ。怪異がいなくなったとはいえ、過去の惨劇の現場だなんて、生きた心地がしねぇ」

「ちょっと休んでてくれ。俺はまだやることがある」

空良《あきら》は〈殺人桃《さつじんとう》〉が消えた後に残った血だまりのそばに屈《かが》み込む。〈かくや〉は愛海《あみ》に飽きたと言っていた。最悪の事態になっていないことを願いながら、指先を血にひたす。

愛海《あみ》は無事だった。

いつもの浴室のような場所で、膝を抱えて座っている。

膝のあいだに顔をうずめていない。顔はこちらに向けられている。

視線が合う。

自分のことが見えているのかと思うほどに。

小さな口が、弱々しく開く。

「……おにいちゃん……わたしを見つけて……」

声にはもう、ほとんど力が残っていない。魚の骨の食べ残しの身のように、かろうじて生命力がしがみついている。そんな愛海《あみ》を見るのは心が痛む。ここにいる。ここで視《み》ている。そう応えてやりたい。だが、ヴィジョンは視《み》ることしかできない。声を届けられない。この世界に空良《あきら》は目しかなく、肉体はないので声を発することはおろか、手を振ることもできない。

「……お願い……助けて……」

愛海《あみ》の目が、死に場所を求めて彷徨《さまよ》う蝶《ちょう》のように何かを探している。

「〈かくや〉ちゃんが言ってた……ここから出るには、外から〈道〉を作ればいいって……おにいちゃん、〈道〉を作って……はやく……〈かくや〉ちゃんが戻る前に……」


記憶から戻った空良《あきら》は、胸の前で拳を握り締める。

「〈幽世《かくりよ》〉と繋《つな》がる〈道〉を作れば、愛海《あみ》を救えるってことか……」

血だまりの中に、数枚の紙の束があることに気づいた。何かの書類のようだ。手に取って見ると、表題に『火災原因判定書』とあり、大部分が黒く塗りつぶされている。

「それ、見せてもらってええか」

いつの間にか隣にいた大江《おおえ》に書類を渡すと、彼女は書類に素早く視線を走らせていく。

「この程度なら、警察《おたく》の科捜研で解析できるだろ。デパート火災の件か」

横から見ていた番《ばん》に「どうやろな」と大江《おおえ》は返す。

「調べる価値はありそうや。こっちで預からせてもらうわ」

書類をジャケットの内ポケットにしまう。

〈ムーンタワー〉を出た空良《あきら》たちは、神座駅《しんざえき》前の連絡通路に戻ってきた。

もう人の姿もまばらで、たむろしていた若い男女も、タクシー乗り場に並んでいたサラリーマンたちの姿もなかった。

「さすがに今夜は疲れたぜ」

番《ばん》は鉄柵に寄り掛かって、咥《くわ》えた煙草《たばこ》に火をつけた。「色々とギリギリだった」

「ま、無事に戻れてよかったやないか」

「まあな」番《ばん》は煙とともに短いため息をつく。「帰りのエレベーターが揺れた時はヒヤリとしたが」

一階に戻る途中、エレベーターは再び大きな異音をさせ、激しく揺れた。

揺れが収まると、消えていた階数表示ランプがつき、何事もなかったように数字のカウントダウンを始めた。あの揺れはきっと、時間を超える際に生じたものだったのだろう。

「おかげさんで予想外の収穫もあったわ。善良なる市民の皆さん、ご協力感謝するで」

「違法捜査の片棒を担がせといて、ぬけぬけと言ったもんだな、不良刑事が」

番《ばん》の非難の言葉に大江《おおえ》は苦笑する。

「俺は先に帰るぞ。急ぎの用ができた」

行こうとする空良《あきら》を「ちょー、待ちいや」と大江《おおえ》が引き止める。

「さすがに徒歩では帰せへんて。アパートまで車で送ったる。急ぎの用ってなんや？」

空良《あきら》は答える。

「今から、愛海《あみ》を助けだすんだよ」

第5章　ツクヨミ鬼《おに》

車窓を流れるネオンを空良《あきら》は見ていない。硝子《ガラス》の向こうに視《み》ているのは数十分後の自分だ。この車を降りて、なすべきことをしている自分の未来の姿だ。だが、それは確定の未来ではない。それどころか、不確定要素がごった煮の未来だ。過去を視《み》る力はあっても未来を視《み》る力は備わっていないのだ。

「どうも、すっきりせん幕引きやな」

ハンドルを握りながら大江《おおえ》がぼそりと言った。「あれでよかったんか」

空良《あきら》も同じ気持ちだった。複雑に絡まった糸をほどかずに、そのままゴミ箱へ放り込んだような結末だ。本当に怪異の恨みが濯《そそ》がれたのかと疑いたくなる。

「むしろ、すっきりしてねぇのは岡山《おかやま》って議員のほうだろ。リベンジしにあの世から戻ってみたら、一番の仇《かたき》である鬼の頭領が、もうこの世にいねぇんだからな」

「まあ、あっさり成仏したとは思えんな……」

気がかりなのは〈殺人桃《さつじんとう》〉が最後に遺《のこ》した言葉だ。「ソウカ……ナラバ……」。この後に続く言葉があったはずだ。だが――。

「実感はないが、終わったはずだ。怪異が消えると必ず血を残す。それが、今回もあったからな。まあ、〈かくや〉が俺のやる気を削がねぇように用意した、ゲームの賞品みたいなもんだ」

「ブラッドメトリーか。不思議なもんやな。血から記憶を視《み》るなんて。ま、警察《うちら》も似たようなことはしとるけどな。現場に残された血や毛を調べて情報を探るんは犯罪捜査の基本や。それより、ほんまにいけるんか」

大江《おおえ》は、愛海《あみ》を救えるのかと訊《き》いているのだろう。空良《あきら》は曖昧に頷《うなず》く。

「かなりヤバい状況だ。愛海《あみ》の様子からそう感じた。だから、〈かくや〉が愛海《あみ》から離れている今、やるしかない」

　これが最後のチャンスかもしれない。〈かくや〉の愛海《あみ》への興味が完全に失《う》せてしまったら、なにをされるかわかったものではない。

「うちにできることはあるか？」

「ないな。俺一人でいい。あんたは帰れ」

「ここまで来たんや、手伝うで。うちやって愛海《あみ》ちゃんは心配やさかいな」

「これは、〈かくや〉が俺のために始めた〈遊び〉だ。ケリは俺一人でつける。〈かくや〉のことだ。あまり首を突っ込むと、あんたも那津美《なつみ》さんのようにひどい目に遭いかねない」

　あはは、と大江《おおえ》は笑った。「男から心配されとるんか、うちは。こんなん初めてやな」笑った顔から、真顔になる。「心配いらん。これでも本庁の刑事《デカ》やで」

「腕っぷしが強いのは見りゃわかる。あんた、相当なもんだろ。でもそういうことじゃねぇ。うまく言えねぇが、こいつは俺一人でやるべきなんだ。俺は、愛海《あみ》を救うことだけに集中したい」

「なら外におるわ。愛海《あみ》ちゃんを無事保護したら教えに来てや。もしあんたが戻ってこんかったら——いや、縁起の悪い話はせんとこ。おとなしく朗報、待っとくわ」

〈はなさき荘〉の前で車が止まると同時に空良《あきら》は飛び降りて駆けだした。部屋に入ると、すぐ脇にある台所の床に視線を這《は》わせる。那津美《なつみ》が倒れていたのを見つけた時、空良《あきら》は焦るあまり、現場の状況をロクに確認しなかった。その後も救急車を呼んだり、病院で医者から話を聞いたりで慌ただしく、帰ると今度は大江《おおえ》に捕まってそのまま〈ムーンタワー〉に連れていかれた。空良《あきら》の考えている通りなら、ここに「ある」はずだ。那津美《なつみ》がやろうとしていた、愛海《あみ》を救うための〝危険な行為〟、その痕跡が。

那津美《なつみ》はホラー作家だが、超常的な能力を持っているわけではない。愛海《あみ》が「道を作って」と願っていたのは、きっと状況が整えば誰にでも実行可能な方法があるのだ。

――あった。コンパクトミラーが落ちている。那津美《なつみ》が店でメイクをする際に使用していた折り畳みタイプのものだ。那津美《なつみ》はこれを使って、〈幽世《かくりよ》〉に繋《つな》がる〈道〉を作ろうとしたのだ。

愛海《あみ》は鏡の中にいると那津美《なつみ》は言っていた。空良《あきら》のアパートに入ったのは、愛海《あみ》が消えたのがこの部屋の浴室で、〈道〉は浴室内――おそらく、壁面に取り付けられた鏡が関係していると確信したからだろう。

鏡を使って、鏡の中から救い出す方法とはなんだ。那津美《なつみ》が何かを言っていなかったか。空良《あきら》は記憶の収納を片っ端から開けていく。

『これから愛海《あみ》を助け出すわ。〈かくや〉に邪魔される前に、早く、あわせ――』

『あわせ』――あれは、「会わせて」と言いかけたのではない。文脈が変だ。

「――そうか。あの時、言おうとしていたんだ。愛海《あみ》を救う方法を」

浴室に入って、洗面台の上の鏡に向かい合う。疲れた顔が映っている。

コンパクトミラーを開いて、その鏡面を洗面台の鏡に向ける。

合わせ鏡だ。

鏡の中に鏡を持つ空良《あきら》が映る。その鏡の中に鏡を持つ空良《あきら》が映り――鏡の中にどこまでも続く〝回廊〟が現れる。洗面台の鏡が白く発光した。鏡面が水のように波打ち、中央に波紋を作りながら、小さな手が現れる。

「愛海《あみ》っ！」

すさかず左手で掴《つか》んだ。その手は冷え切っていた。小さな手は掴《つか》まれたことに驚いたようにビクンと震える。「愛海《あみ》っ、俺だ、空良《あきら》だ！」。声は届いていないのか、小さな手は警戒をなかなか解かない。だが、だんだんと冷たかった手に体温が戻っていき——こわごわと確かめるように握り返してくる。弱々しくも、必死に、離すまいと。

「待ってろ！　すぐにそこから出してやる！」

洗面台についた右手を支えに、左腕に力を込める。重い。肩が抜けそうだ。引っ張り出せないだけじゃない。向こうからも愛海《あみ》を引っ張っている。鏡の中の〈幽世《かくりよ》〉が、愛海《あみ》を逃すまいとしているのだ。力任せに引けば、愛海《あみ》の腕のほうが先に抜けてしまう。少しずつ、愛海《あみ》の反応をうかがいながら引く力を強めていく。少しでも力を抜くと空良《あきら》まで鏡の中に引きずり込まれそうだった。那津美《なつみ》が危険だと言っていたのは、そういうことだろう。へたをすれば、救おうとする者も〈幽世《かくりよ》〉に引き込まれてしまうのだ。

「くっ、このクソがあああぁッ……やっとここまで来たんだ。ぜってぇに放すかよ！」鏡の横の壁面に片足をかけ、引く力に体重を乗せる。「痛いかもしれないが我慢してくれ、愛海《あみ》！」

割れるほど奥歯を噛《か》み締《し》め、足と左腕に力を込める。少しずつ鏡の中から腕が出てくる。肘のあたりまで出てきたところで、〝向こう側〟が急に力を緩めて愛海《あみ》を〝放した〟。勢い余って背後の壁に身体《からだ》を打ち付けた空良《あきら》は呻《うめ》き声《ごえ》をあげ、ずるずると座り込む。

「お……にい、ちゃん……」

空良《あきら》の胸の中で、愛海《あみ》が顔を上げた。いつもの笑みを浮かべて。そのまま、ゆっくりと瞼《まぶた》を下ろし、空良《あきら》の胸に身体《からだ》を預ける。

「愛海《あみ》？　おいっ！　なんだよ……愛海《あみ》っ、愛海《あみ》ィッ！」

すぅ、すぅ、と息が聞こえる。蕾《つぼみ》のような口から温かい吐息を感じる。

安心して気を失ったようだ。空良《あきら》も安堵《あんど》から全身の力が抜けた。

「ついに、やったんやな」

浴室の戸口に大江《おおえ》が立っている。「叫び声がしたから飛んできたんや」

空良《あきら》は鏡の中から愛海《あみ》を救い出した経緯を話し、「柄にもなく、ばてちまった」と力なく笑った。

「毎日、バケモンと切った張ったしてたんや。ここにきて、一気に疲れが出たんやろ。そらそうなるわ」

「大江《おおえ》、帰れっつったけど、ひとつ頼んでいいか。俺たちを黒兎《くろうさぎ》まで送ってくれ」

「そうやな」今は何の変哲もない洗面台の上の鏡を見て、「いつバケモンが愛海《あみ》ちゃんを取り戻そうと出てくるかもしれん。そうやなくても、あの世と繋《つな》がった鏡《もん》がそばにあるなんて尻《ケツ》が落ち着かんやろ。すぐここを出るで」空良《あきら》に手を差し出した。

黒兎《くろうさぎ》に着くと、愛海《あみ》を奥の部屋へ運んだ。那津美《なつみ》が仮眠に使っている簡易ベッドに寝かせると、空良《あきら》はカウンター席に深く腰掛けて両腕と頭《こうべ》を垂れた。

「ぎょうさん殴られたボクサーみたいやな」

笑いながら大江《おおえ》は千円札をテーブルに置いて、カウンター内の冷蔵庫から瓶のコーラを出すとラッパ飲みする。空になった瓶を置くと、ふう、と息をつく。

「愛海《あみ》ちゃんは明日、病院へ連れていって検査させせんとあかんで。何日も化け物とおったんや。肉体的にも精神的にもまいっとるはずや。警察から多少は聴取を受けるやろが、なるべく面倒なことにならんように手ぇ回しといたる」

「あんた、意外に世話焼きなんだな」

「本庁でもホトケの大江《おおえ》言われとるで――鬼島《きじま》、あんたこれからどうするんや？」

「これで終わりじゃない。〈かくや〉が存在するかぎり、この〈遊び〉は続く。そうなれば、また愛海《あみ》が巻き込まれるし、那津美《なつみ》さんも目覚めねぇままだ」

「今頃〈かくや〉はブチ切れてるかもしれへんしな」

「近いうちに向こうから会いに来るだろうな。それかシレッと次の〈遊び〉を始めるか。どっちにしても、あの〈口〉が次の〈おとぎ草紙〉の始まりを告げてきたら、俺は付き合うしかねぇんだ。このくだらねぇ〈遊び〉にケリをつける方法はただひとつ」平手に拳を打つ。「俺の手で〈かくや〉をぶちのめすしかない」

大江《おおえ》は「……そうかい」と言ったあと、ジャケットの内ポケットから〈火災原因判定書〉をちらりと見せる。

「うちは本庁に戻って、朝一《あさいち》でこいつを科捜研に提出《だ》す。そのあとはしばらく解析待ちや。〈端《たん》午会《ごかい》〉を一網打尽にする策も練らんとあかん。あんたも一人で突っ走らんと、少し寝とき」

「寝れねぇよ。いつ〈かくや〉が来るかもしれないと思うとな……」

「そんなヘロヘロやったら起きてても意味ないやろ」

大江《おおえ》は呆《あき》れ顔《がお》で携帯電話を見せる。「いくつか連絡せんといかんとこがある。そのあいだここにおるから、五分でも十分でもええ。目ぇつぶっとき」

「――じゃあ、お言葉に甘えて、五分だけ休ませてもらう」

空良《あきら》はカウンターテーブルに突っ伏した。


目が覚めると大江《おおえ》がいなかった。携帯電話の時刻表示を見ると昼近くだ。

慌てて奥の部屋に行くと寝ている愛海《あみ》のそばに大きなものがいる。〈首太郎《くびたろう》〉系の怪異かと身構えるとそれは「お目覚めっすか」と、かりんとう饅頭《まんじゆう》みたいな顔をニカッとさせた。丸橋《まるはし》だ。

大江《おおえ》から番《ばん》を通して丸橋《まるはし》に連絡が来たという。空良《あきら》をゆっくり休ませるため、愛海《あみ》を守る番人役として彼を呼んだのだろう。あいかわらず事情を聞かされていないらしく、何から守るのかも知らない丸橋《まるはし》は片手に刺又《さすまた》を持っていて、その姿はまるで猪八戒《ちよはつかい》だ。

「今んとこ怪しいヤロウも現れず、妹さんはぐっすり眠ってるっす」

「そうか。面倒かけたな。――天生目《あまのめ》はまだ謹慎中か？」

「そうっす。でも、あとで抜け出してくるって言ってたっすよ」

愛海《あみ》の救出を祝いに来るそうだ。まだ気が早いのだがと思っていると。

「ん……うーん……」

愛海《あみ》が身じろぎしながら、ゆっくりと目を開いた。

「愛海《あみ》……大丈夫か？　痛いところとかはないか？」

愛海《あみ》は小さく頷《うなず》く。「おにいちゃんが……助けてくれたの？」

「いろんなヤツに力を借りた。そいつらのおかげだ」

愛海《あみ》は起き上がると空良《あきら》の顔を見て、目尻に涙を浮かべた。そして、空良《あきら》の胸の中に飛び込んで泣きじゃくる。恐怖が蘇《よみがえ》ったのだろう。どこかもわからない場所に閉じ込められ、ずっと化け物の遊び相手をさせられていたのだ。

愛海《あみ》は涙を拭って顔を上げると、満面の笑みで見守っている丸橋《まるはし》に気が付き、「だれ？」という目を空良《あきら》に向けた。

「天生目《あまのめ》の親父《おやじ》さんの会社に勤めている人だ」

「丸橋《まるはし》っす。お兄さんにはいつもお世話になってるっす。愛海《あみ》ちゃんもモモラーなんすよね。オレもっす！」丸橋《まるはし》はニッコリ笑った。

「愛海《あみ》、落ち着いて聞いてくれ……那津美《なつみ》さんは今、入院している」

愛海《あみ》はぼんやりと目を宙に置いて、「お母さん」と口にした。

「お前を助けようとしたんだ。でも、その時に――」

「知ってるよ。〈かくや〉ちゃんから、みんな聞いたから……」

「あのやろう……」

瞬時に怒りがわき上がる。愛海《あみ》を絶望させるため、わざわざ伝えたのだ。

「何があったのか、話せるか？　きつかったら今じゃなくていい――」

「……ううん、大丈夫。何を話したらいい？」

すべてが始まった、あの晩――いや、その前夜。何が起きていたのか。

やはり、空良《あきら》の思った通りだ。愛海《あみ》は高村《たかむら》ゆりの霊から、花を供えてほしいと頼まれたのだという。しかしそれは〈かくや〉が仕掛けた〈遊び〉だった。結果、花を供えられなかった愛海《あみ》はペナルティとして、鏡から現れた〈かくや〉によって〈幽世《かくりよ》〉へと連れていかれた。

〈幽世《かくりよ》〉にいる時は、ずっと頭がぼんやりとしていた、と愛海《あみ》は言う。夢と現《うつつ》の狭間《はざま》を行き来しているようで、空腹や眠気はまったくなく、朝も夜もない時間の中、〈かくや〉のお喋《しゃべ》りや遊戯に延々と付き合わされていた。そしてよく、空良《あきら》のことを訊《き》かれたという。

「おにいちゃんの趣味とか、読んでいる本とか、好きな食べ物とか」

今は〈遊び相手〉かもしれないが、最終的に殺すつもりなら、趣味など知ったところでなんの意味もない。〈かくや〉の自分に対する強い関心が何を意味するのか不気味だ。

「じゃあ、〈NG〉って言葉について、〈かくや〉は何か言ってなかったか？」

愛海《あみ》はビクンと肩を大きく震わせ、顔をこわばらせた。

「えぬ、じい……」

「ああ。〈かくや〉が秘密にしてることなんだろ」

「……何も言ってなかったよ」

「どんなことでもいいんだ」

「〈かくや〉ちゃん、そのことを訊《き》くと、すごく怒るの」

思いだしたのか、愛海《あみ》は仔ねずみのように身震いする。「だから、訊《き》けなかった」

「その言葉を愛海《あみ》がヤツから初めて聞いた時、他になんて言っていたか覚えてるか？」

愛海《あみ》は首を横に振ると、ごめんね、と言う。

「——独り言みたいな感じで、よく聞こえなくて」

空良《あきら》がそれを口にした時、これまで常に余裕綽々《よゆうしゃくしゃく》といった態度の〈かくや〉が初めて動揺した様子を見せ、殺すと脅迫までしてきた。この言葉が〈かくや〉にとって禁句《NG》なのは明らかだ。ならば、知る必要がある。この馬鹿げた〈遊び〉を終わらせるためには、〈かくや〉にまつわる情報をひとつでも多く集めなくてはならない。〈かくや〉は、こう言っていた。

『……N……G……ととさまと……〈かくや〉の……ひみつ……』

〈父様《ととさま》〉——〈かくや〉が「父」と呼ぶ相手。

〈かくや〉がどういう存在なのかは不明だが、その身体《からだ》は球体関節のある人形のようだった。化け物に、ましてや人形に〈親〉なんて存在するわけがない。まさか——。

「それより、おにいちゃん、〈ツクヨミオニ〉って知ってる？」

「いや……なんだそれは」

「それもね、〈かくや〉ちゃんが独り言で言ってたのを聞いたの。『次は〈ツクヨミオニ〉して遊ぼ』って」

〈ツクヨミオニ〉——〈ツクヨミ鬼《おに》〉か。「影鬼」や「こおり鬼」のような遊戯に聞こえるが、〈かくや〉が話していたということは間違いなく怪異の名称だ。やはり、〈かくや遊び〉はまだ続くのだ。

ドアベルが鳴って来客を知らせる。

「やあ、親友」と入ってきた天生目《あまのめ》の後ろに大江《おおえ》の姿もある。

「珍しい組み合わせだな」

「来る途中で捕まったんだよ……」

「人聞きが悪いな。うちは、茶ぁ、しばかへんかってフレンドリーに誘ったんやで」

「だそうだ」と天生目《あまのめ》が肩をすくめた。

「坊ちゃん、お勤めご苦労様っす」

丸橋《まるはし》が膝に手を置いて中腰になる。その筋の人間がやる挨拶の所作だ。

「おい、それ外ではするなと言ったろ」

天生目《あまのめ》と丸橋《まるはし》を横に押しのけ、大江《おおえ》は愛海《あみ》の前に屈《かが》んで目を覗《のぞ》き込む。

「大丈夫そうやな」と笑んで、「うちは大江《おおえ》っちゅう警察のもんや。お母さんから頼まれてな、お兄ちゃんと一緒に、あんたを捜しとった。ほんっまに無事でよかった。ほんでな、一応、病院でしっかり検査してもろたほうがええと思うんや。うちがええとこ紹介したるさかい、な？」

「病院……？　あの、わたし、大丈夫だけど……」

愛海《あみ》の困惑の目が空良《あきら》にすがってくる。

「あくまで念のためさ、愛海《あみ》ちゃん」天生目《あまのめ》は愛海《あみ》の頭をぽんぽんと撫《な》でる。「キミのお兄さんはあんな感じだけど、とても心配性なんだ。キミが消えてからずっとオロオロして、それはもう見ていられないくらいに取り乱してね。だから、安心させてあげるつもりでさ」

「おい、事実を捻《ね》じ曲《ま》げんな」

愛海《あみ》はフフッと笑って頷《うなず》いた。

「うん。おにいちゃんがそれで安心してくれるなら……検査受けるね。ありがと、天生目《あまのめ》さん」

大江《おおえ》が車で連れていってくれたのは那津美《なつみ》も入院している病院だった。家族水入らずで、と天《あま》生目《のめ》は見舞いを辞退し、大江《おおえ》の車で待った。愛海《あみ》と空良《あきら》の二人で、いまだ目を覚まさない那津美《なつみ》を見舞った後、愛海《あみ》の検査入院の手続きを済ませる。二泊三日の予定となった。

病院の駐車場に戻ると大江《おおえ》の車はなく、シャトルバス乗り場のベンチに天生目《あまのめ》が退屈そうに座っていた。大江《おおえ》は急用で本庁に戻ったらしい。

「丸橋《まるはし》に迎えに来させるか」

「俺はいい。歩いて帰る」

空良《あきら》が歩きだすと、天生目《あまのめ》はベンチを立った。

「付き合うよ、親友」

太陽に炙《あぶ》られたアスファルトの匂いを踏みながら交差点を渡る。明るい時間帯にのんびりと歩いているのも不思議な感覚だ。最近はずっと暗い夜闇の中で息切れしている。

「まいったよ。親父《おやじ》がぜんぜん謹慎を解いてくれなくってさ。組の名前を使って色々やった僕も悪いけど、ケータイまで没収するなんてあんまりだろ」

「それで、ムカついて家を抜け出してきたのか。親父《おやじ》さんにブチ切れられるんじゃないか？」

「家を出たのは、そんな理由じゃないよ。愛海《あみ》ちゃん救出の一報を受けて、居てもたってもいられなくてね。あの〈かくや〉を出し抜いたってことだろ？　すごいじゃないか。すぐ丸橋《まるはし》に飛ばし携帯を用意させて、駅そばのホテルに部屋を取った。今夜からしばらく、そこに拠点を移すつもりだ。そういうわけだからさ」

また僕を頼ってくれていいよ、親友、と言ってウィンクする。

親友。そう呼ばれるようになったのは、いつからだったろう。空良《あきら》は振り返る。

天生目《あまのめ》との付き合いは十年くらいか。昔の空良《あきら》は荒れていた。母親は身体《からだ》が弱く、たびたび倒れていたので、ロクに働くこともできず、暮らしは厳しかった。一枚の食パンと水で朝晩の食事を済ませる日もざらにあった。その頃に住んでいたアパートの電気は薄暗く、それも家が貧しいからだと思っていた。余裕のない暮らしの中、空良《あきら》は不満を募らせ、それを解消する手段はケンカ以外になかった。幸い、一人親で貧乏な空良《あきら》の噂《うわさ》を聞きつけ、わざわざ馬鹿にしに来る者がたくさんいた。そういうヤツらを、片っ端から殴った。相手の身体《からだ》が自分より大きかろうが、上級生だろうが、複数だろうが関係ない。ヤクザの息子だろうとケンカを売られたと感じれば、殴り返した。その結果、天生目《あまのめ》に気に入られ、以来、つるむようになった。

ヤクザの本性を好青年の仮面で隠す天生目《あまのめ》。自分を隠し偽るのが苦手で無愛想に生きる空良《あきら》。正反対の性格だが妙に馬が合った。気が付くと天生目《あまのめ》は空良《あきら》を親友と呼ぶようになっていた。

病院からの帰り道、天生目《あまのめ》の行きつけの焼肉店でランチをした。その後は喫茶店で久しぶりに怪異の「か」の字も出ない会話をした。天生目《あまのめ》はなにかにつけ、アングラマッチの話題を挿し込んでくる。あわよくば地下ファイターに復帰させようという下心が見え見えだ。他の話題は、父親の愚痴、変な名前の缶ジュースの目撃情報など。このまま、「明日、どこ行こうか」という話題になりそうだが、そうはならない。明日の約束などできない。今夜にも〈かくや〉の笛の音が聞こえてくるかもしれないのだ。

「余裕がないなあ、空良《あきら》。いつもの仏頂面に拍車がかかってるよ」

「そうか？　自覚はないが、まあ、そうだろうな」

「最近、嘘《うそ》みたいな毎日を送っているからな、キミは。でも、その日々も夏休みが終わる頃には、きっとケリがついてるよ」

「だといいんだがな」

愛海《あみ》の救出で祝賀ムードを醸し出しているが、天生目《あまのめ》はちゃんと「まだ終わっていない」ことを理解していたようだ。

あーあ、と天生目《あまのめ》は大きく伸びをした。

「今日は愛海《あみ》ちゃん奪還の祝いにかこつけて、謹慎中のストレスを発散しようと思ってたんだよ。この後、キミを色々と刺激的な場所に付き合わせようかと思ってたんだ。でも、もう少し落ち着いてからのほうが良さそうだね」

「そうだな。それに刺激はもう、間に合ってる」

喫茶店を出て天生目《あまのめ》と別れるとアパートに帰り、シャワーだけ浴びて黒兎《くろうさぎ》に戻った。〈幽世《かくりよ》〉への入り口がある部屋で夜を過ごすのは落ち着かない。それに確かめたいものがあった。

店のカウンターテーブルの隅には那津美《なつみ》が〈幽世《かくりよ》〉を調べる時に読んでいた本やノートがあった。本は文庫本とハードカバーがあり、どれも同じ著者のものだ。

弥勒夜雲《みろくやくも》。グロテスクなカバーイラストの本もあるが、この作家の作品イメージはどちらかといえば「静かな恐怖」なのだろう。本の装丁は無駄に恐怖を煽《あお》るようなものではなく、シンプルなデザインが多い。その中に一冊、異質な本がある。紐《ひも》で綴《と》じた和本の体裁で、色あせた紅色の表紙に白地で書名と著者名だけが書かれている。

『夏越《なご》しの戯《ぎ》　弥勒夜雲《みろくやくも》』——那津美《なつみ》が〈幽世《かくりよ》〉と〈合わせ鏡〉の方法を知ったという短編小説。空良《あきら》が内容を確かめたかった本だ。しかし、この一冊だけなぜ、本の作りが古いのだろう。価格表示もない。非売品の本だろうか。そんなことを考えながら、ページをめくる。

夏越《なご》しの戯《ぎ》

其《そ》の昔、人に害を為《な》す怪異《あやし》があった。

其《それ》は〈かぐや〉と云《い》う、娘の姿をした人形《ひとがた》で、〈遊戯《あそび》〉と称し、人の命を玩《もてあそ》ぶ事甚《はなは》だしかった。

是《これ》を見兼ね、或《あ》る霊能の血を継ぐ一族の者、忌まわしき〈かぐや〉を捕らえ、鏡の中に在る〈幽世《かくりよ》〉と云《い》う異界に封じ込める。

然《しか》し、拾《じゅう》年毎《ごと》に封印の力は弱まり、〈かぐや〉は其《そ》の度に〈幽世《かくりよ》〉から這《は》い出て、凡《あら》ゆる怪事を為《な》した。

彼《か》の一族の者、〈かぐや〉が外に出て怪事を為《な》さぬよう、霊力を込めた人形《ひとがた》を拵《こしら》え、〈かぐや〉の〈遊戯《あそび》相手〉として〈幽世《かくりよ》〉に送り込み、捧《ささ》げた。之《これ》をする事で、人形《ひとがた》の霊力が失われる迄《まで》の拾《じゅう》年間、〈かぐや〉は〈幽世《かくりよ》〉の中で大人しくしていた。仍《よっ》て、一族の者は代々、拾《じゅう》年毎《ごと》に之《これ》を執《と》り行った。儀式は、前の儀式から凡《およ》そ拾《じゅう》年目の夏の始《はじめ》に行われた。

夏を越し、怪異《あやし》を戯《あそ》ばせ、和《なご》ませる。

故《ゆえ》に此《こ》の儀式を〈夏越《なご》しの戯《ぎ》〉と云《い》う也《なり》。

此《こ》の〈お役目〉を務めていた者が死ぬと、其《そ》の子が一族の使命を受け継ぎ、新たな〈お役目〉と為《な》って儀式を続ける。斯《こ》うして、〈夏越《なご》しの戯《ぎ》〉が続けられる限り、〈かぐや〉は妄《みだ》りに怪事を起こさない。

其《そ》の筈《はず》であった。

然《しか》し、此《ここ》に来て、血の継承が断たれる事と為《な》った。

〈お役目〉を継いだ男が、後継者を持つ前に、事故で霊力を失って了《しま》うのだ。

〈夏越《なご》しの戯《ぎ》〉を行えなければ、〈遊戯《あそび》〉の相手がなく、退屈に為《な》った〈かぐや〉は〈幽世《かくりよ》〉から出てきて、数多《あまた》の人の命を奪って了《しま》う。

嗚呼《ああ》、如何《どう》すれば良いのかと、男は悩んだ。迷った。考えた。

使命に追い詰められた男の選んだ手段。其《それ》は一族でも禁じ手の外法《げほう》であった。

生きた娘を人形《ひとがた》に変え、〈かぐや〉の拾《じゅう》年間の〈遊戯《あそび》相手〉として〈幽世《かくりよ》〉に捧《ささ》げたのである。贄《にえ》と為《な》った娘の哀《かな》しみと苦痛、無念、怨恨が〈かぐや〉を和ませる霊力の代わりを果たすのだ。

斯《こ》うして〈夏越《なご》しの戯《ぎ》〉は血塗られた儀式と相為《あいな》ったが、男は〈お役目〉を果たし続ける。其《それ》が一族の血を継ぐ者の宿命なのだ――。


あえて古めかしい文体で書かれた、〈ある男〉の物語だ。

〈かくや〉ならぬ〈かぐや〉と名付けられた、人の命を弄ぶ人形の怪異。それを封じる〈お役目〉を継ぎ、生きた少女を人形にする男――。

これはきっと完全な創作ではない。ところどころ、現実と符合する箇所がある。事実を基にして書かれた私小説のようなものか。いや、そもそも、これは文芸作品なのか。

弥勒邸《みろくてい》のタイプライターに残っていた『翼の恩返し』にも、〈お役目〉と呼ばれる特別な職務につく男が登場している。一族の男と同一人物だろう。

この『夏越《なご》しの戯《ぎ》』が実話を基にして書かれたものなら、主人公の男は弥勒夜雲《みろくやくも》だ。

つまり彼は、欲望や性的衝動に駆られて少女たちを犠牲にしていたわけでなく、〈かくや〉を封じ込めるという使命を全《まっと》うせんとやっていた——ということになる。

一度、終わったはずの物語が、ここに来てまったく違う意味を持って立ち返ってきた。

「どうも、弥勒《みろく》の目的は少女の殺害ではないように感じる」「やるべきことを黙々とこなしているだけのような印象だ」——弥勒邸《みろくてい》でのロゼの言葉だ。同感だった。ブラッドメトリーで弥勒の声を聞いた時、空良《あきら》も違和感を覚えていた。少女を生きたまま解体するという狂気の渦中にありながら、その声が理知的な色を帯びていたことに。その理由はここに繋《つな》がる。弥勒《みろく》は人間としては確かに狂っていたが、いたって冷静に、使命に従って行動していたのだ。

ただ、わからないのは、なぜ、ここまで詳細に自分の秘密を書き残したのかだ。この『夏越《なご》しの戯《ぎ》』が一般販売されていた書籍でないにしても、那津美《なつみ》や母親を魅了した作品群には少なからず、彼が少女たちに行った蛮行が文学的に表現されている。そこから秘密が暴かれるという危険を考えなかったのか。——考えなかったのだろう。〈お役目〉としての力を失った彼は失意の底に墜《お》ち、外法《げほう》に手を染める以外の選択肢を見つけられなかった。血塗られた道に足を踏み入れるしかなかった。そして、そんな自分に、自虐的に陶酔し、自身を主人公とした壮大な〈悲劇〉の台本を構想していたのかもしれない。

その弥勒《みろく》も死に〈かくや〉は自由を得てしまったのだが——。

中盤以降は斜め読みした。読みながらふと気づいたのだが、本にはうっすらと何かの匂いが染みついていた。空良《あきら》はそれをどこかで嗅いで《しって》いたが、記憶とピントを合わせづらく、逃げ水のように捕まえられないかすかな匂いだった。最後のほうで〈幽世《かくりよ》〉の二文字が出てきた。〈かぐや〉が一度でも出入りした鏡は〈幽世《かくりよ》〉と〈現世《うつしよ》〉との境界となり、〈合わせ鏡〉が両世界を繋《つな》ぐ道を作るとある。那津美《なつみ》はこれを読んで、空良《あきら》の部屋の浴室に向かったのだろう。

弥勒《みろく》は本当になんでも作品に書いていたようだが、〈NG〉については一言も触れられていなかった。小説の内容を額面通りに受け取るなら、〈かくや〉を〈幽世《かくりよ》〉に封じる方法は〈夏越《なご》しの戯《ぎ》〉だ。だが、人形に霊力を籠《こ》めて捧《ささ》げる必要がある。弥勒《みろく》が死んで一族が絶えた今、〈かくや〉を封じる手段がなくなってしまったということだ。

翌日の午後に天生目《あまのめ》と駅前で待ち合わせ、二人で病院へ行った。愛海《あみ》は元気そうだった。表情も明るく、血のヴィジョンで視《み》た暗い影は完全に消え去っていた。天生目《あまのめ》に愛海《あみ》の話し相手を任せ、その間に空良《あきら》は医者から説明を受けた。健康上の問題はないが、脳波にわずかな異常が見られるので精密検査をしたいという医者の申し出に、空良《あきら》は承諾した。検査は明日の午前中に行うということで同意書にサインしてから、愛海《あみ》たちが待つテラスへと戻った。

その後、三人で別棟に入院中の那津美《なつみ》を見舞いに行く。運ばれてから一度も目覚めていない那《な》津美《つみ》の顔は石膏《せっこう》像のように白く、額に汗の玉を浮かせ、細い隙間風のようなうめき声を漏らしていた。「お母さん、うなされてる……怖い夢を見てるのかな」と愛海《あみ》は心配していたが、空良《あきら》は理由を知っていた。那津美《なつみ》の病院着の下には今も〈口〉があるのだ。掛布団の中から、ざわざわと虫が集《すだ》くような囁《ささや》き声が聞こえる。愛海《あみ》と天生目《あまのめ》、そして医者たちにも当然、聞こえていないし、見えていない。

病院を出たタイミングで大江《おおえ》から連絡があり、黒兎《くろうさぎ》で落ち合った。

「ほな、検査してなにもなければ予定通り、明日には退院っちゅうことか」

大江《おおえ》は缶ジュースのタブを起こして口に運ぶと「ん?」と眉間に皺《しわ》を寄せて缶を見る。

「『パンナコッ茶《ちゃ》』? なんや、変わった味やな」

黒兎《くろうさぎ》に戻る途中、天生目《あまのめ》が自販機で買った缶ジュースだ。渡されたが空良《あきら》は飲まなかったので、大江《おおえ》に振る舞った。空良《あきら》は気にせず、話を続ける。

「アルファ波とかベータ波とか、俺にはチンプンカンプンだったぜ」

「もっと複雑な話を持ってきたで」ジャケットの内ポケットから書類を出し、ひらひらとさせた。「〈火災原因判定書〉。黒塗り部分を解析した結果や」

それは〈殺人桃《さつじんとう》〉――岡山智子《おかやまともこ》が消えたあとに残された血だまりで、空良《あきら》が拾った書類だった。

天生目《あまのめ》が横から手を伸ばしたので、大江《おおえ》は書類を持つ手を引っ込める。

「おォこら。極秘情報やで。ゼニのタネにしよう思てんちゃうやろな、チンピラ」

「そんなわけないじゃないですか、大江《おおえ》さん。僕はただ協力したいだけです。〈ムーンタワー〉の警備の件だって、よろしくやって差し上げたじゃないですか」

大江《おおえ》は舌打ちすると書類をテーブルに放る。

手に取った天生目《あまのめ》は「ふーん」と書面内容に目を細める。

「空良《あきら》から聞いてます。〈ムーンタワー〉が建つ前にあった〈桃井《ももい》デパート〉の火災と、それに絡んだ住井《すみい》グループ会長の疑惑」

「もう疑惑やない。確信や」

出火元は五階の玩具《おもちゃ》売り場。犠牲者二十五名のほとんどが家族連れで、死因は全員、致死的熱傷——全身火傷《やけど》だったはずだ。報道では、出火原因は漏電火災とされていたが。

「そこに書いてあるんは、報道とはまったく違う事実やった。火災現場の床には、ガソリンの撒《ま》かれた跡があったそうや」

「放火ってことか？　あれが……」

空良《あきら》は、無残に焼けた玩具《おもちゃ》売り場の光景を思いだす。

「情報操作されとったんや。漏電火災っちゅうんも、どこが言いだしっぺか、ようわからん。判定書も紛失したことになっとった。それらを指示したヤツがおる」

「住井《すみい》の元会長か」

大江《おおえ》は空良《あきら》に頷《うなず》く。「石丸《いしまる》が指示すれば〈端午会《たんごかい》〉が動く。ビデオの中におった錚々《そうそう》たるメンバーを見たやろ。隠蔽工作なんて、お茶の子や」

「それって誰かさんが、僕の親父《おやじ》も仲間なんじゃないかって疑ってた、腹黒《はらぐろ》の集まりですよね」

天生目《あまのめ》に皮肉を向けられても大江《おおえ》は素知らぬ顔で続ける。

「言うても岡山《おかやま》も議員や。それなりに人脈もある。そやから、信頼できる筋から情報を集めることができたし、判定書も手に入れられた。——いや、これは議員としての力っちゅうより、執念やな。岡山《おかやま》は、この火災で旦那と息子、家族を二人も失っとるんや」

岡山《おかやま》には協力者もあったが、彼らは一緒に戦ってくれる〝お供〟にはならなかった。石丸《いしまる》や

〈端午会《たんごかい》〉の力を恐れたのだろう。結果、一人で仇《かたき》討《う》ちに行った彼女は返り討ちに遭い、夜な夜な魔窟を彷徨《さまよ》う怪異と成り果てた。

「放火犯は見つかっているんですか?」

「事件にもなってないんや。容疑者なんてあがるはずないやろ。せやけどこの書類を見る限り、犯人が頭のおかしいヤツなんは確かや。火災現場から、銃が見つかっとるらしい」

「銃って――あれ? 犠牲者全員、死因は火傷《やけど》でしたよね?」

大江《おおえ》の薄い目が、その奥に昏《くら》い光を孕《はら》んだ。

「真っ黒こげや。殺すことが目的で銃を持っとったんなら、何人かの遺体に銃弾が見つかってもおかしくない。せやけど、見つからんかった。つまり、そいつは銃を使わずわざわざ焼き殺したんや。それだけやない。焼死体のほとんどが、互いに鎖で繋《つな》がれとったそうや」

胸糞《むなくそ》の悪くなる光景を想像し、空良《あきら》は吐き気を覚えた。

「そいつ……なんなんだ……何のためにそんな……」

「なんやろな。大量虐殺が目的やったら、火ぃつけただけでも目的は果たせそうなもんやけど。銃でビビらせて、逃がさんよう鎖で拘束したってとこやないか。――それか、〈ツクヨミ鬼《おに》さん〉でも、やろうとしたんちゃうか」

語尾の独り言のような言葉を空良《あきら》は聞き逃さなかった。

「大江《おおえ》、今、なんていっ――」

騒《ざわ》めく声。卑猥《ひわい》な嗤《わら》い。

顔の表皮が激しく痙攣《ふる》えだす。

『ツクヨミ鬼《おに》さん、ツクヨミ鬼《おに》さん、どうぞおいでください』

〈呪いの口〉――やはり、〈かくや遊び〉は続いている。

――だが、いつもと違う。これまで〈かくや〉は新たな〈遊び〉を告げるたびに姿を見せていたが、今回は開始を告げず、いきなり始まってしまった。

「なんや、例のが始まったんか？」

「空良《あきら》、平気か？」

「……今はな。それより、さっきの〈ツクヨミ鬼《おに》〉ってのを詳しく教えてくれ」

大江《おおえ》は不思議そうな顔をした。「ええけど、バケモンの話ちゃうで」

「怪異じゃないのか？」

「十年くらい前に中高生の間で流行《はや》った、おまじないや」

「おまじない？」

「それって〈コックリさん〉みたいなもんですか？」

天生目《あまのめ》は苦虫を噛《か》み潰《つぶ》したような顔をしている。小学生の頃に大流行し、休み時間にみんなやっていたが、天生目《あまのめ》は頑《かたく》なに誘いを断っていたのを空良《あきら》は思いだした。

「似とるが、あっちは占いやろ。〈ツクヨミ鬼《おに》さん〉は、なんでも願いを叶《かな》えるんや」

〈ツクヨミ鬼《おに》さん〉――それは同名の神秘的存在を呼び出し、願い事を伝える遊戯。

月夜の晩、自分を囲むように鎖を置く。この鎖の輪の中を〈祭壇〉に見立て、〈ツクヨミ鬼《おに》さん〉への捧《ささ》げ物を置く。そして、捧《さき》げ物に火をつけ、燃え尽きる前に〈ツクヨミ鬼《おに》さん〉を迎えるための呪文を唱える。「ツクヨミ鬼《おに》さん、ツクヨミ鬼《おに》さん、どうぞおいでください、ツクヨミ鬼《おに》さん、ツクヨミ鬼《おに》さん、どうか願いを叶《かな》えてくださいませ」。唱え終えたら二枚の手鏡で〈合わせ鏡〉をする。これで〈ツクヨミ鬼《おに》さん〉が現れる。

「ここでも〈合わせ鏡〉かよ」その符合はあまりに不吉だった。

「ガキの遊びにしては小道具が多すぎるし、鎖なんてそうそう用意でけへん。せやから、長い紐《ひも》や糸でもええみたいや。燃やすもんもなんでもええけど、叶《かな》えたい願いの大きさに見合ったもんを燃やす必要があるそうや。つまり、願いが叶《かな》わんかった時は、燃やしたもんと願いの大きさが釣り合わんかったっちゅうことやな」

「〈ツクヨミ鬼《おに》〉は怪異じゃなく、神様みたいなもんだってのか？」

だとすると、今回はこれまでとずいぶん毛色の違う〈遊び〉になりそうだ。

「先走るんやない。〈ツクヨミ鬼《おに》さん〉言うたんは、その書類にある現場状況の記録を見て、うちが勝手にそう思っただけや」

「いや、それがよ、愛海《あみ》が〈かくや〉から聞いてんだ。次は〈ツクヨミ鬼《おに》〉だって」

大江《おおえ》の眉間に小さく皺《しわ》が刻まれる。

「――マジかいや」

「〈口〉も出ちまった以上、コイツの情報を集めて早急になんとかしなきゃならねぇ」

「確かに怪異とは言われていないみたいだね」いつの間にか天生目《あまのめ》は店のノートパソコンを使って、情報を集めはじめていた。「上がってくるのは、十年前に一時的に流行《はや》った遊びってだけで、各地のオカルト掲示板もざっと見てみたけど、心霊的な話題は出てないね。多いのは名称の由来の考証かな。〈月読命《ツクヨミ》〉って神様の名前が由来とあるけど、これといった根拠はないみたいだね。単に月夜に儀式をするから、そう呼ばれたのかな」

「どっちにしろ、攻略のヒントにはなんねぇな。せめて神か鬼か、はっきりしろってんだ」

「まあ、鬼神って言葉もあるしね。あ、でも中国だと〈鬼〉は死者の霊をさすみたいだ」

カタカタとキーボードを叩《たた》く天生目《あまのめ》を横目に見て、「インターネットちゅうんはなんでも出てくるんやな。うちは好かんけど」と大江《おおえ》が言った。空良《あきら》も同感だった。

「このサイト、本格的な考証をしていてなかなか興味深い。読んでみなよ、空良《あきら》」

天生目《あまのめ》が空良《あきら》をパソコンの前に座らせる。テキストの背景は一面、赤黒い絵だ。

「なんだよ、この絵」と訊《き》くと、「地獄だよ」と返ってきた。

「昔の人が描いた地獄絵図をトリミングしたものさ。このサイトは〈ツクヨミ鬼《おに》さん〉の検証をしているんだけど、あの世の亡者を呼ぶ儀式だって説を提唱しているんだ。よく調べてあるけど
――やっぱり、こういう話、僕は苦手だな」

ツクヨミ鬼《おに》さんの由来――その考察

台湾では旧暦七月を〈鬼月〉と呼び、あの世とこの世を繋《つな》ぐ〈鬼門〉が開いて亡者がやってくると伝えられている。日本のお盆のようなものだ。

〈鬼月〉の間は「夜中に鏡を見る」「水に映る顔を見る」など、やってはならないことがある。それらの禁を犯すと〈鬼門〉から出てきた悪い霊が寄り付くと恐れられていた。

だが、この禁を逆に利用し、呼び寄せた霊に願いを叶《かな》えてもらうという儀式がある。

それが〈鬼月呼び〉だ。

この儀式が日本に伝来し、〈ツクヨミ鬼さん〉の原型になったと考えられる。儀式で呼び出され、生者の願いを叶《かな》える悪い霊とは、どのような霊なのだろう。仏教が伝える数ある地獄のひとつに〈腴肉地獄〉がある。これは、富を求める貪欲な死者が堕《お》ちる地獄で、そこの罪人は「手足のない肉の塊」のような姿をしている。〈ツクヨミ鬼《おに》さん〉で呼び出される霊は、この肉塊の罪人なのではないか。〈願い〉という言葉で飾られた尽きぬ欲望に、地獄の亡者が呼び寄せられるのだ。

「〈腴〉って字は、月《にくづき》に鬼と書いて〈カイ〉って読むらしい。この一文字で『膨れる』『腫れる』って意味になるそうだ。サイトの管理人は、この一文字の漢字が、〈ツクヨミ鬼《おに》さん〉という遊戯の名の由来かもしれないとも考察しているんだ」

「次は地獄の亡者が相手かよ。あの世は〈幽世《かくりよ》〉だけで十分だぜ」

「これはあくまで名称由来の一説だよ。地獄や天国なんて、人間の都合でできた概念さ。でも、願いの大きさの分だけ、捧《ささ》げるものの価値も大きくなるって遊びには、ぴったりの名前かもしれないな。欲望っていうのは、際限なく膨らんでいくものだからね」

ぱんぱんと大江《おおえ》が柏手《かしわで》を打った。

「お勉強会はそのへんにして、そろそろ次の行動を決めたほうがええんやないか？」

空良《あきら》はもう決めていたことがある。

「今夜、〈ムーンタワー〉へ行く」

「ま、そうなるわな」

当然だろうという反応だ。「今んとこ、デパート火災の件が唯一の手がかりや。せやけどな――さっきも言うたが、放火犯がほんまに〈ツクヨミ鬼《おに》さん〉をしたんかはわからんで？」

「ああ、わかってる」

空良《あきら》が〈ムーンタワー〉へ行くと決めたのには他の理由があった。

「俺たちが体験した、時間を遡る現象――あんな芸当ができるのは怪異しかいない」

「まあ、そうなんやろうな」

「だが、〈殺人桃《さつじんとう》〉は消えたんだ。他の怪異と同じように血だまりを残してな。だから、もうこの世にはいないはずだ。それなのに、いなくなった後も過去の〈桃井《ももい》デパート〉は消えなかったし、帰りのエレベーターでまた、時間を超える現象は起きた――あそこにはまだ、『何か』がいるってことだ」

「それが〈ツクヨミ鬼《おに》〉かもしれんっちゅうことか」

大江《おおえ》は「なるほどな」と納得した。

「そういうことなら、うちも同行させてもらうわ。〈火災原因判定書〉を分析したことで〈桃井《ももい》デパート〉の火災の真相もぼちぼち見えてきとる今、犯人や犯行の動機を知る手がかりになるかもしれん。それに、これがないと不便やろ」

大江《おおえ》は懐に手を入れ、〈カードキー〉をチラリと見せた。

「指紋複製も番《ばん》から預かっとる。住井《すみい》が隠しとること、洗いざらい暴いたろうやないか」

夜を待って黒兎《くろうさぎ》を出ると、大江《おおえ》の車で〈ムーンタワー〉に向かった。

運転中に何度か大江《おおえ》の携帯電話が鳴った。番《ばん》からだった。彼には〈ある物〉を探してもらうために朝一番で〝出張〟に行ってもらっているらしい。

「んで？　マジで来んのかよ。何人も死んでるとこだぞ」

確実に「出るぞ」と忠告《おど》したが、天生目《あまのめ》は空良《あきら》の隣で車窓に遠い目を向けている。

「最悪だね。霊なんて絶対に関わり合いたくない」

「なら」

「ならなんで行くのかって？　親友の助けになりたいからさ。僕のサポートがあれば心強いだろ？　それに、〈端午会《たんごかい》〉ってのも気にくわないからね」

「お友だちのためとは、殊勝やな」

「もちろん、大江《おおえ》さんの捜査にも協力しますよ」

「ほお、そら助かるわ。けど、勘違いすんなや。仲良しこよしになるつもりはないで。警察《うち》にも何人かあんたの息がかかっとるもんがおるみたいやが、この大江《おおえ》を懐柔できる思たら大まちがいや」

「やだな、大げさですよ。ちょっと知り合いってだけです。僕はまだ子どもですよ」

「ガキのおイタにしてはやりすぎや。地下でぎょうさん稼いでるんは知っとるで」

「それは大目に見てください。僕は経済を回してるんです。その収益のおかげで、今夜も住井《すみい》の警備に〝お休み〟してもらえるってことも忘れないでほしいな。それに僕よりも大江《おおえ》さんのほうが色々、〝おイタ〟はしてる気がしますけどね」

「ま、始末書くらいじゃ済まんやろな。さて、親交も深まったところで到着や」

曇天の夜は月を冠していた。空良《あきら》は月下の塔《ムーンタワー》を車窓から見上げる。

鬼どもを討たんと桃太郎《おかやま》が乗り込んだ鬼が島——。

「俺の退治する〝鬼〟もここにいりゃいいが……」

「とりあえず、僕らが向かうのは最上階ってことなのかな」

「せや。正確には最上階へ行くエレベーターに乗って、過去の〈桃井《ももい》デパート〉に行く。例の現象がちゃんと起こってくれたらええんやが」

「行こう」

後部ドアを開けて降りかけた空良《あきら》の背中に「ちょっとええか」と大江《おおえ》が声をかける。

「先に、付き合うてほしいところがあるんや」


〈ムーンタワー〉の屋上は広々としたオープンテラスになっていた。

頭上には黒雲の端切れを纏《まと》った月が濁った光を空良《あきら》たちに降り注いでいる。

「ええやろ。ここはうちのお気に入りの場所でな。ちょくちょく来るんや」

奥の一角にひっそりと石碑が建っている。

『桃井《ももい》デパート火災　物故者　慰霊碑』と筆太に刻まれた文字。その下の小さな文字群は犠牲者の名前だ。そこに〈岡山《おかやま》〉という名字が二つ並んでいた。岡山智子《おかやまともこ》の夫と息子だろう。

空良《あきら》は居たたまれない気持ちで視線を離そうとして、あることに気づく。

『大江三郎《おおえさぶろう》　大江《おおえ》ひろ子《こ》　大江祐希《おおえゆうき》』

「——うちの父親と母親、それと弟や」

刻まれた名を見つめる大江《おおえ》の目は、これまで見せたことのない色を帯びていた。

「クリスマスプレゼントを買うため、あの日、〈桃井《ももい》デパート〉へ行ったんや。うちは友だちと遊ぶ約束があって、一緒に行かんかった」

彼女が刑事という立場を超えて無茶《むちゃ》をする理由はこれだったのだ。

「岡山《おかやま》がデパート火災の真相を追ってるのは知っとった。その時、一緒に乗り込めばよかったんやが、うちはこう見えて慎重な性格でな。真相を取りこぼしたくなくて、動くタイミングをうかがっとった。せやけどその後、岡山《おかやま》が行方《ゆくえ》不明になったいうんを知って、うちは後悔した。なんで、岡山《おかやま》と一緒に正面切って戦ってやれんかったのかってな」

大江《おおえ》は力のない笑みを浮かべた。

「そんなふうにウジウジしとったら〈殺人桃《さつじんとう》〉の事件が起きた。犯人のしたことは決して許されることやないが、殺人事件が起きたことで牙城の分厚い壁にヒビが入ったんも事実や。これで大手を振って警察が介入できる。この機会を逃したら二度と住井《すみい》の闇は暴けんと覚悟を決めたんや
——まさか、岡山《おかやま》が〈殺人桃《さつじんとう》〉とは思わんかったけどな」

「あんたはこれから、岡山《おかやま》のできなかったことをしてやるんだな」

「あいつのやり方は認めとらんで。コロシはあかん。なにが〈殺人桃《さつじんとう》〉や。バケモンになっとるやないか。そやけどな、そんなんさせた責任はうちにもある。今夜、うちがここにおるんは、あの時に果たせなかったことをするためや。岡山《おかやま》への詫《わ》びも兼ねてな」

だから大江《おおえ》は〈殺人桃《さつじんとう》〉が現れた時、まっすぐ近づいて話しかけていたのだ。

「なあ、これ見ろよ」

天生目《あまのめ》は屈《かが》み込んで石碑の下にある名前を見ている。一カ所だけ、名前が読めなくなっている箇所がある。自然に割れて剥《は》がれ落ちたような跡じゃない。故意につけられた疵《きず》だ。

「イタズラか、酔っ払いの仕業かな。どうしようもないクズがいるもんだね」

削られた箇所の後に大江《おおえ》と岡山《おかやま》の家族の名前が続いている。妙に気になった。

「大江《おおえ》、犠牲者の名前は他に何かで確認できるのか？」空良《あきら》は訊《き》いた。

「どうやろな。少なくとも報道には出とらん。公にされたくない遺族もおるやろうし、ここでしか拝めんかもな。まあ、心も籠《こ》もってへん、こんなもんに名前刻まれたところで、なあんも浮かばれへんけどな。――ほな、行こか」


二十二階まで下りると、指紋複製を使って役員専用エレベーターに乗り換え、四十四階のボタンを押した。はじめは静かに上昇していたが、しばらくすると大きな衝撃音がし、エレベーターがガタガタと震えだす。やがて揺れが大きくなっていき、
アアアアアアアアアアアアアアアアアアアア――

異様な叫び声が足元から這《は》い上がってきた。

天生目《あまのめ》はトカゲのような姿勢で床にしがみついて、必死に揺れに耐えている。

叫び声がブツリと切れてエレベーターの揺れが止《や》むと、到着音がしてドアが開く。

真っ暗な闇が出迎え、焦げ臭いにおいが鼻を衝《つ》く。

空良《あきら》はエレベーターを出ると、懐中電灯のスイッチを入れて周囲を照らす。

サンタクロースの人形。クリスマスツリー。焼け焦げた壁と溶けかけた玩具《おもちゃ》。十年前の〈桃井《ももい》

デパート〉――火災現場となった玩具《おもちゃ》売り場だ。〈端午会《たんごかい》〉のテープを再生したテレビやビデオデッキもある。

「一昨日に来た時と、まったく同じやな……」

同じだ。ただ、〈殺人桃《さつじんとう》〉が消えた後に残った血だまりはなくなっていた。

天生目《あまのめ》は壁にすがりながら立ち上がり、恐る恐るエレベーターから出てくる。

「……ここが……過去なのか……」信じられないという表情だ。

天生目《あまのめ》は、あちこちに落ちている赤い筒状の物のひとつに目を留める。

「――発炎筒か？　なんでこんなものが」

「俺も前に来た時から気になってた」

「事件に使われたもんや。判定書に書いてあったわ」

大江《おおえ》は屈《かが》み込んで、水たまりの中に落ちている一本を拾う。

「でも、火をつけるだけならガソリンと百円ライターがありゃ充分だろ」

「火災を偽装するためや。そこら中に転がっとるやろ。見たところ、避難誘導を目的とした置かれ方やない。煙を出して『火事や！』って叫んで、慌てる客を一カ所に誘導、ほんで銃で脅して拘束したんやろうな」

さすが刑事だ。この現場を見ただけで犯行の流れまで推理してみせた。

――ぺた。

その音は、玩具《おもちゃ》売り場の奥に溜《た》まる闇の中から聞こえてきた。

ぺた。　ぺた。　ぺた。

素足で床を踏むような湿った音が、こちらに近づいてくる。

それは、もう聞こえるはずのない足音だった。

まさかと空良《あきら》は懐中電灯を奥に向ける。

光に照らされ、闇から浮かび上がったのは、女の身体《からだ》に犬、猿、雉《きじ》の頭を乗せた異形。

「――〈殺人桃《さつじんとう》〉」

「そいつは、キミが倒したんじゃないのか？」

天生目《あまのめ》はうわずった声で訊《き》いてきた。

〈殺人桃《さつじんとう》〉は両手に刀を構えながら、ゆっくりこちらに向かってくる。

「これはどういうことや、鬼島《きじま》……」

「……時間が戻ったからだ……〈殺人桃《さつじんとう》〉が消える前に……」

〈殺人桃《さつじんとう》〉は確かに消えた。それがこうして現れたということは、やはりここには何かがいる。

そいつが作りだした過去では、〈殺人桃《さつじんとう》〉はまだ消えていないことになっているのだ。

「まずい状況やな。今ここにあのテープはないで」

〈端午会《たんごかい》〉のビデオテープのことだ。住井《すみい》グループ会長の死を〈殺人桃《さつじんとう》〉に伝える唯一の手段。

「**ドコニ……ドコニ隠シタ……**」

問《と》い質《ただ》す言葉も一昨日と同じだ。だが、ビデオテープがなければ、あの夜と同じ結末を迎えることはできない。言葉で伝えようとしても彼女は聞く耳を持たなかった。

「**ドコダ……ドコニ隠シタ……ドコニ居ル**」

足音の間隔が短くなっていく。迫りくる刀の輝きを見つめながら、空良《あきら》は思考を巡らせる。

――冷静に考えろ。今の自分たちに何ができるのか。「ない」ものではなく、「ある」ものを考えろ。一昨日のこの瞬間にはなくて、今はあるものを――。

「一《いち》か八《ばち》かだ」

思いついたことを横にいる大江《おおえ》に伝える。彼女は顔をしかめて難色を示した。

「そんなもん見せたら逆に怒らせて、いきなり斬りつけられたりせんか？」

「今思いつくのはそれしかねぇ。早くっ」

大江《おおえ》が懐から出したそれを奪うように掴《つか》み取ると、「これを見てくれ！」と〈殺人桃《さつじんとう》〉に向けて突き出す。『火災原因判定書』だ。

すぐそばまで迫っていた〈殺人桃《さつじんとう》〉の動きがぴたりと止まる。

猿が咥《くわ》えて下げている生首が口を開いた。

「……**ナゼソレヲ……ソレハ私ノ**……」

「そうだ。これは元々あんたが持ってたもんだ。俺たちは一度、あんたを倒してこれを手に入れた」

刀の切っ先は空良《あきら》へまっすぐ向けられている。

「……**私ヲ……倒シタ……ダト**……」

「倒した。今はこいつを元にデパート火災の真相を調べてる。生前、あんたがやっていたことだ。――あんたの無念はよくわかる。住井《すみい》のヤツらへの憎しみだけじゃない。家族を失った火災の真実を……知りたかったんだよな」

生首の目がじっと見つめてきた。空良《あきら》はその目に向けて訴える。

「真相の究明は、俺たちに任せてくれ」

息の詰まるような長い沈黙の後――。

〈殺人桃《さつじんとう》〉は闇に溶け込むように消えた。

緊張から解かれ、天生目《あまのめ》は疲れ切ったように項垂《うなだ》れる。

「よくあんなのと落ち着いて話せるよな……。いつ斬られるかとヒヤヒヤしたよ」

〈殺人桃《さつじんとう》〉の消えた場所に、剥《む》き身《み》の日本刀が落ちている。拾い上げると刀身には黒い汚れがこびりついていた。その汚れには見覚えがある。二十二階の会議室の床下に隠されていた、岡山《おかやま》の命を断った凶器だ。

「なんで、こんなもんを残していったんだ」

「託されたってことやないか、鬼島《きじま》」

「――任せろって言ったのは俺だしな。とはいえ、荷が重いな」

ふう、と息を吐いて、空良《あきら》は刀を肩に担ぐ。


空良《あきら》を先頭に奥へと歩みを進める。

玩具《おもちゃ》売り場は広かった。だが向かうべき方向はわかる。火災による被害がひどいほうへと進めばいい。焦げ臭さもどんどん強くなっていく。商品や展示棚の原型がなくなっていく。元は鮮やかな色であっただろうものが黒い塊になっている。

そして、焼けてはならないものの焼けた臭いが鼻腔《びこう》にねじ込まれた時――。

空良《あきら》は立ち止まる。天生目《あまのめ》は腰が砕けたように座り込んだ。

黒いマネキンがたくさん転がっている。

大人サイズ、子どもサイズ、膝を抱えているもの、何かを掴《つか》もうと手を伸ばしているもの、仰《あお》向《む》けでファイティングポーズをとっているもの。

鎖に手足を繋《つな》がれたそれらは、体中のひび割れから糸のように細い煙を昇らせている。数えるまでもない。二十五体あるのだろう。後ろで天生目《あまのめ》が吐いている音がする。

波にさらわれる砂山のようにすべての焼死体は消え、そこには鎖と、床にこびりつく焦げ跡だけが残った。空良《あきら》は立ちすくむ大江《おおえ》の背中を見る。彼女の足元に血が滴り落ちている。血は握り締めた拳から流れ落ちていた。大江《おおえ》はいま十年ぶりに家族と再会したのだ。

日本刀を床に置くと、空良《あきら》は焦げ跡にそっと右手を添えた。


はじめに聞こえたのは英語の『ジングルベル』の歌だ。

手足を鎖で繋《つな》がれた子どもや大人たちが、蒼白《そうはく》の顔で床に座り込んでいる。子どもたちは皆、小学生くらいで「こわいよ」「たすけて」と鼻汁を垂らして泣いていた。

髪の長い三十代くらいの男が、傍らに乱雑に置かれた赤いポリタンクのひとつを抱えると、スピーカーから流れる『ジングルベル』に鼻歌を協和させながら透明の液体を床にこぼしはじめる。痩《や》せ型《がた》で長身のその男は、シャツの襟を立て、裾はズボンに入れきらずに片側だけだらしなく出していた。肘まで捲《まく》った細い腕には、見覚えのある〈口〉が瘡蓋《かさぶた》のようにべたべたと張り付いていた。

とぽんとぽんと液体をこぼす音。子どもたちの泣き喚《わめ》く声。壁に据付けのスピーカーから流れる、「ジングッベー、ジングッベー」という外国人男性の明るい歌声。男の鼻歌。

震えながら身を寄せ合う人たちを挟むように、洋服店から持ち出されたものだろう、キャスター付きの二枚の姿見が向かい合うように置かれている。

空になったタンクを横に放った男は、足元から銃身の長い銃を拾い上げた。固唾《かたず》を呑《の》んでその様子を見守っていた近くの子どもに、銃口を向けて構える。我が身を覆いかぶせて子どもを守る大人、身をよじって少しでもその場から離れようとする大人、ぎゃんぎゃんと泣き喚《わめ》く子ども……そんな姿を見渡すと男は「ふしし」と笑って銃口を下ろす。

「あ、あんた……何考えてるんだ。こんなことをして……何になる？」

四十代半ばほどの男性が声を震わせながら問《と》い質《ただ》す。彼の手足にも幾重にも鎖が巻きついていて、その鎖は他の人たちの手足にも複雑に絡み合っていた。

「うっさいなあ、もう」長髪の男は子どもみたいな口調でぼやくと、シャツのポケットから潰れた煙草《たばこ》のソフトケースを出す。最後の一本を抉《こじ》り抜いて咥《くわ》えると、チンと鳴らしてジッポライターを着火させる。鎖に繋《つな》がれた大人たちは絶望的な声を上げた。先ほど男が丹念に撒《ま》いていた液体は――ガソリンだったのだ。そんな場所で火を弄ぶ男の行動は常軌を逸していた。

長髪の男は炙《あぶ》るように煙草《たばこ》に火をつけると、長い息にのせて白い煙を吐いた。

「こっからが大事なんだからさあ、ちょっと黙っててよ」

男は泣いている男の子の前にしゃがみ込む。「じゃ、ボクからはじめようか」

「やめて！　マサルに触らないで！」「貴様ッ、息子に何をする気だ！」

立ち上がろうとする両親を他の大人が慌てて押さえつける。

「何をするッ！　はなせっ！」

「う、うごかないでよッ！　あんたたちのせいで私たちまで殺されるでしょッ！」

「我慢してくれ……こんなところで、ぼくはまだ死にたくないんだ……」

「そ、そんな……マサルを見殺しにしろというのか！」

男は「へぇー」と男の子の頭を撫《な》でる。「キミ、マサルくんっていうんだ。僕と同じ名前だよ。そっかあ。なら、ママも喜ぶかもしれないなぁ」

男は銃を足元に置いて立ち上がると、別のポリタンクを抱え、男の子の頭のてっぺんから透明の液体をばしゃばしゃとかけだした。

「ツクヨミ鬼《おに》さん、ツクヨミ鬼《おに》さん、どうぞおいでください。ツクヨミ鬼さん、ツクヨミ鬼《おに》さん、どうか、願いを叶《かな》えてくださいませ。どうか僕のママを――」

咥《くわ》え煙草《たばこ》で呟《つぶや》きながら液体をかける男の顔は、恍惚《こうこつ》として蕩《とろ》けていた。男の子は咳《せ》き込《こ》みながら降ってくる液体を溺れるようにかきわけ、パパァァッ、ママァァッ、と叫ぶ。

やめろおおおっ!!　いやあああああっ!!

吠《ほ》えるように絶叫する両親の前で、男は咥《くわ》えていた煙草《たばこ》を指でつまんだ。

「いい声で泣いてくれよ。マサルくん」

ぴん、と指で弾《はじ》かれた煙草《たばこ》が弧を描いて男の子に飛んでいった。

記憶から戻ってきた空良《あきら》は、歯を食いしばり、拳を握り締め、今にも叫んで暴れだしそうな感情を懸命に抑え込んだ。顔を上げると大江《おおえ》が空良《あきら》のことをじっと見ていた。

視《み》たんやな。彼女の目がそう言っている。視《み》たんやな。あの日の光景を。うちの家族が焼き殺される瞬間を。空良《あきら》は視《み》た。一瞬で男の子とそこにいた者たちが炎に包まれる光景を。聞いた。断末魔の合唱を。口にするのも悍《おぞ》ましいが大江《おおえ》の目は話すことを望んでいた。

あれは間違いなく〈ツクヨミ鬼《おに》さん〉だった。犯人は三十前後の長髪の男。名前はマサル。腕に〈呪いの口〉が浮かんでいたから、〈かくや遊び〉に巻き込まれたのかもしれないが、言動、表情から犯行は自ら進んでやっているようにも見えた。

「――まさかホンマに〈ツクヨミ鬼《おに》さん〉をしとったとはな」

空良《あきら》からすべてを聞き終えた大江《おおえ》は、静かに呟《つぶや》いた。内に秘めた感情を垣間見《かいまみ》せることはなかったが、目の奥にあるのは怒りの感情の波濤《はとう》でないことは空良《あきら》にもわかった。怒りや悲しみは遠い昔に置いてきたのかもしれない。今はむしろ、自分の知れなかった家族の最期を知り、犯人の情報を得たことで、心にぽっかりと空いていた穴が埋まったのだろう。そのことで彼女は今まで以上に強固な精神を得たのかもしれない。

「焼けてもうて跡形もないけど、ここは子ども広場や。小さい子を遊ばせるスペースや。そんな場所を使《つこ》うてこんなえげつないマネできるなんて、そいつはもう人間やないな」

「ああ。呪いの印はあったが、〈かくや〉にやらされてるって感じはしなかったな」

「本人の意思やろ。何かに怯《おび》えて嫌々従っとるヤツや、迷信にすがってまうほどに追い詰められたヤツには、こんなことできん。マサルってヤツの行動には、一切迷いがない。むしろ、そういう力が在るとわかっとる余裕みたいなもんすら感じる。叶《かな》う願いは、燃やしたもんの価値に比例する……それを疑うことなく、生きてる人間を焼いたんや。それだけのことをやる価値のある行為やと本気で冷静に考えて、しっかり準備して行動に移した」

「空良《あきら》、大江《おおえ》さん、こんなものが」天生目《あまのめ》は犯人が持っていた銃を拾っていた。

「ショットガンや。簡単に手に入るもんやないで。所持許可を出すんは警察《うちら》やし、真っ当な方法で手に入れとるんなら、こいつから犯人《ホシ》は洗いだせたはずや」

天生目《あまのめ》は銃を構える。「そのへんに普通に転がってましたよ」

「当然、警察は回収しとる。誰が犯人か知っとったから公表しとらんのや。そら、〈殺人桃《さつじんとう》〉に愚かもんて言われるはずや。——おい、玩具《おもちゃ》やないんや。どっか置いとき」

二人のやりとりを見ながら、そろそろだなと空良《あきら》は感じていた。狙ったように、耳のそばで嗤《わら》い声がした。〈呪いの口〉だ。神経を逆なでするような嗤《わら》いは歪《ゆが》んで崩れ、次第に意味のある言葉に変ずる。

『ツクヨミ鬼《おに》さん、ツクヨミ鬼《おに》さん、どうか願いを叶《かな》えてくださいませ』

例のおまじないを繰り返す。ただ繰り返すだけじゃない。忌まわしいことに〈口〉どもは、空《あき》良《ら》が記憶の中で聞いた犯人の声色まで真似《まね》していた。

「タイムリミットが迫ってきた」

空良《あきら》はシンプルに二人に伝えた。天生目《あまのめ》も大江《おおえ》も、そして空良《あきら》も同時に、床の上で複雑な幾何学的模様を描いている鎖に視線を落とす。空良《あきら》は嘆息する。

「くそったれ。俺に人殺し野郎と同じことをしろってのか」

だが、他に方法を思いつかない。きっとそのために自分はここに来たのだ。

〈ツクヨミ鬼《おに》〉を呼ぶためにいまからこの場で〈ツクヨミ鬼《おに》さん〉をやる。

「おっしゃ、うちも腹、括《くく》ったで」

大江《おおえ》は過去と決着をつける覚悟を決めた。それは、どんな不幸な現実でも受け入れるという覚悟だ。つまり、生きたまま焼かれ、理不尽な運命に恨みを抱いて死んでいった家族が悍《おぞ》ましい姿の怪異となって目の前に現れても、受け止めるという覚悟だ。彼女はその心境を「腹を括《くく》った」、そのたった一言で表したのだ。

三人で手分けして〈ツクヨミ鬼《おに》さん〉の準備をする。何を燃やすかと考えたが、ここにあるのは当時販売されていた玩具《おもちゃ》くらいで、価値あるものは見当たらない。天生目《あまのめ》は燃え残っているぬいぐるみ、そして、鏡、もしくは鏡の代わりになりそうな物を集める。大江《おおえ》と空良《あきら》はスプリンクラーの水で濡《ぬ》れていない発炎筒を集め、分解して火薬を取り出す。

この儀式で〈ツクヨミ鬼《おに》〉が現れるのかはわからない。どんな姿で、どんな恨みを持っているのか、情報もまったくない。これまでの怪異のような恨みを抱く死者の霊ではなく、地獄の亡者や神様の類いかもしれないのだ。そんなものを呼び出して、土壇場で倒す方法を思いつけるものだろうか。――やるしかない。その時の自分を信じるしかなかった。思えば、地下での殴り合いも同じだ。相手と向かい合う瞬間、拳を交わす瞬間、その「瞬間」でなければわからないことは多い。それが面白くもあるのだが。

鎖を円状に整え、ぬいぐるみを巻きつけていく。鎖には火災の余熱が仄《ほの》かに残り、温かかった。ぬいぐるみと、その周りに、発炎筒から集めた火薬を撒《ま》く。物言わぬぬいぐるみの顔に黒い粉をまぶしていく。あんな過去を視《み》た後では複雑な気持ちにさせられる作業だ。

鎖の周りには、玩具《おもちゃ》では心許《こころもと》ないからと数を集められた鏡が囲っている。魔法少女アニメの疑似宝石がはめ込まれたコンパクトや、玩具《おもちゃ》の化粧セットの鏡台などがある。

「――ふう、こんなもんでええやろ」

「あとは、何を願うかだな」

本当に願いを叶《かな》えてくれるはずもない。だが一応、ルールに則《のっと》ってやるべきだ。

「そんなの『呪いを解いてくれ』の一択だろ」

天生目《あまのめ》の提案だ。「そりゃ、レディーファースト文化圏で生きている僕には、那津美《なつみ》さんや葉月《はづき》さんを先に救ってほしい気持ちはあるよ。でも、まずはキミの〈かくや〉の呪いが解けないかぎり、彼女たちは目覚めないだろうし、同じことが繰り返し起こる。まずはキミだよ」

「お前まさか、こんなもんを信じてんのか？」

「はあ？　それをキミが言うかね」天生目《あまのめ》は苦笑する。「まあ、以前の僕ならオカルト全般を完全否定していたよ。けど誰かさんのせいで、もっとぶっ飛んだ体験をさせられてるんだ。もう、何を信じるとか信じないとかの問題じゃない。何が起きても受け入れるよ。それにさ、どんな時でも願うって行為は悪いもんじゃない。叶《かな》えば儲《もう》けもんさ」

「ふっ。確かにな。――よし、始めるか」

空良《あきら》は発炎筒のキャップを外すと本体に擦《こす》って着火させた。赤い火がほとばしる。

火先をぬいぐるみにつけると一瞬で鎖の円に沿って火が燃え広がり、円を中心に熱気が膨らむ。

フロア内にクリスマスソングが流れだした。記憶の中で聞いたのと同じ曲だが、地下墓所から聞こえる死者の合唱のように寒気を誘う歌声に変わり果てていた。子ども広場の黒く焦げた壁や天井に、明るいピンク色が塗り重ねられる。焼け爛《ただ》れた遊具や焦げ縮れたぬいぐるみの影が火明かりに踊る。悪夢のような光景だ。

ツクヨミ鬼《おに》さん、ツクヨミ鬼《おに》さん、どうぞおいでください。ツクヨミ鬼《おに》さん、ツクヨミ鬼《おに》さん、どうか、願いを叶《かな》えてくださいませ。

三人でおまじないを唱える。その最中だった。

『**おとぎ草子は、めでたし、めでたし。ツクヨミ鬼《おに》さん、ツクヨミ鬼《おに》さん、叶《かな》えてください、叶《かな》えてください、叶《かな》えてかなえてかなえぅひひ、ぅひひひあひゃひゃひゃひゃきしし**』

嗤《わら》い声が乱舞する。こいつを聞くのはもう、うんざりだ。そんな想《おも》いを込め――。

「どうか、俺の呪いを解いてください」

空良《あきら》が願い事を口にすると、炎は一気に激しく盛る。あっという間に人形を焼き尽くすと炎は吹き消されたように立ち消え、突如として闇の幕が下りる。

闇の中央に橙《だいだい》色《いろ》の光を放つヒビが入った。鎖の円陣の上に、サッカーボールほどの大きさの黒く焦げた肉の塊のようなものが浮かび上がっている。ぼこりと、黒い肉塊に腫れ物がひとつできた。ぼこり。ぼこり。その腫れはひとつふたつと増え、ぼこぼこと泡立つように腫れに腫れが積み重なる。肉塊に入った光るヒビは腫れが広がるほど枝分かれしていき、その光でフロア内は火を焚《た》いたように仄明《ほのあか》るくなる。

「**カナエテ……叶《かな》エテェエ……**」「**ホシイ……ホシイヨォ……**」

天井につかえるほど大きく膨れあがった肉塊は、いくつもの焼け爛《ただ》れた人間の顔が癒着し合った「人面肉団子」だ。人面の口は絶えず開閉し、「**カナエテ**」「**ホシイ**」と訴えた。その声は複数の子どもと大人の入り混じったものだった。火災で死んでいった人々なのかもしれない。黒く炭化した表皮を裂くヒビ割れは、蠢《うごめ》くたびに枝を増やし、そのたびに炭火が熾《おこ》るように明滅した。

「……こいつが〈ツクヨミ鬼《おに》〉……」

目の前に広がる赤黒い色は、ウェブサイトで見た地獄絵図の色と同じだ。現れるなり、欲望を口にする、手足のない肉塊。まさに貪欲な死者が堕《お》ちる〈腫肉地獄〉の罪人そのものだ。あるいは、これは地獄そのものが凝縮された姿で、この世に顕現したものか。

大江《おおえ》も天生目《あまのめ》も呆然《ぼうぜん》と立ちすくんでいる。二人の顔は〈ツクヨミ鬼《おに》〉のヒビから漏れる明かりを受けて、燃えるような橙色《だいだいいろ》に染まっている。

「**ホシカッタ……タノシミニ……シテタノニ……ネェ、チョウダイヨォ……**」

〈ツクヨミ鬼《おに》〉にへばり付く顔たちが訴えてくる。顔は無数にあるのに訴える口は人数分ないように見える。癒着した顔同士の口は繋《つな》がって大きな一つの口となり、言葉を共有しているのだ。

「空良《あきら》……」

天生目《あまのめ》は〈ツクヨミ鬼《おに》〉から目を離さず、声を振り絞る。「今のは……子どもの声だよ」

天生目《あまのめ》の言う通りだ。たった今、言葉を発した顔は、焼け爛《ただ》れ、溶けて崩れて、膿《うみ》で膨れてしまってはいるが——惨《むご》いことに、幼い男の子のものだった。

「**……ネガイ……カナエテ……オネガイ……叶《かな》エテ……オォネガイィ……**」

叶《かな》えて。お願い。そうしきりに訴えているのは大人の男女の声だった。

「クリスマスやったしな」

大江《おおえ》が、目の前の肉塊の中のひとつの顔を見ている。「なんて言うたかな。カイザーロボ？　カイザーメカ？　ロボットアニメの超合金、ほしいゆうてたなぁ、祐希《ゆうき》」

見つけてしまったのだろう。この地獄の中で。弟の顔を。

クリスマス。子どもは欲しいものを親《サンタ》に願い、親はその願いを叶《かな》える。だが、十年前、この子たちは欲しかったものをもらえず、親たちは子の願いを叶《かな》えることができなかった。そしてそのまま、彼らの魂は、過去という牢獄《ろうごく》に閉じ込められた。年も取らず、死ぬこともなく、楽しみも希望も未来もなく、叶《かな》うことのないひとつの願望を叫び続ける。

子どもにとって天国だった玩具《おもちゃ》売り場は、ここで地獄となっていたのだ。

「大江《おおえ》、天生目《あまのめ》。こいつらの願いを叶《かな》えてやるぞ」

空良《あきら》の声で一斉に二人が売り場に走った。空良《あきら》もそのあとを追おうとしたが、足に何かが絡まり、つんのめる。倒れたまま右足を見ると、脛《すね》あたりに鎖が絡まっている。鎖は〈ツクヨミ鬼《おに》〉のヒビの中から伸ばされ、火で炙《あぶ》ったように熱を持ち、ジーンズの生地越しにも肌を焼いてくる。

「くッ……天生目《あまのめ》、大江《おおえ》、頼んだッ！」

ジャラジャラと聞こえて視線を上げると、〈ツクヨミ鬼《おに》〉はヒビというヒビから黒い鎖を吐き出していた。天生目《あまのめ》たちを捕縛しようとしているのかと思ったが、なぜか鎖はUターンして〈ツクヨミ鬼《おに》〉自身に絡んでいく。焦げた表皮の上を四方八方から百足《むかで》のように鎖が這《は》いずり、交錯し、捻じれて絡まり合い、肉塊を締め付けた。〈ツクヨミ鬼《おに》〉の中の顔は苦痛に歪《ゆが》み、懇願の声が一層大きくなる。

ホシイ、カナエテ、チョウダイ、オネガイ。その訴えの中に、異質な声がひとつある。

「**ママ……ママァ……**」

子どもの声ではない。成人した男の声だ。「**ママアァァッ……ネェ、ママァァァ**」

ぐんっ、と空良《あきら》は足を引っ張られた。抵抗する間も術《すべ》もなく、〈ツクヨミ鬼《おに》〉のほうへと引きずられていく。熱い鎖が容赦なく皮膚に食い込み、ズボンの下で足の皮がズルリと剥《む》けるのがわかった。手を伸ばせば触れられるほどの距離で、〈ツクヨミ鬼《おに》〉の顔のひとつが空良《あきら》を見下ろす。他の顔と混じり合い、鎖が食い込んで、引きつって、元の形は判然としないが、それは成人男性の歪《ゆが》んで膨れた顔だった。空良《あきら》を見下ろす目は、瞼《まぶた》と目の下に鎖が食い込んで今にもこぼれ落ちそうなほど突出している。その眼球から「この人、だれだろう？」という、好奇心の入り混じった視線を送られる。黒目が底知れぬ穴のように昏《くら》く、空良《あきら》はこの目を持つ人物とどこかで会っている気がした。

ガッシャガッシャと騒がしい音を立てて、天生目《あまのめ》が大量の玩具《おもちゃ》を詰め込んだショッピングカートを押して戻ってきた。

「生きてるか、空良《あきら》ッ——え？　うわっ、すぐ助けるから待ってろ！」

空良《あきら》が今にも〈ツクヨミ鬼《おに》〉に食われんとしているようにでも見えたか、天生目《あまのめ》はカートに突っ込んでいたショットガンを引き抜いて構えた。

「待て！　俺は平気だ！　それより、プレゼントをあげてやってくれ！」

空良《あきら》の「プレゼント」に反応し、〈ツクヨミ鬼《おに》〉が「ホシイ」「チョウダイ」と騒ぎだす。肉塊から子どもの顔が我先にと迫り出《せだ》し、食い込んだ鎖が皮膚を裂くのもかまわず、差し出す手がないから顔全体でプレゼントに近づこうと必死になっている。ヒビ割れの中の橙《だいだい》の光が強まり、蠕動《ぜんどう》する溶岩のような〈ツクヨミ鬼《おに》〉はじりじりと天生目《あまのめ》に迫っていく。

「ひぃっ」と声をあげた天生目《あまのめ》は、カートの中の玩具《おもちゃ》を片っ端から掴《つか》んで〈ツクヨミ鬼《おに》〉に投げていく。ぬいぐるみ、ミニカー、戦隊ものの変身ベルト、プラスチック製のラッパ。パニックになっているからか、元からノーコンだからか、天生目《あまのめ》の投げる玩具《おもちゃ》は〈ツクヨミ鬼《おに》〉に届かない。届いても擦り抜けて向こう側に落ちてしまう。実体のない霊体だから、この世の物質を受け取ることができないのだろうか。

「だめだ、空良《あきら》……死んじまった子たちには、もうプレゼントは渡せない……」

天生目《あまのめ》が絶望の声をあげながら投げた外国人モデルの姿の少女人形は、〈ツクヨミ鬼《おに》〉に当たると、そのまま体に吸い込まれた。天生目《あまのめ》が「？」という反応をした。

「……**ジェニファー……？　……ウレシイ……ウレシイヨォ……**」

濁っていない、澄んだ女の子の声が肉塊から聞こえた。声は喜びに潤っていた。なんでもいいわけではない。彼女は欲しいものがあって、クリスマスの日を心待ちにしていたのだ。

その反応を見て効果があったと知るや、天生目《あまのめ》は再び、片っ端からカートの中の玩具《おもちゃ》を投げ、空っぽになると新たな玩具《おもちゃ》を集めるべく、カートを押して売り場に戻った。

入れ替わりで大江《おおえ》が戻ってきた。手には超合金のロボットを持っている。視線と歩みをまっすぐ〈ツクヨミ鬼《おに》〉に向け、捧《ささ》げるように両手で超合金のロボットを差し出した。

「これやんな、あんたが欲しかったんは」両手ですくった水を注ぐように、〈ツクヨミ鬼《おに》〉の黒焦げの皮膚に押しつける。すると超合金のロボットは吸い込まれるように消えた。

「……**ワァ……カイザーロボットダ……ヤッタァ……カイザーパーンチ……**」

喜びの声は、濁っていない男の子のものだ。死者だからなのだろう、どんなに喜びに溢《あふ》れた言葉も、風にかき消されてしまいそうなほどにか細く、弱々しかったが、大江《おおえ》は嬉《うれ》しそうに顔をほころばせていた。

天生目《あまのめ》がさっきの倍の量の玩具《おもちゃ》をカートに積んで走って戻ってきた。ところが、キャスターが何かに乗り上げたのか、〈ツクヨミ鬼《おに》〉の目の前でカートがひっくり返る。積んであった魔法のステッキやフィギュアやプラモデルやボードゲームが宙を舞い、〈ツクヨミ鬼《おに》〉にぶつかる。そのうちの大半はすり抜けて落ちていったが、何個かは〈ツクヨミ鬼《おに》〉の中に取り込まれた。

「**ワア**」「**マジカルステッキダァ**」「**シンバルゴリラダァ**」「**ウレシイヨォ**」

袋の中の生き物が暴れているように激しく形状を変えながら、〈ツクヨミ鬼《おに》〉は、生気はないが喜びに満ちた声を振りまいた。

「**パパ**」「**ママ**」「**ダイスキ**」「**アリガトウ**」「**ズット、タイセツニスルネ**」「**ダイスキ**」

感謝の声の後ろには、哀《かな》しみに濡《ぬ》れる低い声が渦巻いている。親たちの泣く声だ。

空良《あきら》は、自分を見ていた男の顔を見上げる。鎖の締め付けに絞り出されてこぼれ落ちそうな眼球が、床に散らばったまま取り残された玩具《おもちゃ》の上を忙しく動いている。

「欲しいもんはあったか？」空良《あきら》が訊《き》くと「**……ナイ……コレジャナイ……**」と嘆き声を漏らした。上唇と下唇にかかって食い込む鎖のせいで、その口は歪《ゆが》んでしまってほとんど開かなかったが、声は堰《せき》を切ったように溢《あふ》れ出した。

「**イナイ……ママ……イナイ、イナイイナンデナンデナンデデデデデデアガアアアアアアッ**」

〈ツクヨミ鬼《おに》〉を縛する鎖が解《ほど》け、一本一本が意思を持つようにうねり、ぬたくる。空良《あきら》の足に絡みついていた鎖も解《ほど》けて、そのうねりの中に入る。ジーンズは黒くてわかりづらいが、濡《ぬ》れた感覚があるので出血しているのだろう。二十本ほどの鎖が一斉に蛇のように鎌首をもたげ、空《くう》を切る音をさせて床や壁を打ちつける。そのたびに吊《つ》り下げ広告が弾《はじ》け散り、壁は砕けて白い粉をあげ、ばらばらに破壊された商品棚が床に散乱する。

「**ママ**」「**イナイ**」「**ナンデ**」

この三語を繰り返す男の顔が〈ツクヨミ鬼《おに》〉全体の制御を失わせていた。天生目《あまのめ》に肩を借りて立ち上がった空良《あきら》は「いったん退《ひ》くぞ」と言った。三人は売り場のほうへと走る。

散乱する玩具《おもちゃ》や濡《ぬ》れた床にたびたび足をとられながらエレベーターに向かう空良《あきら》たちの後方から、じゃらじゃらと鎖が擦《こす》れ合う音、床や天井を打ち付ける音、玩具《おもちゃ》や棚が破壊される音が追いかけてくる。

空良《あきら》は天生目《あまのめ》の肩を借りたまま、足を引きずるようにして走った。

「なんだよ、くそッ。結局、〈ツクヨミ鬼《おに》さん〉なんて迷信じゃないかよ」

天生目《あまのめ》がぼやく。「願いを叶《かな》えてもらうどころか、僕たちが叶《かな》えてるじゃないか」

「そう言うなや。あれは火災の犠牲者たちやろ。願いを叶《かな》えてやれてよかったやないか。なんや、一人、いきり立っとるのがおるけどな……」

「『ママがいない』って騒いでる男がいましたね。声からしていい大人だと思うけど」

「ああ。あいつも他の子どもたちと同じように、ずっと何かを探しているみたいだった。俺のこともじろじろ見てたし。中身は子どもと大差ないって感じだな」

「ふん。なんにしても迷惑なヤツだよ。でも親離れできない大人って、たまにいるよな」

エレベーターのある場所に着いた。〈ムーンタワー〉で乗った洗練されたデザインのものではなく、どこにでもあるエレベーターだ。

〈ツクヨミ鬼《おに》〉は鎖だけでなく、その膨らんだ巨体で陳列棚やワゴンを蹴散らして向かってくる。霊体でも攻撃性を露《あらわ》にした時には、物理的に物体へ干渉できるようだ。幸い、振り回している鎖があちこちに引っ掛かって、ほんの少しだが足止めしてくれていた。

「来るで。どないするんか決めろや、鬼島《きじま》。あんたが会いたがっとったヤツやろ」

「ヤツの願いを叶《かな》えてやる必要がある。だが、母親なんてどうすりゃいいんだ」

「大江《おおえ》さん、ここはひとつ、彼のママになりません？」

「アホかッ、しばいたろか――母親はムリでも何かはくれてやらんと収まらんやろな。せやけど、ここには玩具《おもちゃ》しかあらへん。ひとまず他の階に避難しながら考えよか」

エレベーターはデパートの他の階に繋《つな》がっているのか。それとも〈ムーンタワー〉に戻るのか。そんなことを考えながら、空良《あきら》は大江《おおえ》が開けたエレベーターに乗り込む。

天生目《あまのめ》が〈閉〉ボタンを連打し、ドアが閉まる直前。〈ツクヨミ鬼《おに》〉は空良《あきら》たちに向かって複数本の鎖を伸ばしてきた。閉まった途端、ドアの向こう側から、がん、ごん、がん、と物騒な音が連続した。鎖がぶつかる音だ。エレベーターが動きだす。

「ふぅ、やばかった」天生目《あまのめ》は座り込んだ。その背中にはショットガンを担いでいる。

空良《あきら》も片手に日本刀を握っていた。逃げる時、無意識に掴《つか》んでいたようだ。霊には無意味なものだとさっきまで空良《あきら》は思っていたが、物理的な干渉が可能になった今ならば刀も弾丸も効くかもしれない。

「――ん？　上の階、押したんか？」

消えていた階数表示のランプが、屋上を示す「R」を点滅させている。空良《あきら》は押していない。

天生目《あまのめ》も首を横に振った。

到着音がし、ドアが開く。

警戒しながら、そっとエレベーターを出る。

そこはついさっきも訪れた〈ムーンタワー〉の最上階にあるオープンテラスだった。

天生目《あまのめ》は怪訝《けげん》な顔で周囲を見回す。

「僕たち、過去から戻ってきたのか」

戻されたいいい、と言ったほうがいいだろう。そもそも、このエレベーターは屋上には止まらないはず。それなのに、勝手にここへと空良《あきら》たちを運んだのだ。

着信音が鳴った。大江《おおえ》の携帯電話だ。

「――大江《おおえ》や、待っとったで。どうや、なんか見つかったか？」

通話相手と二三やり取りすると、「ほんまか」と声のトーンを上げた。

「――そうか。ようやってくれた。――ああ、ほな、あとは諸々《もろもろ》終わってから連絡するわ。ごくろうさん」通話を切った大江《おおえ》は「番《ばん》からや」と言った。

「朗報ですか？　いや、あの人のことだから金の無心の電話かな」

「それが驚くことに朗報や。ここにきて、重要人物の名前があがったんやからな」

「誰なんだ、そいつは」

「石丸将《いしまるまさる》や」

大江《おおえ》がその名を口にした瞬間――。

世界が、赤く染まった。

燃え盛る炎のような紅蓮《ぐれん》の空。

その中央に鎮座する、血の色をした異様に大きな月。

月下のオープンテラスは、血膿《ちうみ》を塗りたくったような不気味な色になっていた。

「かんべんしてくれよ。今度は何が始まるんだ……」

天生目《あまのめ》はげんなりした顔で天を仰いだ。

「まるで世界滅亡の日の空やな」

「こいつも〈ツクヨミ鬼《おに》〉の仕業なのかよ」

すごい力だ。一人の人間ではなく、複数の人間の恨みが集まっているからだろうか。

「あれ？」という声に空良《あきら》は振り返る。閉まっているエレベーターの前で、天生目《あまのめ》がうろたえた様子で開閉ボタンを連打している。

「だめだ、全然反応しないよ。こんな時に故障なんて――」

「どうやら、うちらはこの妙な世界に閉じ込められたみたいやな」

空良《あきら》は膨れた赤い月を見上げる。ここは過去でも現在でもなく、空良《あきら》たちの暮らしている世界でもない。こんなどこかもわからないような場所で足止めを喰《く》らっている場合ではなかった。最終宣告をした〈口〉は、今この瞬間も自分の全身に呪いの根を広げているはずだ。

まだ〈ツクヨミ鬼《おに》〉は姿を現さない。今のうちにやれることを考えなければ――。

「そういや大江《おおえ》、さっき石丸《いしまる》って名前を言ってたよな」

「おっと、そうやったな。あいつが来る前に話しておかんと。ちょいあっち行くで」

空良《あきら》と天生目《あまのめ》は大江《おおえ》の後をついていく。彼女が足を止めたのは慰霊碑の前だった。

名前が削られている箇所を指さす。

「ここに刻まれとった名前――それが、石丸将《いしまるまさる》やったんや」

天生目《あまのめ》が反応する。

「えっ……ちょっと待ってください。その石丸《いしまる》って、まさか……」

「せや、住井《すみい》グループのビッグボス、石丸昇《いしまるのぼる》――その次男坊や」

番《ばん》には、岡山《おかやま》の実家に行ってもらっていたという。目的は彼女の調査記録だ。

会長室に乗り込む当日まで、岡山《おかやま》はあらゆるルートを使い、あらゆる人脈を頼って、決して世に出ることのない闇の真実を暴くべく、情報をかき集めた。たった一度の失敗が、すべてを台無しにする。一撃必殺の証拠《ぶき》が必要だった。そのために長い時間をかけて、集めた情報を基に、あらゆる可能性を考察したはずだ。

ある意味「岡山《おかやま》を信じた」大江《おおえ》は、彼女の書き残したものを探そうとした。

住んでいたマンションでは見つかる可能性は低い。住井《すみい》にとって都合の悪いものを〈端午会《たんごかい》〉がみすみす見逃すはずはない。あれば握り潰されているだろう。そこで大江《おおえ》は、岡山《おかやま》が〝万が一〟のことも想定し、どこかに「何か」を預けていないかと考え、一縷《いちる》の望みに賭けて彼女の実家へ番《ばん》を行かせた。

「ビンゴやった。岡山《おかやま》は失踪する一週間くらい前に、私物を入れた小さい段ボール箱を実家に送っとったらしい。その中にあったバッグから、番《ばん》は使い古された一冊の手帳を見つけた。そこには、〈桃井《ももい》デパート〉の火災がほんまは一人の人間の起こした大量虐殺やったと岡山《おかやま》が結論付けるに至った経緯と、岡山《おかやま》が犯人やと確信した人物の名前があった。──石丸将《いしまるまさる》や」

「俺がブラッドメトリーで視《み》たあいつは、石丸《いしまる》の息子なのか」

目の前で子どもとその家族を生きたまま焼いた、長身痩躯《そうく》の長髪の男。

「この男はガキの頃から、異常な欲求を抑えられん性格やったみたいでな。犬猫殺しから始まって、暴行、誘拐、放火、他にも口にするのも憚《はばか》られる犯罪行為を繰り返しとったらしい。ところが、一度も逮捕をされてへんのや。父親──石丸昇《いしまるのぼる》がもみ消したんやろな」

「石丸昇《いしまるのぼる》は、息子が犯人だとわかっていたってことか」

「その息子も焼け死んだ。自殺やないやろ。逃げる時にヘタ打ったんや。んで、石丸昇《いしまるのぼる》は何食わぬ顔で、かわいそうな被害者の一人として息子の名を慰霊碑に刻んだんや」

慰霊碑の名を削り落としたのは岡山《おかやま》だろうと大江《おおえ》は言う。

「じゃあ、やっぱり、あれは──」

〈ツクヨミ鬼《おに》〉の中から空良《あきら》を見つめてきた男の顔。

どこかで会った気がしたわけだ。記憶のヴィジョンで視《み》たばかりなのだから。

あの顔は石丸将《いしまるまさる》だったのだ。

犠牲者たちは自分を焼き殺した男と一緒の地獄に閉じ込められていたのだ。


「**ネェ……ママハドコォ……**」

粘つくような甘えた男の声が聞こえた。

赤い月を背に、炙《あぶ》り出されるように〈ツクヨミ鬼《おに》〉が現れる。

初めに見た時とは姿が違う。肉塊に浮き出ていた犠牲者たちの顔は、中央にある巨大な顔面に取り込まれ、ほぼ原形を失っている。わずかに鼻や口の凹凸が残っているくらいだ。

巨大な顔面は石丸将《いしまるまさる》だ。生前のような長い黒髪はなかったが、代わりに黒い鎖が濡《ぬ》れ髪《がみ》のように肉塊から垂れ下がって揺れている。

「よう、石丸将《いしまるまさる》」

空良《あきら》はゆっくりとした動作で肩に担いだ刀を下ろし、両手で構える。

「ちょうどいいところに来てくれたよ。今、てめぇをぶった斬りてぇところだったんだ」

「**ママハ……ママハドコダヨォ……**」

「ここに、てめぇのママはいねぇ。地獄には一人で堕《お》ちろ」

空良《あきら》が地面を蹴るのと同時に〈ツクヨミ鬼《おに》〉から弾丸の勢いで鎖が伸ばされた。一秒前に空良《あきら》が立っていた地面に幾本もの鎖が槍《やり》のように突き刺さる。息つく間もなく突き出される鎖を反り腰《スウエーバック》、上体揺らし《ウイービング》、屈み回避《ダッキング》でかわしながら距離を詰めていく。みんなボクシングの教本で学んだテクニックだ。

十分な距離に近づき、一刀で顔面を斬り裂こうと踏み込んだ右足に痛みが走り、空良《あきら》はバランスを崩した。その瞬間を〈ツクヨミ鬼《おに》〉は見逃さなかった。幾本の鎖が綯《な》うように寄り合って太い一本となり、空良《あきら》の眉間に向かって突き出される。

ガァンッ。

銃声が鳴り響く。

〈ツクヨミ鬼《おに》〉がビクンと跳ね上がり、太い鎖の槍《やり》は空良《あきら》の頬《ほお》をかすってはずれた。

「今だ！　空良《あきら》ァッ！」ショットガンを構えたまま天生目《あまのめ》が叫ぶ。

石丸将《いしまるまさる》の顔面を守るように壁を作りながら空良《あきら》に切っ先を向けていた無数の鎖は、銃撃のショックで目標を完全に見失っていた。鎖の壁は崩れ、醜く引きつった顔が露《あらわ》になる。

空良《あきら》は一気に踏み込んで顔面の前に迫ると、勢いを殺すことなくそのまま下から斬り上げる。

聞くに堪えない汚い絶叫があがった。顔面の右顎下から眉間まで斜めに生じた裂傷から、ヘドロのような黒い体液が噴き出し、空良《あきら》の顔や服にかかった。

「**ホシイ……ホシイイイイイッ**」

石丸将《いしまるまさる》のものではない声がした。その声は顔面の裂傷から聞こえた。

顔面の裂傷から細い枝切れのような腕が出てくる。子どもの手だ。

黒い血にまみれた小さな手は、五指をいっぱいに広げると刀の刀身を掴《つか》んだ。

「なにしやがる、放せッ……チッ、プレゼントをもらい損ねた子どもがまだいたのか？」

「**ホシイイイ、コレガホシイイイイッ**」

こんなに細い腕なのに、すごい力だ。空良《あきら》は刀を放す。黒血にまみれた手は刀を掴《つか》んだまま、ずぶりと裂傷の中に引っ込んだ。放さなければ空良《あきら》も肉塊の中へ呑《の》み込まれていた。

「鬼島《きじま》ッ、いったん退《ひ》くんや！」

空良《あきら》は跳んで後退した。すぐに〈ツクヨミ鬼《おに》〉は距離を詰めてきた。

だが、思いのほか斬撃が効いたのか、〈ツクヨミ鬼《おに》〉は浮遊状態を保てなくなっていた。浮力を失ってガクンと落ちたかと思うと接地直前で持ち直し、ふらふらと浮上する。これを繰り返す。鎖の動きも精彩を欠き、槍《やり》の如《ごと》き突きも鞭《むち》の如《ごと》き打撃も、どれも的外れだ。

「**キザンデ**」

〈ツクヨミ鬼《おに》〉が言った。さっき裂傷から聞こえた声だ。

「**キザンデ、キザンデ**」

「ふざけんなよ。お前が刀を持っていっちまったんじゃねぇか。刀を返せ」

「**キザンデ、キザンデ、キザンデ、キザンデ**」

「わかったよ！　斬り刻んでやる！　だからさっさと刀を――」

裂傷から再び黒い腕が伸びる。刀は持っていない。慰霊碑を指さしている。

そして、キザンデ、キザンデ、と繰り返す。

慰霊碑を――刻む？　いや、慰霊碑に――刻む？

「名前を刻め、そう言ってんのか？」

空良《あきら》は慰霊碑に並ぶ名を見る。死者の数だけ名はある。刻まれるべき名も揃《そろ》っている。石丸《いしまる》将《まさる》の名を刻み直せということでもないはずだ。誰の名が刻まれていない？

――そうか。慰霊碑が、この地で命を失った者の霊を慰めるためのものなら、欠いている名がある。その名を刻めというのだ。

「大江《おおえ》、なにか書くものを持ってないか」

「なんや急に。遺書かポエムでも書くんかい。持っとらん。――来るで」

〈ツクヨミ鬼《おに》〉――石丸将《いしまるまさる》は黒い血にまみれた顔を憤怒の相に歪《ゆが》ませ、空良《あきら》を凝視している。

視線で殺そうとしている。黄ばんだ歯を軋《きし》ませて唸《うな》っている。銃声が響く。天生目《あまのめ》だ。だが、鎖が銃弾を弾《はじ》いて火花が散ったと同時に天生目《あまのめ》の手から叩《たた》き落されたショットガンが床をすべっていく。

〈ツクヨミ鬼《おに》〉は肌にぴりぴりと感じるほどの憎悪を放ち、「**ママァ、ママァ**」と黒い涙を流しながら空良《あきら》との距離を少しずつ縮めていく。狙いはあくまで空良《あきら》だ。

思い立った空良《あきら》は、自分の右足に滲《にじ》んでいる血に触れる。〈ツクヨミ鬼《おに》〉の鎖にやられた怪我《けが》だ。

血に濡《ぬ》れた指で慰霊碑に名前を書く。

岡《おか》山《やま》智《とも》子《こ》

石丸将《いしまるまさる》の目が、その名を見る。濁った眼《め》には何の感情も波立たない。

「誰だそいつってツラだな。教えてやる。てめぇに旦那とガキを焼き殺されて、てめぇの親父《おやじ》に首を斬られて殺された女の名前だ」

彼女も一連の事件の犠牲者だ。この慰霊碑に刻まれるべき名前だ。

〈ツクヨミ鬼《おに》〉に異変が起きていた。見えない手で捏《こ》ねられているハンバーグのタネのように、肉塊は身悶《みもだ》えながら変形する。焦げた表皮のヒビが広がって橙色《だいだいいろ》の光が強まる。

「**……グオオ……ボクノナカニ……イルノハダレダ……オマエハ……ダレ……イタイ……イタイイタイ……ママ、ママ……タスケテ……**」

石丸将《いしまるまさる》の口から放たれていなければ、哀れに思えただろう。肉塊に刻印された殺人鬼の顔面が、真ん中からぷくりと膨らむ。その膨らみを貫いて銀色の長いものが突き出てきた。

刀の刃だ。

空良《あきら》が託された刀は古い血で汚れていたが、この刀の刃は青光りしている。

「　成　敗　」

その声を空良《あきら》は覚えていた。ボイスレコーダーに入っていた岡山《おかやま》の声だ。

青く光る刀身が縦、そして横に一閃《いっせん》する。十文字《じゅうもんじ》の裂傷は、内側から押されて花弁のように開き、石丸将《いしまるまさる》の顔を裏返した。溢《あふ》れ出る黒い血は決壊したドブ川のようだ。

『おかあさん　ももたろうみたいに　かつこいい』

『わるいひとに　まけないで』

長い年月を経て、真打の登場だ。

時も場所も超え、〈桃太郎〉が悪い鬼を退治しに来たのだ。

石丸将《いしまるまさる》の叫びが消える頃、〈ツクヨミ鬼《おに》〉の姿もこの世から完全に消えていた。

元の光を取り戻した、白銀の月明かりの下、空良《あきら》はもうこの世にいない男に言った。

「お前の求めていたママってのが、どんだけ優しい人か知らねぇけどな。悪いことをしたら、こうしてちゃんと叱ってくれる、それが本当のいい母親なんじゃねぇのか」

テラスを吹き抜ける涼しい風が空良《あきら》たちの汗を拭った。

第6章

赫映（かくや）

甘ったるい花の香りと、西洋煙草《たばこ》の煙の臭《にお》い。

裸の少女が椅子に座っている。十歳くらいか。長い髪が顔にかかって表情は見えない。力なく下がっている腕や手首の関節部には球体が嵌《は》まっている。これは人形だ。

座る人形の正面で、作務衣《さむえ》を着た四十代くらいの男が作業をしている。頭に手拭いを巻き、ロイド眼鏡《めがね》をかけ、教授や学者のような理知的な顔立ちだが、その顔も眼鏡《めがね》も作務衣《さむえ》にも、浴びた血が点々と付着している。

男はハンドルのついた錐状《きりじょう》の道具で、人形の頸《くび》のあたりに穴を空けている。きゅりきゅりと音がし、木屑《きくず》がはらはらと落ちる。空けた穴にスポイトで赤い液体を注入し、金属の篦《へら》で黄土色の樹脂《パテ》をすくい取ると穴を埋める。

作業をする男の傍らの畳の上にも、年端もいかぬ裸の少女が仰向《あおむ》けに横たわっている。関節に球体は見当たらない。こちらはヒトだ。だが、首から上と、両肩から先がない。そばに氷水を張った大きな盥《たらい》があり、口を結んだ透明なビニール袋に入った二本の白い腕が沈められている。

「いやあ、見事なもんだねぇ」若そうな男の声だ。「おじさんの人形作りは見ていて惚《ほ》れ惚《ぼ》れするよ。芸術だねぇ。僕にも一体作ってほしいくらいだよ」

「――将《まさる》くん。見るのは許可してやったが、黙って見る約束だったはずだ。つまらんことを言うなら、出ていきたまえ」作務衣《さむえ》の男は淡々とした口調でたしなめる。

「厳しいなぁ。そんなこと言っちゃっていいの？　そのガキ、攫《さら》ってきたのは誰かな？」

「君だ」

「だよねぇ。苦労したんだよ。下校時間に待ち伏せしてさ」将《まさる》――そう呼ばれた男は、下卑た嗤《わら》いを漏らす。「それにパパの力がなけりゃ、おじさん今頃パクられてるよ」

「それはない」一蹴した。「警察はなにもできないよ。——そう。なにもね」

作務衣《さむえ》の男は作業の手を止め、顔を将《まさる》に向ける。「とはいえ、君の御父上《おちちうえ》——昇《のぼる》さんには色々と助けてもらっている。重々感謝しているよ。君たち石丸《いしまる》の家の協力があるからこそ、弥勒《みろく》家は代々、〈お役目〉を続けることができた」

「〈ナゴシの儀式〉だっけ？」

「〈夏越《なご》しの戯《ぎ》〉だ」

「ナゴシノ、ギ？　小難しいな、なんだい〈ギ〉って」

「〈ギ〉は遊戯、戯曲の〈戯〉だよ。遊ぶこと。そして、芝居の意味でもある」

作務衣《さむえ》の男は、部屋の奥の暗がりにある姿見に目を向ける。

「前の封印から十年が経《た》った夏、封印が弱まると〈かぐや人形〉は〈遊び相手〉を探すため、〈幽世《かくりよ》〉の外——つまり、我々の世界に影響を与え、各地の怪異を目覚めさせる。多くの人々が彼女の遊戯の犠牲となった。その犠牲を増やさぬため、〈遊び相手〉となる人形を〈幽世《かくりよ》〉へ送り込み、再び十年間、〈かぐや人形〉を封印する。そうすることで人々は夏を無事に越すことができる」

再び、作業に手を動かす。「これはとても大切な〈お役目〉なんだよ」

「そんな悪いことする人形なんて、こっちに出てきた時に焼いちゃえばいいのに。わざわざこんな、遊び相手の人形まで作ってあげてさあ。甘やかしすぎじゃない？」

「焼いて終わるのなら、とっくの昔に御先祖がそうしている。できないから、封じているんだ。

それにね、将《まさる》くん。〈戯〉という字は、〈虚《うつ》ろ〉に〈戈《ほこ》〉と書く。実戦用の武器ではない、軍楽用の矛の意味があるんだ」

作務衣《さむえ》の男の手が、人形の顔にかかった髪の毛を撫《な》で繕う。

「この人形《かのじょ》も、〈子ども《かぐや》〉の気を引くための玩具《おもちゃ》に過ぎない。だが、人間が〈かくや〉に対抗するための唯一の矛なんだ。〈戯〉——いい字じゃないか。人には決してなることができない、中身の虚《うつ》ろな人形《ひとかた》を〈戈《ほこ》〉で閉じ込める。丁度いい字を当てたものだと私は感心したものだがね」

作務衣《さむえ》の男が人形の前髪を撫《な》で上げると、その顔が露《あらわ》になる。虚空に留《とど》まった虚《うつ》ろな目。唇についた渇いた血。白蝋《はくろう》のようになめらかな肌。人形の首から上は先ほどまで生きていた少女だ。

「あのさぁ、そうやってなんでも小難しくするの、おじさんの悪い癖だよ。それって、作家だから？　今はなんでも短く略す時代だよ。僕の連れてきた、その子だって」

——と、首から上のない身体《からだ》を見る。「ニュースではSちゃんって呼ばれてたよ」

「それはプライバシーを守っているのだよ」

「今おじさんがやってることだって、絶対にバレちゃまずい、守らなきゃいけない秘密だよね？　ならさ、呼び方を暗号みたいに略しちゃえばいいじゃん。〈ナゴシノギ〉なんて古臭い呼び方じゃなくて——〈NG〉とかさ」

それまで感情を見せなかった作務衣《さむえ》の男が肩を揺らして笑う。

「最近の若者は独特な造語をするものだね。しかし〈NG〉では、演者の失敗という意味になってしまうじゃないか。〈かぐや人形〉の良き父親《ととさま》を演じ続ける私が、〈お役目〉をそのような言葉で略してはいけないだろ。くっくっくっ」

作務衣《さむえ》の男の笑いが四畳半の部屋に静かに響く。

「――おっと。今は封印が緩んでいる時期だったな。こちらに聞き耳を立てているかもしれんというのに、私こそ気が緩んでいたようだ」

「今の聞かれてたら怒るかな？」

作務衣《さむえ》の男は鏡を見る。

「問題ないだろう。〈かぐや人形〉は永遠の子どもだからね。難しい話や言葉はわからない。だからこそ、あまり興味を引くような言葉は使わないでくれ。覚えられても困る」

「はいはい。ところでさ、さっきから気になってたんだけど、それってなんだい？」

文机の上に短冊形の紙が束になって置いてある。桃と二体の神仏が描かれた札だ。

「君の御父上《おちちうえ》に頼まれて用意した魔除《まよ》けの札だ。あの人も方々から恨みを買っているだろうからね。〈会〉の中にも欲しい人たちがたくさんいるから、多めに用意しておいたのだ。みんな、怨霊に祟《たた》られるのが怖いらしい」

「ふーん、こんな紙切れが魔除《まよ》けなるんだ。じゃ、その隣のは？」

作務衣《さむえ》の男はタオルで手の血を拭くと、文机からそれを手に取る。奇妙な人形だ。ピンポン玉よりも小さな少女の頭。その下に、綯《な》った紐《ひも》が幾本も下がっている。

「これは〈送り雛《びな》〉だ。本来は、この人形《ひとかた》に霊力を注いで〈幽世《かくりよ》〉に送る。だが、私の〈手の力〉は――ある事故で完全に失われてしまった」

「〈手の力〉？　なんだい、それ」

作務衣《さむえ》の男は人形の腕を上げ下げし、関節の具合を確かめながら答える。

「かつて、私の両手には特別な力があったんだ。左右それぞれに違う力がね。そのひとつが、人形《ひとかた》に霊的な力を注ぐ力だった。〈夏越《なご》しの戯《ぎ》〉には必要不可欠な力だ……」

「そっか、その力をなくしちゃったから、こうしてガキを殺して代替品を作ってるってわけか」

デリカシーに欠ける言葉に作務衣《さむえ》の男は片眉を上げるが、すぐに諦め顔で頷《うなず》く。

「弥勒《みろく》の血と力を途絶えさせてしまった。私に子はいない。力を使える者がいなければ、この〈送り雛《びな》〉は玩具《おもちゃ》にもならないガラクタ同然の物だ。〈お役目〉を続けるには、こうして外法《げほう》に手を染めるより道はなかったのだ」

作務衣《さむえ》の男の声と表情に、後悔や罪悪感の色は見られなかった。

「それより将《まさる》くん、君のほうはどうなんだ？」

「なに？」

「結婚だよ。君もそろそろ幸せな家庭を作って、子どもでも持ったらどうだ？」

「あー、そうだねぇ……天国のママも喜んでくれるかなぁ？」

「ああ。昇《のぼる》さんもきっと喜ぶ」

「パパなんて別にどうでもいい！」

将《まさる》は急に声を荒らげた。「なんでパパを喜ばせなきゃいけないのさ！　今まで、あの人は僕に何もしてくれなかった！　金しかくれなかった！　でもママは違う。僕をちゃんと愛してくれた。ママは僕のすべてだ。この世はクソだ。だってママがいないから。今でも！　ずっと！　僕はいつだって、ママがいた、あの頃に戻りたいと思ってるッ！」

興奮状態の将《まさる》の様子に作務衣《さむえ》の男は作業の手を止め、眉をひそめた。

「戻れたらいいな……君の望む〈過去〉に――」

少しの沈黙があって。

「そういえば、おじさんに訊《き》きたいことがあったんだ。作家なら知ってるかなって」

「なんだね？」

「〈ツクヨミ鬼《おに》さん〉ってやつのこと教えてくんない？」

※

〈ツクヨミ鬼《おに》〉の最後を見届けた翌昼。ドアベルを鳴らして黒兎《くろうさぎ》に不機嫌面の来客があった。

「よお。夏休みは満喫してるか、不良少年」

番直政《ばんなおまさ》だ。茶色い紙袋を片手に抱えている。入ってくるなり空良《あきら》の座っているボックス席に来るとドカッと座って煙草《たばこ》を一本つける。

「満喫してるように見えるか、不良中年」空良《あきら》は読んでいた本を閉じた。

番《ばん》はテーブルの上に散乱しているノートや本の山を見て、へっ、と笑った。

「いや、まだ宿題に追われてるように見えるな。妹、今日出てくんだろ。退院祝いだ」

番《ばん》は持ってきた紙袋をそのまま空良《あきら》に渡す。ビスケットやチョコレート菓子がたくさん入っている。先刻、パチンコで取った景品らしい。

「昨夜の〈ムーンタワー〉の鬼退治はご苦労だったな。大江《おおえ》から話は聞いてんぜ」

「退治したのは俺じゃない。岡山《おかやま》だ。いいとこはみんな持ってかれちまったよ」

「それも聞いたよ。でもまぁ、岡山《おかやま》も大江《おおえ》も仇《かたき》を討てて、家族とも再会できたんだろ。お前は〈遊び〉に勝ち続けることができている。上々じゃねぇか。——で、今これ、なにしてんだ」

「怪異の血で視《み》た記憶で気になることがあってな。弥勒《みろく》の本を読み返してる」

「えげつないのを視《み》たらしいな。ざっくりとしか聞いてねぇんだ。詳しく聞かせろよ」

〈ツクヨミ鬼《おに》〉はこれまでの怪異と違い、消えた後に血だまりが残らなかった。怪異の残す血は愛海《あみ》へ繋《つな》がる記憶。愛海《あみ》を取り戻した今、必要ないということなのだろう。

だが、〈かくや〉からなんらかのメッセージがあるかもしれないと、空良《あきら》は服に飛び散った〈ツクヨミ鬼《おに》〉の血に触れ、ブラッドメトリーを試みた。視《み》えたのは、弥勒邸《みろくてい》の屋根裏。そこで弥勒夜雲《みろくやくも》と思われる男が少女を人形に変えていた。またそこには、彼を「おじさん」と呼ぶ、「将《まさる》」なる人物もいた。おそらく、石丸将《いしまるまさる》だ。

ブラッドメトリーの能力の精度が増したのか、この記憶には、匂いがあった。だから、弥勒邸《みろくてい》で感じた煙草《たばこ》の匂いが、石丸将《いしまるまさる》の吸っていた煙草《たばこ》と同じ匂いだとわかった。石丸将《いしまるまさる》は弥勒《みろく》と繋《つな》がっていた。〈ツクヨミ鬼《おに》さん〉の話をしていたことから、空良《あきら》が視《み》たのは、デパート火災が起きる少し前の弥勒邸《みろくてい》の光景なのだろう。

「石丸昇《いしまるのぼる》を介して繋《つな》がったんだろうが——しかし、親もヤバいが、その倅《せがれ》も相当なもんだな。クリスマスの玩具《おもちゃ》売り場で大量放火殺人。しかも、〈吉走寺《きっそうじ》女子児童失踪事件〉の主犯の一人とはな」

「こいつに書かれていた通りだったよ」弥勒《みろく》の書いた『夏越《なご》しの戯《ぎ》』を番《ばん》の前に放る。「弥勒《みろく》は〈かくや〉を封じる一族の末裔《まつえい》だ。だが力を失って、人間を生贄《いけにえ》にするようになった」

「それが、女子児童失踪事件の真相か。〈ムーンタワー〉で出た諸々《もろもろ》の証拠物から、住井《すみい》と〈端《たん》午会《ごかい》〉メンバーのビッグネームらとの癒着、岡山《おかやま》議員失踪と桃井《ももい》デパート火災の真相が明るみに出れば、倅《せがれ》と弥勒《みろく》の秘め事にも辿《たど》り着くだろうな。問題はタイミングとやり方だ。ひとつでも間違えれば、もみ消されるどころじゃ済まねぇ」

　集まった証拠を元に大江《おおえ》は本格的に動き出している。岡山《おかやま》の遺志を継いだ彼女ならうまくやってくれるだろう。

「んで？　お前のほうはどうなってる」

「まだ〈かくや〉が姿を現さない。ヤツの思惑がわからねぇ」

　この沈黙は不気味だった。昨夜、天生目《あまのめ》に「今夜泊まるホテルに、キミの分の部屋も取ってやる」と言われたが、空良《あきら》は断って自分のアパートに帰った。〈幽世《かくりよ》〉と繋《つな》がった鏡は警戒すべきだが、〈かくや〉がなんのアプローチもしてこないことのほうが落ち着かなかった。ためしに鏡に呼び掛けてみたが反応はなく、シャワーを浴びているあいだも鏡を注視していたが、何かが映り込むとか視線を感じるといったこともなかった。その後も怪現象が起きることも、笛の音色が聞こえることもなく、空良《あきら》はたっぷりと睡眠をとって朝を迎えた。

「ダンマリか。だが、お前が死ぬまで〈遊び〉はやめないって言われたんだよな」

「ああ。――さっき、こいつに面白いメモを見つけてな」

　番《ばん》に那津美《なつみ》のノートを見せる。ネタ帳ではない。表紙が薄汚れておらず、折れ目もない、おろしたてのノートだ。そこには空良《あきら》がこれまで会った怪異に関する考察が書かれていた。断片的で、それだけ見ても意味をなさないようなメモばかりだが、当事者である空良《あきら》は、かろうじて理解できた。彼女なりに空良《あきら》の力になろうとしていたのがよくわかる。

那津美《なつみ》は、愛海《あみ》をさらった怪異が〈かくや〉を名乗り、『竹取物語』を題材にした暗号カードを送ったことに焦点を当てながら、〈かくや〉の正体に迫る考察を展開していた。

その中で、空良《あきら》が〈遊ぶ〉ことになる怪異は五体ではないかと予測している。

これには根拠も示されていた。

弥勒《みろく》の最新作にして最後の作品となった『竹取翁《たけとりのおきな》の夢』。この本には五篇《へん》の短編が収録されていて、その五篇《へん》のタイトルは〈かぐや姫〉が五人の求婚者に結婚の条件として出した〈五つの宝〉の名が使われている。那津美《なつみ》は空良《あきら》の〈遊び相手〉の怪異は、この五つの物語に因《ちな》んで選ばれたのではないかという仮説を立てていた。彼女に話したのは〈おたけび作家〉までだが、その後に空良《あきら》が遭う二つの怪異についても、弥勒《みろく》の本から符合するキーワードを引き、その属性や居場所を予想している。これが見事に的中していた。

現状、〈うらしま女〉〈首太郎《くびたろう》〉〈おたけび作家〉〈殺人桃《さつじんとう》〉〈ツクヨミ鬼《おに》〉、五つの怪異との〈遊び〉を終わらせている。もし那津美《なつみ》の予測通りなら、〈かくや〉の用意していた〈遊び〉は、これで終わったことになる。

那津美《なつみ》のノートの中で空良《あきら》がなにより関心を持ったのは、〈かくや〉が絵図を描いた一連の〈おとぎ草紙〉、その結末の予測だった。

『竹取翁《たけとりのおきな》の夢』の最終章は、『竹取物語』の最後と同じで、〈かぐや姫〉は月に帰る。

この月を那津美《なつみ》は〈幽世《かくりよ》〉だと考察していた。『竹取物語』の終盤、帝《みかど》は月から迎えに来る使者から〈かぐや姫〉を守り、彼女を昇天させないため、二千の役人を竹取翁《たけとりのおきな》の家に派遣する。うち千人を屋根の上に待機させるのだが、これは昇天する死者の霊を屋根の上から呼びかけて引き止める〈魂呼《たまよ》ばい〉という古くからある習俗で、〈かぐや姫〉が帰る月とは〈あの世〉――つまり、〈幽世《かくりよ》〉ではないかというのだ。

那津美《なつみ》は、五つの怪異の後、〈かくや〉が〈幽世《かくりよ》〉に戻る展開になると予測していた。

「ほお、さすが作家先生、大したイマジネーションだな。でもそれなら、〈かくや〉が姿を見せないのも頷《うなず》けるぜ。ヤツは、大切な弥勒《とどさま》の書いた台本の通りに〈かぐや姫〉を演じていたのかもしんねぇな。自分が〈幽世《かくりよ》〉に戻るラストシーンまでお前が辿《たど》り着いちまったもんだから、演じたくなくて雲隠れしたってわけだ」

「だからって勝手な幕引きは許さねぇ。那津美《なつみ》さんも葉月《はづき》も目覚めてねぇんだ」

「ちっ、そうだったな」

番《ばん》は表情を歪《ゆが》め、頭を掻《か》いた。「ずっと一人で寂しさに耐えて、やっと戻ってこられたってのに、家に帰っても母親がいねぇんじゃ……報われねぇよな」

「愛海《あみ》には父親もいない。母親まで帰ってこなかったら、あいつは――」

「鬼島《きじま》、家族を守れよ」

円い黒レンズの上の鋭い目が空良《あきら》を見据えていた。

「お前もわかったろ。日常ってのは斯《か》くも脆《もろ》い。一度、欠けちまうと、なかなか修復できねぇどころか、そこから大事なもんがみんなこぼれちまう。だから、これ以上こぼれねぇよう、必死に押さえて生きてかなきゃならねぇ。これが……きつい」

鋭い目の奥に一瞬、濡《ぬ》れた光が見えた気がした。「――妹、まだ小学生だろ。お前が近くで支えてやれ。守れるのは、守る家族がいるうちだけだ」

言った後、番《ばん》は空良《あきら》から目を逸《そ》らす。余計なことを言ったという顔だ。

「なあ、番《ばん》。あんた、家族は――」

「いねぇよ。んなもんいたら、こんな危ねぇ橋、渡れるか」

灰皿を手繰り寄せ、半分以上残っている煙草《たばこ》をもみ消すと苛立《いらだ》った唸《うな》りをあげる。いたのだろう。番《ばん》にも家族が。守れるのは、守る家族がいるうちだけだ。この言葉は、彼の経験則に基づいて出たものなのかもしれない。

「そういや聞きそびれてたけどよ。あんたなんで当主ってのを手伝って怪異の調査なんかやってるんだ？」

「そんなもん聞いてどうすんだ」

「金のためなら、相手がヤクザだろうと警察《サツ》だろうと強請《ゆす》る、業界じゃ知られたゴロツキのあんたが、なんでこんな仕事をしてんのかが不思議でな。怪異とか呪いとか、この手のネタなんてどれほど書いたって金になんねぇんじゃねぇか？　なんでわざわざ、こんな危険なことに首を突っ込むのかって思ってよ」

「そいつは、ジャーナリストの性《さが》ってやつだな」

よじれた吸い殻の上にうっすらと浮かんでいる煙を番《ばん》は見つめていた。

「怪異ってのはどいつも黒い真実を隠してやがる。虐待、差別、孤立、狂気、愛憎、悪意、正義。その真実はすべて現実《リアル》と繋《つな》がってる。そういうもんに俺ァ、どうしようもなく惹《ひ》かれちまうんだ。暴いてやりてぇんだよ。怪異が腹に抱えた黒い真実を」

この言葉に嘘《うそ》はないだろう。だが、それだけではない気がする。空良《あきら》は気になっていた。番《ばん》はたまに「らしくない」表情をする。弥勒邸《みろくてい》で生きたまま解体される少女たちの記憶を空良《あきら》が話している時。岡山《おかやま》の息子の描いた絵を見た時。番《ばん》は生傷を見るような顔をしていた。番《ばん》にも秘めている真実がある。それが、彼が怪異と関わりを持つことになった真の理由なのかはわからないが、これ以上詮索するつもりはなかった。

「そろそろ行くぜ」

シャツの胸ポケットにライターとよれた煙草《たばこ》の箱を突っ込み、立ち上がる。

「番《ばん》。ロゼのことだが――」

「あ、そういや、アイツぜんぜん連絡してこねぇな」

稀代《きたい》のマジシャン、ムーラン・ロゼ。彼女の生存を番《ばん》は依然として信じている。だが、空良《あきら》ははっきりと彼女の死を目にした。自分の選択が招いた結果をこのまま、うやむやに終わらせていいわけがない。だが、番《ばん》は聞こうとしない。

「あの女が自由なのは毎度のことにしても――ったく、次の仕事どうすんだよ」

ぶつぶつ言いながら、番《ばん》は黒兎《くろうさぎ》を出ていった。

午後になって、愛海《あみ》を迎えに病院へ行った。青空を背に入道雲が見下ろす夏らしい日だった。担当医から精密検査の結果の説明を受けた。今のところ心身に悪い影響をもたらすような異常は見られないが、『明らかな覚醒状態にもかかわらず、脳波がシータ波を示すことが稀《まれ》にある』と言われた。丁寧に説明されたが、頭の中で珍しいことが起きているということ以外、意味はわからなかった。年も取らず、何を食せずとも生きていける〈幽世《かくりよ》〉で数日を過ごしたことが影響しているのかもしれない。しばらく通院は続けるようにと言われた。

退院の手続きを取ると、愛海《あみ》と一緒に那津美《なつみ》の見舞いに行った。〝あの夜〟から閉じられたままの瞼《まぶた》が痙攣《けいれん》している。眼球が忙しく動いているのだ。悪夢を見ているのかもしれない。

那津美《なつみ》の洗濯物を持ち帰るためにまとめ、病院を出ると日が暮れていた。

影が傾く街中を歩いている途中、愛海《あみ》が急に足を止めた。

「どうした？」

「どこに向かってるの？」

「どこって、お前のマンションだよ。決まってんだろ」

愛海《あみ》は下を向いてしまう。

「安心しろ。那津美《なつみ》さんが退院するまで俺も一緒に住む」

「わたし、おにいちゃんのアパートがいい」

「あ？　馬鹿言うな。俺んちで、どんな目に遭ったか忘れたのか」

「ほっとするの。あの部屋。いつもみたいに、スーパーでお買い物して、おにいちゃんといろんなお話ししながら、晩ごはんを食べたい」

愛海《あみ》も必死に日常に戻ろうとしているのだろう。だが、アパートには、あの鏡が――。

「たぶん、もう大丈夫だと思うよ」空良《あきら》の心を読んだように愛海《あみ》が言った。「〈かくや〉ちゃん、言ってたもん。もう飽きちゃったって。愛海《あみ》にも、おにいちゃんとの遊びにも」

「俺との遊びにも？　あいつが、そう言ったのか？」

愛海《あみ》は頷《うなず》く。最後に〈かくや〉が現れたのは、次の相手が〈殺人桃《さつじんとう》〉だと告げてきた時だ。あの時、愛海《あみ》には飽きたと確かに言っていたが、空良《あきら》との遊びに飽きた様子はなかった。愛海《あみ》が聞いたという〈かくや〉の言葉を信じていいのだろうか。

ふと、弥勒《みろく》が「〈かぐや人形〉は永遠の子どもだ」と言っていたのを思い出す。子どもはなんにでも興味を持ち、独占欲も剥《む》き出しにするが、気まぐれで飽きっぽい。血の記憶の中で〈かくや〉は、飽きても愛海《あみ》を現世《うつしよ》には返さず、壊してしまうと愛海《あみ》本人に話していた。

だが、愛海《あみ》は壊されず、こうして無事に戻ってきた。

そして、弥勒邸《みろくてい》から帰る夜道で会ったのを最後に〈かくや〉は沈黙している。ゲームの進行役が進行をやめてしまったのだ。

本当に空良《あきら》にも飽きて現れなくなったのか。昨夜も鏡からは何も感じることはなかった。自分でも気づかないうちに〈かくや遊び〉は終わっていたのか。

――いや、油断はできない。油断はしないが、ひとまず今夜はアパートへ帰ることにした。

駅前のスーパーで夕食の材料を買った。アパートに着くと早速、浴室の鏡を割ろうとしたが愛《あ》海《み》に止められた。「〈かくや〉ちゃんが来るかもしれないよ」。

なら、なおのことだと思ったが、愛海《あみ》は〈かくや〉と繋《つな》がる〈道〉を完全に閉ざすことで、那《な》津美《つみ》や葉月《はづき》が二度と目覚めなくなることを恐れていた。愛海《あみ》の言うことも一理ある。そこで今夜は風呂には入らず、鏡にも近づかないことを約束させた。鏡には空良《あきら》の愛読している格闘技雑誌の付録のポスターを貼る。この目隠しにどれだけの意味があるのかはわからないが、ポスターが破れる音くらいはするだろう。どのみち、空良《あきら》は今夜、不寝《ねず》の番をするつもりだった。

夕食は愛海《あみ》のリクエストで野菜炒《いた》めを作った。食事が終わると愛海《あみ》は一緒に食器を片付け、

「洗い物はわたしがする」と言い出した。ゆっくりしていてほしかったが、「わたしの仕事だもん！」と言って聞かず、鼻歌交じりで洗い始めた。以前、店のテレビの前で歌いながら踊っていた来瀬《くるせ》ももの曲だ。

空良《あきら》は明日こそ愛海《あみ》のマンションに移ろうと準備を進める。自分の荷物はたいしたものはない。スポーツバッグに着替えなどを適当に詰め込む。その横に病院から持ってきた紙袋を置く。中身は搬送時に那津美《なつみ》が着ていた服だ。

それに気づいて、空良《あきら》は紙袋の口から見えている肩掛け《ストール》を取り出す。小さな黒っぽい染みがある。血のようだ。転倒時にどこかをぶつけたか擦《こす》ったかしたのか。

この血をブラッドメトリーすれば、那津美《なつみ》が呪われた夜に何があったか、わかるかもしれない。最後に〈かくや〉と会っているのは那津美《なつみ》ということも考えられる。もしそうなら、〈かくや〉が沈黙している理由がわかるかもしれない。血の痕に触れた。


「空良《あきら》くん！　いないの⁉　空良《あきら》くん！」

華奢《きゃしゃ》な腕がドアを叩《たた》き、チャイムを連打する。

空良《あきら》のアパートのドアの前だ。那津美《なつみ》の〈目〉を通して見ている記憶で間違いないだろう。

那津美《なつみ》は慌てた手つきでバッグからキーチェーンを取り出すと、鍵を開けて中に飛び込む。

「――いないのね」

浴室の前で屈《かが》むと床にバッグを置き、中から素早くコンパクトミラーを取り出す。

「……ってる……大丈夫……弥勒《みろく》先生の……なら……愛海《あみ》は……合わせ鏡で……」

ぶつぶつと呟《つぶや》いたあと、那津美《なつみ》は浴室の扉に震える手をかける。急に音楽が鳴り、ビクンと体が跳ねる。携帯電話の着信音だ。ディスプレイに表示された番号は空良《あきら》のものだ。

「空良《あきら》くん、わかったわ、わかったの！」

――空良《あきら》が黒兎《くろうさぎ》で〈黒い葉書〉を見つけ、慌ててかけた時だ。

那津美《なつみ》は愛海《あみ》の救出方法がわかったことを早口で空良《あきら》に伝えていた。

「これから愛海《あみ》を助け出すわ。〈かくや〉に邪魔される前に、早く、あわせ――」

那津美《なつみ》の言葉が途切れ、視線はゆっくりと下がって携帯電話を持つ手と逆の左腕に移る。静脈の青い筋の横に〈口〉が現れている。『那津美《なつみ》さん？　おいっ、どうかしたのか？』携帯電話から空良《あきら》の焦燥の声が聞こえる。

「……これ……なに？」

腕の〈口〉はネチャリと音を立てて笑むと「死ね」と囁《ささや》く。すると〈口〉のそばに真一文字に赤い裂傷ができ、ぱっくりと開いて赤い内部を見せつけると、それも〈口〉になる。「死ね」。右の腕にも〈口〉が現れ、「死ね」。次々と腕に口が現れ、海の岩場を這《は》うフナムシか巨大ゾウリムシのように〈口〉は腕から胸のほうへざわざわと移動する。たった二音の呪いの言葉を連呼しながら。

「**死ね**」「**死ね**」「**死ね死ねしねしねシネシネシネシネシネ**」

那津美《なつみ》は絶叫を上げ、携帯電話を手から落とすと自分の身体《からだ》から放たれる「死ね」の合唱に声を震わせる。「なんなの……なんなのこれ……」

ハッと、那津美《なつみ》は息を呑《の》む。身体《からだ》の震えが視界に伝わる。

空良《あきら》にもわかった。背後になにかがいる。

視界の震えが大きくなる。ゆっくりと後ろを振り向く。

那津美《なつみ》のことを見上げていたのは――。


記憶から戻ると、目の前に愛海《あみ》がいた。

空良《あきら》を見つめていた。記憶の最後で見たのと同じ、作り物のような無の表情で。

「愛海《あみ》……お前が、那津美《なつみ》さんを……」

そんな馬鹿な、と混乱する。あの時、愛海《あみ》はまだ〈幽世《かくりよ》〉に囚《とら》われていたはずだ。だが、空《あき》良《ら》が救出する前に愛海《あみ》は〈幽世《かくりよ》〉の外に出ていた。そして、那津美《なつみ》の前に現れた。

これは愛海《あみ》なのか。

表情の固まった陶器のような少女の顔に亀裂が入る。それは根のように広がり、肌は破片となって剥《は》がれ落ちる。ヒビは腕にも生じ、ぼそぼそと表皮が崩れる。

顔も髪型も着ている服も愛海《あみ》のものだが、肌の剥落《はくらく》した箇所から覗《のぞ》いている〈中身〉は、乾いた木肌のようだ。

「ばれちゃった」

小さな唇が剥《は》げ落ち、黒ずんだ剥《む》き出しの歯茎と不揃《ふぞろ》いの歯列が現れる。

「しかたないよね。おかあさん、邪魔だったし」

「なに言ってんだ……お前……」

「だって、おかあさんが迎えに来なかったら、ずっと、ずーっと、大好きなおにいちゃんのお家《うち》にいられるでしょ？　二人っきりで、ずーっと」

空良《あきら》は全身を釘《くぎ》で打ち付けられたように指一本たりとも動かせなかった。異様に冷たい汗がメスで切るように背中の中央を流れる。何が起きても愛海《あみ》を守ると固めていた意気が委縮しそうになる。

「おにいちゃん。だいすき。ずーっと」

イッショニ　イヨウネェ
伸びたカセットテープが奏でたように歪《ゆが》んだ声が、歪《ゆが》んだ愛情を訴える。

意識が遠のき、空良《あきら》の視界は暗転《ブラックアウト》する。


おとぎ草子の、はじまり、はじまり。

むかーし、むかし、ある〈幽世《かくりよ》〉に、〈かぐや〉というかわいい子がおりました。

〈かぐや〉は父様《ととさま》が大好きです。

父様《ととさま》は、小さなお人形をくれる人。父様《ととさま》は何人もいました。

どの父様《ととさま》も、かわいい、かわいい、お人形をくれました。

父様《ととさま》のくれるお人形は、〈かぐや〉のいちばんのお友だちでした。


空良《あきら》は踏切の前にいた。遮断機のバーは上がっていて、線路の先には住宅街と街路樹のシルエットが連なっている。歩く人の姿はない。音がなく、影が濃く、水底《みなそこ》のように蒼暗《あおぐら》い街並みを見下ろす空は、赤みがかった紫色だ。

見覚えのあるような、ないような。夢の中のように、どこか現実感のない場所だ。

いや、夢かもしれない。寝起きのように意識がぼんやりとしている。どうしてここにいるのか。それまで何をしていたのか。思いだそうとすると疼《うず》くように頭が痛む。

線路の上に生首が二つ落ちている。若い細面《ほそおもて》の男と、その倍の大きさのトサカ頭の饅頭《まんじゆう》顔の男で、自分の身に起きたことに気づいていない呆《ほう》けた表情をしている。

この二人の顔を知っている気がする。けれど、名前を思いだせない。


おとぎ草子は、いよいよ大詰め。

〈かぐや〉に、あたらしい父様《ととさま》ができました。

この父様《ととさま》、今までの父様《ととさま》と、ちょっと違います。

いつものお人形ではなく、ヒトの子どもの形をしたお人形をくれるのです。

いぬ、さる、きじ。どの人形も、どうぶつのお面をつけています。

お面を取るとそこには、かわいらしい、女の子のお顔。

どのお顔も、いたい、いたい、と泣いてます。やれ、うれしや。やれ、たのしや。

ヒトの子どものお人形が、ひとおつ、ふたあつ、みっつ。

なぜでしょう、よっつめのお人形は、子どもではなく、おとなでした。

おとなのお人形と遊んだ〈かぐや〉は、おとなに興味をもちました。

ある日、〈かぐや〉は大好きな父様《ととさま》に、おねがいしました。

ねえねえ、父様《ととさま》。父様《ととさま》と〈おとなの遊び〉がしたい。

だめだ、だめだ。父《とと》は、そんな遊びをしたくない。
いやだ、いやだ、遊びたい。だめだ、だめだ、遊ばない。
それでも〈かぐや〉は父様《ととさま》と〈おとなの遊び〉をしたのでした。
こうして父様《ととさま》は、いなくなってしまいましたとさ。

空良《あきら》は、蒼暗《あおぐら》い回廊のような道に立っていた。瞬《まばた》きのように明滅する照明の下、片側はガードフェンス、片側は下りた鎧戸《シャッター》が連なり、コンクリートの列柱が等間隔に奥へと続いている。進んでみると、道の途中に二つの大きな何かが転がっている。ひとつは、鎖で雁字搦《がんじがら》めにされている、花林糖《かりんとう》のように焼け焦げた死体だ。炭化して顔も性別も判《わか》らない。もうひとつは、中年男性の開きだった。ちょうど真ん中からきれいに切り開かれ、断面を地面に伏《ふ》せた状態で倒れている。同じ人間が背中合わせになっているように見える。二人とも知っているのに、誰なのか、思いだせない。

おとぎ草子は、めでたし、めでたし。
ひとりぼっちの〈かぐや〉は、さみしくなりました。
だから鏡の外に出て、さがすことにしたのです。
おとなの遊びをしてくれる、あたらしい父様《ととさま》を。
きれいなお着物《べべ》で、お笛をふいて。ぴいひゃらら。ぴいひゃらら。
十五夜お月さん、父様《ととさま》に、も一度〈かぐや〉は逢《あ》いたいな。

とうとう〈かぐや〉は見つけます。あたらしい父様《ととさま》を。

遊ぼ。遊ぼ。おとなの遊び。

ねぇねぇ、父様《ととさま》、あたけそたぼけうよたけ《遊ぼうよ》――


空良《あきら》は、どこかの家の中にいた。小さな玄関。踵《かかと》の潰れた紐靴《ひもぐつ》。ゆっくり回る換気扇。蒼暗《あおぐら》い照明の台所。鈍い銀色のシンク。訪れたことのない家だ。

磨《す》り硝子《ガラス》の入ったドアの奥から、シャワーの音がする。深く考えることなく開けた。籠《こ》もっていた湯気が逃げだし、空良《あきら》の身体《からだ》を包む。浴槽に少女の死体がある。胸元まで水に浸《つ》かった彼女はゴシック系の黒い服を着て、あくびをするように開いた口から、血濡《ぬ》れの子亀をぞろぞろと産んでいる。彼女を知っていた。その名を呼んだこともある。でも、思いだせない。

浴室から離れて、奥の部屋に進む。ベッド。低いテーブル。本や雑貨を適当に並べたカラーボックス。窓と押し入れ。物の少ない殺風景な部屋だ。知らない部屋だが、記憶に引っかかるものがある。違和感の正体を探そうと辺りを見回す。カーテンの色は自分も選びそうな色だ。カラーボックスに並ぶ本の背表紙を見る。読めない。見たことのない文字だ。

笛の音色が響き渡る。

部屋の中に着物姿の少女がいた。

「**おにいちゃん**」

風もなく流れ揺れる純白の髪。ぞっとするほど白い、表情のない幼顔《おさながお》。その姿を見た瞬間、ぼんやりとしていた意識は霧が晴れたように明瞭になる。何かに堰《せ》き止められていた記憶がいっぺんに頭に流れ込んでくる。忘却していた名前とさっき見た凄惨な光景が同時に蘇《よみがえ》り、水底《みなそこ》の泥のように沈んでいた感情が掻《か》き立てられる。

「……〈かくや〉……てめぇ……」

〈かくや〉との距離は三メートルもない。だが、遠く手の届かない存在に感じる。

「おにいちゃん、ずっと〈かくや〉の名前、間違ってるよ」

「なに言ってやがる。てめぇは〈かくや〉だろ」

「ちがうよ。わたしは〈かくや〉じゃなくて、か、く、や、だよ」

音だけ聞けば、やはり〈かくや〉と言っているように聞こえる。首をひねりかけて、ふと、思いだす。そういえば、弥勒《みろく》は〈かぐや人形〉と呼んでいた。〈呪いの口〉も〈かぐや〉と言っていた。ならば〈かぐや〉が本当の名なのだろう。自分ではそう言っているつもりだが、幼子のような舌足らずな口調が〈かくや〉と聞かせるのだ。だが名前など、どうでもいい。

「愛海《あみ》になにをした。〈かくや〉」

「身体《からだ》をもらったの」飴玉《あめだま》でももらったように言う。**「愛海《あみ》ちゃんになれば、〈かくや〉もおにいちゃんと、ずっと一緒にいられるから」**

血の気が引いた。合わせ鏡を使って〈幽世《かくりよ》〉から引っ張り出したのは、愛海《あみ》ではなかった。いや、正確に言えば身体《からだ》は愛海《あみ》のものだし、愛海《あみ》の精神も〈かくや〉によって隅に追いやられこそすれ、あの身体《からだ》の中にいたはずだ。そう信じたい。

「どうりで重かったわけだ。すっかり騙《だま》されたぜ……愛海《あみ》はどうした?」

「ずっと愛海《あみ》ちゃんでいたかったけど、おにいちゃんにバレちゃった。だから、愛海《あみ》ちゃんごっ

こはおしまい。もう身体《からだ》はいらないから、お外にポイしちゃった」

「外……？」空良《あきら》は部屋の中を見回す。「ここは、どこなんだ」

「**〈幽世《かくりよ》〉だよ**」

〈かくや〉に再会してから、薄々そうではないかと思っていた。いつの間に鏡の中へ連れていかれたのか。よく見ると、この部屋は自分の住むアパートだ。家具の配置、窓や押し入れの位置がすべて鏡に映したように反転している。

「さっき、俺が視《み》たもんはなんだ？」訊《き》きながら、拳を作る。

「**おにいちゃんのお友だち。〈かくや遊び〉で、おにいちゃんが怪異を壊しちゃったら、残念賞。一緒にいたお友だちは、ああなってたの**」

怪異に対し、空良《あきら》が選択や行動を間違えた場合に用意されていたペナルティ。一緒に戦ってくれた仲間たちが迎えるかもしれなかった、最悪の未来だ。そういえば、ロゼの姿はなかった。それもそのはずだ。彼女だけは、〈かくや〉が準備していた〝残念賞〟を受け取らされてしまった。

「なんで、そんなもんを見せやがった」

いらないからだよ、と〈かくや〉は言った。

「**おにいちゃんと〈かくや〉の二人だけがいい。いらない人はみんな、おにいちゃんの中から消してほしいの。あばずれ女も、ちんぴらも、ロクデナシも**」

「あばずれ女？　誰のこと言ってんだ」

「**おにいちゃんに近づく女は、みんな、あばずれだよ。あの女みたいに**」

〈かくや〉の声が、わずかに低くなる。

「あの女。どの女だよ」

「**父様《ととさま》に色目をつかった女だよ。ずぅずぅしく父様《ととさま》のぅちにあがりこんで、あつかましく父様《ととさま》に言い寄ってきた、あの恥知らずな女だよ**」

「そんなヤツは知らねぇが」作った拳を硬くする。「あばずれとか、ちんぴらとか、ずいぶん難しい言葉を知ってんだな。てめぇは、もっとずっとガキかと思ってたぜ」

「**〈かくや〉ね、おとなになったんだよ**」

声に、あどけなさが戻る。「**父様《ととさま》が、おとなのお人形をくれたから、おとなのする遊びのこと、たくさん知っちゃった**」

「大人の人形だと？」

弥勒《みろく》に人形にされた犠牲者は全員少女のはずだ。三人の小学生と一人の中学生。その中の誰かを〈おとなの人形〉と言っているのならば、〈おたけび作家〉となった蒼井《あおい》翼《つばさ》だろう。〈かくや〉が、いつの時代から存在するかは知らないが、大昔は十五歳くらいから大人として扱われたと聞いたことがある。そうでなくとも、中学生になれば、肉体的にも精神的にも成熟してくる。大人への関心を強め、様々な知識も入ってくる。〈かくや〉が見た目通りの幼女の精神を持つならば、中学生女子とて立派な大人に見えたことだろう。

「**だから、父様《ととさま》と、おとなの遊びをしたの。お手々繋《つな》いで、遊んだの。でもね、父様《ととさま》、うごかなくなっちゃった**」

弥勒邸《みろくてい》で見た異常死体。やはり、あれは〈遊び〉殺された弥勒《みろく》の末路だった。確かに、たくさんの少女のお手々で繋《つな》がれていたが――。

「今まで、いろんな父様《ととさま》がいたけど、あの父様《ととさま》がいちばん好きだった。だから、あの父様《ととさま》と、そっくりな人をさがしてた。そしたら、見つけたの」

おにいちゃんを。

血と花を煮詰めて濃縮させたような臭いが鼻を衝《つ》く。硝子《ガラス》玉のような瞳に見つめられ、空良《あきら》は固めていた両の拳をゆっくり構える。うふふ、と〈かくや〉が笑う。

「遊びたいな。大好きなおにいちゃんと。子どもに内緒の、おとなの遊び」

あどけない子どもの声が、糸を引くように、ねっとりと艶を帯びだした。

「……したい……大好きなおにいちゃんとしたい……おとなの遊び……したい……したい、した、いっ、したいっ、したいしたいッ、したッ、いっ、い、い、いい、いいッ」

〈かくや〉の首がカクンと傾《かし》ぎ、右側の頭頂部がボコリと膨らむ。膨らみは茸《きのこ》のように育ち、釣られて右目が持っていかれ、硝子《ガラス》玉のような眼球を弾《はじ》き出す。洞《うろ》のような眼窩《がんか》の奥から、黒光りする樹液のような蕩《とろ》けた目が溢《あふ》れ出る。身をくねらせ、竹が爆《は》ぜ割れるような音をさせながら、身の丈が伸びていく。着物は経年で朽ちるように崩れ、赤と薄青柳《うすあおやぎ》の布の小切れとなって紙吹雪《ふぶき》のように舞うと、同じ色の翅《はね》を持つ無数の蝶《ちょう》と化して飛び交う。露《あらわ》になった流木のような身体《からだ》には、歪曲《わいきょく》した枝のような腕と脚が三本ずつ生えている。細くくびれた身体《からだ》と肢体の輪郭は女性的な曲線を描こうとしていた。

これが〈かくや〉の考える〈おとな〉を体現した結果だ。しかしそれは、人形の素体となった木が突然変異を起こしたような。樹齢を重ねた古木が人間に化け損なったような。狂気に陥った彫刻家が腐木から彫った人形のような——悍《おぞ》ましい姿の怪物だった。

　抱擁を求めるように、〈かくや〉は三本の腕を広げた。身をよじらせながら空良《あきら》に近づこうと前に踏み出すが、よろめいて半歩戻り、また大きくよろめくと、前ではなく横に一歩移動し、元の位置に戻って一歩前に踏み出す。初めて立って歩く赤ん坊のようだ。まだ大人の身体《からだ》に慣れてないらしい。血と花の臭いが強くなる。

「おにいちゃん、だいすき。おにいちゃんも、〈かくや〉のこと、すきだよね。ねぇ……しようよぉ、おとなの遊び。おにいちゃん、だいすき、だいすき、ダいすキ、だイスキ、ダイスキッ、ダイッ、スキスキスキスキスキィィ」

「ああ。そうかよ」

　言うが早いか、一歩踏み出し、腹の底から力を振り絞った拳を突き出す。大木を殴ったような感覚に拳が弾《はじ》かれる。それでも打ち込む。繰り返す。拳の皮がズルリと剥《む》け、ピンク色の肉が覗《のぞ》く。打撃は効かない。だが、この一歩は大きかった。〈かくや〉はその見た目に反し、どんな怪異よりも空良《あきら》を委縮させてきた。その姿を前にすると、足に楔《くさび》を打たれたように一歩も動けなくなった。少女の形をした得体の知れないモノが放つ禍々《まがまが》しい気配に、闘争心も屈した。どんなに激しい怒りの炎が燃え上がっても、蝋燭《ろうそく》の火のように静かに吹き消された。だから拳を振るうために踏み出したこの一歩は、空良《あきら》にとって大きな意味があった。

「〈かくや〉、お前にまだ、大事なことを伝えてなかったよな」

「なあに。なあに、おにいちゃん」

〈かくや〉と言葉を交わす時、空良《あきら》は自然と言葉を選んでいた。使わぬよう、無意識に避けていた言葉があった。その言葉を使うことで〈かくや〉との関係が変わることを恐れた。

「俺はなぁ、〈かくや〉、お前のことが――」

一歩を踏み出せたからこそ、伝えることができる。ずっと避けてきた、その禁句――。

「きらいだ」

〈かくや〉は壊れた告白の連呼をぴたりと止めた。

首を軋《きし》ませながらゆっくりと傾《かし》ぎ、「**きらい？**」と言った。

「**うそだよね、おにいちゃん。おにいちゃんのこと、こんなにこんなにすきなのに。〈かくや〉は、こんなにこんなに、おにいちゃんのこと、すぎッ、なのにィ――**」

軋《きし》む音、爆《は》ぜる音、割れる音。〈かくや〉の全身から鳴りだした。

「**おッ、おおッ、おにいちゃ、んの、いたがるお顔、く、くるしいお顔、だだァいすき。こ、ころしたい、くらい、すき、だいすぎ、ころした、い、ごろす、ゴロシダイィッ**」

膿《う》んだ執着に侵された〈かくや〉は、爛《ただ》れた愛を毀《こわ》れた言葉で叫ぶ。

そんな姿を空良《あきら》はまっすぐ見つめ、こう返す。

「だいきらいだ」

だ　い　き　ら　い
〈かくや〉は一音ずつ確認するように発すると、

「**いや、いや、いやああぐぁあああううおおおあああおおがおおおごぉおおおお**」

慟哭《どうこく》は叫びに、叫びは咆哮《ほうこう》になる。〈かくや〉の動揺が〈幽世《かくりよ》〉の屋台骨に連動しているかのように、反転した世界は激しく揺れる。視界の中の光景を構築する、あらゆる面や角や立体物の輪郭がブレて、あやふやになる。眼球だけを揺さぶられているような感覚の中、玄関のほうが仄《ほの》かに明るいことに気づき、空良《あきら》は転がるように隣の部屋へと移動する。

光は浴室のドアの磨《す》り硝子《ガラス》から漏れている。ドアを開ける。浴室内に白い光を放つ〝窓〟がある。そこから放たれる光は光暈《ハレーション》のように視界を白く曇らせる。

「お兄ちゃん」

その声に向かって。光に飛び込んだ。


お兄ちゃん。お兄ちゃん。

呼ばれている。どっちだろう。空良《あきら》は考える。これは、どっちの声だ。

瞼《まぶた》を開けた。

目の前に、眉を八の字にして瞳を潤ませた愛海《あみ》の顔がある。

「お兄ちゃん、大丈夫？」

答えずに身体《からだ》を起こす。どこかにぶつけたか、肘がジンジンと痛む。周囲を見回す。

〈幽世《かくりよ》〉ではない。浴槽、ドアの位置から、自分のアパートの浴室だとわかる。

愛海《あみ》に視線を戻す。心配そうに空良《あきら》を見つめている。

「お前は愛海《あみ》なのか？」

愛海《あみ》は頷《うなず》く。「わたし、〈かくや〉ちゃんじゃないよ」

どういう意味で訊《き》かれたのか、わかっているようだ。

愛海《あみ》の瞳を見る。愛海《あみ》なのか。愛海《あみ》のふりをしているのか。だめだ。わからない。

そばに落ちているコンパクトミラーに視線を下ろす。

「〈合わせ鏡〉をしたの」愛海《あみ》はコンパクトミラーを手に取る。「おかあさん、これでわたしを助けようとしてくれた。なのに……〈かくや〉ちゃんが……わたしの身体《からだ》で……」

愛海《あみ》の顔が沈痛に歪《ゆが》んだ。

「乗っ取られていたあいだのこと、覚えてんのか？」

「ぼんやりとだけど。でもそのおかげで、お兄ちゃんを助ける方法がわかったの」

「そういうことか」

〈幽世《かくりよ》〉の浴室から漏れていた光は、現世《こっち》の浴室で愛海《あみ》が〈合わせ鏡〉をやったために生じたものだろう。あの光を見逃していれば、今頃まだ〈幽世《かくりよ》〉に——。

ハッと顔を上げた空良《あきら》は、立ち上がって洗面台の鏡を見る。

鏡面は暗い紫色の光を放っている。その中央に歪《いびつ》な形をした小さな影がある。影は蠢《うごめ》きながら、少しずつ大きくなっている。その形に見覚えがあった。

「〈かくや〉だ。俺を追って、こっちに向かってるんだ」

「うそっ、やだどうしよう！　ねぇ、どうしよう、お兄ちゃん」

「離れてろ」愛海《あみ》を浴室から出すとシャワーヘッドを手に取り、腕で顔を守りながら、鏡に打ちつける。割れるどころかヒビも入らない。何度も打ち付けるとシャワーヘッドのほうが壊れた。

甘かった。いざとなれば鏡を割ればいいという考えが、いつも頭の隅にあった。〈道〉さえ壊せば、自由に行き来はできないと。だが、〈幽世《かくりよ》〉に通ずる〈入り口〉となった時点で、鏡には何らかの特別な力が働くらしい。

〈かくや〉はゆっくりと近づいている。鏡から出てくれれば、再び空良《あきら》を〈幽世《かくりよ》〉に連れ去るだろう。それだけなら、まだいい。今度は邪魔をした愛海《あみ》を殺すに違いない。逃げても、どこまでも追ってくる。怪異から逃げ切ることなど不可能だ。

「〈ＮＧ〉だよ！」

浴室の外から愛海《あみ》が言った。「わたし、聞いたの。〈ＮＧ〉って言葉は〈かくや〉ちゃんの大切な秘密なんだって。だからきっと、〈かくや〉ちゃんのすっごく苦手なものなんだと思う。でも――」

愛海《あみ》は下を向いてしまう。「〈ＮＧ〉って、なんだろう……」

「大丈夫だ。そいつのことはわかってる」

十年に一度、人形を〈幽世《かくりよ》〉に送り込んで〈かくや〉を封じ込める儀式――〈夏越《なご》しの戯《ぎ》〉のことだ。〈ＮＧ〉は石丸将《いしまるまさる》がふざけて言った「Nagoshi no Gi」の略称だ。

「だが、人形なんて、どうすりゃいいんだ」

しかも、普通の人形ではない。悍《おぞ》ましい技術で作られた少女人形だ。

もし、この場に弥勒《みろく》がいたら、喜んで愛海《あみ》を人形にしただろう……。

「――いや、待てよ。あるぞ」

浴室を出ると、空良《あきら》は奥の部屋へ行く。押入れを開け、無造作に放り込んであったそれを掴《つか》んで戻る。愛海《あみ》は浴室の外から鏡を見張っていた。

〈かくや〉は着実に近づいているが、そのスピードは決して速くはない。勿体《もったい》ぶるように、楽しむように、ゆったりとした足取りだ。鏡から現世《うつしよ》へと這《は》い出てくる己の姿を見て、愛海《あみ》が恐怖の叫びをあげ、空良《あきら》が絶望にくずおれる、その瞬間を心待ちにしているのだろう。

「お兄ちゃん、それなに？」愛海《あみ》は空良《あきら》が手に握っているものを見ている。

「こいつは〈かくや〉のお友だちだ」

弥勒邸《みろくてい》の屋根裏にあった長持の中で見つけた人形だ。〈かくや〉にそっくりな頭の下に、綯《な》った紐《ひも》が何十本も下がっている。不気味ではあったが、気になって持ち帰っていたのだ。

血の記憶の中で弥勒《みろく》はこの人形を〈送り雛《びな》〉と呼び、本来はこれを〈夏越《なご》しの戯《ぎ》〉で〈かくや〉の〈遊び相手〉として〈幽世《かくりよ》〉に送っていたのだと言っていた。

空良《あきら》は鏡の正面に立ち、〈送り雛《びな》〉を握り締める。

どうやって〈幽世《かくりよ》〉に送ればいいのだろう。鏡に向かって投げるのか。鏡の前に供えるのか。

——違う。それだけではだめだ。弥勒《みろく》は確か、こう言っていた。

『力を使える者がいなければ、この〈送り雛《びな》〉は玩具《おもちゃ》にもならないガラクタ同然の物だ』

霊力を注いだ人形でなければだめなのだ。それをできる力が弥勒《みろく》にはあった。だが、彼は事故で力を失ったと言っていた。その事故さえなければ、この人形で〈夏越《なご》しの戯《ぎ》〉を執り行い、〈かくや〉を再び十年の眠りにつかせることができただろう。そして空良《あきら》は死のゲームに巻き込まれることもなく、今頃、退屈な夏休みを過ごしていたはずだ。歯車が狂ったのは、弥勒《みろく》が〈力〉を失ったことにある。

つまり、人形があっても〈力〉がなければ、この窮地を脱することはできないということだ。〈かくや〉は緩流《かんりゆう》に運ばれる落ち葉のようにゆっくりと近づいてくる。獲物に逃げられる心配はないし、脅威となることもない。

空良《あきら》にとって、はなから勝ち目のない遊戯《ゲーム》だったのだ。クリアなどない。必勝の攻略法もない。結末《エンディング》は、変えられない。

「ならマジでこいつはガラクタじゃねぇか」

叩《たた》きつけようと人形を振り上げる。空良《あきら》の鼻が独特な甘い匂いをとらえる。人形からだ。弥勒邸《みろくてい》の香《インセンス》の匂いが染みついているのだ。

その匂いが鼻腔《びこう》を貫いて脳に届き、これまでずっと忘れていた記憶を蘇《よみがえ》らせた。

まだ十歳にも満たない頃。古い物を処分すると言って、母が押し入れの中を整理しだしたことがあった。空良《あきら》は面白い物でもないかと、段ボール箱のひとつを勝手に開けた。粘着力を失って浮いているガムテープを剥《は》がして蓋を開けた途端、甘い匂いがした。段ボール箱の中には服が入っているだけだ。一着、手に取って鼻を押し付けて嗅ぐと、甘い匂いは服からしているとわかる。そのことを伝えると母は明らかに顔色を変え、箱からエプロンを取ると鼻に押し付けて嗅いだ。そしてなにも言わず、段ボール箱にエプロンを押し込んでガムテープで封をすると、他の段ボール箱も開け、匂いを確認しだした。話しかけても返事もなく、一心不乱に匂いを嗅いでいた。母は押し入れの中のほとんどの段ボール箱とその中身を処分してしまった。

こんな昔のことをなぜ今、このタイミングで思いだしたのか。〈ツクヨミ鬼《おに》〉から浴びた血の記憶で、初めて〈匂い〉の記憶を知覚したからかもしれない。匂いによって呼び出される記憶は、とくに鮮明だという話を聞いたことがある。だから、間違いない。

あの日、母の服からしていた匂いと、〈送り雛《びな》〉からする匂いは、同じ匂いだ。

それはつまり、どういうことか。

母は、あの弥勒邸《みろくてい》に行ったことがあるのではないか。

しかも一度や二度ではない。少なくとも、屋敷の匂いが服に染みつくほど。その匂いが、何年も消えずに残るほど。

那津美《なつみ》は言っていた。母・里美《さとみ》は、弥勒夜雲《みろくやくも》の作品にのめり込み、その敬愛は作品を超えて作家本人にまで向けられ、彼の家まで調べていたと。そんな母は空良《あきら》が生まれる前から、神座区界隈《しんざくかいわい》で家政婦をして生計を立てていた。ならば、弥勒邸《みろくてい》で働いたことがあっても不思議ではない。

それが偶然か、母がそうなるように働きかけたのかはわからないが。

ここにきて、空良《あきら》が持て余していた疑問が浮上する。

まず、ブラッドメトリーのこと。右手で血に触れると記憶を読める能力。ロゼはこの力を生まれ持った素養かもしれないと言った。親や先祖に霊能力者はいないか、と。

〈かくや〉の空良《あきら》への異様なまでの執着ぶりにも違和感があった。父様《ととさま》と似た人を探していたら空良《あきら》を見つけたと言っていたが、どこが似ているのか、さっぱりわからない。少なくとも、血の記憶で見た十年前の弥勒《みろく》の姿からは何も感じなかった。

そして、自分の父親のこと。空良《あきら》は顔も名前も、どんな人物であったのかも知らない。母は空良《あきら》だけでなく、妹の那津美《なつみ》にも語らぬまま、二年前にこの世を去っている。

これらの疑問が、〈匂いの記憶〉を取り戻したことで、繋《つな》がろうとしている。ばらばらのパズルのピースが、ひとつの可能性を示そうとしている。

弥勒夜雲《みろくやくも》。彼に子はいなかった。

だが、本人が知らないだけで、いたのではないか。

鬼島里美《きじまさとみ》の胎《はら》の中に。

母は、弥勒《みろく》の存在をなぜか隠した。そして、彼の家の匂いの染みついた服を慌てて処分した。

母は弥勒《みろく》の秘密を知ってしまったのかもしれない。だから、彼のもとから去った。

それでも、母は弥勒《みろく》の子を産んだ。

そして、その子は空良《あきら》と名付けられた。

触れた血の記憶を読むこの力は、弥勒《みろく》から受け継いだ〈手の力〉なのではないのか。

〈かくや〉が空良《あきら》に執着するのも、身体《からだ》に流れる一族の〈血〉が原因かもしれない。

純粋に、父様《ととさま》の血に惹《ひ》かれたのだ。

「俺の親父《おやじ》が……弥勒夜雲《みろくやくも》だっていうのか……」

あくまでこれは可能性だ。だが、そう考えればパズルのピースがきれいに嵌《は》まる。

「お兄ちゃんッ」

愛海《あみ》の叫びで、思考に寄っていた意識が戻ってくる。鏡を見る。〈かくや〉はもう、すぐそばまで来ていた。節くれ立つ腕を前に伸ばし、鏡の中から空良《あきら》だけを見つめている。

自分の境遇や運命に驚いたり、嘆いたりしている場合じゃない。

やらなくては。〈夏越《なご》しの戯《ぎ》〉を。この〈遊び〉の始末をつけるために。

弥勒《みろく》の言葉を思いだす。

『かつて、私の両手には特別な力があったんだ。左右それぞれに違う力がね。そのひとつが、人形《ひとがた》に霊的な力を注ぐ力だった。〈夏越《なご》しの戯《ぎ》〉には必要不可欠な力だ……』

右手は〈ブラッドメトリー〉。これが弥勒《みろく》から受け継いだ〈手の力〉なら――。

空良《あきら》は左手で人形を掴《つか》む。左《こっち》の手に宿るのが、注ぐ力だ。霊力の注ぎ方など知らない。そもそも霊力が何かもわからない。だが、自分に流れる血は知っているはずだ。

だから、いつものやり方でやる。次の一撃で勝負を決めたいという時、空良《あきら》は拳に全身の力を集めるイメージをする。同じように人形を掴《つか》む拳に気を集めていく。

一撃で決めなくてはいけない。もっと、もっと力を集めなくてはならない。

「おにいちゃん」

愛海《あみ》じゃない。鏡の縁に手をかけ、〈かくや〉が今にもこちら側に出ようとしていた。

「今、そこに行くからね。そしたら、愛海《あみ》ちゃんころして、遊びの続きしよ」

「もう少し待ってろよ。今、てめぇにやってやるからよ——〈ＮＧ〉を」

〈かくや〉の動きが止まった。

「だめだよ、おにいちゃん」

すっかり、声変わりをしていた。幼さは欠片《かけら》も残っていない。大人の女性の声でもない。年齢も性別もない。この世のものではない。寒気を呼ぶ異形の声だ。

「それは、〈かくや〉と父様《ととさま》だけのヒミツなんだよ？　それとも、おにいちゃんも、あのオトコといっしょなの？　フルクサイって、ばかにするの？」

鏡面に波紋が広がる。その中央から、表皮の三分の二が崩落した〈かくや〉の顔がヌルリと出てくる。

「あのオトコ、きらい。だって〈かくや〉と父様《ととさま》のふたりの時間を邪魔したんだよ。ゆるせないよね。だからね。あそんじゃった」

石丸将《いしまるまさる》のことだろう。彼は〈かくや遊び〉で焼け死に、怪異となった。

「だけど、あのオトコの言った〈ＮＧ〉ってコトバはきらいじゃないよ。だってあの時、父様《ととさま》はわらったの。あのオトコが〈ＮＧ〉って言ったら、わらったの。〈かくや〉、わらうお顔ができないの。だから、もっと見たかった。もっと父様《ととさま》がわらうのを見たかった。いたい、いたい。くるしい、くるしいって、わらってほしかった」

空良《あきら》は小さく頷《うなず》く。握った人形と左手が異様に冷たく重く感じる。

「もう、だいすきだった父様《ととさま》は、いなくなっちゃった。だから、おにいちゃんが、わたしのあたらしい父様《ととさま》だよ。ねぇ、わらって。邪魔な子は、みぃーんな、〈かくや〉がころしてあげるから。わらって。くるしんで。いたがって。わらって」

「ああ、笑ってやるよ。このくだらねぇ〈遊び〉が終わってからな」

「なに言ってるの。終わらないよ、おにいちゃん。だってまだまだ――」

「遊び足りねぇって？　そうかよ。なら――」

腰を落とし、弓を引き絞るように、人形を握り締めた左拳を構える。

「こいつと仲良く、やってろよッ！」

〈かくや〉の顔面に向けて、強烈な左ストレートを打ち込む。

やはり、硬い。ダメージを与えた気はしない。このまま〈幽世《かくりよ》〉に押し返さんと腕に力を込める。〈かくや〉は抵抗しようにも鏡の縁から手を離せない。離した瞬間、〈幽世《かくりよ》〉に戻され、せっかく繋《つな》がった〈道〉が断たれてしまうことを恐れているのだ。

鏡の中に顔を押し戻されながら、呪いの言葉を吐いた。

「そんないじわるすると、また誰かを連れてっちゃうから」

「上等だ。次は速攻で追い返してやるぜ、マセガキ」

さらに拳へ力を集める。〈かくや〉の顔は鏡の中に没し、空良《あきら》の腕も肘まで鏡に入るが、力は緩めない。〈かくや〉の三本の腕は溺れる者が足掻《あが》くように、掴《つか》むものを求めて鏡面を彷徨《さまよ》っていたが、それもやがては無念の声とともに遠ざかっていった。

浴室に愛海《あみ》が飛び込んでくる。後ろから空良《あきら》の腰に腕を回し、体重をかけて引っ張る。肩の辺りまで鏡に入っていた左腕は抵抗なく抜け、勢い余って空良《あきら》と愛海《あみ》は一緒に背中から転倒した。

「いつつ……なにしてんだ、愛海《あみ》」

どこかにぶつけた頭を押さえながら立ち上がる。

「だって、また鏡の中に引き込まれちゃうと思って……」

空良《あきら》は鏡を見る。

紫色の光は放っていない。疲れた顔の男が映っている。普通の鏡だ。

「終わったの？」

「ああ、終わった。たぶんな」

愛海《あみ》も鏡の前に立つ。

「〈かくや〉ちゃん、どうなったのかな」

「今頃、悔しがってるかもな。ま、しばらくはおとなしく人形遊びをしてんだろうよ」

「これで、おかあさんも薫《かおる》ちゃんも、目を覚ましてくれるのかな？」

「ああ。きっと大丈夫だ」

着信音が鳴る。空良《あきら》の携帯電話だ。

ディスプレイには那津美《なつみ》の入院先の病院の番号が表示されている。
〈かくや〉が最後に残した呪いの言葉が頭をよぎる。
『**また誰かを連れてっちゃうから**』
電話に出た空良《あきら》は相手と二三のやり取りをし、通話を切る。
不安げな目を向けてくる愛海《あみ》の頭に、ぽんと手を置く。
「ほらな。大丈夫だって言ったろ」

終章

「――でね、あさって退院なんだけど、なんだか名残惜しくなっちゃって」

ベッドに腰かけた寝間着姿の葉月《はづき》は、両脚をぶらぶらさせながら微笑《ほほえ》んだ。

床頭台《ベッドサイドテーブル》には、金時町《きんときちょう》名物〈きんとき饅頭《まんじゅう》〉の紙袋。空良《あきら》が見舞いに行くと知った丸橋《まるはし》から、葉月《はづき》にと渡されたものだ。

「ここの看護婦さん、話も面白くて、このあいだもゾンビ映画の話で盛り上がっちゃった。病院食も意外とおいしいし、ゆっくり読書もできるし、入院も悪くないね。あとはポルターガイストみたいな怪奇現象が起きてくれたら最高なんだけど」

懲りてねぇな、と空良《あきら》は呆《あき》れた。

「俺はもうオカルトな体験は腹いっぱいだ」

「でも、本当によかったね。終わって」

「一時はどうなることかと思ったがな。愛海《あみ》が無事に戻ったのは奇跡に近いよ」

「ほんと、がんばったよ、愛海《あみ》ちゃん」

「ああ。今も日常を取り戻そうと、がんばってる。今日は高村《たかむら》ゆりの墓参りに行った後、ヘッドホンの修理を頼みに行くって言ってたな。さらわれた時、俺んちの浴室で落として壊れたみたいでよ――大切な形見だしな」

葉月《はづき》は窓から青空を見上げる。

「もう天国に行けたかな、ゆり」

「行っただろ。〈かくや〉の呪縛は解けたんだ」

頷《うなず》いた葉月《はづき》は、空良《あきら》に笑みを向ける。

「那津美《なつみ》さんも目が覚めて、ほんとによかった」

「ヤツを封印してすぐ病院から連絡があった時は一瞬ヒヤリとしたがな」

「それこそ、呪縛が解けたんだろうね。でも、全身に〈口〉が現れるなんて怖かっただろうな。心霊現象どんとこい、霊障カモンなわたしでも、トラウマになると思う」

「あの気味悪さは、体験したもんじゃなきゃわかんねぇよ。那津美《なつみ》さんも、かなり参ってたな」

「我が子を心配する親の気持ちを利用するなんて最低だよ、〈かくや〉」

最低で最悪だ。あの時。一週間前のあの夜。那津美《なつみ》の血の記憶を視《み》なければ、今も、この先も〈かくや〉の憑依《ひょうい》した愛海《あみ》と暮らしていただろう。そして、やがては歪《ゆが》んだ愛情に中《あ》てられて廃人になるか、嬲《なぶ》り殺されていたに違いない。

「でもまあ、那津美《なつみ》さんもすっかり元気になった。黒兎《くろうさぎ》もそろそろ開けるそうだ」

「はやっ。わたしみたいにもっと休養すればいいのに。一読者としては、お店なんかより、本業の作家のほうをがんばってほしいんだけどな」

「そういや、入院中、うなされてたぞって言ったら、それは締め切りに追われる夢を見てたんだって言ってたな」

「アハハ、なんか切実。まあ、しばらくネタには困らないだろうけどね」

「そうでもないみたいだぞ。全部の事件に犠牲者がいる。これから真実を知らされる遺族もいるんだ。さすがにすぐ書くってわけにはいかないそうだ」

「確かに、そうだよね」葉月《はづき》は目を伏せる。「弥勒夜雲《みろくやくも》のこととかショックだったもん。何冊か読んだことあるし、わりと作風も好きだし、弥勒邸《みろくてい》の過去に戻る扉の話も聞いててすごくワクワクしたけど……さすがに少女殺しは引くよ」

それが自分の父親かもしれないとは、葉月《はづき》には話していない。那津美《なつみ》にも。誰にも話していない。話せるわけがなかった。

「弥勒《みろく》の最期もヤバいよね。生贄《いけにえ》にした女の子たちの腕が身体中《からだじゅう》にくっついてたんでしょ?」

「〈かくや〉にとっては〈おとなの遊び〉の一環だったみたいだが、常人にはわからん思考だな」

「〈かくや〉の行動がおかしいのは怪異だから当然として、弥勒《みろく》だってかなりの変質者だよ。女の子たちを殺すばかりか、その腕をホルマリン漬けとかにして保存してたんでしょ。〈夏越《なご》しの戯《ぎ》〉とも関係がない行動のようにも思えるけど、なんでそんなことしたんだろ」

「こいつは番《ばん》のオッサンの見解なんだが――弥勒《みろく》は自分の失った霊力の再生を望んでたんじゃねえかって」

「〈手の力〉ってやつね」

空良《あきら》は頷《うなず》き、下ろした視線をそのまま広げた左掌《ひだりてのひら》に置く。

「〈かくや〉との戦いが終わったあと、番《ばん》は確認したいことがあるとかで、一人で弥勒邸《みろくてい》に入ってるんだ。その時、弥勒《みろく》の蔵書を見つけたらしくてな」

「えっ、それ、すっごく興味あるんだけど」

「日本の昔話とか、外国の童話なんかがほとんどだったみたいだ。その中に、再生医学の本が何冊かあったらしい」

「再生医学? それってアンチエイジングとか、人間の自己再生能力がどうとかってやつでしょ。たまにオカルトにも取り込まれる研究題材だよ。『月刊オーパーツ』で『クローン兵士軍団が攻めてくる！』って記事を読んだよ」

「俺にはまったくわからんが。他にも旧陸軍の医術研究の資料とかもあったみたいだ」

「ふーん。小説の資料にしては、弥勒夜雲《みろくやくも》の作風と毛色が違うね——あ、でも弥勒《みろく》って医大も出てて、外科で研修医もしてたんだよね。ならまあ、あってもおかしくはないか」

「ああ、そうだ。弥勒《みろく》はそっちの知識もある。だから、医療の技術とオカルトを混ぜ合わせて、自分の〈手の力〉を復活させようとしてたんじゃねぇかって言うんだよ。犠牲者の腕に宿る怨念を霊力に変換して云々《うんぬん》。なんか小難しい話をしてたな」

「んー？」と葉月《はづき》は首を傾《かし》げ、「げっ」という顔をした。

「まさか……力が失くなった自分の腕と女の子から切り落とした腕を付け替えて……」

「かもしれんって話だ。他に腕だけ残しておく理由が思いつかない。本人は死んじまってるから真相は永遠にわからねえ。ま、俺にはどうでもいいことだがな」

葉月《はづき》が急にげんなりとする。

「今回のことが世間に公表されたら、オカルトやホラーへの風当たり、また強くなりそうだね……」

「お前もオカルトアイドル、廃業かもな」

「うう……ヤバい」

だが、悪いことだけでもない。警察やメディアの内部に少しでも怪異という存在を正しく理解できる人間がいれば、捜査が進む未解決事件もあるかもしれない。

大江《おおえ》は住井《すみい》グループ関連と〈端午会《たんごかい》〉の件が片付いたら、こういった特殊案件の事件担当の部署を立ち上げるべく上層部に掛け合うつもりらしい。

彼女は相手が怪異であろうとかまわず、真正面から対話を試みようとしていた。怪異の中に怪異となってしまった人の姿を見ていた。死に別れた弟との再会で、大江《おおえ》は生者と死者との隔《へだ》たりは、実はそこまで開いていないのだと感じたらしい。今回のように条件がいくつか重なれば、その隔《へだ》たりはなくなる。生者と死者の世界は交わる。そうなった時、生者と死者のあいだに入って問題《トラブル》を解決できる存在が必要だと考えたのだ。

彼女なら、怪異専門の交渉人《ネゴシエイター》としても活躍できそうだ。

「どうしよう……わたしからオカルトとアイドルを取ったらなんにも残らないよ」

葉月《はづき》はまだオロオロしていた。

「そうなったら、番《ばん》のオッサンの助手でもやれよ。怪異の調査が忙しいってボヤいてたぜ。猫の手も借りたいって。今は〈マッハ姫〉とかいう怪異を追っかけてるらしい」

「うーん……オカルト欲は満たされそうだけど、あの人相当お金に汚いでしょ?」

相当なんてもんじゃないな、と答えた。

「ならムリ。やっぱり、アイドルでがんばる! そうだ、丸ちゃんにファンクラブを盛り上げてもらうよう、今度お願いしよっと」

「ま、せいぜいがんばれよ。そろそろ行くわ」空良《あきら》は丸椅子を立つ。

「ありがとね、寄ってくれて。これから天生目《あまのめ》くんと会うんでしょ」

「夜にな。やっと謹慎が解けたんだとよ。脱走の件は親父《おやじ》さんにブチ切れられたらしいが――で、色々丸く収まったってことで、俺んちで軽い祝勝会をやろうってよ」

「いいな、なんか楽しそう。天生目《あまのめ》くんにもよろしく言っといてね」

ベッドから葉月《はづき》が手を振った。


病院を出ると吉走寺《きつそうじ》を適当にぶらついた。

太陽が容赦なく肌を焼く。残り少ない夏休みを満喫しようと街に繰り出した人たちが、暑い暑いと夏に恨み節を吐きながら汗だくで喫茶店に逃げ込む。

空良《あきら》は太陽の好きにさせた。この際、肌身にこびりつく夜の残滓《ざんし》を焼き落としてほしい。

ふと思いだし、空良《あきら》は八真都《やまと》神宮へと足を向けた。デートコース、散歩コースになっているうえ、周囲の森の樹冠《じゆかん》の下で避暑できるので人が多い。怪異と追走劇を繰り広げた浦島池《うらしまいけ》にもカップルや家族の乗ったボートがたくさん浮かんでいる。

木陰で少し涼んでから、神宮内の施設に展示されている〈書道コンクール〉の入選作品を見に行った。小学生の部で努力賞の愛海《あみ》は『広がる夢』と書いていた。幼児の部の銀賞の作品も見る。

——あった。伸び伸びと『つき』と書かれた作品の下に清水辰巳《しみずたつみ》とある。〈うらしま女〉の魂を救済した名前だ。

八真都《やまと》神宮を出ると夜の祝勝会のため、スーパーに寄って飲み物や総菜を買い込んだ。スーパーを出る頃には陽《ひ》が傾きだしていた。太陽から逃げていた人たちが、これからが楽しい時間だとばかりに建物からぞろぞろ出てきて駅前に集まっていた。

喧騒《けんそう》をかき分けて高架下へ向かっていた空良《あきら》は足を止めた。六、七メートル先の人の波の中を泳ぐように悠然と歩いている後ろ姿に目を奪われた。

カールのかかった金髪ボブ。肩の出た黒いノースリーブのドレス。

「ロゼ?」

そんな馬鹿な。ありえない。いや、だがあれは間違いなく――。

頭の中で期待と否定が交錯する。同じように交錯する人の流れの中、空良《あきら》は動けなかった。だが、はっと我に返って追いかけた。人をかき分け、流れに逆らい、肩がぶつかって舌打ちされても気にせず進んだ。それでもどんどん距離を離され、やがて完全に見失う。

本当に奇術《イリュージョン》で脱出に成功していたのか。

それとも、晩夏の陽炎《かげろう》が視《み》せた幻影《イリュージョン》だったのか。


アパートに帰ると一杯の水を呷《あお》り、買ってきたものを冷蔵庫に入れる。

軽くシャワーで汗を流そうと浴室に入ると、まず鏡を見てしまう。鏡に異変がないか確認するという行動は今後、習慣となってしまうのだろうか。まだ、平穏な日常を享受しきれていないのかもしれない。

ほぼ水の温《ぬる》いシャワーを浴びて出ると、タオルで頭を拭きながら携帯電話を確認する。「あと五分ほどで着く」という連絡メールが二分前に天生目《あまのめ》から来ていた。ならばあと十分くらいだろう。いつも彼は「着く」と連絡を入れてから、手土産《てみやげ》用の飲み物を自販機やコンビニで探す。『汁粉《しるこ》ーラ』『グミミルク』『エナジードリンク・ロブスター』。如何《いかが》わしい商品名の飲料ばかりを、ただ空良《あきら》に微妙な顔と反応をさせるためだけに買ってくる。彼のお眼鏡《めがね》にかなう飲み物がなければ、他の自販機やコンビニも回る。だから時間通りに来たためしがない。これもまた、天生《あまの》目《め》特有の習慣といえるだろう。

空良《あきら》はベッド下に隠すように入れていた紙袋から、淡い紅色《べにいろ》の表紙の和装本を取り出す。

『夏越《なご》しの戯《ぎ》』。価格表示もバーコードもない、古めかしい装丁をこらした本。

「その本は元々、里美《さとみ》姉さんのものだったの」

那津美《なつみ》はそう言っていた。

里美《さとみ》の死後、遺品の整理をしていた那津美《なつみ》は、あることに気づいた。弥勒夜雲《みろくやくも》の本がない。里《さと》美《み》は弥勒《みろく》の書いた本をほとんど持っていたはずだ。デビュー直後の無名時代に書かれた発行部数の少ない絶版本。『不適切な表現』があったという理由で自主回収となった本。そういった、マニアのあいだでも流布されることのほとんどない稀覯本《きこうぼん》を何冊も所持していた。ところが、それらは遺品の中にはなかった。見つかったのはたった一冊。それが、この『夏越《なご》しの戯《ぎ》』だった。

それが不思議で、那津美《なつみ》の中でも強く印象に残っていたという。

「だってそうでしょ。命よりも大切にしていた弥勒夜雲《みろくやくも》のコレクションを、どうしてしまったの？　飽きた？　作風が合わなくなってきた？　ファンであることをやめて、処分してしまった？　売却した？　里美《さとみ》姉さんにかぎっては、どれもありえない。あの人の弥勒《みろく》作品、弥勒夜雲《みろくやくも》への偏愛は異常だったもの。怖いくらいに。——いったい、なにがあったの？」

そもそも、里美《さとみ》がどこで何をしているのかも、那津美《なつみ》は長らく知らなかったという。両親を早くに亡くし、那津美《なつみ》は親戚に預けられたが、大学を卒業して間もなかった里美《さとみ》は、早く自立したいからという理由で一人暮らしを始めた。一カ月か二カ月に一度、電話で連絡はあったが、あまり自身のことは話さず、那津美《なつみ》の話の聞き役に徹していた。やがて、その電話連絡もなくなった。以降、音信不通。

里美《さとみ》が同じ神座区《しんざく》に住み、子どもがいることを知ったのは、彼女の息子と称する少年が、病院から連絡を寄越《よこ》してきた時だった。最後に電話で話してから十数年が経《た》っていた。正直、那津美《なつみ》は複雑な気持ちだったそうだ。

「とっくに家族の縁は切れたものだと思っていたの。私も親戚の家を出て、作家デビューして、結婚して愛海《あみ》が生まれて、あの人の黒兎《おみせ》を引き継いで——色々、伝えたいことがあったのに。なんで今さらって——」

だが、再会すると、そんな気持ちも一瞬で消えた。里美《さとみ》はひどくやつれ、病室のベッドの上で自分の死期を悟っていた。遺《のこ》していく息子のことを「お願い」と頼まれた。

今まで、どういう人生を送ってきたのと那津美《なつみ》は訊《き》いた。里美《さとみ》は空白の十数年のことをぽつりぽつりと語ったが、息子の父親のことは最後まで口にしなかったという。

「『夏越《なご》しの戯《ぎ》』はネットで調べても書籍情報がないの。昨日、弥勒《みろく》と仕事上で関わりのあった出版関係者に訊《き》いてみたんだけど、近しい人に手渡すためだけに書かれた作品なんじゃないかって」

那津美《なつみ》から聞けたのは、ここまでだった。

結局、この本がどのような経緯で書かれたものなのかはわからない。本が母に渡った経緯も不明のままだ。知りようがない。母も弥勒《みろく》も、もうこの世にいないのだから。

考えることは自由だ。だから、考えてみた。

弥勒《みろく》がこの本を母に渡した。そう仮定して。その理由はなんなのか。

弥勒《みろく》は自身の作品を『私の大事な〈子〉』と呼んでいた。

力を失ったことで手を血で染めねばならなくなった弥勒《みろく》は、家庭を持つという人並みの幸せを諦めていたのだろう。でも、人は一切の幸福の可能性を捨てられるものじゃない。空良《あきら》にだって、幸福を感じる瞬間はある。弥勒《みろく》にとってそれは、物語を書くことだったのかもしれない。完全な創作ではなく、自身の体験を作品に塗り込め、血を通わせた。物語を書き、それを本にして出すことは、自分の血を継いだ子を世に送り出す行為と同等と考えていたのかもしれない。だから、〈子〉なのだ。

そんな大事な〈我が子〉を、病的なまでに愛してくれる女性が現れる。

二人はすぐに親密な関係となるが、弥勒《みろく》には大きな秘密がある。十年に一度の儀式。〈お役目〉と言うと聞こえはいいが、それは血塗られた鬼畜の所業だ。

その秘密を抱えて、自分は彼女とともに幸せを得られるのか。

自分の人生を描いた物語を愛してくれる女性だ。受け入れてくれるに違いない。

だから、彼は書いたのではないか。その女性に知ってもらうための告白文を。

出生。役目と使命。不幸な運命。恥と罪と覚悟を。

それを読んだ女性は、自らの目で弥勒《みろく》の秘密の残滓《ざんし》を見つけてしまった。

彼女は受け入れられなかった。だから、弥勒《みろく》のもとから去った。

——あくまで想像の話だ。

だが、この本が今、空良《あきら》の手元にある理由だけはわかる。母と父の形見だとか、そんなことは一欠片《かけら》も思わない。——途絶えさせないためだ。

一週間前の夜に〈夏越しの戯《NG》〉をしてからは、笛の音が聞こえてくることはない。〈呪いの口〉が不快な嗤《わら》い声を聞かせることもない。鏡は紫色の光を放たない。

だが、〈かくや〉を滅ぼしたわけではない。また十年後、二十年後、三十年後、十年ごとに封印の力は弱まり、現世《こっち》へ遊びに来ようとする。その都度、〈夏越《なご》しの戯《ぎ》〉をする必要がある。

その時はまた、自分がやるしかない。

やりたくはない。面倒くさい。

だが、自分がこの世でたった一人の〈手の力〉を継承する者だと空良《あきら》は理解している。自分がやらなければ、また愛海《あみ》や那津美《なつみ》や仲間たちが、〈遊び相手〉にされる。

「やるよ。やりゃいいんだろ。やるけどよ」

四十年後、五十年後も、自分がやれるという保証はない。弥勒《みろく》のように霊力を失うかもしれないし、自分が死んでいる可能性もある。それを言えば、十年先の保証だってない。

〈夏越しの戯《NG》〉が行われなくなればまた、〈かくや〉に自由を与えることになる。だから、自分がやれなくなった時のための〝保険〟が必要だ。

この本には、〈かくや〉を封印する方法が二つ書かれている。

一つは、〈力〉を持つ者がやる方法。

もう一つは、〈力〉を持たざる者のやる外法《げほう》。

儀式を途絶えさせないためにも、この本は後世に残さなくてはならない。

部屋のチャイムが鳴った。

天生目《あまのめ》だろう。置き時計を見る。メールでの連絡通り、五分で到着した。珍しいこともあるものだ。本を紙袋に入れてベッドの下に戻し、玄関へ迎えに出る。

「調子はどうだい、親友」

ぱんぱんに詰まったコンビニの袋を二つ、空良《あきら》に差し出した。

「また色々買い込んだな、何日泊まっていく気だよ」

「冗談言うなよ。こんなボロっちいアパートに連泊なんてゴメンだね」

「おい」

「よくこんなところで暮らせるなと思うよ。僕なら三日も耐えられないな」

「人ん家《ち》にケチつけるためにわざわざ来たのかよ」

受け取ったコンビニの袋から飲み物を出して冷蔵庫に入れていく。

おや、となった。恒例の〈変わった飲み物〉を買ってきていない。

「天生目《あまのめ》。お前今日、疲れてたりするか？」

「なんだよそれ」

天生目《あまのめ》は笑いながら浴室のドアを開けると中を覗《のぞ》き込む。

「なにしてんだよ。シャワーでも浴びたいのか？」

「いや。こんな普通の鏡から、ほんとに人が出たり入ったりできるもんなのかなって」

「出たり入ったりした人間が目の前にいんだろ」

「そうだったね」

くっく、と天生目《あまのめ》は浴室の中を覗《のぞ》きながら肩で笑う。その背中で空良《あきら》に問う。

「なあ、〈幽世《かくりよ》〉って、どんなところだった？」

「どんな、か……あんまりこっちの世界と変わらないな。何もかもが反対ってくらいだ。字まで反転していてよ。外国の文字みたいで読めなかった」ペットボトルのラベルに躍るポップな字体の商品名を目でなぞる。「不思議なもんだ。いつも見てるものなのに、少し変わっただけでわからなくなるんだからな。ああ、そういや、〈幽世《かくりよ》〉は時間が流れないとか言ってたな。年も取らないし、腹も減らないって」

「へぇ。すごいな。それって不老不死になれるってことだろ」

「そう言うと聞こえはいいが、死人みたいなもんだろ。あのまま出られなかったら、俺は〈かくや〉と二人っきりで、永遠に〈遊び相手〉にされてたんだろうな」

天生目《あまのめ》はまだ浴室の中を覗《のぞ》き込んでいる。

「なんだよ、なんか気になることでもあんのか？」

「いや、興味だよ、興味。だって異世界なんて見たことないからさ」

「そんなこと言ってると〈かくや〉に引っ張り込まれるぞ」

背中をビクンと震わせ、天生目《あまのめ》はこわばった顔を空良《あきら》に向ける。

「お、おい、そういう冗談はやめてくれよ……。ちゃんと封印はしたんだよな？」

半笑いで答えないでいると、天生目《あまのめ》はそーっと浴室のドアを閉めた。

テーブルにスーパーで買った総菜や菓子類を広げ、サイダーで乾杯をする。

久しぶりに、二人でどうでもいい会話をした。駅前にカレーショップがオープンしたとか、丸橋《まるはし》が髪型を変えようとしているとか、たまに行くクラブのホステスが礼儀知らずだとか、神座駅《しんざえき》の再開発事業に裏で一枚噛《か》んでいるとか。主に話題は天生目《あまのめ》発信だが。

夜も更けてきて、話のネタも尽きると、まったりとしてくる。

空良《あきら》は手枕で横になって何度もあくびをした。

「なあ、これからどうする？」

スティック状の菓子を指揮棒みたいに振りながら天生目《あまのめ》が訊《き》いてきた。

「どうするもなにも、そろそろ限界だし、もう寝るぞ。さっきから、あくびが止まら――」

ふわああ、と大きなあくびをする。「止まらねぇ」

「そうじゃなくてさ。今後のことを言ってるんだよ。平凡な高校生活に戻るのかって」

「そりゃ、夏休みが終われば自然とそうなるだろ」

夏休みね、と天生目《あまのめ》は天井を仰いだ。

「刺激的な夏休みだったよな。空良《あきら》なんか一生分の刺激を味わったんじゃないか。怪異とバトルして、無事に愛海《あみ》ちゃんを救って、ラスボスも封印して――」

「そういう刺激は望んじゃいねぇよ」

天生目《あまのめ》はサイダーをコップに注ぐ。炭酸の弾《はじ》ける音が部屋に広がっていき、潮が引くように小さくなっていく。

「それって、本心かい？」

「どういう意味だよ」

「あんな刺激を味わった後、また、ぬるま湯みたいな日常に戻るのって、つまらなくないか？」

「別に」と返し、空良《あきら》はあくびをした。「日常なんて、つまらないくらいがいい」

「僕は嫌だけどな。たいして親しくもないクラスメートと机を並べて、退屈な授業を聞かされて」

「もうすぐ卒業だろ」

「卒業後も変わらないよ。大学、就職、バイト。安い恋愛して、適当な相手と結婚してガキができて、家族のために馬車馬になってあくせく働く。それがキミの望む日常かい？　駅前で上司の愚痴とゲロを吐いてる酔っ払いサラリーマンになりたいのか？」

「極端だな。てか、お前は組《いえ》を継ぐんだろ」

「僕の話じゃない。鬼島空良《きじまあきら》の望む日常はなんだって話をしてるんだよ」

「なるほどな。そういうことか」

天生目《あまのめ》の意図を汲《く》み取ったというように空良《あきら》は言った。

「お前、遠回しにアングラマッチに復帰しろって言いたいんだろ。回りくどいことしやがって。答えはノーだ。俺は足を洗ったんだよ」

「僕は、もっと一緒に遊ぼうぜって言ってるんだよ。刺激的な遊びをさ」

「ああ、わかった、わかった。気が向いたらな……ふわあああ」

天生目《あまのめ》は笑った。

「約束だからな、空良《あきら》」


空良《あきら》は目を開けた。

薄暗い。部屋が消灯されている。いつの間にか眠っていたらしい。

ベランダ側の窓のカーテンの隙間から外の防犯灯の明かりが見える。

起き上がって天生目《あまのめ》を探す。床に寝転がってはいない。ベッドにもいない。

帰ったんだろうか。

台所のほうから淡い紫色のぼんやりとした光が部屋に入っている。

総毛立つ。台所へ走った。

浴室のドアが半分開いていて、そこから紫色の光が漏れている。

恐る恐るドアを開けきる。

洗面台の鏡が暗い紫色の光を放っている。

〈幽世《かくりよ》〉への〈道〉が繋《つな》がっている。

「どういう……ことだ……」

「空良《あきら》――」

浴室内に天生目《あまのめ》の声が響く。声は鏡にできた〈道〉の奥から聞こえてきた。

「天生目《あまのめ》、お前……そこにいるのか」

「気が向いたら来いよ、空良《あきら》」

「おい、天生目《あまのめ》！　天生目《あまのめ》ェッ！」

呼びかけながら鏡につけた両手が抵抗なく沈み、バランスを崩した空良《あきら》はそのまま顔から鏡の中に突っ込んだ。視界が一面、紫になる。

紫から濃紺、濃紺から紺、紺から群青《ぐんじょう》に――。

浴室にいた。反転した自分のアパートの浴室だ。

照明がついていても蒼暗《あおぐら》い。間違いない。ここは〈幽世《かくりよ》〉だ。

浴室を出ると蒼暗《あおぐら》い玄関と台所。天生目《あまのめ》が奥の部屋へ入っていくところだった。

「待てッ」

ベッドも窓も押入れも反転した部屋の窓際に、天生目《あまのめ》が腰に手を当てて立っている。

「そう騒ぐなって。逃げないから」

天生目《あまのめ》は笑みを浮かべた。

「なんでお前……こんなとこに……」

「決まってるだろ。キミと二人っきりになるためさ」

「――お前、〈かくや〉か」

「おおおっ」と天生目《あまのめ》は拍手をする。「鈍感なキミにしては察しがいいじゃないか。ま、僕が〈かくや〉ちゃんに憑依《ひょうい》されているって表現が正しいけどね」

「かくや……ちゃん……だと」

封印に失敗したということだ。〈夏越《なご》しの戯《ぎ》〉のやり方を間違ったのか。

「キミのは不完全だったのさ」

空良《あきら》の左手に目を遣《や》ると、残念だったねと気遣うような顔を繕う。

「人形に霊力を注ぎ込むキミのその手は穢《けが》れていたんだ。覚えがないかい？　キミは怪異の恨みを見誤って間違った選択をした。怪異を救えず、壊してしまった」

「――〈おたけび作家〉か」

「哀れな少女の恨みは濯《そそ》がれることなく、この世に残った。その結果、素敵な女性が犠牲になってしまった」

ロゼのことだ。彼女の身に起きたことを空良《あきら》が話したのは番《ばん》だけだ。当の番《ばん》本人はこの話を信じていなかったから、それを天生目《あまのめ》に伝えたとは考えにくい。つまり、目の前にいるのは、やはり、〈かくや〉なのだ。

「残された恨みは穢《けが》れとなって、キミの力を汚染した。だから、完全な〈夏越《なご》しの戯《ぎ》〉にはならなかった。それに、キミのやった〈夏越《なご》しの戯《ぎ》〉、あれは幼い子どもを人形であやすみたいなものだ。もう大人になってしまった彼女には、少々物足りなかったんじゃないかな」

膝から崩れそうだ。だが、耐えた。

〈かくや〉は封印されたふりをするため、あえてしばらく沈黙していたのだ。

なぜ今度は憑依《ひょうい》先に天生目《あまのめ》を選んだのか？　「ずっと一緒にいたい」という〈かくや〉の願望を叶《かな》えるなら、愛海《あみ》のほうが憑依《ひょうい》先には適している。それとも一度憑依《ひょうい》した人間には憑《つ》けないというルールでもあるのか。

うーん、と両腕を上げて天生目《あまのめ》は伸びをする。

「いやあ、それにしても、なかなか新鮮な気分だよ」

清々《すがすが》しい表情で「空良《あきら》」と呼ぶ。

「キミに、話したかったことがあるんだ。聞いてくれるか」

これは〈かくや〉の言葉ではなく、天生目《あまのめ》の言葉なのだろうか。

「僕はね、ガキの頃から、ずーっと、キミに憧れてたんだ」

「何を言いやがる」

天生目《あまのめ》は空良《あきら》の言葉を手で制する。黙って聴いてくれ、と。

「僕は極道の家に生まれたけど、殴り合いの喧嘩《けんか》は得意じゃない。というか、恥ずかしい話、腕力はめちゃくちゃ弱い。組では坊ちゃん、坊ちゃんと担がれて、〈脅迫王子〉なんて呼ばれて一部の界隈《かいわい》では恐れられているけどさ、たいした人間じゃないんだ。ちょっとばかし頭がよくて、弁が立って、組の稼ぎ頭ってだけさ。いざ土壇場に立たされたら無力だってことが、今回の件で思い知らされたよ」

蒼暗《あおぐら》い部屋に、自虐的な笑みが浮かぶ。

「片やキミは、超人的な身体能力、野性的な勘の良さ、冷静な判断力、どんなヤバい状況でも立ち向かっていける胆力……僕にないものをたくさん持っている。僕なんかよりよっぽど極道向きのスペックだ。羨望の眼差《まなざ》しと本物の人望を集め、多くの人間の上に立てるのは、キミみたいなヤツなんだよ」

「それを言うなら、お前だって俺にないものをたくさん持ってるだろ」

言葉を挟まずにはいられなかった。

今話しているのは〈かくや〉じゃない。天生目《あまのめ》だ。

「俺だって何度、お前を羨ましいと思ったかわからねぇよ。でも、どうにもならねぇから、自分の境遇に不満を持ちながら、それでも生きてんだ。みんな、そんなもんだろ。葉月《はづき》だって、愛海《あみ》や那津美《なつみ》さん、丸橋《まるはし》、番《ばん》に大江《おおえ》だって――」

「よせ」

天生目《あまのめ》の顔が拒絶に歪《ゆが》む。

「〈幽世《ここ》〉には、僕とキミしかいないんだ。他のヤツの名は口にするな。キミは僕のことだけ考えればいい。僕はキミのことだけを考えるから」

「〈かくや〉に言わされてるわけじゃねぇんだな……」

「ああ。正真正銘、僕の言葉だ。でも、〈かくや〉も僕と同じ気持ちさ。僕の中は居心地がいいらしいよ。愛海《あみ》ちゃんは、いちいち抵抗して本当の気持ちを守ろうとするんだってさ。〈かくや〉との感情の同調を拒んでいたって。僕はそんなことはしないよ」

なぜ、〈かくや〉が愛海《あみ》ではなく、天生目《あまのめ》を選んだのか、わかった気がする。

〈かくや〉は愛海《あみ》に憑依《ひょうい》した際、愛海《あみ》の空良《あきら》に対する情愛に自分の歪《ゆが》んだ愛情を無理やり重ね、同調させたのだ。「お兄ちゃんがすき」「ずっと一緒にいたい」という無垢《むく》な気持ちを、自分に都合のいい感情へと書き換えた。

だが、愛海《あみ》は意識下で自分の感情が〈かくや〉に利用されていることを知ったのではないか。

だから、本来の感情を守ろうと無意識に同調を拒んだ。

〈かくや〉は忌々《いまいま》しく感じたことだろう。だから今度は、利害が一致する憑依《ひょうい》先を探した。

それが、天生目聖司《あまのめせいじ》だった。

いつから天生目《あまのめ》が憑依《ひょうい》されていたのかはわからない。だから、彼の意思か、〈かくや〉による誘導かはわからないが――今夜、こういう状況を作った。

些細《ささい》なことだが、兆しのようなものもあった。

今夜、天生目《あまのめ》は〈変わった飲み物〉を買ってこなかった。怖がりのはずの彼が、浴室を真っ先に覗《のぞ》き込んだ。〈かくや〉と感情が同調したことで、今までの天生目《あまのめ》の習慣や性格が崩壊しつつあるのかもしれない。

「僕と二人っきりってのが引っかかるかい？」

天生目《あまのめ》は微笑《ほほえ》んで首を傾《かし》げた。

「心配しなくていい。僕とキミの境目も、そのうちなくなる」

「何をする気だ？」

「ひとつになるのさ」

「どうやって」

「僕がキミを食うんだよ――」

親友。

最後にそう呼んだ天生目《あまのめ》の口がぼろぼろと崩れ落ちた。崩れ落ちたのは、天生目に見せていた側だ。卵の殻のように崩れ落ちた表皮の下から現れた口は、小さい頃、親に一度だけ連れていかれた水族館で見た、鮫《さめ》の頭骨のレプリカに似ていた。

崩落に釣られて顔の半面も剥落《はくらく》し、鬼の頭蓋骨のような顔が覗《のぞ》く。髪の毛のあいだからは、刃《やいば》のような二本の角が生える。ぐずぐずに崩れだした肩からは、からくり人形の中身のような、細い角材を組んだ骨格が出てきた。

空良《あきら》は拳を構える。

「そう簡単には、日常に戻れねぇってことか」

ドラマや映画の世界ならば、演者の〈ＮＧ〉はいくらでもやり直せる。

だが、現実《リアル》では、そうはいかない。もう、失敗は許されない。

歓声と怒号は聞こえない。アルコールと煙草《たばこ》の臭いもしない。金網フェンスに囲われたリングもない。

それでも、空良《あきら》は思いだしていた。

アンダーグラウンドマッチで、初めての相手と向かい合う時の感覚を。

――目を覚まさせてやるよ。ちょっと痛い思いをさせるけどな。

ゴングも鳴らない。

空良《あきら》は拳を握り締める。

〈著者略歴〉
黒 史郎（くろ しろう）
2007年『夜は一緒に散歩しよ』で第1回「幽」怪談文学賞長編部門大賞を受賞してデビュー。著書に『かくされた意味に気がつけるか？　3分間ミステリー』（ポプラ社）、『深夜廻』、共著に『脱出クラブ』『開けてはいけない』（以上、PHP研究所）などがある。

イラスト――kera、純生文屋
デザイン――株式会社サンプラント　東郷 猛

NG《エヌジー》

2024年4月8日　第1版第1刷発行

原　作　エクスペリエンス
著　者　黒 史郎
発行者　永田貴之
発行所　株式会社PHP研究所
東京本部　〒135-8137　江東区豊洲5-6-52
文化事業部　☎03-3520-9620（編集）
普及部　☎03-3520-9630（販売）
京都本部　〒601-8411　京都市南区西九条北ノ内町11
PHP INTERFACE　https://www.php.co.jp/

組　版　株式会社RUHIA
印刷所　株式会社精興社
製本所　株式会社大進堂

ISBN978-4-569-84709-2

ＰＨＰの本

『夜廻《よまわり》』

日本一ソフトウェア 原作
保坂 歩 著
溝上 侑（日本一ソフトウェア） イラスト

不気味な夜の町で「大切なもの」を探し続ける二人の姉妹は、再び朝を迎えることができるのか？
人気ホラーゲーム待望の公式ノベライズ！

定価 本体一、三〇〇円（税別）